부산 현대문학의
어제와 오늘

부산 현대문학의 어제와 오늘

©양왕용 2023

초판 1쇄 발행 2023년 12월 23일

지은이 양왕용
펴낸이 배재경
펴낸곳 도서출판 작가마을

등록 2002년 8월 29일(제 2002-000012호)
주소 부산광역시 중구 대청로141번길 3, 501호(중앙동, 다온빌딩)
대표전화 051)248-4145, 2598 ┃ **팩스** 051)248-0723
전자우편 seepoet@hanmail.net

ISBN 979-11-5606-252-3 03810 정가 20,000원

※ 본 도서는 2023년 부산광역시, 부산문화재단 '부산문화예술지원사업'으로 지원을 받았습니다.

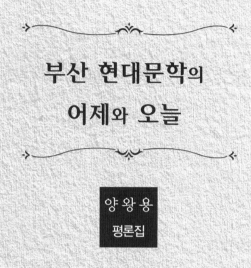

부산 현대문학의
어제와 오늘

양왕용
평론집

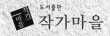

도서출판
작가마을

드디어 갖게 된 '부산'이라는 지명이 들어간 책

그동안 필자는 부산문화재단으로부터 여러 번 지원을 받아 평론집과 시집을 엮었다. 그래서 언젠가는 부산 현대문학 혹은 시문학을 언급한 글들로 책을 한 권 내고 싶었다. 2022년『한국현대문학과 지역문학』으로 한국출판문화산업진흥원 우수출판콘텐츠로 선정될 때에도 부산에 관련된 원고들은 아껴 두었다. 마침 2022년과 2023년 부산의 현역 시인들의 작품을 읽고 그들 가운데 문제작을 평할 기회도 여러 번 생겼다.

2023년 부산문화재단에 제출한 원고가 심사위원들의 선정기준에 부합되어 지원을 받게 되었다. 드디어 필자의 소원인 부산에 관련된 글만으로『부산 현대문학의 어제와 오늘』이라는 제목을 정하면서 〈부산〉이라는 지명이 들어간 책을 엮게 된 것이다. 1969년 대구에서 대학원 석사과정을 졸업하고 아무 연고도 없는 부산에 정착한 지 올해로 54년이 된다. 고향 남해군 창선도는 중학교를 졸업하고 진주고등학교를 진학하던 1959년 떠나 방학 때에만 머무는 공간이 되었다. 1963년부터 1969년까지는 대구에서 대학과 대학원 시절 6년을 보냈다. 그러나 이때까지 주소지는 고향이었으니 남해 사람으로 36년 살았고 54년을 부산 사람으로 살고 있다. 그리고 두 아들들에게는 그들의 고향이기도 하다. 말하자면 부산은 필자의 제2의 고향이요. 필자가 가장 사랑하는 곳이기도 하다. 그동안 부산을 책 이름 속에 넣지 못한 숙제를 드디어 해결하게 되어 정말 기쁘다.

제1부는 과거에 부산에 살았거나 머물었던 시인과 수필가 그리고 아동문학가에 관한 글들이다. 그 가운데 〈해방기부터 부산시인협회 결성 시까지의 부산 시단〉은 1997년 〈부산문학사〉의 집필위원으로 쓴 글이 토대가

되었다. 그동안 이 글은 다른 곳에 발표된 적도 있고 2006년 필자의 평론집 『한국현대시와 지역문학』에 수록된 적도 있다. 그런데 이번에 다시 부산시인협회로부터 그 시기의 시문학사를 청탁받아 많이 손을 보았다. 그때에는 생존해 있던 시인들 가운데 많은 분들이 이미 고인이 되어 그 부분을 다시 썼다. 그래서 이번 책의 앞부분을 장식하게 되었다. 나머지 글들은 작고한 시인들의 삶과 시 세계에 대한 글들이다. 김춘수 시인의 글과 김춘수 시인과 조향 시인의 관계도 부산에서 벌어진 일들이거나 시작된 글이기에 수록하였다. 제2부는 그동안 관심 깊게 읽었던 부산 현역 시인들의 시집에 관한 글들이다. 그들 가운데는 시작 활동을 오래한 시인도 있고, 비교적 최근에 시작 활동을 시작한 시인들도 있다. 박청륭 시인의 경우 지역 시 전문지의 청탁을 받아 쓴 글이다. 제3부는 필자와 깊은 인연이 있는 세 분의 수필가의 작품집 세계와 최근의 부산의 문예지에 발표한 시인들의 작품에 대한 언급이다. 그리고 필자가 살고 있는 부산 해운대의 최치원 선생 관련 유적들의 관광상품화 내지 축제 콘텐츠로서의 가능성을 제안한 글도 포함 시켰다.

문학의 위상이 날로 위축되고 있다. 심지어 문학에 관련된 특강보다 인문학 특강에 열광하는 풍토이다. 그러나 분명히 문학은 인문학의 가장 선두이고 토대이다. 이 책의 발간을 계기로 필자는 남은 여생을 부산 문학의 위상 회복과 역사 정립에 봉사할 기회를 찾고자 한다.

이 책을 출판할 계기를 마련해 준 부산문화재단 관계자와 매번 필자의 책 출판을 마다하지 않는 작가마을 배재경 대표에게 감사의 뜻을 전한다.

2023년 세모에 해운대바닷가에서 양왕용

차례

평론집을 펴내며 __ 004

1부

010 • 해방기부터 부산시인협회 결성 시기까지의 부산시단
049 • 조향 시인과 김춘수 시인과의 주고받기
062 • 김춘수 시인의 '부산 시절'부터 시작한 산문 쓰기의 일상
081 • 섬에서 고향 그리워하며 산 시인 – 한찬식 시인의 삶과 작품 세계
102 • 전통 지향적인 자연관과 남성적 어조의 시인 – 이석 시인의 삶과 작품세계
117 • 1960년대 부산기독교문인협회와 수필가 장성만 목사
120 • 심군식 목사님과 결성초기의 한국크리스천문학가협회
124 • 〈절대시〉 동인 유병근 시인의 삶과 시 세계
133 • 허일만 시인의 화려했던 고등학교와 대학 시절
138 • 이계선 시인의 짧은 생애와 시 세계

2부

144 • 한국현대시의 전통 지향성과 성종화 시인의 시
160 • 강언관 시인의 노년에서의 시 쓰기 – 강언관 시집 『나는 실버 통역사』의 시 세계
168 • 시간과 소리의 시학-자아, 그리고 사계의 시간적 상상력
        – 김덕남 시집 『카이로스의 종소리』의 작품세계
182 • 류선희 시인의 시와 영성의 시 – 시선집 『바람개비』의 작품세계
195 • 오로지 시인으로 살아온 나날 – 박청룡 시인 인물론
199 • 배은경 시인의 기억현상학적 시 쓰기

부산 현대문학의 어제와 오늘

209 • 손정란 시인의 눈물과 웃음이 공존하는 시 쓰기
　　　– 제1시집 『어딘가에 전화를 걸어 암호를 풀다』의 작품세계
219 • 송정우 시인의 시에서 여행의 의미
227 • 자연과 사물, 그리고 가족에 대한 절제된 따뜻함
　　　– 신현숙 시집 『상처는 향기가 난다』의 특성
240 • 라틴 아메리카 선교현장과 기독교적 상상력의 전개
　　　– 윤춘식 시집 『카누에 오신 성자』의 특성
253 • 최진국 시인의 일상의 풍자로서의 시 쓰기
　　　– 시집 『구름 위에 걸터앉아』의 특징

3부

260 • 부산과 가족 사랑, 그리고 여행의 진지한 즐거움
　　　– 공기화의 수필집 『뒷모습을 그리다』의 작품세계
265 • 유년기의 추억과 사회활동에서의 감동
　　　– 박희두의 수필집 『사과나무 과수원과 아이들』의 작품세계
271 • 신앙의 힘으로 살아온 삶의 고백
　　　– 안상진의 수필집 『해운목이 잘 크는 집』의 작품세계
279 • 부산 시인들은 코로나19를 어떻게 대응하고 있는가? – 2020년대 부산 시인들(1)
287 • 자연과 유년기의 체험을 통한 치유와 위안의 시학 – 2020년대 부산 시인들(2)
296 • 시의 기본을 잘 지킨 몇 편의 작품들 – 2020년대 부산 시인들(3)
308 • 궁극적 관심으로서의 시 쓰기 – 2020년대 부산 크리스천 시인들(1)
315 • 크리스천 시인들의 사물을 바라보는 태도의 특성 – 2020년대 부산 크리스천 시인들(2)
323 • 하나님의 역사하심을 형상화하는 방법으로서의 시 –2020년대 부산 크리스천 시인들(3)
334 • 문학이 어떻게 '오고 싶은 도시 해운대'에 기여 할까?

양왕용 평론집
부산 현대문학의 어제와 오늘

제1부

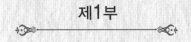

- 해방기부터 부산시인협회 결성 시기까지의 부산시단
- 조향 시인과 김춘수 시인과의 주고받기
- 김춘수 시인의 '부산 시절'부터 시작한
  산문 쓰기의 일상
- 섬에서 고향 그리워하며 산 시인
- 전통지향적인 자연관과 남성적 어조의 시인
- 1960년대 부산기독교문인협회와 수필가 장성만 목사
- 심군식 목사님과 결성초기의 한국크리스천문학가협회
- 〈절대시〉 동인 유병근 시인의 삶과 시 세계
- 허일만 시인의 화려했던 고등학교와 대학 시절
- 이계선 시인의 짧은 생애와 시 세계

해방기부터 부산시인협회 결성 시기까지의 부산시단

1. 해방 직후부터 임시수도 시절(1945-1953)까지의 부산 시단

(1) 일제강점기와 해방공간의 부산

부산은 일제 강점기에 성장한 도시이다. 1876년 2월 27일 일본과 맺은 강화도 조약(일명 병자수호조약)과 더불어 개항하면서 일본과의 활발한 교류로 국제무역항으로 변해간다. 그러다가 일제강점기 중반인 1925년 조선총독부에 의하여 조선조 말부터 진주시에 있던 경상남도 도청을 서부경남 주민들의 강력한 반대에도 불구하고 부산으로 이전하여 4월 17일 부산의 도청 신청사(현재 동아대 부민 캠퍼스) 광장에서 이전식을 거행하게 된다. 따라서 이때부터 항만도시와 도청소재지로서 행정도시의 기능을 겸하게 된다. 1925년부터 1945년 8월 15일 해방을 거쳐 박정희 군사정부 시절인 1963년 1월 1일 부산직할시로 승격되기까지, 경상남도의 도청소재지로 6.25 전쟁기에는 임시수도로 발전에 발전을 거듭했던 것이다.

1945년 8월 15일 해방 직후 부산이 경상남도의 도청소재지요, 남부의 거점도시라고 해도 문예지나 시 전문지의의 창간을 할 수 있는 여건은 되지 않았다. 다만 해방과 더불어 좌우익의 신문사가 난립되다가 1950년대에는 진보진영의 《민주신보》[1], 우익진영의 《자유민보》[2], 현재

---

1) 1945. 9. 20. 《민주중보》로 창간. 1949. 9. 《민주신보》로 개명. 1962. 8. 1. 폐간.
2) 1946. 2. 26. 창간-1956. 4. 19. 폐간.

의 《부산일보》(1946. 9. 10. 창간), 현재의 《국제신문》[3]등 4대 신문사가 있어서 시인들이 기자로 근무하기도 하고 문화면에 시 발표 지면을 가지게 되었다. 그리고 1950년대 경남도정 홍보지 《경남공론慶南公論》이 지면을 제공하기도 했다.

문학잡지는 발간되지 않아도 해방공간에 문학 중심의 주간지가 있었다는 사실은 기억해야 할 일이다. 염주용廉周用(1911-1953) 시인의 주도로 1946년부터 1950년까지 《문예신문》이 타블로이드판 2면으로 매주 월요일 발간되었다. 집필진으로는 우파라고 할 수 있는 유치환, 오영수, 김수돈 등과 좌파 김상훈, 이병철, 김원룡 등이 두루 참여하였다. 신춘문예 제도를 도입하고 아동문학상과 학생문학상을 제정하여 초,중고등학생에게도 지면을 제공했다. 경영난과 염주용의 지병으로 오래 지속되지는 못했다. 그리고 그 보관본이 거의 존재하지 않은 점이 애석하다. 그러나 이곳을 통하여 많은 시가 발표되었고 그 당시 학생으로 투고한 후 나중에 문인이 되어 아직까지 생존해 있는 사람들의 기억 속에는 의미 있는 매체로 남아 있다. 그리고 해방기의 개인시집을 여러 권 발간해준 곳도 문예신문사였다.

(2) 일제 강점기의 유일한 동인지 《생리生理》와 해방공간의 부산 시단

일제 강점기에 부산지역에서 발간된 유일한 동인지는 《생리生理》이다. 《생리》는 1934년부터 1937년까지 화신백화점 부산사무소(소장: 시인 조벽암)에서 구매 사무를 보던 청마 유치환柳致環(1908-1967) 시인의 주도로 염주용 시인, 장하보(1913-1970) 시조 시인, 유치상(청마의 동생), 최상규, 김기섭, 박영포(1913-1939) 시인 등이 동인으로 참여, 1937년 7월 1일 창간호를 발간하여 5호까지 지속되었다. 유치환은 곧 통영의 협성상업학교 교

---

3) 1947. 9. 1. 《산업신문》으로 창간, 1950. 8. 19. 《국제신보》로 개명, 1977. 6. 《국제신문》 다시 개명, 1980. 12. 제5공화국 정권에 의하여 강제 폐간, 1989. 2. 1. 복간 등 우여곡절을 겪었음.

사로 직장을 옮겼으나 부산의 시인들과 끝까지 활동하였다. 청마의 동생 유치상이 부산에 머물며 편집과 발행의 실무를 담당하였다. 청마는 1931년 서울서 발간한 문예지《문예월간》[4] 2호에 시「정적靜寂」을 발표하여 데뷔한 초창기였으며 첫 시집『청마시초靑馬詩抄』(청색지사. 1939)를 발간하기 직전이었다. 이 시기 청마는 초량동 1000번지에 거주하였으며 청마가 부산에 체류한 첫 번째이다.

두 번째는 청마는 6·25 전쟁 시절(1950-51) 통영에서 부산으로 피난와 대청동 복병산 부산측우소 근처에 머물던 시절로 청마는 경남문총 국구대의 일원으로 원산까지 종군한다. 이 시절의 종군시편從軍詩篇들은 제5시집『보병步兵과 더불어』(문예사. 1951)에 수록되어 있다. 마지막은 1963년 7월 3일 대구여자고등학교 교장에서 경남여자고등학교 교장으로 전보된 때부터 1967년 2월 13일 오후 9시 30분 부산남여자상업고등학교 교장 시절 문인들과 헤어져 부산 동구 수정동 봉생병원 앞대로에서 집으로 가기 위해 길을 건너다가 시내버스에 치여 운명하기까지이다. 이 시절 그는 부산문인협회(한국문인협회 부산지부) 회장과 부산예총 회장을 주위의 문인들과 예술인의 추대로 수행하였다. 그리고 1964년 제7회 부산시 문화상 문학부문을 수상하였다.

해방기에 서울서 발간된 문예지에 등단한 사람은 두 사람이다. 1945년 12월 월간지로 창간하여 1950년 5월까지 중간중간에 결간한 결과 통권 22호를 발행한《백민白民》에 1950년 6·25전쟁 직전까지 경남여중 미술교사로 있으면서 소설 습작을 한 오영수吳永壽(1914-1980)가 시를 두 편 발표한 것이다. 1948년 10월호(통권 16호)에「山골 아기」, 1949년 5월호(통권 19호)에「六月의 아침」을 발표한 것이다. 이 잡지에는 추천제도가 없었기 때문에 유망한 신인으로 인정받아 두 편을 발표한 것이다. 그는 1949년 1월《서울신문》현상모집에 소설「머루」가 당선되면서 소설가로 전향하고 6·25 전쟁이 끝난 후 상경함으로써 부산문단을

---

4) 박용철 주재 1931년 11월 ~ 1932년 4월 통권4호로 종간.

떠난다.

6·25 전쟁 직전인 1949년 8월 1일 창간하여, 피난 시절에는 부산에서 전시판을 발간하기도 하다가 환도하여 1954년 3월호까지 통권 21호를 발간한 《문예文藝》에 손동인 孫東仁(1924-1992)이 3회 추천 완료로 시단에 데뷔하였다. 1949년 4월호에 「누님의 무덤가」, 1950년 5월호에 「산골의 봄」, 1950년 6월호에 「이별離別」로 추천완료하였다. 그러나 1954년에 김태홍, 안장현과 함께 발간한 동인지 《시문詩門》(1954-1955)에서부터 소설로 전향한다. 그리고 동시집과 동화집도 남겼다. 그러나 손동인이 경남고등학교 교사로 근무하던 50년대 중반에는 이유경 시인의 경우 손동인 시인 때문에 경남고등학교로 진학할 정도로 부산의 중고등학교 시인 지망생에게 영향력이 대단했다. 그 역시 1968년부터 인천교육대 교수(현재의 경인교대)가 되어 부산을 떠난다.

(3) 임시수도 시절의 부산 시단

해방 이후 부산이 주목받기 시작한 것은 1950년 6·25 전쟁이 발발하여 서울의 피난민이 몰려오고, 대전과 대구로 전전하던 정부가 8월 18일 부산으로 옮겨와 부산의 임시수도 시절이 개막된 때부터이다. 맥아더 장군의 인천상륙작전이 그해 9월 28일 서울을 수복하고 10월 1일 3·8선을 돌파하여 유엔군과 국군이 북진하자 10월 정부도 일시적으로 서울로 복귀하였다. 그러나 중공군의 개입으로 1951년 1·4 후퇴로 인해 다시 정부는 부산을 임시수도로 삼고 피난했다. 1953년 7월 27일 휴전협정 성립 전부터 단계적으로 서울로 옮겨간 정부에 이어 국회까지 환도한 것은 1953년 9월 16일이었다. 따라서 1950년 8월부터 53년 9월까지를 부산의 임시수도 시절이라고 볼 수 있다. 이 시절 부산은 대구와 더불어 피난 문단의 중심지가 되었다. 전국의 문인들이 부산으로 몰려와 대전에서부터 조직한 '문총구국대文總救國隊'라는 종군문인단이 조직되어, 육·해·공군의 정훈국에 소속되어 활동하게 되었다. 육군과 공군의 종군문인단은 51년 1·4회퇴 때 대구에 자리 잡았으며, 해군 종군문인단은 바다를 끼고 있는 특성상 부산에 자리 잡았다. 이때에 대구와 부산의 지역 문인들은 자연 피난 온 서울과 다른 지역 문인들과 어울려 종군문인단으로 활동하게 되고 생활의 여유가 있던 문인들 중에는 피난 문인들의 후원자가 되기도 했다. 특히 부산에 임시수도가 있었기 때문에 어느 지역보다 많은 문인들도 체류하였으며 광복동 '밀다원密茶苑'을 중심으로 몇몇 다방에 주로 이들이 모여 환담도 나누고 원고도 쓰면서 간혹 시화전도 열었다. 말하자면 전쟁의 불안과 현실의 암담함 속에서 전시라는 특수 상황과 생활의 방편으로 종군문인단에 참여하면서, 다소 부진한 활동이지만 그 명맥을 유지하였다.

이 시기의 정황을 제재로 한 소설이 바로 김동리(1913-1995)의 「밀다원 시대」(1955년 4월호 《현대문학》)이다. 이 시기는 부산지역 독자적 문단이나 시단은 형성되지 않은 시기였다. 그러나 피난 문인들과의 교유나 그들의 활동에 자극되어, 앞으로 활발한 창작활동을 할 발판을 마련한 시기였으며 특히 중고등학교 문학도들에게는 유명한 문인들을 직접 볼 수 있는 기회가 되어 훗날 시인 혹은 소설가 지망의 꿈을 키웠다.

이 시기에는 해방 이전에 문단에 공식적으로 데뷔한 사람은 아니라도, 연령적으로 해방 이전에 중등교육을 마쳤거나 전문학교나 대학을 중퇴하였거나 졸업한 사람들이 언론계와 교육계에 종사하면서 해방과 더불어 작품 활동을 하다가 피난 온 서울 문인들과 교류하면서 자극도 받아 수복 후 지역신문과 《경남공론》과 《문예신문》에 활발한 작품 활동을 한다.

우선 시인으로서는 최초로 1958년 부산시문화상[5]을 받은 홍두표洪斗杓(1904-1966) 시인을 들 수 있다. 그는 진주 문산면 지역 토호의 외아들

---

5) 2회, 1회 수상자는 소설가 이주홍(1906-1987) 이었음.

로 출생하여 향리에서 초등학교를 마치고 서울의 중앙고보를 거쳐 동경 시부야 농과대학을 중퇴하였다. 임시수도 시절 서울에서 피난 온 문인들을 여러 면에서 도와주었으며, 특히 오상순 시인을 지극히 모셨다. 환도 직후 한국문인협히 부산지부장을 맡아 오랫동안 지역 문화예술 활동에 공헌하였다. 그는 진주의《영문嶺文》과《경남공론》에 30여 편의 시를 발표하였다. 그는 생전에 시집을 한 권도 발간하지 못했으나 한국문인협회 부산지부(지부장 박문하)에서 발간한《부산문학》5집(1973. 작고 문인 특집)에 13편의 시가 수습되어 있다.

손중행孫重行(1907–1973) 시인은 경남 합천군 초계면 출신으로 1927년 진주사범학교를 졸업한 후 초등학교 교사를 2년 반 동안 하다가 해방될 때까지 향리에서 농촌운동을 하였으며 해방 후 그는 주로 부산의 언론계에 투신하여,《연합신문》,《국제신보》를 거쳐 1954년부터《부산일보》편집국장, 논설위원, 논설주간, 주필, 이사 등으로 근무하였다. 그는 주로 사설, 칼럼, 촌평인 고정란〈동남풍東南風〉을 집필하였으며 1967년에는 저서『동남풍』을 엮기도 했다. 그는 동년배의 다른 시인들보다 비교적 오래 생존하였으나 한 권의 시집도 남기지 않았다. 그의 작품 역시《부산문학》5집에 8편이 수습되어 있다. 그의 작품세계는 언론인답게 조국애를 강조한 것이 많다. 그는 1962년 언론인의 공적으로 제1회 경남문화상을 받았다.

홍원洪原(1907–1967) 시인은 경남 창원군 웅촌면 출신으로 평북 정주의 오산중학교를 다니다가 도일하여 일본 山口중학교를 졸업하였다. 그는 1946년《자유민보》창간 당시 편집국장으로 참여하여 1956년 폐간될 때까지 주간으로 자리를 지켰다. 그는 동시대의 시인들이 시집을 가지지 못한 것과는 대조적으로 제1시집『연鳶』(자유문화사.1954)을 청마 서문으로 발간하고, 제2시집『홍원시집』(자유문화사. 1956)을 발간하였다. 그의 작품세계는 허무주의 적막감이 흐르고 있으나 내일을 향한 동경심을 동시에 가지고 있다.

박영환朴英煥(1913-1995) 시인은 경남 함양군 안의면 출신으로 일제말 조선일보 함양지국장으로 있다가 해방 이후 부산으로 내려와 동향인 하기락과 함께《자유민보》논설위원을 지냈다. 그는 본명으로보다 호 노석奴石으로 시단 활동을 하였다. 그는 해방 직후 건국준비위원회 경남연맹 기획조직부장, 대한독립촉성경남협의회 연락선전부장, 문총경남지부 사업선전부장도 지냈다. 그는 휴전 직후부터 1956년까지는 진주의《경남일보》의 편집국장과 진주에서 연간지《영문嶺文》의 주간, 문총진주지부 문학부장 등을 지냈다. 그동안 그는《영문》과《경남공론》등에 시를 발표한다.

1956년 부산으로 이거 하여 월간지《민주조선》등에 간여하나 단명으로 끝난다. 1973년에는 회갑 기념이자 생애 유일한 시집『바위의 염원念願』(예문관)을 발간한다. 1983년에는 7순 기념으로 시와 수필이 수록된『백운산 뻐꾸기』(태화출판사)를 엮기도 하였으며 1988년에는 제1회 우봉문학상을 수상하기도 했다. 1993년에는 부산지역 문단 후배들이 힘을 모아 역시 시문집『행운유수行雲流水』를 엮기도 한다. 말하자면 만년에 그는 10년마다 책을 하나씩 엮었다. 1950년대의 노석의 초기 시는 대상은 분명하지 않으나 그리움의 정서를 가지고 있다. 이러한 점은 그의 평생지기였던 청마와 궤적을 같이 한다.

박영한朴英漢(1917-1956) 시인은 해방기의 유일한 교사 출신이다. 그는 동래 출신으로 1936년 동래고보를 졸업하고 경성사범 연습과를 마친후 해방 전에는 초등학교교사를 하다가 해방이 되자 경남여중(1945-1950), 경남여고(1951-1953), 부산여중(1953-1956) 교사로 근무한다. 그는 해방공간에서 경남여중 동료 교사였던 오영수의 습작소설을 읽어주고 김수돈金洙敦(1917-1966)의 첫 시집『소연가召燕歌』(문예신문사. 1947. 2)의 맞춤법 교정도 해준다. 김수돈의 이 시집은 해방 이후 부산에서 발간한 첫 개인 시집이다. 동래중학을 거쳐 1950년 경남 진해중학교 교사로 옮기면서 부산 시단을 떠난다. 그러나 그는 일제강점기의 문예지《文章》

에 정지용 시인으로부터 2회(1939년. 5월호-「소연가」, 「고향」, 10월호-「동면」, 「낙타」) 추천을 받은 바 있는 시인이다. 박영한 시인은 문단활동을 적극적으로 하지 않았으나 박민朴民이라는 필명으로 개인시집『산역山驛의 밤』(문예신문사. 1949. 5)을 발간한다. 이 시집은 앞의 김수돈의 시집에 이은 해방 이후 부산에서 발간한 두 번째 개인 시집이다. 그의 작품은 가족들에 대한 사랑을 노래한 것이 많다. 해방기의 시인 가운데 사물에 대한 인식력과 정서의 객관화하는 수사력이 돋보이는 시인이었다. 그러나 수술 후유증으로 일찍 세상을 떠났다.

마지막으로 일제강점기인 1939년 5월호《文章》에 이태준 소설가로부터 단편소설「카추사에게」를 추천받은 정진업鄭鎭業(1916-1983) 시인을 살펴볼 필요가 있다. 그는 1960년대 이후 마산 시인으로 알려져 있으나 1953년 4월 1일부터 1954년 5월 말까지 국제신보 문화부장으로 있었다. 그는 경남 김해에서 출생하였고 해방 전 평양의 숭실전문 문과에 수학하였으며, 교사로 극단 황금좌의 전속 배우를 지냈고 해방직후에도 최초의 문예영화「해연海燕」에 출연하였다. 6·25전쟁기인 1951년 수도 육군병원에서 주관한 영화「3천만의 꽃다발」을 끝으로 배우는 청산하였다. 해방기인 1948년 서울의 시문학사에서 제1시집 『풍장風葬』을 냈는데 서문은 소설가 김정한이 후기는 김용호가 썼다. 국제신보 문화부장 시절인 1953년 6월 15일 제2시집『김해평야』를 남광문화사에서 냈는데 서문은 6·25 전쟁기에 부산으로 피난와 남광문화사 주간을 맡으면서 부산대학교에 출강하였던 김용호가 서문을 썼다. 그는 제1시집부터 그의 정렬적인 배우 기질을 반영하듯이 현실에 대하여 비분강개하였다.

이 시기에는 아직까지 부산 시단의 동인 활동이나 시적 경향의 집단화는 이루어지지 않았다고 볼 수 있다. 정부가 환도하여 부산에 머물던 많은 문인들이 서울로 돌아갔으나 전부터 부산에 있던 시인들과 동아대학교와 부산대학교를 중심으로 임시수도 시절부터 활동하던 시인들에 의하여 부산 시단은 활발해지기 시작했다.

2. 환도 직후부터 직할시 승격 직전(1953– 1962)까지의 부산 시단

(1) 조향의 초현실주의 지향의 모더니즘

우선 조향趙鄕(1917–1984) 시인 중심의 초현실주의 문학활동 즉, 모더
니즘 지향성을 들 수 있다. 조 시인은 경남 사천군 곤양면 출신으로 본
명은 섭제燮濟이다. 창소년기를 진주에서 보내면서 1937년 진주고보(오
늘날의 진주고등학교)를 졸업하고 이듬해 대구사범학교 강습과를 수료 후 초
등교사 생활을 하다가 1941년 일본대학 예술학원 창작과와 전문부 상
경과를 다닌다. 그러다가 편지 사건으로 필화를 입어 마산으로 돌아와
초등교육에 종사한다. 해방 후 잠시 초등학교 교감을 하다가 1946년
마산상고 교사를 하면서 시동인지《로만파魯漫派》를 주재한다. 1947년
부터 동아대학교 문학부 국문학전공 전임강사 발령을 받아 부산문단
에 편입하게 된다. 그는 대학교수가 되면서 6·25 전쟁 직전 서울의〈
후반기동인회〉(이한직, 김경린, 박인환, 이상로)에 참여한다. 그러나 6·25 전쟁
으로 인하여 동인지는 발간 못하고 피난지 부산에서 이한직, 이상로가
빠지고 김차영, 김규동, 이봉래가 가담한다. 그러나 이 동인회는 정치
집단으로 오해를 받아 해체된다. 그러는 가운데 1952년 그의 대표작
「바다의 층계層階」와 「Episode」를 자신이 출판인으로 되어 있는 자유장
自由莊에서 발간한 일종의 대학교재 「현대국문학수現代國文學粹」에 발표
한다. 이 작품은 프랑스 초현실주의 영향을 받아 다다이즘의 경향이
두드러진 것이다. 그는 1953년 현대문학연구회現代文學硏究會를 조직하
여 이듬해에 회지 1집을 발간한다. 1956년에는 감마Gammas 동인회를
결성하여 동인지《Geiger》(정보 탐지기란 뜻) 1집을 발간한다. 1962년에는
일요문학회를 결성하여 『일요문학』 1집을 엮기도 한다. 그는 부산 시

인으로는 유일하게 1961년 발간한 신구문화사 판『세계전후문학전집』
8권인『한국전후문제시집』에 13편의 작품과 시작 노트「데페이즈망의
미학」이라는 일종의 초현실주의 시론이 실리게 된다. 1950년대 후반
부터 1960년대 초반까지 부산예술문화단체 대표, 문총지부 대표위원
예총지부 지부장 등으로 문단활동도 활발하게 전개하는 한편 1960년
에는 동아대 문리대학장 1963년에는 도서관장 등을 역임했다. 그러나
1966년 동아대학교 설립자에 도전한다는 오해를 받아 동아대학을 사
직하고 서울로 떠나면서 부산 시단을 떠나게 된다. 그러나 그의 초현
실주의 경향의 모더니즘은 동아대학교 후배들과 제자들에게 계승되어
부산시단의 한 경향으로 자리 잡게 된다.

　조향 시인과 동인활동을 한 사람들 가운데 지속적으로 시 창작을 하
여 시인으로 일가를 이룬 사람들은 노영란, 구연식, 이민영, 조봉제,
정영태 등이 있다.

　유일한 여류시인 노영란盧映蘭(1924~1991) 시인은 1950년대부터 부산
에 머물며 같이 동인 활동을 했으며 다만 1962년부터 동아대 가정과
전임강사로 잠시 강단에 섰다. 그는 경남 함양 출신으로 일본제국여자
전문학교를 졸업했으며 해방 직후 진주여고 교사를 지냈다. 1947년에
는 진주시인협회(영남문학회의 전신) 회지인 《등불》의 창간 당시부터 회원
으로 활동하면서「황혼」,「호수」 등을 발표하였다.

　노 시인은 1950년대에 이미 제1시집『화려한 좌표座標』(자유장, 1953)와
제2시집『흑보석黑寶石』(금문사, 1959)을 발간하였다. 그의 시는 모더니즘
지향성을 가지고 있었으며 다소 악마주의적이었다. 그는 1965년경 연
탄가스 중독으로 3일간 의식불명 상태에서 깨어나 9년 동안 가족들의
보호 아래 투병 생활을 했다. 1974년 회복하여「소생기」라는 수필을
《재부 작가 · 작품론》에 발표하면서 집필활동을 재개한다. 그 후 1980
년대에는 서울에 머물면서 작품 활동을 하였고 제3시집『현대의 별』(한
국문화사, 1980)을 발간한다.

구연식具然軾(1925-2009) 시인은 경남 사천시 사남면에서 태어나 향리에서 초등학교를 졸업하고 해방되기 직전인 1945년 3월 서울의 중앙고보를 졸업했다. 그리고 피난 시절인 1952년 3월 동아대 국문과를 졸업하였다. 그는 경남여고 국어교사로 있으면서, 1954년 4월 동아대 국문과 강사로 출강하다가 1959년 4월 국문과 조교수로 부임하게 된다. 조향 시인이 떠난 1966년부터는 동아대학교의 유일한 시학 교수가 되어 초현실주의, 다다이즘, 입체파 문학연구와 3·4문학 동인 등을 연구하였으며, 그 결과 그의 문학박사 학위 논문을 보완한『한국현대시의 고현학적考現學的 연구』(시문학사, 1979)를 발간하기도 했다. 그는 동아대학교 재직할 때나 정년 후 작고할 때까지 모더니즘 지향성의 시를 지속적으로 창작하였으며 부산문인협회 회장을 지냈다.

그는 50년대 발표한 시편들을 모아 제1시집『검은 산호珊瑚의 도시都市』(국제신보사 출판부, 1962)를 엮었다. 이 시집에 수록된 작품들은 검은 색이 상징하는 절망적인 이미지를 제시하면서 감정이 배제된 비정한 도시 풍경을 보여주고 있다.

이민영李民英(1927-2015) 시인은 조향 시인이 주도한 현대문학연구회 회원이지만 그 이전에 장호(1929-1999), 고원(1925-2008) 시인과 더불어 3인 시집『시간표 없는 정거장』(협동문화사, 1952)을 발간하였다. 그는 경남 김해시 상동면 출신으로 해방 직전 초등학교 교사를 시작으로 부산 동성고등학교와 동아고등학교 교사로 근무하였으며 1992년 정년퇴임할 때까지 시집『화도花禱일기』(친학사, 1965), 『바람 부는 언덕』(시로, 1988), 시선집『송사松史시초』(시로, 1992)를 발간하였다. 3인 시집을 발간한 두 시인은 부산을 떠났지만 그는 끝까지 부산을 지켰으며 고등학교에서 많은 시인 지망생 제자들을 키웠다. 3인 시집 발간 이듬해인 1953년 4월 25일 파도다방에서 〈3인 시집의 감상회〉라는 문학의 밤을 가졌는데 사회 김용호, 개회사 오상순 그리고, 이하윤, 양명문의 논평 등 순서 맡은 시인들의 면면을 봐도 피난 문단의 풍성한 행사였으며 3인 시인 자작시 낭독, 여성 독자들의 낭독이 더하여졌다. 그 역시 3인집 수록「검은 지표」연작시에서 검은 색이 상징적으로 등장하고 있다.

조봉제趙鳳濟(1926-2012) 시인은 조향 시인의 아우로 일제강점기 일본 후쿠오카 현립 이토시마 중학을 거쳐 동아대 국문과를 구연식 시인과 같은 해인 1952년 졸업하였다. 남성여고 교사를 거쳐 1950년대 후반 동아대 국문과 교수로 부임하였다. 66년 형이 동아대 교수를 물러나자 그도 부교수 직위에서 물러나 서울로 이주하였다.

그는 그의 형 조향이 주도하는 동인회들의 실무를 맡았으며《문예신문》과《부산일보》등에 작품을 발표하였다. 1961년에는 그동안 발표한 시들을 모아 제1시집『가을 바다와 묘비명』(친학사)을 발간하였다. 그의 작품 경향은 주지적이며 초현실주의 경향이 짙었으며 난해시를 옹호하는 시론을 발표한 바 있다.

정영태鄭永泰(1928-2003) 시인은 일본 경도에서 태어나 토야마 상업학교를 중퇴하고 해방직후인 1946년부터 젊은 나이에《부산매일시문》,《항도일보》,《부산방송국》,《민주신보》등에서 기자 혹은 부장을 맡아 활동하다가 1974년《국제신문》사업부장을 마지막으로 언론계를 떠난다. 그는 아동문학도 창작하였고, 산악인, 수석인 그리고 파스텔 화가였다.

그는《문예신문》에 작품을 발표하였고 류근주, 한승권과 함께 3인 시집『전환하는 새벽』(자유장. 1953)을 엮었다. 그의 제1시집『검은 태양의 계보系譜』(자유장. 1958) 역시 1950년대의 중요한 시집이며 시집 속에 보이는 역설적 표현은 그의 모더니즘 지향성을 알 수 있다. 그의 작품 경향은 문명비판적이면서 절망의식을 가지고 있다.

지금까지 살핀 여섯 사람의 시에 등장하는 공통적인 특질은 그들의 시집이나 시의 제목 속에 수식어로 혹은 상징화된 사물로 나와 있는 검정색 이미지이다. 이것들은 6·25전쟁과 전후에 만연한 절망의식을 모더니즘 수법으로 보여준 것이다

(2) 《신작품新作品》의 주지적 서정주의

1950년대에 처음으로 지속적으로 발간된 동인지는 기성 시인들의 것이 아니었다. 앞의 조향이 주도한 동인지는 한결같이 창간호가 종간호가 되었다. 그러나 임시수도 시절인 1952년 3월 서울에서 부산으로 피난와 있던 전시연합대학과 부산대학교와 동아대학교에서 공부하던 젊은 대학생들 가운데 시인 지망생이 중심이 되어 발간된 동인지가 바로 《신작품新作品》이다. 《신작품》은 1952년 3월 창간되어 1954년 12월까지 모두 여덟 번에 걸쳐 발간되었다.

《신작품》은 1집(1952.3)부터 6집(1953. 9)까지는 프린트 판으로 시에 한정되었으나, 7집(1954. 3)과 8집(1954. 12)은 활판으로 인쇄되었으며 시에 대한 평론이 추가되었다. 1집부터 8집까지 시가 총 72편, 평론 4편, 번역문 1편, 그리고 3-4편의 수상이 실려 있으며 그동안 참가한 동인들은 모두 28명에 이른다. 이들 가운데 1집부터 8집까지 한 번도 빠지지 않고 시를 발표한 동인은 송영택이다. 다섯 번 이상 참가한 동인은 천상병, 고석규, 김재섭, 이동준, 김일곤 등이다. 송영택, 천상병, 이동준은 창간 멤버였고, 김일곤은 2집, 김재섭은 3집, 고석규는 4집부터 가담했으며 이들이 주축 멤버였다.

1950년 6월 6·25 전쟁 나기 직전 부산중학 6학년인 송영택 (요즈음 부산고등학교 3학년)의 주도로 부산 시내 남녀 중학교 5-6학년 학생 10여명이 〈서지瑞枝동인회〉를 발족시켰다. 그들이 모두 중학 6학년을 졸업하고 다른 대학으로 진학을 했는데, 6·25 전쟁기라 모든 대학이 부산에 있었기 때문에 쉽게 모일 수 있었다. 그리고 서울대학교에 입학하자 말자 송영택(독문과)과 천상병(상학과) 2인(사실 최계락도 참가할 계획이었으나 원고가 훼손되어 불참)이 만든 동인지 《처녀지處女地》의 경험도 바탕이 되어 대학생 연합의 동인지 《신작품》이 창간된 것이다. 6집에는 조영서, 손경하, 유병근, 최용만, 하연승 등이 새 동인으로 가담하였다. 그리고 7집에서는 고석규가 「모더니티에 대하여」라는 평론을 발표하여 평론가로서의 역량을 보여주었다.

7집에는 이미 《문예》 1950년 1월호에 「P. 발레리 단고斷稿」를 발표한 이래 활발하게 평론 활동을 전개하고 있던 김성욱도 「나와 내 주위의 신화」라는 평론을 발표함으로써 《신작품》에 참가하는 최초의 기성문인이 되었다. 비록 시와 평론을 합하여 40여 페이지밖에 되지 않았지만, 그 당시 문단의 주목을 받아 국제신보에 소개되기도 했다. 마지막 호인 8집은 80여 페이지로 지면도 배로 늘어났다. 그리고 이미 네 권의 시집을 발간하여 해방 직후부터 당당한 기성시인으로 활동하고 있던 김춘수金春洙(1922-2004) 시인도 시 「꽃밭에 든 거북」과 서정주의 작품을 해석한 평론 「서정적 인간」을 발표하면서 참여한다. 김춘수 시인은 1954년부터 1957년까지 부산대학교 국어국문학과에 시간강사로 영도에 있던 연세대 부산분교에는 전임대우로 출강하고 있었다.

7집과 8집을 의욕적으로 발간한 《신작품》 동인지는 다수의 동인들이 정부 환도와 더불어 대학을 따라 서울로 돌아가게 되고, 고석규 주도의 부산대 출신 동인들이 새로운 동인회를 구성하여 《시조詩潮》를 1952년부터 1953년까지 여러 권 내게 되면서 구심점이 약화되어 8집으로 중단하게 된다. 그러나 《신작품》이 가지고 있던 정신과 패기는 《시조》와 부산대 강사 김춘수와 대학원생 고석규가 주재한 《시연구詩研究》(1955)에 계승되었다. 《신작품》 7·8집의 평론이나 《시연구》의 특집 〈모더니즘 비판〉을 볼 때 조향 시인 중심의 초현실주의를 기반으로 한 모더니즘 경향과는 대조적이라고 볼 수 있다.

그리고 그들 작품은 서정주의 경향이 농후했다. 그들 가운데 부산시단과 인연이 있는 대표적 시인 몇 사람에 대하여 살펴보기로 한다.

송영택宋永擇(1933-) 시인은 부산시 동대신동 2가에서 출생한 부산 토박이로 부산중학 6학년 때부터 동인활동을 하다가 피난 와 있던 서울대 독어독문과로 진학했다. 그는 천상병과 함께 《신작품》 동인의 산파역을 했으며 서울대학교가 서울로 돌아간 뒤에는 방학 때 내려와 동인 활동에 참여했다. 그는 동인 활동 중이던 1953년 봄 6 · 25 전쟁으로 발간에 난간이 많았던 《문예》 신춘호와 9월호에 「소녀상」이라는 같은 제목의 시로 2회 추천 받았다. 그러나 《문예》는 1954년 폐간되고, 1955년 1월에 창간된 《현대문학》 1956년 2월호에 3회 추천 완료되어 동인 가운데 맨 처음으로 기성 시인이 된다. 그는 1955년 가족 모두와 함께 서울로 이사를 간다.

그는 독문과 졸업 후에는 독일문학을 한국에 소개하는 번역문학가로 실력을 인정받아 라이너 마리아 릴케를 비롯한 여러 시인들의 독일시 집 번역과 산문집을 번역한다. 그 가운데 칼 · 히티의 『잠 못 이루는 밤을 위하여』(휘문출판사, 1961)는 베스트셀러가 되어 1960년대 초반 대학 생들과 청년들에게 많이 읽혔다. 그의 작품은 릴케의 영향을 받아 사 물에 대한 존재의 근원을 탐구하면서도 낭만적이며 서정적이었다.

조영서曺永瑞(1932-2022) 시인은 경남 창원 출신으로 동아대를 수학하 다가 1953년부터 지역 언론계에 투신하였다. 《자유민보》를 거쳐 《국 제신보》에서 편집부 기자로 있다가 1962년 4월 편집부장을 마지막으 로 서울의 《동아일보》로 옮겨 갔다. 그 뒤 《조산일보》 편집부장, 편집 부국장, 《주간조선》 주간 등을 역임했다. 언론계 정년퇴임 후에도 계 간지 《문학예술》을 주재하는 등 왕성한 활동을 하다가 2022년 노환으 로 별세하였다.

그는 1952년 부산서 발간한 주간지 《문예신문》에 이미 1회 추천을 받았고, 서울의 월간지 《문학예술》 1956년 8월호에 「벽에는」, 1957년 7월호에 「창窓」이 3회 추천되어 시단에 데뷔하였다. 이 작품은 기억 속 의 풍경 즉 내면의식을 감각화한 작품이다. 제1시집 『언어』(삼애사, 1969), 제2시집 『해빛 수사학』(일지사, 1979) 등에서 이러한 형상화 능력을 극대 화시키고 있다. 즉 관념보다는 정서의 감각화 내지 사물화를 통한 주 지적 서정시를 지향하였다.

《신작품》동인으로 기성 시단에는 데뷔하지 않았지만 요절한 고석규 高錫圭(1932-1958) 평론가를 살펴볼 필요가 있다. 그는 함남 함흥 출신으로 월남한 의사 고원식의 외아들이었다. 1952년 부산대 국문과에 입학하여 동인 활동을 주도적으로 한 것과 대학원 진학 후의 활동은 이미 앞에서 언급한 바 있다. 그는 1954년 2월 동국대 재학 중이던 《신작품》동인 김재섭과 함께 2인집 『초극超劇』을 발간하였다. 여기에 고석규는 〈청동의 계절季節〉이라는 제목으로 5편의 평론을 발표하였고, 김재섭은 〈달과 암초暗礁〉라는 제목으로 시 15편을 발표하고 있다. 이로 미루어 볼 때 그는 진작부터 평론가의 꿈을 가졌다. 그는 1958년 3월 대학원을 졸업하는데 그 직전인 1957년 《문학예술》에 6회에 걸쳐 「시인의 역설逆說」이라는 평론을 연재하면서 평론가의 입지를 굳힌다. 그리고 석사 논문 「시적 상상력」은 일종의 시론으로 그가 급서(1958년 4월 19일 심장마비로 사망)한 직후인 1958년 6월호부터 11월호까지 《현대문학》에 연재되었다.

그의 전집은 친구와 후배 평론가에 의하여 1993년 5권으로 집대성되었다. 그리고 1995년부터 〈고석규 비평상〉이 제정되어 신예비평가에게 시상되고 있다. 2012년에는 그의 미망인이자 시인인 추영수 (1937-2022) 여사가 오랫동안 간직하고 있던 고석규 평론가로부터 받은 서한을 어렵게 공개하면서 그의 유복녀 고명진(1958-) 여사의 노력으로 증보판 전집 5권이 도서출판 마을에서 발간되었다. 그의 시 149편은 전집 1에 『청동의 관』이라는 제목으로 편집되어 있다. 그의 작품은 생전에 시집을 묶을 계획에서인지 「서시」가 있으며 '생사가 불명이신/어머님께/처음 이것을 드립니다'라는 그의 친필이 수습되어 있다. 그의 작품은 앞의 두 시인들에 비하여 실향민이기 때문에 슬픔과 그리움의 정서가 주조를 이룬다. 그러나 20대 초반의 젊은 나이에도 불구하고 비평가적 기질 때문에 정서는 직접 노출하지 않고 객관적 상관물을 통한 사물화 과정을 거쳐 형상화된다.

《신작품》 동인으로 60년대 이후 많은 활약으로 부산 시단을 지켰던 두 시인으로 손경하와 유병근 두 시인을 들 수 있다.

손경하孫景河(1929–2019) 시인은 경남 창원 출신으로 부산대 상대 상학과를 나와 줄곧 부산의 중등교육계에 종사하다가 교장으로 1994년 정년퇴임 했다. 그는 작고 직전 부산지역 신문의 인터뷰에서 마산상고 재학 중이던 1949년 제1회 개천예술제에서 이형기, 박재삼에 이어 입상했다는 사실을 밝히고 있다. 그래서 부산대 국문과 출신 고석규와 어울려 《신작품》 동인으로 참여하게 된다. 그는 과작의 시인이었다. 1985년 첫 시집 『인동忍冬의 꿈』(예문관)을 낸 이후 2015년에 제2시집 『그대 홀가분한 길손으로』(산지니)를 내었다. 그러나 그는 그동안 1974년 10월 19일 창간호를 발간한 부산시인협회 연간지 《남부의 시》부터 꾸준히 작품을 발표하였다. 1977년제 4호부터 1991년 18호까지 김규태, 허만하, 이형기(9호까지 함)와 함께 편집위원으로 수고했다. 부산시인협회가 회장 체제로 전환한 것은 1989년 4월 허만하 시인을 제1대 회장으로 추대하면서부터이고 초창기는 편집위원 공동 대표체제였다. 따라서 초창기의 부산시협의 대표 중의 한 사람이었다. 그리고 1989년 회장 체제로 전환한 1대 때에는 작고한 박현서(1935–1992) 시인과 함께 부회장으로 수고했다. 그의 제1시집에서는 사물과 현실에 대한 절제된 인식을 담담하게 표현하였는데, 제2시집도 노시인의 오랜 삶을 되돌아보는 관조의 자세에서 특히 노인들이 공감할 수 있는 시로 채워져 있다.

유병근劉秉根(1931–2021) 시인은 경남 통영 출신으로 6년제 통영중학을 나온 이후 줄곧 군부대의 전파 담당 전문병사로 제대 후에는 같은 직종의 군무원으로 근무하였다. 그는 통영중학 시절 김춘수 시인의 제자로 시에 눈을 떴으며, 해군 병사로 근무할 때 윤동주 시인의 동생인 윤일주(1927–1985) 시인을 대위로 만나 시에 입문하게 되었다. 1970년 《월간문학》에는 시 「봄빛」으로 정식 등단한다. 그는 수필로도 일가를 이루고 있다. 그는 1978년 첫 시집『연안집沿岸集』(연문사)을 낸 이래 2017년에는 시집『꽃도 물빛을 낮가림 한다』(작가마을)를 제14시집으로 내었다. 거의 2년 만에 1권의 시집을 발간했다. 그리고 수필집도 10권을 내었다. 그의 시는 이미지 전개가 환상적이며 날카롭다. 그림으로 비유하면 해체된 풍경화이면서도 엄격할 정도로 감정이 절제되어 있다. 그는 2021년 4월 23일 담도암으로 오랜 투병 생활을 하다가 별세하였다.

역시 《신작품 》동인으로 경남 창원에서 시작활동을 하면서 노년을 보내고 있던 하연승河然承(1933~2020) 시인이 2020년 4월 6일 별세하였다. 그는 경남 진주 출신으로 진주고와 부산상대 경제과를 나와 경남 지역에서 지방 공무원 생활을 했으며 시집『이슬의 탄생』(1997)과『나비의 생태학』(2007)을 발간했다.

(3) 《시문詩門》의 현실비판과 반전사상

다음으로 환도 직후에 활발하게 시작활동을 한 시인들의 동인지로 앞의 두 경향과는 다른 것이 《시문詩門》이다. 1집(1954. 11)과 2집(1955. 10)만 발간한 동인지이지만 1950년대 시의 특성 가운데 한 측면인 리얼리즘 지향성을 잘 드러내고 있다. 동인으로는 김태홍(부산고 교사), 안장현(남성여고 교사), 손동인(경남고 교사)이 있다. 그러나 손동인은 이미 앞에서 살펴본 바와 같이 시로 데뷔하였으나 동인지에는 소설만 발표하고 있기 때문에 언급의 대상이 안 된다.

김태홍金泰洪(1925~1985) 시인은 경남 창원에서 출생하였으며 초등학교 교사를 거쳐 해방기에 마산여중 6년제(현재 마산여중 · 고) 마산상고 등에서 국어교사를 하면서 1950년 해인대학(현 경남대학교)을 졸업했다. 마산에서 문단활동을 하다가 1954년부터 부산에서 중등 국어교사로 있었다. 주로 부산고등학교 교사로 있었으며 한성여대(현 경성대학교)와 부산여대

(현 신라대학교)에도 출강하였다. 1950년대 후반에는《부산일보》논설위원을 겸하여 4.19 혁명 때에는《부산일보》에 논설과 시로서 현실참여를 했다. 5.16 직후 구금되면서 교원에 해직되었다가 1963년 복직되기도 했다. 부산시 교육청 연구사와 연구관으로 부산시 중등 교육계의 시조 부흥 운동에 일조를 했으며 감만중 교장을 거쳐 충렬고등학교 교장으로 재직중 췌장암으로 유명을 달리했다.

그는 해방기인 1947년 염주용의《문예신문》에 서정시 「고향」을 발표하였으며 1950년에 제1시집『땀과 장미와 시』(흥민사)를 발간하면서 시단에 등장했다 초기의 서정시 지향성은 동인지『시문』을 거쳐 제2시집『창窓』(자유문화사, 1954), 제3시집『조류潮流의 합창』(인간사, 1958)부터 현실참여 경향으로 변한다. 그의 생전의 마지막 저서인『시와 산문』(신한출판사, 1984)에서 표지에다 다른 제목으로 「시와 사회성」을 붙인 것으로 보아도 그러한 경향을 알 수 있다. 그는 6권의 시집과 1권의 시선집, 시론집 수필집을 가질 정도로 왕성한 창작욕을 가지고 있었으나 만년에는 투병하면서 많은 고통을 겪었다.

안장현安章鉉(1925-2003) 시인은 경남 김해시 진영읍 출신으로 1954년 동아대 국문과를 졸업하고 남성여고에 근무했다. 그는 1950년대 말 서울의 무학여고로 옮겼다가 1963년부터 부산고등학교에 근무했다. 그러다가 2년제 부산여자대학에 국문과가 존속하던 70년대 초반까지 교수를 했다. 국문과 폐과로 다시 서울로 올라가 공립중등학교 국어교사를 하다가 정년퇴임을 했다. 정년퇴임 후에는 1956년 창간한 계간지《한글문학》발간에 정열을 쏟았다.《한글문학》은 1972년까지 계간지 체제를 유지했다. 창간호부터 한글 가로쓰기와 한글전용을 단행했다는 데서 그의 선견지명을 엿볼 수 있다. 그 뒤로도 비정기적 발간에 힘을 쏟았으나 정상적인 발간은 어려웠다. 그가 작고할 때까지 그 자신이 한글문학회 종신 회장을 하면서 지속 되었다. 지금은 제자들과 한글운동가에 의하여 계속 발간되고 있다. 2005년 그의 부산고등학교 제자인 류자효 시인에 의하여 그의 별세 2주기 기념 추모문집『안장현과 한글문학』(한누리미디어)이 발간되었다.

그의 제1시집『어안도魚眼圖』(인간사, 1957)는 발간 당시부터 그의 역사의식이 심화되고 상황의식이 표출되면서 동시에 간결한 시어와 섬세한 이미지를 간직하고 있었기 때문에 주목을 받았다. 특히「전쟁」에서는 6·25 전쟁의 아픔을 간결하게 형상화한 반전사상을 엿볼 수 있다. 그는 고희 기념시집『빛의 소리』(시와시학사, 1997)까지 5권의 시집을 발간했으며 수필집도 5권이나 발간했다.

이상의 두 시인은 김태홍의 자유당 정권에 대한 비판과 안장현의 6·25전쟁의 비정을 바탕으로 한 반전사상 등은 1970년대 주류가 되는 리얼리즘 시의 선구자 역할을 분명히 하고 있다.

(4) 문예지와 월간지 그리고 신춘문예로 등단한 시인들

박철석朴哲石(1930-2016) 시인의 경우 1955년 7월호《현대문학》에「까마귀」가 초회 추천된 뒤《자유문학》1958년 8월호에 문학평론「순수시 비평론」이 당선되어 시인과 비평가를 겸하게 되었다. 경남 거제시 장목면 출신인 그는 해방 직후부터 해동고등학교와 동아고등학교 교사를 하면서 문예반 담당으로 많은 시인들을 길렀다. 그는 부산여전 교수를 거쳐 동아대학교 국문과 교수를 하다가 1995년 말 정년퇴임하였다. 퇴임 후에도 부산의 원로 시인으로 작품 활동과 평론 활동을 하다가 2016년 2월 17일 숙환으로 오랫동안 투병하다가 별세했다.

그는 제1시집『목련木蓮』(영남문학회, 1954) 제2시집『까마귀』(갑진출판사, 1956) 등 2권이 50년대에 발간되었으며 그 외『하단의 바람』(1989),『외로운 귀 하나』(1995),『계란 밥』(2001),『젊은 악사를 위하여』(2006) 등이 있다. 연구 논저도『한국현대시인론』,『한국현대문학사론』,『새 발굴 유치환의 시와 산문』도 남겼다. 그의 평론이 노장사상에 바탕을 둔 한국의 전통적 자연관 탐구와 변용이 주축을 이루고 있듯이 그의 초기 시세계 역시 그렇다. 2018년에는 그의 삼남 박영산이 유고시집『산다화』를 엮었다.

조순曺純(1926-1995) 시인은 경남 의령군 화정면 출신으로 해방 직후 진주사범학교를 나와 중앙대학교 정치과를 졸업하고 부산상고, 부산여고, 경남여고 국어교사로 근무했다. 일찍 퇴직했으나 교육계에 계속 종사하였고 만년에는 경남대학교 대학원을 나온 후 대학 강단에 서기도 했다.

1958년 4월호《자유문학》에 시「항아리」를 발표한 이래 주로《자유문학》을 통하여 1950년대 말에 집중적으로 시를 발표함으로써 50년대 시단에 편입되었다. 그는 1961년 제1시집『전후戰後에 내리는 비』(조광출판사)를 엮은 이후 5권의 시집을 엮었다. 특히 만년에는《갈숲》동인을 주재하다가 심장질환 때문에 갑자기 세상을 떠났다. 그는 다정다감하면서도 사려 깊은 인품을 가지고 이었으며 만년까지 낭만과 시적 분위기를 잃지 않았다. 그의 초기시는 자연이나 사물에다 의미를 부여하는 경향과 6·25 전쟁 이후의 모순된 현실 인식을 형상화한 두 경향이 있다.

박재호朴載護(1927-1985) 시인은 경남 밀양 출신으로 서울대 철학과를 수학했다. 1955년《문학예술》12월호에「작은 고동鼓動을」이 추천되고,《사상계》1959년 10월호에「꽃은 흔들리다」외 2편이 발표되면서 시단에 데뷔하였다. 그는 1970년대 초반까지 부산문협 회원으로 활동하였으나 1970년대 후반 경남신문 논설위원으로 자리를 옮기면서 마산시단에 편입하였으며 1979년에는 경남시인협회 창립회장을 지내기도 했다. 그러나 제1시집『석화石花시집』을 1960년에 엮었다. 그의 시는 초기부터 자연의 미세한 움직임에다 따스하고 인정 어린 정서를 부여하였다.

이상의 세 시인 말고도 50년대 후반기에 문예지와 월간지로 등단한 시인들에 대하여 살펴보기로 한다.

우선 김규태金圭泰(1934-2016) 시인을 들 수 있다. 그는 대구에서 출생했으나 청소년기에 부산에 정착하여 동래고등학교와 서울대 불문과를 졸업하였다. 서울대 재학시절인 1956년 문리대문학회에 가입하여 회지《문학》에 이일, 성찬경, 유종호, 이어령, 오상원, 송욱, 박이문 등과 함께 작품을 발표했다. 1958년부터 부산지역 언론계에 투신하여《국제신문》문화부장, 사회부장, 정경부장 등을 거쳤다. 1980년 신군부에 의해 언론병합으로《부산일보》로 옮겨 논설위원, 논설주간을 역임했다. 1990년에는 복간된《국제신문》으로 돌아와 논설주간으로 정년하였으며 1995년 이후에도 논설고문으로 있으면서『국제신문 50년사』발간을 주도했다. 매주 화요일「김규태 칼럼」을 4년 여 썼다. 그리고「시인 김규태의 인간기행」을 연재하여 부산과 인연이 있는 문인, 예술인의 이야기를 남겼다. 이 글은『그 사람들』(말씀. 2009)로 엮어져 그의 마지막 저서가 되었다.

그는 1957년《문학예술》에「기旗」로 추천받고 1959년《사상계》에「아직도 잊지 않을 것을 위하여」로 신인상에 당선되면서 시단에 데뷔하였다. 1964년 서울의《현대시》동인으로 참여하여, 허만하, 이유경, 주문돈, 김영태, 정진규, 이승훈, 박의상, 이수익, 김종해, 마종하, 오세영 등과 작품 활동을 하였다. 그는 과작의 시인이었다. 그의 첫 시집은 1969년 삼애사에서『철제鐵製 장난감』을 '오늘의 한국시인' 시집 시리즈로 발간하였다. 그는 제2시집『졸고 있는 신』(1985), 제3시집『들개의 노래』(1993) 그리고 마지막 시집인『흙의 살들』(2005)을 남겼다. 그는 초기부터 견고한 이미지로 사물에다 내면적 심리 현상을 밀착시키는 작품을 썼다. 이러한 기조는 계속 유지되었다. 그의 첫 시집 제목을 보아도 이러한 경향을 짐작할 수 있다.

1959년《사상계》를 통하여 등단한 부산 출신으로는 서림환徐林煥(1934-2006) 시인 이 있다. 그는 경남고등학교와 한국외국어대 불어과를 졸업하였다. 1959년 9월호에「음악」외 2편이 신인상으로 당선되어 시단에 데뷔하였다. 그런 후 불란스 유학을 떠나 70년대 초반에 귀국하여 부산대학교 사범대학 불어교육과. 인문대 불문과 교수로 근무하다가 정년퇴임 후 지병으로 별세하였다. 귀국 후 그는 간간이 시를 발표하였으나, 프랑스 시 번역과 교수로서 학생들 가르치기에 전념하였다.

이유경李裕璟(1940-) 시인은 경남 밀양시 하남면 출신으로 경남고등학교와 외국어대학 불어과를 졸업하였다. 그의 본명은 이유곤이다. 그는 경남고등하교 3학년 졸업 직전인 1959년 1월 1일《국제신문》신춘문예에「과수원에서」가 당선되어 시단에 데뷔하였다. 그때의 심사위원은 김춘수 시인과 김용호 시인이었다. 그리고 그 해 3월호《사상계》에 이유경이라는 필명으로「과수원」시편 3편이 당선되었다. 말하자면 대학 입학하기 전 이미 그는 기성 시인이 된 것이다. 대학 재학 중 서울 시내 대학생들 동인회인〈화요회〉에 참여하였고, 재학 중 군에 입대하여 제대한 후인 1964년부터《현대시》동인으로 활동한다.

그는 졸업 직전인 1965년《국제신문》에 입사하여 1968년 조영서 시인의 천거로《조선일보》로 옮길 때까지 주로 편집부에서 일했다. 그는《국제신문》에 근무하면서 결혼도 했고 두 딸의 아버지가 됐다. 그는 1998년《스포츠 조선》에서 정년퇴임 후 3년간 부산에 머물며 낚시 관련 월간잡지를 만드는데 기여하기도 하였다.

그의 초기 작품들은 대학시절과 이 시기에 쓰여겼는데 주로 영미 시의 영향을 받은 모더니즘 기법과 다양한 제재로 현실을 풍자하고 이상과 현실의 갈등을 형상화하고 있다. 이 시기의 시를 1969년 '오늘의 한국시인' 시리즈이자 그의 첫 시집『밀알들의 영가』(삼애사. 1969)에 엮었다. 그러나 그는 70년대 이후 제2시집『하남下南 시편』(일지사. 1975) 이후 주지적 서정시의 경향으로 나아갔다. 그는『초략도』(문학세계사. 1983),『몇 날 째 우리 세상』(문학수첩. 1998),『자갈치 통신』(황금알. 2007)『바다로 간 강』(책만드는 집. 2017) 등 8권의 시집과 시선집『우리의 탄식』(고려원. 1986) 외 1

권을 엮었다.

한찬식韓讚植(1921-1977) 시인은 함남 함주 출신으로 6·25 전쟁 직전에 월남하여 전쟁기에 부산에 정착한 시인이다. 그는 일본 유학시절 미술학교에 다닌 것을 바탕으로 대양중학교 미술교사를 오래 했다. 그는 그 당시로는 비교적 늦은 나이인 1958년 《자유문학》에 「섭리攝理」(1958. 8) 「물무늬」(1959. 8), 「하류」(1959. 12) 등이 양명문楊明文 시인의 추천으로 등단했다. 등단 전에 부산지역의 시동인회에 참여한 적은 있다. 제1시집 『낙엽 일기』를 1974년(친학사) 엮었다. 그는 지병으로 일찍 작고했으나 자녀들과 친지 등의 협조로 유고집 『다시 섬에서』(시문학사, 1978) 『한찬식 전집』(빛남, 1999)를 엮기도 했다. 한 시인은 화가로서도 추상화를 주로 그렸는데 그의 초기작은 내면의식에 대한 관념적이고 추상적인 작품이 많았다. 그러나 후기에는 실향민의식이 형상화된 것도 있다.

《자유문학》으로 등단한 마지막 시인은 임수생林秀生(1940-2016)이다. 그는 부산 출신이었으나 초등학교와 중학교는 하동에서 졸업하고 부산 동아고등학교를 거쳐 서라벌예술대학을 수료하였다. 그는 대학 재학 중인 1959년부터 1961년까지 《자유문학》 1959년 11월호에 「대화」, 1960년 4월호에 「미스 강에의 연가」, 1961년 9월에 「동양철학 초」 등으로 3회 추천 완료하여 시단에 데뷔하였다. 그러나 신춘문예에 대한 미련을 버리지 못하여 1966년 《경향신문》에 「일등항해사」로 가작, 1971년 《조선일보》에 「임진강의 딸기」로 가작이라는 진기록을 세우기도 했다. 그의 작품세계는 초기에는 서정적이었으나 후기에는 철저한 리얼리즘 경향의 시를 썼으며 현실참여에도 행동적일 정도로 적극적이었다.

1960년 한국일보 신춘문예에 「밤의 편력」으로 당선된 박태문(1938-1992) 시인은 부산상고 시절부터 시재가 뛰어났다. 그는 고등학교도 중퇴하였으나 22세 되던 1960년 신춘문예에 당선되었다. 그는 시인이라 사무직을 제안하는 것을 마다하고 현장 노동자로 살아간 진정한 민중 시인이었다. 그러나 생전에 『밤의 편력』(1975), 『풀 하나가』(1983), 『축복받을 일 하나 없어도』(1989) 등 세 권의 시집을 엮었다. 그의 친구들과 후배 시인이 뜻을 모아 1995년 『박태문 전집』을 엮었다.

3. 직할시 승격 직후부터 시인협회 결성 직전(1963-1974)까지의 부산 시단

(1) 시대 및 시단의 개관

1963년 1월 1일 직할시 승격 직후부터 1974년 9월 19일 그 당시의 부산 현역시인 32명의 작품을 망라한 연간지 《南部의 詩》(신국판, 141면)를 발간 후, 그해 연말 부산시인협회라는 이름으로 단체를 결성하여, 부산지역 문학 장르단위의 협회 태동과 결속의 계기를 마련한 1974년 직전까지의 부산시단에 대하여 살펴보기로 한다. 단순히 10년 단위로 구분하여 살피는 것보다 지역사회나 문단 혹은 시단 내부의 큰 변화에 따라 시기를 구분하는 것이 타당하다는 생각에서 시기를 구분한 것이다.

1963년 1월 1일부터 부산이 경상남도로부터 행정적으로 독립하여 직할시가 된다. 그러나 부산문단을 1962년부터 부산지역 독자적인 모임을 결성하자는 움직임이 있었다. 1962년 9월 5일 한국문인협회 경남지부가 발행한 기관지 《文協》에 의하면, 문협 지부는 1962년 4월 20일 오래 전에 헐려 없어진 중앙동 구 부산 시청사 건너편에 있던 경남공보관에서 그 당시 회원 총원 31명 가운데 18명 참석으로 지부장을 소설가 李周洪, 부지부장에 시조시인 高斗東, 徐定鳳 사무국장 아동문학가 曺有路, 시분과 위원장은 그 당시 20대 초반인 시조시인 金民夫(1941~1972)가 맡았다. 임원들의 면을 보면 전부가 부산 문인들이고 진주나 마산 지역 문인들의 참여가 없는 것으로 보아 사실상 부산문인들의 단체였다고 볼 수 있다. 그러나 결성 초기에 예총 경남지부의 결성 과정에서 모종의 부정사고가 있다고 하여 예총 경남지부장 趙鄕 시인과 문협 부지부장 고두동 시조시인을 문협 차원에서 제명하고 또 다른 일로 문인들끼리 부산지검에 고발하는 등 일련의 사태까지 벌어져 요즈음의 시각으로는 이해하기 힘든 사건의 연속이었다. 막상 발간된 《文協》에는 지부장 시조시인 金相沃, 부지부장 역시 시조시인 李永道, 서정봉, 시분과위원장 朴奴石 등으로 바뀌었다. 이러한 일련의 사태들이 있고 난 이듬해에 부산직할시로 승격되어 문인단체는 자연스럽게 경남지부라는 명칭을 버리고 부산지부로 바뀐다.

그러나 예총이나 문협을 기반으로 한 매체는 쉽사리 나타나지 않는다. 그런데 그동안 경주로 대구로 직장을 옮기면서 부산을 떠나 있던 靑馬 柳致環 시인이 1963년 7월 3일 대구여자고등학교 교장으로 있다가 경남여자고등학교 교장으로 부임하게 되어 부산문단과 시단은 청마 중심으로 결속된다.

(2) 종합지의 등장

《文協》발간 이후 소강상태에 있던 부산 문단도 64년 12월 10일 《부산문예》를 예총 부산지부(지부장 朴斗錫)의 발행으로 선을 보인다. 이 책은 예총의 기관지 성격이나 연극(박두석), 미술(김강석), 건축(이종유), 국악(임순야)에 대한 평론을 제외하고는 모두 문인(한국문협 부산지부)들의 작품이다. 수필(박문하. 박노석) 2편, 소설(최해군. 문재구. 김광봉) 3편을 제외하고 시인 19명의 19편이 수록된 국판 총 145페이지의 책이다.

시 19편 가운데는 시조 1편(고두동), 동시 4편(박돈목. 윤두혁. 최계락. 조유로)이 포함되어 있다. 따라서 시는 14편이다. 목차의 순서에 따라, 발표 시인과 작품을 열거하면 다음과 같다. 김규태 「가장 사랑스러운 이의 죽음」, 김정진 「번유사飜柚詞」, 노영란 「사보텐」, 박재호 「산실」, 서정봉

「꽃」, 유치환 「노호老虎」, 윤일주 「뜰」, 이동섭 「갈증」, 이민영李珉永 「잠자리」, 이민영李民英 「시간 속의 도회」, 임수생 「전쟁일지 抄」, 정영태 「영원한 동면을 위해서」, 조순 「이문里門의 달」, 한찬식 「초원의 章」, 홍두표 「고구마 같은 이야기」 등이며 김태홍은 「내용변호를 위한 예술측면론」이란 비평을 발표하고 있으며, 당시의 소장 비평가 李洧植은 「오해 속의 참가문학」이라는 평론을 발표하고 있다. 따라서 당시에 발표한 문협 지부회원은 30명 내외였다. 이 때의 문인협회 지부의 임원은 지부장 유치환, 부지부장 김태홍, 박문하 사무국장 이동섭, 감사 최해군, 문재구, 시분과 위원장 김규태, 아동문학분과 위원장 조유로, 소설ㆍ희곡분과 위원장 최해군, 평론ㆍ수필분과 위원장 이유식 등이다.

유치환이 1963년 7월 그의 생애 세 번째로 부산 체류하면서 1967년 2월 13일 좌천동 앞길에서 교통사고로 이 세상을 마감할 때까지 그는 문협지부장으로 부산문단을 이끌어 갔으며, 박두석에 이어 예총지부장까지 겸하게 된다. 그러나 이것 역시 창간호로 끝나고 67년 12월 25일 1990년대 초반까지 부산문인협회의 연간지로 간행되었던 《釜山文學》이 속간된다. 당시의 지부장은 청마가 작고하고 난 뒤 맡게 된 소설가 요산 김정한이었다. 이것은 《釜山文藝》의 속간호가 아니라 1962년 발간한 《文協》의 속간호였다.

《釜山文藝》와 《釜山文學》이 협회의 기관지 성격이었다고 하면, 1966년 3월에 월간지를 표방하고 창간된 《文學時代》(태화출판사)는 부산 최초의 상업 문예지였다. 이 잡지의 주간은 이주홍 소설가였고, 편집은 역시 소설가 최해군이 맡았으며, 필진도 전국적으로 확대하였다. 창간호의 경우 창작, 평론, 시, 〈내 밭에서〉라는 학생작품란, 특집 「한국소설은 어디로 가고 있는가」, 에세이 「학교대항 연작소설」 – 보성고 편, 연재강좌 등 다양한 종류의 작품들을 실었다. 그 가운데 시는 유치환 「대화」, 장만영 「꽃ㆍ독초」, 이동섭 「內在의 꽃꿈」 등이었는데 부산 시인은 유치환, 동시인 최계락, 이동섭 등이다. 다른 장르의 경우 창작에 손동인, 윤정규, 특집비평에 김태홍, 에세이에 이영도, 정상구, 허천, 최해갑, 손풍산, 문재구 연재강좌에 박지홍, 구우학 등이었다.

《文學時代》는 월간을 표방하였으나 순조롭게 발행되지 않았다. 문화공보부의 간섭도 받았으며 나중에는 계간지로 등록을 바꾸려고 시도했으나 1967년 가을 통권 7호로 종간되고 말았다. 그 당시는 요즈음과 달리 문화공보부에 등록하기도 어려웠고 전국적으로도 문인들이 많지 않기 때문에 원고 충당도 어려워 잡지 발간을 계속할 수 없었던 것이다.

(3) 다양한 매체를 통한 신인들의 등장

부산이 직할시로 승격된 1963년 1월 이후에도 서울의 일간지 신춘문예당선이라는 관문을 통하여 시단에 데뷔하는 시인들이 속출하였다. 63년에는 박응석朴應奭(1939~2016)이 「未開地의 꽃」으로 朝鮮日報에 이수익李秀翼(1942~)이 서울신문에 「告別」로 당선되어 2인의 시인이 탄생하기도 하였다. 이수익은 부산 MBC PD로 일하다가 80년대 초반에 서울의 KBS로 옮겨 서울 문단에 편입하였다.

부산 시단과는 인연은 없으나, 부산이 고향이고 부산에서 고등학교를 졸업하고 서라벌예대 문예창작과에 다닌 김종해金鍾海(1941~)가 65년 경향신문 신춘문예에 「내란」으로 당선되었으며, 역시 서라벌예대 출신인 그의 동생 김종철金鍾鐵(1947~2014)은 68년 한국일보 신춘문예에 「재봉」으로 당선되어 형제가 시인이 되었다. 67년에는 박상배朴尚培 (1940~)가 서울신문에 「찬가」로 당선되었는데 그는 60년 한국일보에 「열도」가 가작으로 뽑히기도 하였다. 69년에는 《현대문학》지에 추천 과정을 밟고 있던 김철金哲(1941~)이 대한일보 신춘문예에 「부활」로 당선되기도 하였다.

이들은 대부분 서울의 대학으로 진학하여 계속 습작기를 거쳐 시단에 데뷔한 사람들이다. 그러나 그들 가운데 김종해. 종철 형제를 제외하고는 다시 부산으로 돌아와 60. 70년대 부산시단의 활발한 신진시인으로 편입되었다. 70년대가 되어도 신춘문예 당선의 행진은 계속된다. 그러나 그들의 출신대학이 부산대학교에 집중되는 경향을 보이고 있는 것이 특색이다. 70년대는 벽두인 70년 국문과 출신 김창근金昌根(1942~2021)이 조선일보에 「단추를 달면서」가 당선되면서 테이프를 끊었다. 이어서 71년에는 철학과 출신 박지열朴志烈(1948~)이 대학 재학 중 한국일보에 「유년의 겨울」로 당선되었으며, 해양대학을 나와 외항선 선장시인으로 알려진 김성식金盛式(1942~2002) 역시 같은 해 朝鮮日報에 「청진항」이 당선되었다. 72년에는 부산대 무역과 출신 이달희李達熙(1948~)가 한국일보에 「낙동강」으로 당선되기도 하였다.

지금도 꾸준히 발행되고 있는 월간 종합지《現代文學》을 통하여 데뷔한 신인들은 다음과 같다. 부산에서 고등학교를 나와 서울의 서라벌예대에 진학한 김영준金榮俊(1938~)은 「새와 여인」(1963. 7), 「사진」(1966), 「순백한 아침의 자유」(1967) 등으로 데뷔한다. 그는 비교적 오랜 추천기간을 거쳐 데뷔하였는데, 이러한 까닭은 그의 시에 대한 엄격성 때문이라고, 그를 추천한 박목월 시인이 그의 제 1시집『內心의 소리』(75) 서문에 밝히고 있다.

진주를 근거지로 하여 시단 활동을 하다가 울산에서 중등교육전문직을 하면서 70년대 말 부산으로 이주한 김석규金晳圭(1941~)는 1965년 1월 「파수병」으로 부산일보 신춘문예에 당선되기도 하였다. 그러나 그는 다시《現代文學》에 「봄언덕」(1965. 10), 「초동」(1966. 6), 「삼천포 기행」(1967. 2) 등으로 추천 완료하여 청마 유치환의 마지막 추천 시인이 되었다.

70년대 들어서면서도《현대문학》을 통한 등단은 계속된다. 金 哲(1941~)이 대한일보 신춘문예에 1969년 당선되었음에도 불구하고 68년 2월 「말의 우주」(1968. 2) 「어떤 일」(1970. 1)로 대한일보 당선을 1회로 간주하여 3회 추천 완료의 과정을 거친다. 부산의 대표적인 승려시인, 이병석李秉錫(1938~)은 「芽夜」(1965. 6), 「소원」(1965. 12), 「2월의 시」(1970. 5) 등이 추천 완료되어 시단에 데뷔하였다.

1968년 한국문인협회의 기관지로 지금도 발행되고 있는 《月刊文學》이 창간되었다. 이 문예지는 추천제도가 아닌 신인상 당선제도를 채택하였는데 그 전통은 지금도 지속되고 있다. 부산지역 시인으로 이 제도에 처음 당선된 시인은 배달순裵達淳(1938~2014)이다. 그는 「아침연습」(72)으로 데뷔하였다. 그는 경남 김해 출신으로 경남 진주여중과 거창 마리중학교 음악교사로 근무하다가 1970년대 초 항도중학으로 근무지를 옮기면서 부산에 왔으며 진주여중 교사 시절부터 동경하던 시단에 데뷔하였다. 그는 독실한 가톨릭 신자였다. 장편 서사시집 『성 김대건』을 1985년 출간하였으며 이를 개작하여 『아! 김대건 신부』를 영한 대역판으로 1995년에 내어 한국문학작품 최초로 바티칸도서관에 소장되었다. 이러한 공로로 1995년 12회 가톨릭 대상(문화 부문)을 받았다.

지금까지는 종합문예지를 추천제도나 신인상을 통하여 등단한 시인들에 대하여 살펴보았는데 다음으로는 시 전문지를 통하여 데뷔한 시인들에 대하여 살펴보기로 한다.

1971년 창간되어 2023년 2월호(통권 607호)로 종간된 월간 시전문지 《詩文學》과는 같은 이름으로 종종 혼동되고 있는 60년대의 《詩文學》誌로 등단한 두 사람이 부산 최초의 시 전문지 데뷔 시인인 셈이다.

60년대의 《詩文學》誌는 1971년 창간한 《시문학》의 작고할 때까지 편집인으로 시지를 실질적으로 주도한 문덕수(1928-2020) 시인에 의하여 1965년 4월에 창간되어 1966년 12월 통권 20호로 종간된 시 전문지이다. 이 잡지는 「추천작품」 제도와는 별도로 「연구작품」 제도를 두었다. 연구작품 1편씩 2회에 입선되면 1회 추천으로 간주되는 제도였는데, 60년대 후반과 70년대에 다른 문예지를 통하여 등단한 시인, 즉 김성춘, 김창완, 김용길, 송수권, 오규원, 이기철 등 많은 시인들이 이

제도에 투고하여 몇 번씩 입선되기도 하였다. 양왕용梁汪容(1943~)은 그 당시 대구에서 경북대학교 사범대학 국어교육과에 다니고 있었으나 재학 중인 65년부터 66년 사이에 대학 스승 金春洙 시인의 추천으로 「갈라지는 바다」(1965. 7), 「아침에」(1966. 1), 「3월의 바람」(1966. 7) 등이 추천완료 되어 시단에 데뷔하였다. 그는 69년 2월 대학원 석사과정을 졸업하고, 그해 3월 직장을 부산에 마련하면서 부산 시단에 편입되었다.

이 시지를 통해 시단에 데뷔한 또 다른 시인으로 이상개李相介(1941~2022)가 있다. 그는 65년 해군 문관으로 진해에 근무하면서 연구작품에 응모하여 65년 9월호에 김현승 시인에 의하여 「주형제작」, 「바다」, 「파흔」, 「소곡」 등 4편이 동시에 입선됨으로써 단번에 2회 추천을 받게 되었다. 그러나 《詩文學》지의 폐간으로 3회 완료추천을 받지 못하고 있다가 진해에서 부산으로 직장을 옮기게 되었다. 그러면서 제1시집 『영원한 평행』(1970) 발간하였다. 60년대 시인으로는 김석규에 이어 두 번째로 빨리 개인시집을 갖게 된다.

이 시기는 앞 시대와 달리 개인시집을 통하여 활동한 시인은 많지 않다. 개인 시집으로 데뷔한 타지역 시인의 경우 그 지역 시인으로 한정된 후 활동을 소홀히 하는 경우가 많은데, 부산시단에는 전혀 그렇지 않은 두 사람의 시인이 있다. 64년 시집 『님의 마음에』를 발간한 바 있는 김인환金仁煥(1940~)의 경우는 다른 시인들과는 남다른 면이 있다. 72년 5월 부산 최초의 격월간 시지 《詩人들》을 창간하여 경향각지의 필자들의 시와 시론을 모아 발표시켰으며, 어려운 형편 속에서도 7집이나 꾸렸다.

다음으로 고교시절부터 꾸준히 문예반 활동을 한 이해웅李海雄(1940-2015)을 들지 않을 수 없다. 그는 73년 제1시집 『벽』을 발간한 후 《詩文學》을 비롯한 각종 문예지에 활발히 작품을 발표를 하여 70년대와 80년 이후의 부산 시단의 핵심적인 시인으로 등장하게 된다.

(4) 시 전문 매체의 등장과 화제의 시집 발간

이 시기의 또 다른 하나의 특색은 앞에서 살핀 바와 같이 각종 매체를 통한 신인들의 등장에 고무된 시 전문 매체의 등장을 지적할 수 있다.

앞에서 언급한 50년대의 동인지인 《詩門》과 1962년 1월 31일 창간된 《詩旗》에 이어, 계간 《詩文藝》가 64년 창간된다. 박재호, 한찬식, 김규태, 박태문, 신명석, 김 석 등이 창간 동인으로 참여하고 있으나 그 필진은 전국으로 확산되어 있다. 그러나 65년에 간행된 《新語》는 최계락, 김규태, 한찬식, 박재호 등이 편집위원으로, 손경하, 박태문, 신명석, 박상배, 임수생, 박응석, 장승재 등이 동인으로 참여한 순수한 부산의 시 동인지였으며 갓 데뷔한 신인들까지 모두 참여하였으나 지속적은 발간은 하지 못하였다. 이러한 움직임이 70년대와 80년대의 활발한 부산시단의 초석을 놓은 것은 틀림없는 사실이다. 특히 《新語》의 경우 창간호 14편 중 한두 편을 제외하면 모더니즘적 경향을 띠고 있었다고 지적할 수 있는 점에서 부산 시단의 모더니즘 지향성을 보여주고 있다.

이 시기의 집단 시운동의 하나는 조향 시인의 대학 제자들의 초현실주의 시운동이라고 볼 수 있다. 소한진蘇漢津(1936–2015), 송상욱宋相煜(1939–), 김석金汐(1942–), 최휘웅崔揮雄(1944–) 등 네 시인은 대학시절인 1962년부터 〈오후〉 동인으로 출발하였다. 1962년 동인지 《오후》, 1963년 《오후의 입상》, 1964년 《시와 의식》 등 3집을 발간하였다. 이 네 시인들이 계간지를 표방한 동인지를 정식으로 창간한 것은 부산시인협회 결성 직전인 1974년 11월 25일이다. 그들은 창간호부터 그 당시 초현실주의의 영향을 받은 경향 각지의 시인들의 시와 비평을 수록하고 있다. 우선 시 발표자들은 정진업, 김광림, 김요섭, 김종삼 이형기, 김윤완, 송상욱, 비평 혹은 초현실주의이론 필진은 김종문, 김광섭, 김남석, 이정기, 김용태, 소한진, 하현식 시작 특집에 최휘웅, 번역 정귀영, 박정온 등이다. 말하자면 시전문지로 변신할 여지를 가지고 있다. 그리고 이들 가운데 서라벌 예술대 출신인 하현식河賢植(1938~), 김석, 최휘웅 등 3인이 연대시집이라는 이름으로『절대공간』(시문학사. 1975)을 내고 있다. 그들은 약력에 모두〈시와 의식〉동인이라고 밝히고 있으며 작품 경향은 초현실주의 영향을 받은 환상적 이미지가 등장하는 모더니즘 지향성을 가지고 있다. 이들을 그 당시의 부산과 서울의 일간지에서는 1950년대 조향 시인이 지향한 초현실주의와 후반기 동인회의 계승이라고 보았다. 이들 가운데 소한진 시인은 76년부터 동인지를 지양한 시 전문 계간지《시와 의식》(다시 종합문예지《문예정신》으로 개칭됨) 대표가 되고, 나머지 동인들은 모두 70년대 후반부터《현대문학》(김석),《현대시학》(하현식. 최휘웅), 등으로 등단한다.

이 시기에 빼놓을 수 없는 매체는 격월간 시 전문지《詩人들》이다. 서울에서 부산으로 이주해 온 김인환 시인이 1972년 5월 1일 창간호를 발간하였다. 김규태, 박재호, 허만하를 편집위원으로 하고 국판 총 112페이지의 얄팍한 책이었으나 그 당시의 열악한 여건 속에서 7집까지 발간하였다. 세칭 KSCF 사건 여파로 폐간될 수밖에 없었지만 그 당시의 부산과 경남지역 시인들 특히 중견과 신인들 그리고 대학시단을 순례하여 시인 지망 대학생들에게까지 영향을 끼쳤다.

창간호(1972년 5~6월호)의 목차를 보면 소설가 이주홍이 부산문단사(上)을 집필하여 일제강점기부터 그 당시의 부산 문단까지 살피고 있으며, 이 글을 바탕으로 이주홍은 문협 기관지《부산문학》6집(1973. 12) 부산문학사 특집에「釜山文學史略」을 20페이지에 걸쳐 발표하여 부산문학사를 개괄적으로 서술하게 된다.

시의 경우 진주의 이경순, 설창수, 김석규, 마산의 정진업, 진해의 강계순, 고성의 김춘랑, 울산의 이기원, 함홍근 등이 있고, 대부분 부산 시인이다. 목차의 순서대로 열거해 보면 다음과 같다. 진주의 이경순에 이어 시조시인 고두동, 그리고 설창수, 정진업에 이어 한찬식, 허만하, 김태홍, 조순, 김규태, 박재호, 손경하, 박태문, 이수익, 신명석, 김태의, 임수생, 임명수, 김인환, 시조시인 김석규, 김목운, 김영준, 양왕용, 김성식, 박지열, 이달희 등이 한 편씩 발표하고 있다. 그 외 서림환이 「현대 불란서 시선」으로 프랑스 시를 번역하고 있으며 박재호가 일본현대시를 번역하고 있다.

고정란으로 동인지의 지상좌담란에 「白地同人會」가 참여하고 있고, 대학시단란에 '부산대학교편'이 마련되어 있다. 수필은 정신득, 박문하, 이운하 등 세 편이 발표되고 있으며 권말에 「부산. 경남 문인 주소록」이 마련되어 있다. 문인 수록 현황은 연번호 1~51번까지가 부산문인이며, 52번부터 64번까지가 경남문인들이다. 부산의 경우 시인은 김규태, 고두동, 구연식, 이동섭 등 33명이다.

이상과 같은 편집 방향으로 보아 비록 지금과는 비교도 되지 않는 소수의 시단이었지만 그 나름대로 다양한 활동을 보여주고 있는 의미 있는 시잡지임에 틀림이 없다.

다음으로 이 시기에 기성 시인 가운데 시집을 엮어 화제가 된 몇 사람을 살펴보기로 한다. 그 당시에 이미 한국시단의 대표적인 시인인 청마 유치환이 『미루나무 남풍』(평화사, 1964), 『파도야 어쩌란 말이냐』(평화사, 1965) 두 권을 상재하여 만년의 황성한 활약을 보여주고 있다. 특히 서정시로 엮어진 『파도야 어쩌란 말이냐』는 그 당시의 옅은 독자층에도 불구하고 베스트셀러가 되어 많은 화제를 불러 일으켰다.

가장 왕성하게 시집을 발간한 시인은 이동섭李東燮(1929~1972) 시인이다. 그는 이미 1961년에 제1시집 『강물에 띄우는 시』(삼도사)에서 초정 김상옥 시조시인의 서문으로 자연을 제재로 한 서정시 33편을 보여준 바 있다. 이 시기에 그는 유치환 지부장을 보좌하여 문협 부산지부 사무국장을 맡으면서, 갓 정착되고 있는 부산직할시 교육청 중등교육과 국어과 장학사로 근무하는 격무 속에서도 많은 작품을 창작하였다. 특히 직할시 승격 초기에 「부산시민의 노래」를 작사하여 현재에도 많이 불리고 있으며, 1971년에는 「동백꽃 피는 부산」을 작사하기도 하였다. 이 시기에 그가 엮은 시집은 제2시집 『바다의 창』(태화출판사, 1964) 등으로 부산시인 가운데는 가장 많은 시집을 엮었다. 그는 장학사의 격무로 간을 다치게 되었으나, 1968년부터 개성중고(현재의 부산진고) 교감으로 인문계 고등학교로 전환하는 등 교육계에 많은 업적을 남겼다. 특히 그의 마지막 시집인 『탄생B』(1971)는 간질환에서 다소 회복된 후에 엮은 시집이다. 다시 삶을 추슬렀다는 뜻으로 정한 시집 제목이라 볼 수 있다. 그러나 이 작품에서는 투병의 체험과 거기에서 암시되는 죽음의 그림자가 보여 앞의 작품처럼 밝고 맑은 서정시라고는 볼 수 없을 것 같다. 1972년 그는 재발한 간질환으로 43세라는 젊은 나이에 유명을 달리한다. 그러나 그는 모두 4권의 시집을 남겼고 최근 국제펜클럽 한국본부 부산지역위원회(회장 정순영)에서 유족들이 보관한 시집과 산문 등 기타 자료로 전집 『끝없는 탄생의 시인 이동섭』(도서출판 푸른별, 2005, 크라운 판 365페이지)을 발간하였다. 여기에는 이 시인의 중학제자인 시인 오정환의 「李東燮研究」라는 평론과 회고기인 「이동섭 선생의 회억」(이규정)들이 수록되어있는 등 앞으로 보다 심도있게 연구할 후학들에게 많은 자료가 제공되어 있다.

다음으로 주목할 시인은 이 당시 서울에서 결성한 현대시동인으로 활동한 부산의 세 사람(김규태, 이수익, 허만하) 가운데 한 사람으로 대구에서 1968년 부산의 침례병원 병리과장으로 부임함으로써 부산문단에 편입하여 70~80년대 부산문단의 활성화와 부산시인협회의 산파역을 맡은 허만하許萬夏(11933~) 시인이다. 그는 오늘의 시인선집 시리즈(서울 三愛社)에 『海藻』(1969)라는 제1시집을 발간한다. 그 자신 후기에서 밝혔듯이 지난 10년 남짓 간간히 써온 것을 엮은 것인데, 관념적이며 추상적인 세계를 조형화내기 형상화하기에 노력한 흔적이 보인다. 그는 1955년 경북의대 재학시절인 1955년 「시와 평론」 편집위원으로 창작시와 번

역시를 발표하였고, 1957년 의과대학을 졸업할 무렵《文學藝術》에 「과실」, 「날개」, 「꽃」 3편으로 추천을 완료하였다. 특히 대학 재학 시절과 대학원 시절 그 당시 경북대학교에 재직하고 있던 김종길 시인과 청마 유치환과 깊은 교류관계를 유지하면서 이 두 사람의 시적 세계에 영향을 받기도 하였다.

4. 마무리

지금까지 살핀 해방 후부터 시인협회 결성 시기(1945-1974)까지의 부산시단의 형성과정을 다시 한번 간단히 요약하기로 한다.

부산은 일제강점기부터 경상남도의 도청소재지가 되어 남부권의 중심도시로 도약하였다. 이러한 도시적 배경으로 인하여 해방 직후부터 몇몇 신문사가 설립되고 문예주간지가 발간되는 등 시단 형성의 토대가 마련되었다.

해방 직후부터 임시수도 시절(1945-1953)의 부산 시단은 해방 이전부터 부산에서 동인지《생리》를 주도한 유치환 시인이 중심인물이 되고 있다. 그는 6·25전재기에 동부전선을 따라 원산까지 종군한 시인으로 많은 종군시를 남기고 있다. 그리고 임시수도 시절 많은 시인들이 부산으로 피난을 와 그들과 함께 홍두표, 손중행, 홍원, 박영환, 박영한, 김수돈, 정진업 등 몇몇 시인들이 시집을 내기도 하고 신문지상을 통하여 시작활동을 벌였다.

환도이후부터 직할시 승격 직전(1953-1962)까지의 부산 시단은 세 갈래의 경향으로 나눌 수 있다. 우선 6·25 전쟁기 직전부터 동아대학교 시학교수로 부임한 조향 시인이 주도한 초현실주의를 바탕으로 한 모더니즘 지향성의 시운동이 그 하나이다. 이 경향의 주요 시인들은 여류 시인 노영란, 구연식, 이민영, 조봉제, 정영태 시인 등이었다. 그들은 주로 검은색의 이미지를 강조하여 시대의 암울함을 상징적으로 표현하고 있다.

다음으로는 젊은 대학생 중심의 《신작품》 동인들의 주지적 서정주의 경향을 들 수 있다. 동인들 가운데 부산 시단 나아가서는 한국 시단에 족적을 남긴 시인들은 송영택, 조영서, 손경하, 유병근, 하연승 등을 들 수 있으며 시인으로 보다 신예비평가로 등장하였다가 요절한 고석규도 중요한 동인이었다. 그리고 이 동인지의 말기인 7, 8집에는 기성 시인 김춘수, 평론가 김성욱 등도 참여하였으며, 〈모더니즘 비판〉이라는 특집을 통하여 그들의 지향점을 제시하기도 하였다.

세 번째 경향은 앞의 시인들보다는 연장이나 《시문詩門》이라는 동인지를 통하여 현실 참여적이고 반전사상을 가지고 있는 김태홍 시인과 안장현 시인을 들 수 있다. 말하자면 일종의 리얼리즘 시 운동이라고 볼 수 있는 경향으로 이미 이 시기에 부산 시단은 모더니즘 지향, 주지적 서정주의 그리고 리얼리즘 경향의 시단으로 정립되기 시작하였다.

이 시기의 신인들은 문예지, 월간지 그리고 신춘문예를 통하여 등장하고 있는데 그들을 열거하면 박철석(《현대문학》), 조순(《자유문학》), 박재호(《문학예술》, 《사상계》), 김규태(《문학예술》, 《사상계》), 서림한(《사상계》), 이유경(《국제신문》 《사상계》), 한찬식(《자유문학》), 임수생(《자유문학》), 박태문(《한국일보》) 등의 시인이다. 이들은 대부분 70년대 80년대 부산 시단의 원로이자 중진으로서의 역할을 충분히 할 역량을 처음부터 갖추고 있었으며 그들의 작품 경향도 앞의 세 가지 가운데 하나의 경향에 속하였다.

마지막으로 직할 시 승격시기부터 부산시인협회 결성 전(1963-1974)까지의 부산 시단은 명실상부하게 독립된 행정단위로써 문인단체가 체계를 갖추고, 발표 매체나 등등단 방법이 다양해지는 시기라고 볼 수 있다.

우선 한국문협 부산지부는 유치환 시인과 김정한 소설가를 회장으로 추대하면서 체계를 갖추어 갔으며 이때의 시분과 회원 수는 30명을 약간 넘었다. 그리고 연간지기 1964년《부산문예》로 1967년《부산문학》으로 개칭되어 1990년대까지 계속 발간된다.

그리고 1966년에는《문학시대》가 월간지를 표방하고 발간되었으나 부정기적으로 발간되다가 7호로 종간되었다.

시동인지《시기》,《신어》, 계간《시문예》등이 단명에 그쳤으나 의미 있는 발간이었고, 조향 시인의 영향을 받은 소한진, 송상욱, 김석, 최휘웅 등이 초현실주의 경향의 모더니즘을 추구하여《시와 의식》이라는 계간지 운동을 하였다. 1972년에 창간한 김인환 시인이 주재한 격월간《시인들》역시 7호로 종간되었으나 부산시문학사에 의미 있는 매체였다.

1963년 직할시로 승격되던 해부터 서울의 일간지 신춘문예를 통하여 부산 출신 많은 시인들이 등장한다. 그 사람들을 열거하면 다음과 같다.

63년: 박응석(조선일보), 이수익(서울신문), 65년: 김종해(경향신문), 67년: 박상배(서울신문), 68년: 김종철(한국일보), 69년: 김철(대한일보), 70년: 김창근(조선일보), 71년: 김성식(조선일보), 박지열(한국일보), 72년: 이달희(한국일보) 등이다.

다음으로는《현대문학》과《월간문학》그리고 60년대의《시문학》등으로 데뷔한 시인들은 다음과 같다.

《현대문학》3회 추천완료한 시인들은 김영준(63~67년), 진주에서 전입한 김석규(65~67년), 김철(68~70년), 이병석(65~70년) 등이다.

《월간문학》신인상 당선자는 배달순(72년) 시인, 60년대 월간《시문학》출신으로는 대구에서 전입한 양왕용(65~66년), 진해에서 전입한 이상개(65년) 시인 등이 있다. 그리고 단행본 시집으로 왕성한 시단활동을 한 시인은 김인환, 이해웅 두 사람이다.

이 시기에 화제가 된 시집을 낸 시인으로는 우선 『미루나무와 남풍』 그리고 『파도야 어쩌란 말이냐』를 발간한 원로 유치환 시인을 들 수 있다. 특히 『파도야 어쩌란 말이냐』는 '사랑'이라는 주제 때문에 베스트셀러 반열에 올라 주목을 받았다.

다음으로는, 부산교육청중등과 장학사로 부산문협 사무국장을 지내면서 병마와 싸우면서 네 권의 시집을 낸 이동섭 시인을 기억하지 않을 수 없다. 특히 그의 마지막 시집 『탄생 B』(1972)는 여러 면에서 의미 있는 시집이다.

다음으로는 1968년 침례병원 병리과장으로 부산에 자리 잡은 허만하를 들 수 있다. 그는 이미 1957년 《문학예술》로 데뷔한 시인이었다. 그리고 1970년대에는 부산문인협회의 책임과 부산시인협회 산파역을 맡게 된다. 그는 1969년 첫 시집 『해조』를 서울 삼애사에서 발간한 〈오늘의 시인선집〉에 김규태, 이수익, 이유경 등과 같이 발간하면서 부산시단에 시집 발간의 붐을 일으키기도 했다.

조향 시인과 김춘수 시인과의 주고받기

1

조향(본명 조섭제. 1917~1984) 시인과 김춘수(1922~2004) 시인과의 인연은 한 마디로 표현할 수 없을 정도로 남달랐다고 볼 수 있다. 우선 두 사람 다 경상남도 출신이다. 조 시인은 경상남도 사천군(현재 사천시) 곤양면에서 1917년 태어났으며, 김 시인은 조 시인보다 5년 뒤인 1922년 경상남도 통영군(현재 통영시) 통영읍에서 태어났다. 사천군과 통영군은 사이에 고성군을 두고 있으나 예나 지금이나 가까운 이웃이다. 말하자면 같은 경남 출신이라도 이웃이라고 볼 수 있다. 그러나 조 시인과 김 시인의 만남은 쉽사리 이루어지지 않았다.

조향 시인은 어린 시절 산청군청 공무원이었던 아버지를 따라 고향 사천군을 떠나 산청군 지곡면과 산청읍에서 살면서 1924년 산청공립보통학교에 입학하였다. 그러나 1926년 군청 공무원을 그만둔 아버지를 따라 고향 곤양보통학교 3학년으로 전학을 했다. 곧 진주의 생명보험회사에 취직된 아버지를 따라 진주제1보통학교[6]로 전학하여 1930년 졸업하고 진주고등보통학교(진주고등학교 전신)를 입학하여 1937년 졸업하였다. 그의 회고기 「나의 20년의 발차취」(《자유문학》,1958년 10월호)에 의하면 진주고보에서 성적은 우수했으나 수학 과목이 낙제를 하여 경성제국대학 예과 문과에 응시하였으나 실패하였다.

아버지의 권유로 대구사범 강습과에 입학하여 1년 만에 수료하고

---

6) 중안초등학교 전신 2016년 진주초등학교로 교명 바꿈.

1938년 김해 가락보통학교 교사로 근무한다. 이 무렵 본가는 마산으로 이사를 하고 초등학교 교사를 하면서 1940년에는 《매일신문》(서울신문 전신) 신춘문예에 「초야」가 시 부문 3석으로 입선을 한다. 그러다가 1941년 일본대학 예술학원(예술학부의 전신) 창작과에 합격하여 도일한다. 그는 창작과에서 전문부 상경과로 옮겨 수학한다. 그러나 한국에서 온 편지 사건에 연류 되어 민족주의자로 몰려 퇴학 당하고 마산으로 돌아와 1942년 마산 성호초등학교 교사로 복직한다. 한편 김수돈(1917–1966), 정진업(1916–1983) 두 시인과 교류하며 일본 시지에 일어시를 투고한다.

김춘수 시인의 경우 통영의 대지주인 유복한 가정에서 태어나 유치원도 다니고 통영읍 근처의 안정 간이보통학교에 다니다가 1929년 통영공립보통학교로 전학하여 1935년 졸업한다. 그는 졸업하자말자 5년제 경성공립제일고등보통학교[7]에 입학하면서 고향 통영을 떠난다. 1939년 11월 졸업을 앞두고 자퇴하여 일본 동경으로 건너간다. 1940년 동경의 일본대학 예술학원 창작과에 입학하여 1942년 12월 일본 천황과 총독 정치를 비방하였다는 사상혐의로 요코하마 헌병대에서 1개월, 세다가야 경찰서에서 6개월간 유치되었다가 석방된다. 그러나 일본대학에서 퇴학당한다.

이상의 두 사람의 생애를 살펴볼 때 조 시인이 다섯 살이나 많았음에도 불구하고 일본대학 예술학원 창작과에는 김 시인이 한 해 먼저 입학하였다. 그러나 조 시인이 전문부 상경과로 옮겨 잠시 수학하였기 때문에 두 사람의 일본에서의 만남은 이루어지지 않았다. 다만 두 사람이 민족주의자로 인식되어 퇴학당했다는 점에서 공통점이 있으나 조 시인은 경찰서나 헌병대 유치되지 않고 귀국하여 교사직에 종사하였고 김 시인은 옥고를 치루고 해방 전에는 공직에 종사하지 못하였다.

---

7) 4학년 때 경기중학으로 교명 변경. 경기고등학교 전신.

2

1945년 8월 15일 광복과 더불어 조향 시인은 마산 월영초등학교 교감으로 발령을 받았고 1946년에는 마산고급상업중학교(6년제 마산상고 전신) 교사로 전직을 한다. 김춘수 시인은 1945년 해방이 되자 그 동안 징용을 피해 숨어 살다가 고향 통영으로 돌아왔고 1946년에는 통영중학교(6년제, 통영고등학교 전신) 교사로 부임하여 1948년까지 근무한다. 그런데 이즈음 두 사람은 《魯漫派》라는 시 동인지의 동인으로 함께 참여하면서 드디어 만나게 된다. 이 동인지의 동인으로는 김수돈 시인이 함께 하였다. 이 사실에 대하여 조향 시인은 앞에서 언급한 「나의 20년의 발자취」에서 다음과 같이 회고 있다.

> 해방 후 나는 마산에서 재빨리 《로만파》라는 시동인지를 시작했다. 박목월, 조지훈, 이호우, 김춘수, 서정주 등 시인들의 협조로서 4집까지 내었었다. 이것이 내가 한국 문단에 발을 디디게 된 맨 첨의 일이다. 필명을 '조향'으로 바꿨다. 김춘수 형의 시가 제일 첨 실린 것이 《로만파》라는 나의 잡지였다.

이 시기에 대하여 김춘수 시인은 「시인이 된다는 것」(김춘수 대표 에세이 「왜 나는 시인인가」,〈현대문학사, 2005〉 수록)이라는 글에서 다음과 같이 회고하고 있다.

> 46년 여름 해방 1주년 기념을 겸해서 부산에서 '청년문학가협회' 경남지부가 결성되었다. 그때 알게 된 마산의 김수돈, 조향 씨와 《로만파》라는 시동인지를 내자고 약속을 했다. 그 약속의 열매를 맺어 그해 연말에 시동인지 《로만파》의 창간호가 나왔다. 조향은 그 무렵에는 전통적인 서정시를 쓰고 있었다. 수돈이 오히려 모던한 터치를 보여주었다. 나는 그야말로 습작의 티를 벗지 못하고 있었다. 세 사람 중에서 내 것이 가장 치

졸했다고 생각된다. 지금 내 수중에 그때의 자료가 없는 것이 다행이다. 기념은 되겠지만, 그때의 내 습작들을 다시 보면 아마 질겁을 하리라.

《로만파》는 이듬해까지 3집을 겨우 내고 폐간되었다. 그동안 비용이며 편집이며 인쇄 등 궂은일을 조향 혼자서 도맡았다.

이 두 글을 비교하여 볼 때 조 시인의 글은 《로만파》 동인에 대한 부분이 간략하게 서술되어 있으나 김 시인의 경우는 비교적 자상하게 서술하고 있다. 이 당시 김 시인은 통영중학교 교사였고, 김수돈(1917–1966) 시인은 나중에는 마산에 머물지만 당시에는 부산에서 중등교사를 하고 있었다. 조 시인은 마산상고 교사였으며 동인지는 마산에서 나왔다. 그러니 결과적으로 동인지 발간을 주도한 사람은 조 시인이 될 수밖에 없었다. 그리고 조 시인은 동인지를 '나의 잡지'라 하고 있고 김 시인의 회고 역시 모든 일을 조 시인이 주도했다고 하고 있다. 김춘수 시인의 연보에 의하면 1946년 9월 『해방 1주년 기념 사화집』에 「애가哀歌」를 처음 발표하고 동시에 《로만파》 동인 활동을 한다고 되어 있다. 따라서 조향 시인이 김춘수 시인이 《로만파》(1946년 연말 창간)에 처음으로 시를 발표하였다는 것은 크게 틀린 말은 아니다.

현재 《로만파》 동인지가 완벽하게 수습되어 있지 않다. 마산의 마산문학관에 3집이 수습되어 있고, 2집이 서지학자에 의하여 발굴되기도 했다고 한다. 그런데 두 사람의 회고 가운데 서로 다른 점은 조 시인은 4집까지 내었다고 하고 김 시인은 3집까지 내었다고 하고 있는 점이다. 아마 동인지를 주도한 조 시인의 기억이 정확할 것이라고 볼 수 있을 것이다. 그러나 전질이 수습되지 않아 확정할 수 없다.

동인지 이름도 3집에는 《魯漫派》에서 《浪漫派》로 바뀌고 있다. 《로만파》는 애초 조향 시인이 제안한 명칭이었다. 김춘수 시인의 회고에 의하면 영어 Romanticism을 浪漫主義로 번역한 것은 일본 발음에는 가깝지만 우리말은 그것이 어울리지 않고 오히려 魯漫主義를 사용하는 것이 옳기 때문에 그와 김수돈 시인에게 동인 이름을 《로만파》로 하자고 제안했다고 《시와 반시》(1996. 가을호)의 「그늘이 깃든 시간·5」 – 〈나의 예술인 교우록〉에서 회고하고 있다. 말하자면 조향의 일제잔재를 청산하자는 의식에서 나온 이름이다. 따라서 일제강점기부터 사용한 浪漫主義라는 관습을 새로운 조어가 깰 수 없는 현실 때문에 3집부터 바뀌어 진 것이 아닌가 생각해 볼 수 있다. 그리고 한정우 교수(경남대)는 《지역문학연구》 5호(경남·부산지역문학회. 1999. 10)에 「꽃 없는 낭만의 계절」이라는 제목으로 《浪漫派》(1947. 1) 3집 해제 작업을 이미 오래 전에 했고 3집 전체를 자료로 소개하고 있다. 그러면서 3집 혹은 4집 심지어 경남문인협회에서 편찬한 『경남문학사』(1995)에서는 5집을 종간호로 보는 혼란의 극복을 위해서도 확실한 검증이 있어야 한다고 보고 있다. 필자 역시 명칭문제도 검증돼야 한다고 주장하고 싶다. 그러나 조향 시인이나 김춘수 시인은 여러 글에서 《로만파》라 하고 있기 때문에 이 시점에 《魯漫派》로 부르기로 한다.

3집에 발표된 조향 시인의 작품 「純白한 飛翔學」, 「폭풍우 우는 밤에」, 「한가위」, 「草原으로 가자!」, 「NUDE」, 「異域의 거리에서」 등 6편은 그의 전집에도 수록되어 있지 않다. 그렇게 된 까닭은 김춘수 시인이 지적한 것처럼 그의 대표적인 경향이라고 할 수 있는 다소 거리가 먼 전통적인 서정시라는 특질 때문에 조향 시인 자신이 보관에 소홀하였을 수도 있고, 후학들은 자료 자체를 발굴하지 못하였기 때문이라고 볼 수 있다. 김춘수 시인의 경우도 「人形과의 對話」, 「잠자리와 柚子」도 마찬가지로 전집에 수습되지 않고 있다. 특히 김춘수 시인의 경우 앞에서 인용한 글에서처럼 이 시기의 작품에 대하여 많이 부끄러워하고 있기 때문에 의도적으로 배제 시킨 것이라 볼 수 있다.

그러나 그는 이러한 인연으로 조향 시인과 계속 접촉하게 된다. 앞에서 인용한 글에 계속되고 있는 다음의 김춘수 시인 회고기에서 충분히 알 수 있다.

6·25가 터진 그해 나는 우리 나이로 스물아홉이었다. 부산의 임시수도에서 조향과 다시 접촉하게 되었다. 그러나 조향은 많이 달라져 있었다. '후반기동인회後半期同人會'라는 동인회의멤버였고, 그 동인회는 이른바 모더니즘을 지향하는 듯했다. 그러나 조향만은 보다 쉬리얼리즘 쪽으로 훨씬 경도되어 있었다. 이미 그때 그는 자기의 직장인 동아대학에서 자기 과의 학생들을 모아 쉬르의 연구회를 조직하고 있는 듯했다. 《가이가》니 《아시체雅屍體》니 하는 연구지 발간을 그때부터 이미 계획하고 있지 않았나 싶다. 그것들은 이 땅에서는 드물게 본격적인 쉬르의 연구지라고 할 수 있었다. 나는 그들 '후반기동인회'로부터 어떤 신선한 자극을 받은 것은 사실이지만, 은근한 가입 권유가 있었는데도 나는 나대로의 길을 모색해 가기로 했다.

조향 시인은 1947년 마산상고를 떠나 서정주 시인 후임으로 동아대학교 교수로 부임한다. 그러나 서정주는 동아대학교 전신인 남조선대학교에 부임하여 한학기만 하고 서울로 떠났기 때문에 조 시인은 동아대학교 초창기부터 詩學敎授를 하였다고 볼 수 있다.

〈한국향토문화전자대전〉에 수록된 「남선대학설립기성회(부산)」항목에 보면 남조선대학교의 설립과정과 그것이 동아대학교로 전환되는 과정에 대하여 다음과 같이 설명하고 있다.

해방 직후 미군정 하에서 남선재단(현 남성재단) 김길창 목사를 중심으로 남선대학교 설립기성회가 조직되었다. 그리고 그 당시 미군정청 경상남도 고문 정기원 박사가 이를 후원했다. 이들은 서대신동 구 입정상업학교 교사를 가교사로 하고 정기원을 총장으로 추대하여, 1946년 2월 1일 학생을 모집하는 광고를 냈다. 이때 교명을 남조선대학교로 개명하였다. 당시 남조선대학은 신학부와, 법문학부, 정경학부로 구성된 대학학부와 문예학과로 구성되었으며 1학년 정원은 500명이었다. 그러나 개교를 앞둔

2월 중순 경상남도 학무과는 미군정의 인가가 없었음을 근거로 남조선대학교의 개교를 부인하는 성명서를 발표하고, 미군정청 고등교육 감독관역시 재정·교수진·시설문제 등 대학 설립을 위한 조건이 갖추어지지 않았다며 정식인가를 받을 것을 권유하였다. 그러나 남조선대학은 정식인가없이 4월 2일 '남조선법문학원'으로 개교하였고, 결국 모집 학생들이 국립 부산대학교로 이동하는 사태가 벌어졌다. 이에 김길창 목사 등 기성회측 간부 5명이 사퇴하고 하원준을 이사장으로 하는 30여 명의 이사회기새로 조직되었다. 새 이사회는 더 이상 대학 운영이 어렵다고 판단하여정재환을 중심으로 하는 동아대학교 설립기성회에 모든 것을 이관하였고, 그 결과 1946년 11월 1일 동아대학이 개교되었다. 이후 동아대학은1947년 12월 30일 문교부로부터 재단법인 동아학숙의 설립 인가와 대학설립 인가를 받았다.

이상으로 볼 때 초창기에는 문리학부에 문학과를 인가받았다. 아마조향 시인은 문학과 소속 교수였다고 볼 수 있다. 동아대학교의 현행홈페이지 연혁란에 보면 1955년 3월 7일 국문학과가 영문학과, 사학과, 화학과와 함께 문리학부에 신설되었다고 밝히고 있다. 따라서1947년 조향 시인이 부임하고 나서 한참 동안 국문과가 학과로 독립되지는 않았다고 볼 수 있다. 결국 조 시인은 동아대학교 국문과의 창설 멤버라고 볼 수 있다.

김춘수 시인은 1948년 9월 통영중학교에서 마산중학교(6년제 현 마산고등학교)로 전근하여 1953년 9월까지 근무한다. 1953년 9월부터는 진주의 해인대학, 해군사관학교, 연세대 부산분교, 부산대학교 등의 시간강사를 하면서 마산과 진주, 진해. 부산 등지를 오가며 지낸다.

한편《로만파》동인 이후 첫 시집『구름과 장미』(1948)를 통영에서 발간하여 청마 유치환(1908–1967)의 극찬을 받는다. 서울에서 소설가 김송(1909–1988)이 발간한 잡지《白民》(1949. 1)에 시「산악」을 발표하고 부산의 소설가 염주용(1911-1953)이 주재하는《문예신문》, 진주의 설창수 시인이 주재하는《嶺文》등에 시를 발표한다. 1950년 3월에는 서울 문예사에서 서정주 서문으로 제2시집《늪》을, 이듬해 7월에는 제3시집『기旗』를 역시 문예사에서 발간하는 등 왕성한 활동을 한다.

이상으로 볼 때 김춘수 시인에게 조향 시인은 시창작을 함께한 동인이었으며 후반기 동인이나 조향 시인의 초현실주의 지향성과 동인 활동은 김 시인에게 신선한 충격을 준 선의의 경쟁자였다.

3

다음으로는 조향 시인과 김춘수 시인이 상대방의 작품에 대하여 구체적으로 언급한 글을 통하여 어떻게 보고 있는가에 대하여 살펴보기로 한다.

조향 시인은 1950년대부터 1966년 동아대학교를 떠나기 전이나 1966년에 상경하여 1984년 8월 동해안 피서지에서 급서할 때까지의 서울에서의 문학활동도 초현실주의 문학운동에 집중되었기 때문에 김춘수 시인의 시에 대하여 언급한 경우가 극히 드물다. 다만『조향전집 - 2 시론 · 산문』(열음사, 1994)에 의하면 《문학》 3호(1959. 12)에 발표한 「1959년 시단 총평」이란 일종의 연평에서 각종 문예지에 발표된 640편의 시 가운데 22명의 시인을 거명하면서 12명의 시인의 작품을 부분적이지만 직접 인용하여 언급한 다음의 글이 있다.

　　「시 네 편」(김춘수, 『신풍토시집 · 1』). 릴케를 닮으면서 지금 가경佳境에 들어

　　가고 있는 것 같다. 그런데,

　　　　벽이 걸어온다. 늙은 홰나무가 걸어온다.

　　　　머리가 없는 인형이 걸어온다.

(어디서 오는 것일까?)

노오틀담 사원의 회랑의 벽에 걸린 청동시계가
밤 한 시를 친다.
어딘가 늪의 바닥에서 거머리가 운다.
그 눈물 위에 떨어져 쌓이는
붉고 붉은 꽃잎.

이 시는 슈르적인 이마쥬의 세계로 경사져 가고 있다는 것을 춘수 자신
의식하는지?

– 『조향 전집 2. 시론 · 산문집』(1994, 열음사 p. 57-58)

길게 언급한 것은 아니지만 우선 연평에서 주목하였다는 점에서 의
미가 있다. 그리고 김춘수 시인의 1960년대 중반 무의미시로 변모할
징조를 보이고 있는 인용시를 초현실주의 이미지의 등장으로 보고 있
는 점은 오늘날의 입장에서 보아도 정확한 지적이라고 볼 수 있다.
　다음으로 김춘수 시인의 시론이나 시에 관한 저서에서 조향 시인의
작품을 언급한 글들에 대하여 살펴보기로 한다.
　우선 김 시인의 첫 저서로 1958년 해동문화사에서 출판한『韓國現代
詩形態論』에서부터 조 시인을 주목하고 있다. 이 저서는《文學藝術》
1955년 8월호부터 1956년 4월호까지 9회 동안 연재한「형태상으로
본 韓國의 現代詩」를 개제한 것이다. 김 시인은 이 저서로 1959년 문
교부로부터 교수자격심사규정에 의해 국어국문학과 부교수 자격을 인
정받았다. 이 저서는 한국현대시를 통시적으로 살펴보고 있는데, '제9
장 6 · 25 이후'에서 '一群의 모더니스트'라는 항목에 조 시인의「바다
의 層階」전반부를 다음과 같이 인용하면서 언급하고 있다.

낡은 아코명은 對話를 관 됐습니다.

—여보세요?

폰폰따리아
마주르카
디이젤―엔진에 피는 들국화

왜 그러십니까?

　　모래밭에서
受話器
　女人의 허벅지
　　　낙지 까아만 그림자

　趙鄕의 「바다의 層階」라고 하는 詩篇의 상반부이다. 〈—여보세요?〉와
〈—왜 그러십니까?〉를 각각 한 聯으로 끊은 의도는 쉬이 짐작된다. 靜寂
의 效果, 沈默의 音聲 그런 것이다. 말 하자면 行間(여기서는 聯間)의 詩 그
것일 것이다. Mallarme는 언어의 音樂的 暗示에서 오 는 詩의 效果를
생각하였던 것인데, 여기서는 보다 視覺的인 것, 이를테면 東洋畵의 餘
白을 노린 것이 분명하다. 이 10 行의 글 중에 動詞는 〈됐습니다〉와 〈피
는〉 둘뿐이고 대개가 名詞에서 끊어져 있는데, 이것을 증명하고 있다 할
것이다. 그리고 그 명사들은 모두가 具象名詞다.
　다섯째 聯에서 이 시는 지나친 기교를 부리고 있다. 첫째 行 〈모래밭에
서〉를 2단 낮추고 있고 셋째 行 〈女人의 허벅지〉를 1단 낮추고, 넷째 行
〈낙지 까아만 그림자〉를 4단 낮추고 있는 것은 그 段의 높이의 순위대로
의 濃淡으로써 그런 물체들이 暗示하는 像의 世界가 意識 속에서 명멸
한다는 것일 것이다. 形態를 통하여 시에 입체적인 量感을 주고 있다.

이상의 인용 말미에 너무 심미적이고 자유시의 새로운 형태인 산문시로 전환하지 못하는 한계성을 지적하고 있지만, 이 글을 쓸 당시인 1956년으로서는 최근의 작품에 해당되어 저서의 끝부분을 장식하고 있다. 이 시는 그 당시의 문예지에 발표된 것이 아니고 조향 시인이 대학교재로 편찬한 개정 증보판『現代國文學粹』(自由莊, 1952)에 처음 발표한 것이다. 이것을 김춘수 시인이 주목한 것이다.

이 작품에서 형태론적 접근이 가능하면서 바다의 풍경을 초현실주의 경향으로 접근했다는 것 자체는 조 시인의 실험의식과 초현실주의 이론을 육화시킨 역량에서 왔다. 그러나 그것을 한국현대시사에 소개한 것은 김 시인이다.

「바다의 層階」에 대한 김춘수 시인의 관심은 그의 두 번째 저서『詩論』(문호사, 1961)에도 지속 된다. 이 저서 역시 《新文藝》라는 문예지에 1959년 6월부터 7회 연재한 글을 책으로 엮은 것이다. 연재할 때의 제목은 「詩를 어떻게 읽고 어떻게 지을 것인가?」였다. 이 저서의 속표지에는 저서명 위에 '-詩作法을 兼한-'이라는 부제가 붙어 있다. 시의 이해에 대한 언급이 전혀 없는 것은 아니지만 작법에 치중한 저서라고 볼 수 있다.

이 저서는 詩作의 단계를 의식하여 서술한 흔적이 보인다. 머리말에 이어 〈Ⅰ 형태, Ⅱ 언어, Ⅲ 영감, Ⅳ 상상, Ⅴ 감성과 지성, Ⅵ 제재, Ⅶ 이해의 방법, Ⅷ 제목, Ⅸ 행의 기능, Ⅹ 아류〉로 나누어져 있다. 그런데 앞의 저서와 달리 형태에 주목하지 않고 Ⅷ 제목에서 '(3) Formalism의 경우'라는 항목을 설정하여 작품을 전문 인용하여 길게 해석하고 있다. 특히 조향 시인이 1958년 10월호《신문예》에 발표한 「바다의 層階」를 집중적으로 해석한 자작시 해설 「데뻬이즈망의 美學」[8]을 바탕으로 조 시인이 입체파 화가 Bracque의 말을 인용하였다는 점을 밝

---

8) 1961년 신구문화사 판 『世界戰後文學全集 · 8-韓國戰後問題詩集』에 조 시인의 시 13편과 함께 시작노트로 재수록.

히면서 길게 해석하고 있다. 김 시인은 형태주의자는 제목에 관심이 없다고 하면서 '바다의 層階'라는 제목이 내용을 상징하는 의미는 없고 다만 독자를 위해 붙인 친절이라고 보고 있다. 사실 이 시는 해석하기가 어려운 시이다. 그러나 조 시인이 붙인 제목에 근거하여 해석하면 어느 정도 이해가 가능하다. 그런데 이 자작시 해설이 조향 시인의 대표적인 詩論인데 앞에서 인용한 전집 2권에는 수록되어 있지 않다. 2016년 10월호《시문학》에 심상운 시인이 신구문화사의《한국전후문제시집》에 실린 시인들의 작품과 시작노트를 소개하는 시리즈의 하나로 소개되었다.

　다음으로 김춘수 시인의 세 번째 시론인『詩論』(송원문화사. 1971)은 '시의 理解'라는 부제가 붙어 있다. 이 저서는 제1장 韻律 · 이미지 · 類推, 제2장 韓國의 現代詩, 제3장 詩人論으로 구성되어 있다. 이 가운데 주목할 만한 부분이 제1장이다. 이것은 앞의 저서처럼 김 시인이 직접 밝히고 있지는 않지만 1965년 4월 서울에서 문덕수 시인이 주도하여 창간한《시문학》(청운출판사)에 창간호부터 '作詩講義'라고 하여 연재한 글이다. '韻律과 장르'라는 제목으로 4월호와 5월호, 7월호, '이미지論'라는 제목으로 8월호, 9월호, 10월호, 12월호, 1966년 1월호, 3월호, 4월호, 총 10회로 끝내었다. 그런데 저서에는 1966년 3월호의 '隱喩의 語義'라는 부분에서 끝내고 있다. 3월호 말미에 '諷喩', 4월호의 '象徵', 短詩와 長詩' 부분이 빠져 있는 것을 이번의 글을 쓰면서 발견하였다. 그런데 이 저서에서도 역시 '이미지論'에서「바다의 層階」전문을 인용하여 설명하고 있다. 제2장 韓國의 現代詩에서도 후반기동인회를 언급하면서 역시 부분 인용하고 있다.

　1976년에 문학과지성사에서 나온 시론집『意味와 無意味』는 체계적인 시론집은 아니다. 그러나 여기서도「한국현대시의 계보」라는 글에서 이 글의 부제로 붙인 '이미지의 기능면에서 본' 이라는 글의 특성 때문에 역시 부분 인용하고 있다.

1991년에 나온 『詩의 位相』(동지)이라는 시론집은 《현대시학》에 20회에 걸쳐 연재된 것을 저서로 엮은 것이다. 1-55까지 번호가 붙어 있는 짧은 글들 가운데 20에서 李箱의 「詩第13號」의 전문을 인용한 후 설명하고 난 뒤 조향 시인의 시 「Episode」 전문 김구용의 「八曲 2」 부분, 김종삼의 「戀人」 전문, 이승훈의 「가을」 전문을 함께 인용한 후 조 시인의 작품을 19세기식 리얼리즘을 완전히 거부한 환상의 세계를 보여주고 있다고 해석하고 있다. 37에서도 「바다의 層階」 전문과 「Episode」 전문 그리고 산문 「초현실주의의 사상과 기교」와 「雅屍體」를 부분 인용하면서 50년대 동아대학교 시절부터 지향한 초현실주의 이론을 도식적으로 적용한 「바다의 層階」보다 「Episode」를 오히려 성공한 작품이라 평가하고 있다. 그리고 산문에 대해서도 긍정적으로 평가하고 있다.

4

김춘수 시인은 그의 시론을 확립하는 초창기인 1950년대부터 결산기라고 볼 수 있는 1990년대까지 40년 넘게 조향 시에 대하여 관심을 가지고 있었다. 그러한 까닭은 조향 시인이 그와 함께 최초로 동인 활동을 한 멤버인 탓도 있겠으나 그의 무의미시론의 근간이 되고 있는 초현실주의 이론과 의식의 흐름 기법을 극단적이긴 하나 매우 고집스럽게 실천하고 있는 조향 시인의 자세를 높이 샀기 때문이라고 볼 수 있다. 그리고 그의 형태론적 시학을 잘 설명할 수 있는 작품이 「바다의 層階」인 탓도 있었을 것이다. 그러나 김춘수 시인은 만년에 이 작품보다 오히려 「Episode」를 더 높이 평가하고 있다. 그 까닭은 이 작품이 김 시인의 말대로 「바다의 層階」의 지나친 불연속보다 다소 정연한 질서가 있으면서 아름다운 환상을 만들고 있기 때문일 것이다.

김춘수 시인의 '부산 시절'부터 시작한 산문 쓰기의 일상

1

　김춘수 시인은 1953년 9월 15일 마산고등학교 교사를 사임하고 1954년부터 부산대학교 문리대 국어국문학과, 그 당시 피난 와 있다가 서울로 옮기면서 서울로 따라가지 못한 학생들을 위한 연세대 부산 분교, 진해의 해군사관학교 진주의 해인대학 등의 시간강사를 시작한다. 이렇게 시작한 강사 시절은 1960년 진주에 있다가 마산으로 옮겨 온 해인대학에 조교수로 발령받으면서 종결된다. 이 시절을 필자는 지난해 김춘수 시인 탄생 100주년 기념출판으로 발간한 『김춘수 평전－꽃, 처용으로 날아오르다』(문화발전소, 2022)에서 제5부(1954-1960) 부산 시절(pp. 123-150)로 편집하였다. 그런데 김춘수 시인의 시와 산문의 이중적 글쓰기는 《문예》1949년 11월호 통권 4호의 「아네모네와 질풍노도기」에서 시작되었다. 그러나 《문예》는 1949년 8월 1일 창간[9]한 뒤 곧 발발한 6·25전쟁으로 발간이 순조롭지 못하다가 1954년 3월 통권 21호로 종간된다. 이 시기는 김 시인의 부산대학교 강사로 출강한 시기와 겹쳐진다. 이 시기 직전에 대구에서 발간된 동인지 《시와 시론》[10]에 그의 대표작이 되는 「꽃」과 함께 시에 대한 첫 산문 「시 스타일 시론」을 발표한다. 이 두 산문은 지금까지의 김춘수 전집 어디에도 수록되어 있지 않다.

---

9) 발행·인쇄인: 모윤숙, 편집인: 김동리.
10) 발행:유치환, 편집; 구상, 1952. 11, 전선문화사.

김 시인의 《시와 시론》에 발표한 시에 관한 첫 산문 「시 스타일론 시론」을 소개하면 다음과 같다. 동인지 20페이지부터 23페이지까지 세로 3단으로 단락마다 번호가 붙은 형식으로 편집된 이 산문은 그의 시작의 나아갈 방향을 암시한 글로 논리적인 설득력을 가지고 있다. 우선 1단락은 '여기서 내가 시라고 하는 것은 협의의 시. 즉 서정시를 말함이다.' 라는 한 문장으로 시작된다. 다음 2단락에서는 주로 스타일이라는 용어의 한국적 선택에 힘을 기울인다. 스타일은 형태form와는 다르고 일본식 여러 번역 가운데 '문체'라는 번역이 우리에게 가장 적합하다고 결론을 내린다. 3단락에서는 포말리즘에 대한 이론을 전개하고 있다. 4단락에서는 불란스 시인 발레리와 말라르메, 소설가 말셀 푸루스트, 아일랜드 소설가 제임스 조이스이 작품 등의 스타일 중요시한 현상을 설명하고 있다. 마지막 7단락에서는 '결국 시에 있어서의 스타일은 내용면과 불가분의 관계가 있다고 하고 한다. 달리 말하면 시에서의 스타일은 내용을 기반으로 하지 않으면 공허해진다고 보고 있다.

2

6·25 전쟁의 소용돌이가 다소 진정되고 모든 분야가 서울에서 다시 자리를 잡았다고 볼 수 있는 1955년 1월에 《문예》지에서 편집 실무를 맡았던 조연현(1920-1981)을 주간으로 월간 《현대문학》(발행인 김기호. 편집장 오영수)이 창간된다. 잘 알려져 있다시피 이 잡지는 2023년 12월 현재 828호로 그동안 한 호의 결호도 없이 발간되고 있는 최장수 문예지이다. 이 잡지의 창간호에 김 시인은 시가 아닌 산문 「현대시의 선구자들」이란 평론 성격의 글을 발표한다.

이 글은 창간호 80-95페이지에 걸친 상당히 긴 글이다. 말미에 「선구자들」의 장 끝'이라는 글이 기록된 것으로 보아 야심차게 전개될 요량으로 쓰여진 글이다. 내용은 A. 니-체, B.보-드레르, C. 불란서 상 징파(마랄르메. 베르레-느.램보.로오르레어몬) 순서로 니-체와 대표적 프랑스 상 징주의 시인들을 소개하는 내용이다. 중간에 작품도 인용하고 있는 본 격적인 비평이라고 볼 수 있다.《현대문학》창간호의 평론 성격의 산 문 필자들과 그 글을 소개하면 다음과 같다. 철학자인 김계숙(1905-1989) 서울대 교수의 「현대정신의 특징」, 불문학자 손우성(1904-2006) 성균관 대 교수의 「실존문학으로의 과정」, 평론가 백철(1908-1985) 중앙대 교수 의 「저널리즘과 문화성」, 허백년 시나리오 작가의 「헤밍웨이의 인간과 작품」, 최남선(1890-1957)의 「한국문단의 초창기를 말함」 등이다. 이상에 서 본 바와 같이 필진이 각 분야의 인정받는 전문가들이다. 이들과 함 께 김 시인의 글이 발표된 것이다.

1959년 12월의 대학강사 시절까지에 해당되는《현대문학》60호 (1959. 12)까지 발표한 시와 평론을 열거하면 다음과 같다. 시는 「바위」 (1955. 4 통권 4호) , 「꽃(소묘)」(1955. 9 통권 9호), 「무제」(1956. 2 통권 14호), 「구름」 (1956. 11 통권 23호), 「나목과 시」(1957. 3 통권 27호), 「우계」〈비의 리듬〉(1957. 10 통권 34호), 「창」(1958. 7 통권 42호), 「호」(1958. 11 통권 47호), 「귀향」(1959. 5 통권 53호) 등 9편이다. 평론은 앞에서 언급한 창간호(1955. 1) 「현대문학의 선 구자들」과 「김소월론을 위한 각서」(1956. 4 통권 16호) 등 2편이 있다. 이상 으로 볼 때 이때에는《현대문학》에는 많은 작품을 발표한 편은 아니 다. 그러나 시와 산문(평론) 두 장르의 글쓰기는 하고 있다.

다음으로《현대문학》보다 이른 1954년 4월 1일 창간되어 3호까지는 《문학과 예술》이라는 제호를 사용하다가 4호부터 《문학예술》(발행 및 편 집: 오영진)로 발간되어 1957년 12월 통권 32호로 종간한《문학예술》에 도 김 시인은 창간호부터 집필자로 참여하였다. 이 잡지는 이북에서 월남한 오영진을 필두로 박남수(1918-1994), 김이석(1914-1964) 등 월남문 인들이 주도한 문예지였다.

김 시인은 창간호에 시 「분수」를 발표한 후 1955년 8월호(통권 5호)부터 평론 「형태상으로 본 한국현대시」라는 제목의 연재를 시작한다. 이 연재는 한 호도 쉬지 않고 1956년 4월호(통권 13)에 9회로 끝맺는다. 이 연재는 1958년 10월 해동문화사에서 『한국현대시 형태론』(4×6판 200페이지, 양장)으로 개제되어 출판된다. 이 책은 김 시인의 첫 시론 저서로 그 당시는 물론 지금의 입장에서도 한국시문학사에서 빼어 놓을 수 없는 이론서이다. 연재물을 바탕으로 정리한 『한국현대시 형태론』은 다음과 같이 정리되어 있다.

서론, 제1장; 현대시전야(창가가사와 신체시), 제2장; 자유시 초기, 제3장: 이상한 현상 하나, 제4장: 사족으로서의 부언, 제5장; 《시문학》파의 자유시, 제6장; 4260-70년대의 아류 모더니즘, 제7장; 4270년대의 양상, 제8장; 8·15 후 6·25까지, 제9장; 6·25 이후, 제10장; 사족으로서의 부언

정리된 목차만 보아도 개화기 가사부터 시작하여 이 글을 쓰는 50년대 전반까지의 한국현대시의 형태적 특성을 통시적으로 살피고 있는 것을 알 수 있다. 시대구분의 연도를 지금은 사용되지 않는 단기를 사용하고 있다. 연재물 외에 그동안 다른 지면에 발표한 시인론들을 〈시인론을 위한 각서〉라는 제목으로, 김소월, 이상, 유치환, 서정주 등에 대한 글이 부록으로 실려 있다.

이 저서는 김 시인의 신분 측면에서도 중요한 책이다. 그는 지금까지 대학중퇴자라는 신분 때문에 대학교 전임이 되지 못하고 있었다. 그러나 1959년 4월 이 저서로 문교부 교수 심사규정에 의하여 부교수 자격을 인정받아 1960년 진주에서 마산으로 옮겨온 해인대학(지금의 경남대학교 전신)의 조교수 발령을 받게 되는 계기를 마련한 책이다. 그 당시의 심경에 대하여 김 시인은 직접 다음과 같이 밝히고 있다.

나는 1950년대 말에 교수 자격증을 취득했다. 나와 같은 사정에 있는 대학 강사들을 구제하기 위하여 문교부에서 그때 일시적으로 만든 제도가 있었다. 전공 분야의 논문을 내게 하여 사계의 권위들의 심사를 거쳐 자격증을 수여하는 제도다. 나는 거기 합격한 셈이다. 그 자격증 덕분에 그때 마산으로 옮겨가 있던 해인대학의 조교수로 채용이 됐다. 여러 군데 여기저기 출강하지 않아도 되게 됐다. 나는 비로소 심신의 안정을 얻게도 되었다. 그러자 강의를 보다 충실히 해보겠다는 목적도 겸해서 나는 한층 독서와 연구에 열을 올리게 됐다.

(김춘수 자전소설 「꽃과 여우」, p. 237)

《문학예술》에 이 연재를 끝내고 난 뒤에도 「이상의 시」(1956, 9월호), 「1956년의 시와 시론」(1957, 2월호)을 발표한다. 이 가운데 「이상의 시」는 앞에서 언급한 저서 『한국현대시 형태론』에 수록된다.

김 시인의 시에 대한 산문 쓰기는 결국 〈시작법〉에까지 다다르게 된다. 1958년 6월에 창간한 문예지 《신문예》 1959년 6월호(통권 12호)에 「시 어떻게 읽고 어떻게 지을 것인가」를 연재하기 시작한다. 1960년 2월호까지 총 7회 연재하였는데 《신문예》가 언제 종간되었는지는 알 수 없다. 다만 중앙대학교 도서관장을 지낸 김근수(1910 – 1999) 교수가 작성한 한국학 총서 제5집 『한국잡지개관 및 호별 목차집』(1975, 한국학연구소)에는 1959년 11월 30일 간행한 11, 12 합병호까지의 목차에 김 시인의 연재 5회가 소개되고 있다.

그런데 이 원고를 바탕으로 김춘수 시인은 경북대학교 교수로 자리를 옮긴 직후인 1961년 6월 20일 대구의 출판사인 문호사에서 『시 작법을 겸한 – 詩論』(4×6판, 220쪽)을 엮는다. 이것이 김 시인의 두 번째 시론집인데 필자는 1964년 경북대학교 사범대학 국어교육과 2학년 학생 시절 '시론' 과목을 이 책을 교재로 수강했다. 이 책 〈후기〉에 《신문예》에 7회 연재한 것이라고 밝히고 있다. 이 책에도 연재물을 바탕으로 작법을 Ⅰ형태, Ⅱ언어, Ⅲ 영감, Ⅳ상상, Ⅴ 감성과 지성, Ⅵ 제재, Ⅶ이해의 방법, Ⅷ제목, Ⅸ 행의 기능, Ⅹ아류 등 열 항목으로 나누어 언급하고 있다. 이 저서 역시 다음에 부록으로 「시의 전개」(1)(2)(종합지 《신태양》, 1959. 6월호와 8월호에 발표)가 수록되어 있다. 그 밖에 1960년에 발표한 「앤솔로지 운동의 반성」(《사상계》, 1960. 3월호), 「시단풍토기」(《새벽》, 1960. 4월호)가 수록되어 있다. 그런데 김 시인은 이 저서를 1989년 도서출판 고려원에서 『시의 이해와 작법』이라는 제목으로 개정증보판을 낸다. 개정증보판을 초판과 비교하면 Ⅰ부터 Ⅹ까지의 순서가 보다 시작의 단계에 부합되도록 대폭 바꾸고 있다. 뿐만아니라 내용의 소제목도 바꾸었고 판형도 신국판 가로쓰기 체제가 되었다. 그리고 부록의 경우에는 「시의 전개」가 「시의 이모저모」로 제목을 바꾸고 있으며, 나머지 둘은 다른 것으로 채웠다. 이 개정증보판을 낸지 꼭 10년만인 1999년 출판사를 자유지성사로 옮겨 같은 제목으로 내고 있다. 그러면서 〈머리말〉에 다시 내는 변을 다음과 같이 밝히고 있다.

시의 작법은 저자가 대학에서 시론을 강의하면서 참고자료로 필요성을 깨달았다. 실지로 시를 써 본다는 것은 시의 이해나 학문적인 천척에도 크게 도움이 된다는 것을 학생들을 가르치면서 깨달았다. 의학에서 임상 실험과 같은 것이 되리라. 몸소 경험을 통해서 터득하는 것이 시를 속속들이 이해하는 것이 된다. 이 훈련은 척 보고 시의 좋고 나쁨을 식별하는데도 크게 도움을 준다. 이런 일들은 실은 이론 이전에 있어야 한다.

이렇게 김 시인은 시의 연구에서 시 창작의 중요성을 강조하였으며, 필자가 알기로는 1961년 낸 『시론』이 비록 대구의 출판사에서 나왔지만 한국현대시 사상 맨 처음으로 낸 본격적인 시작법 저서이다. 그 이후 많은 시인들은 시작법 저서를 내고 있다.

필자는 대학에서 제직한 2002년 대학교육과정 전반의 개편에 대한 책임자로 보임받은 바 있다. 그러면서 2년 동안 대형 프로젝트 4개의 수행을 학술진흥재단의 지원과 학교 측의 대응자금으로 기획하고 진행한 바 있다. 그때에 자연스럽게 국어국문학과와 국어교육과의 교육과정에 관심이 갔다. 국어국문학과의 경우 국어학, 고전문학, 현대문학 세 영역의 과목이 지나치게 학문 중심이 되어 영미 계통의 교육과정에 비하여 창작 실기와 각종 글쓰기에 대한 강좌가 극히 드물다는 생각이 들었고 국어교육과 역시 학문 중심에다 교과교육론 역시 실기 중심이 아니라는 생각이 들었다. 아마 필자뿐만 아니라 많은 교수들 특히 작가를 겸하고 있는 교수들의 불만으로 2000년대부터 대학에 많이 생겨난 것이 문예창작과였을 것이다. 그러나 지금은 다시 많은 대학들의 학부의 문예창작과가 문학의 대중성이 크게 감소되면서 국어국문학과와 통합되고 말았다. 필자는 2000년대 그 당시부터 문예창작과를 신설할 것이 아니라 국어국문학과나 국어교육과에 창작 강좌가 보완될 필요가 있다는 대안을 제시하였다. 이제 기존의 문예창작과와 통합된 국어국문학과의 교육과정이 어떻게 변화되었는지는 알 수 없으나 창작실기 영역의 강화가 꼭 필요할 것이라는 생각이 든다. 김 시인의 앞에 인용한 머리말의 숨은 의미가 바로 이것이라는 점에서 필자의 소신을 밝힌다. 그리고 시를 연구하는 학자나 비평가들은 반드시 창작에 대한 안목이 필요한 것 역시 설득력 있는 주장이다.

김 시인이 비록 부산과 경남을 중심으로 한 대학 시간강사였지만 그의 시와 시론들은 그 당시의 대한민국 중요 문예지는 물론 종합지에도 발표 되었고 시론가로서의 위상을 앞에서 살펴본 한국현대시의 형태적 특징과 시작법에 대한 연재로 충분히 확보하고 있다. 시간강사의 고달픔 속에서 김 시인의 시 쓰기와 산문 쓰기는 그의 예술혼의 형상화라는 일차적 욕구인 동시에 신분 변화를 위한 몸부림이기도 하였다. 이렇게 시작한 이중적 글쓰기는 그의 평생의 숙명이 되었다고도 볼 수 있다.

1965년 4월호부터 1966년 12월호까지 통권 20호(66년 10월호와 11월호
는 합병호로 발간)로 서울에서 발간한 시전문지 《시문학》(문덕수 주간, 청운출판사
발행)에 김 시인은 추천위원으로 참여한다. 김 시인이 최초로 추천위원
으로 참여한 것은 1964년 4월 전봉건(1928-1988) 시인의 주재로 서울에
서 발간하여 1965년 6월에 종간한 《문학춘추》였다. 결과적으로 《문학
춘추》 폐간된 직후에 다시 《시문학》에 추천위원으로 참여한 셈이 되었
다. 그런데 이 잡지에 김 시인은 「작시강의」라는 제목으로 창간호부터
시론을 연재한다. 창간호에 이미 연재 순서(1. 운율과 장르, 2. 이미지, 3. 유추, 4.
단시와 장시)를 밝히고 있다. 1966년 4월호까지 총 10회를 연재한다. 이
연재물을 바탕으로 〈시의 이해〉라는 부제가 붙은 『시론』(1971. 송원문화사.
국판 203페이지)을 발간한다. 제1부에는 앞에 열거한 「작시강의」라는 연재
물을 〈제1장 운율 · 이미지 · 유추〉라는 제목으로 편집하고, 제2장에
는 그동안 각종 문예지에 청탁을 받고 쓴 한국현대시 유파의 통시적
고찰을 〈한국의 현대시〉라는 제목으로 11항목으로 나누어 편집하고
있다. 제3장에는 〈시인론〉이라는 제목으로 청록파론, 이상화론, 김소
월론, 박남수론 등이 편집되어 있다. 이 책은 대학 학부의 〈시론〉 과
목의 강의용으로 편집된 탓에 필자가 부산대학교에서 〈시론〉을 강의
한 1974년부터 상당한 기간동안 교재로 사용하였다.

김 시인의 시에 대한 산문 쓰기는 1970년대에도 지속되었으며 주로
시단의 월평과 시평 그리고 그 자신의 시작세계에 대한 해명, 특히 그
의 무의미시에 대한 견해 등이었다. 이들 가운데 대표적인 것과 그의
무의미의 시에 대한 글들을 모아 1976년 8월 20일 〈문학과 지성사〉
에서 〈오늘의 시론집〉 시리즈로 『의미와 무의미』(4×6판. 210쪽)를 내고
있다. 이 책은 김 시인이 한자로 〈양왕용 애장, 저자〉라는 서명한 것
을 필자가 소장하고 있다. 이 책은 모두 5부로 나누어져 있다. Ⅰ, Ⅱ,

Ⅴ부가 시작세계 해명과 무의미의 시에 대한 이론이고 Ⅲ, Ⅳ부가 시집평과 월평으로 편집되어 있다. 김 시인과 함께 〈오늘의 시론집〉으로 엮어진 시인들의 책을 소개하면, 이형기 시인의 『감성과 논리』, 이철범 평론가의 『현대와 현대시』, 황동규 시인의 『사랑의 뿌리』, 오규원 시인의 『현실과 극기』가 있다.

1979년에는 역시 〈문학과지성사〉의 〈오늘의 시론집〉 시리즈로 『시의 표정』(4×6 판. 150p)을 내고 있다. 이 시론집은 김 시인이 〈자서〉에서도 밝히고 있듯이 10년 남짓 써온 시인론과 역시 무의미의 시와 그의 시작에 대한 글들이다. Ⅰ부에서는 이상화, 김광균, 이한직, 조지훈, 박목월과 박두진, 이경순과 설창수, 송욱 등의 시인론과 1970년대 한국시의 양상 등이 편집되어 있다. Ⅱ부는 「시의 전개」는 1959년 6월호와 8월호 《신태양》에 발표된 것으로, 1962년 문호사 『시론』 수록된 것을 재수록한 것이다. Ⅲ부에는 그 자신의 시작에 대한 해명의 글 두 편이 편집되어 있다. 이 시론집 역시 필자는 김 시인이 한자로 〈양왕용 교수 소납, 저자〉라는 서명본을 소장하고 있다. 이 책에는 군데군데 오자를 김 시인 자신이 직접 정정하는 자상함도 보여주고 있다.

김춘수 시인의 이 시기의 글 가운데 많은 부분이 그의 시론 전집과 다른 전집에 빠져 있다. 필자의 기억으로 필자가 시단에 1960년대 후반 데뷔한 직후 어느 지면인지 확실하지는 않으나 발표된 시를 비판적으로 평한 글이 있다는 것을 기억하고 있다. 그 까닭은 김 시인께서 "자네 시를 혹평했네. 그러나 혹평도 선전이네." 하신 말씀이 기억난다. 그 내용은 감각은 살아 있으나 정서가 지나치게 배제되어 있다는 내용이었던 것 같다. 그리고 《한국문학》의 월평에 조병화 시인의 시를 비판적으로 지적하여 조병화 시인과 오랜 세월 동안 불화가 있었다는 것도 세간에 알려진 일이다. 그러나 이러한 글들은 그의 어느 저서에도 수록되지 않고 있다.

필자의 학부 2학년부터 대학원 석사과정 1년차 사이인 1964년부터 68년 사이의 경북대학교의 여러 논문집에 수록된 논문 형식의 글도 수습되지 않고 있다. 그 가운데 가장 중요한 논문은 「1909-1919년 사이의 한국시의 명칭과 형태-신체시연구 제1장」(《경대논문집》〈인문·사회〉8집)이다. 이 논문으로 김 시인은 1965년 5월 21일 자로 그 당시의 문교부 교수자격심사위원회에서 '교수' 자격을 취득한다. 말하자면 1959년 4월 『한국현대시 형태론』으로 부교수까지 승진할 수 있는 자격을 취득한지 6년 만에 이 논문으로 정교수 자격을 취득한 것이다. 그런 직후인 1965년 8월1일 1962년 9월 부교수로 승진한지 3년 만에 정교수로 승진한다.

이 시기의 경북대학교 국어국문학과 논문인 《어문논총》에는 필자가 학부 시절 수강했던 소설론 시간의 강의 내용이기도 한 김동인의 「감자」를 분석한 논문(「S.E. Solberg 교수의 소론에 대한 의문점- 소설 〈감자〉를 대상으로」)과 나도향의 「물레방아」, 이효석의 「모밀꽃 필 무렵」, 김동리의 「황토기」 등을 대상으로 한 논문(「Episode의 역할」)도 있다. 이 역시 전집에 수습되어 있지 않다.

1980년대 이후에도 김 시인의 시에 대한 산문 쓰기는 쉬지 않는다. 1980년대 말 정진규(1939-2017) 시인이 주간으로 있었던 시전문 월간지 《현대시학》에 20회 연재한 한국현대시에 대한 단상을 중심으로 55편을 짧은 시론을 모아 1991년 황근식 시인이 운영하는 등지출판사에서 『시의 위상』(신국판 269페이지)이라는 저서를 낸다. 1- 55라는 제목 아닌 제목이 붙어 있는 시론의 맨 마지막 페이지에 다음과 같은 부분이 필자를 안타깝게 한다.

지방에서 시작활동을 하고 있는 시인들의 업적이 관심에서 소외되고 있는 경우가 있다. 일반 저널리즘은 두말할 것도 없고, 문학 저널리즘까지가 그들의 관심 밖으로 돌리는 일이 흔하고, 평단도 그렇다. 이 땅의 문화가 부피를 못 가지고 편견과 아집에 사로잡혀 있다는 증거가 아닌가? 이 기회에 내가 그 시적 성과를 눈여겨보아 온 지방 거주의 시인들을 몇 들어 보면 다음과 같다. 혹 무슨 암시나 자극이라도 되었으면 한다.

강현국, 권국명, 권기호, 박청륭, 엄국현, 양왕용, 양채영, 이구락, 이진흥 이태수 등이다. 이들에 대한 자세한 언급(비평)은 따로 자리를 마련해야 하겠다.

열거한 시인들 가운데 여섯 사람은 그의 제자이기도 한 경북대학교 출신들인데 이들을 입학연도 별 출신학과를 정리하면 다음과 같다. 권기호(56. 국어국문학과), 권국명(60. 국어국문학과), 양왕용(63. 국어교육과), 강현국(68. 국어교육과), 이구락(69. 국어국문학과), 엄국현(72. 국어국문학과) 순서이다. 타교 출신을 살펴보면 다음과 같다. 박청륭 시인은 계명대학 출신이나 김 시인이 1974-75년《현대문학》에 추천한 시인이다. 그리고 양채영 시인은《문학춘추》와 60대《시문학》에 추천한 제자들 가운데 가장 맏형이다. 이진흥 시인은 서강대 출신이나 석사와 박사 학위 지도교수로 김 시인을 모셨고《현대문학》에 추천을 받았다. 마지막 이태수 시인의 경우 영남대 철학과 출신이나 김춘수 시인이 70년대 초반《현대문학》에 추천하고 싶어 했으나 신동집 시인이 추천하였다고 하여 한동안 섭섭해하였을 정도로 아끼는 시인이었다. 이태수 시인은 70년대 후반《매일신문》에 있으면서 만촌동의 김 시인 댁 근처에 살아 누구보다도 가까이 지낸 시인으로 알려져 있다. 이렇게 학교 제자로 혹은 추천한 인연으로 맺어진 시인들이지만 지방에 있다는 이유로 시단에서 제대로 평가되지 않고 있는 것에 대하여 안타깝게 생각했다. 김 시인은 따로 언급하겠다고 했으나 약속을 지키지 못하고 2004년 8월4일 기도 폐색으로 갑자기 의식을 잃고 투병하다가 11월 29일 돌아 가셨다. 이들 가운데 권국명(1942-2012), 양채영(1935-2018) 두 시인도 이미 고인이 되었고, 80을 훨씬 넘긴 분도 두 분이나 있고 대부분 70을 넘겨 80으로 달려가고 있다.

김춘수 시인의 마지막 시에 대한 산문은 2002년 4월30일 현대문학사에서 발행한 『김춘수 사색 사화집』이다. 3페이지나 되는 머리말에서 시를 1)전통 서정시 계열, 2)피지컬한 시의 계열, 3)메시지가 강한 시의 계열, 4) 현대성과 후기 현대성을 지향한 시의 계열로 나누어 김소월 시인부터 김혜순 시인까지의 시를 해석하고 있다.

1) 전통 서정시; 김소월(2), 김영랑(2), 서정주(2), 박목월(1), 박재삼(1), 박용래(1) 등 9편,

2) 피지컬한 시; 이장희(1), 정지용(2), 김광균(1), 백석(2) 박목월(1), 김종길(2), 전봉건(1), 김종삼(1), 조영서(2), 박용래(1), 김영태(1), 노향림(1), 정진규(1) 등 17편

3) 메시지가 강한 시; 이상화(1), 유치환(1), 김수영(2), 신경림(1), 신동엽(1), 김지하(1), 정희성(1), 박노해(1), 황동규(1) 등 10편,

4) 실험성이 강한 시; 이상(1), 김수영(1), 조향(1), 김기림(1), 이승훈(2), 오규원(2), 이하석(1), 이형기(1), 박남철(1), 송찬호(1), 박상순(1), 김혜순(1) 등 14편

* 번외; 김현승(1), 윤동주(1), 기형도(1), 허만하(1), 황동규(1) 등 5편 이상 55편의 시가 김 시인 나름으로 해석된 이 저서는 김 시인의 연세 80에 엮어진 시해설서이다.

지금까지 실핀 산문들은 주로 시에 관한 산문들이다. 1952년《시와 시론》에 발표한 「시 스타일 시론」에서 시작하여 2002년 『김춘수 사색 사화집』에서 끝난 이 작업들은 '시론', '시 비평', '시 연구 논문', '시사', '시작법' 등의 성격을 가지고 있다. 30세에 시작한 글이 80세에 끝나고 있는 긴 세월의 작업을 통하여 그는 한국현대시사에서 뛰어난 시 이론가와 비평가가 되어 한국현대시 창작에 영향을 끼쳤으며, 대학교수 자격을 취득하여 대학에서 시론을 가르친 국문학 교수 1세대가 되었으

며, 여러 대학에서 많은 제자들을 시인으로 데뷔시켰고 학문의 길로 인도하였다.

3

김춘수 시인은 시와 문학에 관한 산문 즉, 시론과 문학론 말고 그가 시종일관 에세이라고 지칭하고 있는 산문과 신문의 칼럼을 많이 썼다. 이러한 일연의 작업에 대한 김 시인 자신의 견해는 그가 산문집을 낼 때마다 서문격인 「책 머리에」에서 다음과 같이 밝히고 있다.

(가) 처음으로 에세이집을 내게 된다. 30년 가까이 써 온 것들 중에서 얼마를 가려 뽑은 것이다, 여기에 수록된 것들의 대부분은 그때그때의 나에게 있어서는 매우 절실했다고 생각된 문제들을 다룬 것이다. - 중략 - 사회와 인생에 대한 그동안의 〈약 1년 남짓한〉 내 생각이 그대로 반영되고 있는데, 스스로 인정하기에 내 지성과 감성은 매우 망설이고 있는, 이를테면 회의하고 있는 상태라고 해야겠다. 신념을 얻기 위한 탐색의 자세인지도 모른다. (첫 산문집 『빛 속의 그늘』〈1976. 예문관〉)

(나) 나는 내가 시작에서 할 수 없었던 일 - 이른 바 메시지 같은 것도 산문에서는 할 수 있었다. 나는 어떤 메시지를 위하여 산문을 썼다고 할 수 있다. 시와 산문이 또한 내 속에 공존하고 있다. 한 사람의 시민이 되려는 충동과 그것을 뛰어넘으려는 충동이 어울려 나에게 있었는 듯하다. 그래서 나는 산문을 써서 산문집을 내면서 시를 써서 시집을 냈는지도 모른다. (두 번째 산문집 『오지 않는 저녁』 1979. 근역서재)

(다) 이번의 산문집은 그동안 매주 1회씩 신문에 연재해 온 칼럼을 모은 것이다. 이렇게 모아 보니, 나대로의 문명비평을 시도한 것이 되었는 듯

하다. 나는 현대문명의 특징인 산업화 기술화에 대해서는 회의적이다. 우리 사회가 안고 있는 여러 규모로 파급되고 있는 산업화 기술화에 따른 비인간화인간의 자기소외 현상을 긍정적으로 받아들일 수는 없다. 고도 산업사회를 지향해 가는 과정에서 일어나는 엄청난 범죄사실들을 간과할 수 없다. 도덕의 파괴와 도덕감각 및 도덕적 상상력의 둔화는 인간을 내부로부터 헐어버리는 요소이다. (세 번째 산문집 『시인이 되어 나귀를 타고』, 1980. 문장사)

이상의 세 글로 볼 때 김 시인이 에세이와 칼럼을 쓰는 까닭은 시에서 쓸 수 없는 시민으로서 현실에 대한 견해를 쓸 때마다 그때에 그가 가장 절실한 문제라고 생각하는 것을 테마로 독자들에게 자기의 주장을 하기 위함이다.

김 시인이 산문집을 집중적으로 낸 것은 1976년부터 1980년 사이인데 첫 산문집을 제외하고는 그 당시에 신문이나 잡지들에 연재한 형식의 글들이 많았다. 가장 오래된 글은 김 시인이 밝히고 있지만 첫 산문집 『빛 속의 그늘』 제1부 〈비킨섬의 거북이〉(PP 13-53)이다. 이것은 1963년 9월16일부터 한 달 가까이 《부산일보》에 연재한 것이라고 한다. 이때라면 김 시인은 이미 경북대학교 국어국문학과 교수로 부임했던 시절이다. 그리고 마산과 대구를 오르내리던 시절이다. 김 시인의 기억이 정확하리라 생각되지만 부산일보사에 확인하여 정확하게 원고 게재 일자를 파악하는 것이 앞으로의 과제이다. 김 시인이 부산일보사와 인연을 맺은 것은 조선일보 문화부장을 지내고 〈스포츠 조선〉 전무이사까지 지낸 조병철(1935-) 시인의 회고에 의하면 조 시인은 1955년 부산대학교 국어국문학과에 입학하여 그 당시 시간강사로 출강하던 김 시인으로부터 강의를 들었다고 한다. 그런데 그가 졸업반 시절부터 부산일보 기자로 근무했는데 그때부터 김 시인이 부산일보에 칼럼을 썼다고 기억하고 있다. 그 당시 요산 김정한 작가는 부산대학교 국어국문학과 교수이면서 부산일보 논설위원을 겸하고 있었는데 그의 소개로 김 시인이 부산일보에 칼럼을 썼다고 한다. 그때가 언제인지 부산일보사에 확인하면 정확한 시기를 알 수 있을 것이다.

〈비키니섬의 거북이〉는 그 당시 미국의 핵실험으로 비키니섬의 거북이가 방향감각을 잃은 사건을 〈상징적인 사건〉이라는 소제목으로 설파한 뒤에 짧은 칼럼으로 문명비판과 세태비판을 한 글들 18편이 편집되어 있다. 제2부 〈빛 속의 그늘〉은 《문학사상》 1973년 4월호부터 6월까지 3개월에 연재한 글이다. '말을 주제로 한 몇 개의 변주곡'이라는 부제가 있는데 이 글은 문명비판이나 세태비평과는 다소 거리가 있는 일상에서 쓰는 말들에 대한 사유에 가까운 글이다. 아마 발표지가 문예지인데서 온 주제의 선택일 것이라는 생각이 든다. 제3부 〈건건록초〉는 시전문지 《심상》 1974년 4월호부터 9월호까지 6개월간 연재한 글를 조금씩 손보았다고 〈책머리에〉에서 밝히고 있다. 그런데 이 부분의 제목으로 차용한 『건건록』(이와나미서점)은 일본 사람 무쓰무네미쓰가 1896년에 쓴 1894년부터 1895년까지 동학농민운동의 발생 시기부터 청일강화조약 맺을 때까지의 외교문제를 일본인 시각에서 쓴 책이다. 이 책을 연재 에세이 제목으로 택하였다는 것은 일종의 아이러니라 볼 수 있다. 에세에집 제목 《빛 속의 그늘》도 아이러니라면 아이러니이다. 제4부 〈향수〉는 김 시인의 고향 통영 이야기이다. 나머지 제5부 〈인간만세〉와 6부 〈잡록〉으로 편집된 이 책은 4×6판 228페이지 세로쓰기로 편집되어 있다.

제2 산문집 《오지 않는 저녁》(1979, 근역서재, 신4×6판 234쪽)은 칼라사진판 표지로 가로쓰기로 편집된 첫 산문집이다. 〈책머리에〉에서 밝히고 있지만 '산문은 시민의 입장에서 쓰기 때문에 메시지기 들어 있는 글이라'고 하고 있다. 그리고 이 책의 주요 내용은 대구의 대표적인 일간지 《매일신문》의 1970년대 중반부터 후반까지 오랫동안 매주 15매 정도로 쓴 칼럼이 주축이 되어 있다. 제3 산문집《시인이 되어 나귀를 타고》(1980. 문장사) 역시 앞의 책처럼 신문의 칼럼이 주된 내용이다. 앞의 「책 머리에」(다)에서처럼 이때의 칼럼의 주조는 '현대문명의 산업화'에 적극적으로 비판하고 있으며 어떤 면에서는 지나치게 회의적으로 보는 경우도 있다. 3집의 제목이 된 글 「시인이 되어 나귀를 타고」의 서두에 다음과 같은 글이 있다.

> 시인은 자전거 정도는 몰라도 자동차를 타고 다니는 것은 어울리지가 않는다. 자동차를 가졌다면 그것만으로 이미 그는 시인의 자격을 포기하고 있다고도 할 수 있다. 시인은 될 수 있다면 걷는 것이 좋다. 두 발로 대지를 든든히 밟는 것이 좋다. 문명의 이기를 되도록 빌지 않는 것이 좋다.
>
> (앞의 책, p.134)

이 글만 보면 김 시인은 극도로 문명의 이기를 혐오하고 있다. 그러나 현실은 그럴 수가 없는 것이다. 이 제목은 김 시인 자신의 시 「죽도에서」의 첫 행에서 차용하였다. 그 시는 시인이 되어 나귀를 타고 새가 날고 패랭이꽃이 피어 있는 유년의 공간으로 돌아가는 의미 구조를 가지고 있다. 이 시의 발상은 소년 시절의 체험에서 나왔으며, 죽도는 통영 앞바다에 지금도 실재한 섬이지만 시 속의 죽도는 현실로는 있을 수 없다고 인식하고 있다. 김 시인은 시 속에서 시인이 나귀를 타는 것이지 그것이 현실이라면 바쁜 세상에 나귀를 타고 시골길을 가는 것은 우스꽝스러운 몰골이라고 이 산문 말미에서 실토하고 있다.

다음으로 주목할 만한 산문집은 1985년《현대문학》에세이선으로 발간된 『하느님의 아들 사람의 아들』(1985. 현대문학사, 신국판 303쪽)이다. 이 책의 대부분은《현대문학》1982년 3월호부터 1984년 12월호까지 「연시의 낮과 밤」이라는 제목으로 34회 연재한 글로 편집되어 있다. 이 책의 내용은 거의 전부가 그 자신이 「머리말/ 내 속에 자리한 예수」(앞의 책, p. 5)에서 밝힌 것처럼 '거의가 예수에 관계되는, 예수를 생각하며 씌어진 것들'이다. 김 시인은 처음부터 의도하고 쓴 것은 아닌데 자신의 잠재의식 속에 그만큼 예수는 깊게 자리 잡고 있었던 것이라 언급하고 있다.

김 시인은 어린 시절 호주 선교사 유치원을 다닐 때부터 일종의 '예수체험'을 했으며 이 에세이 전에도 단편적으로 예수체험에 대한 산문을 써 왔다. 그런데 무엇보다 중요한 김 시인의 예수에 대한 글쓰기는 1977년부터 집중적으로 발표하기 시작한 '예수체험 시편'들이다. 이때부터 1982년까지 총 12편의 '예수체험 시편'을 발표하고 있다. 이어서 1982년에 이 책에 수록된 글들을 《현대문학》 3월호부터 연재하기 시작한 것이다. 따라서 이 글들은 '예수체험 시편'에서 말하지 못한 예수에 대한 그의 인식을 구체적으로 드러낸 글이라 볼 수 있다.

사실 12편의 시들은 신학자에게도 『교회 밖에 핀 예수 꽃』(민영진 저: 2011, 창조문예사)으로 인식되어 한국의 어느 크리스천 시인보다 감동적이었다고 읽힐 수 있었다. 그러나 이 산문들을 읽어 보면 김춘수 시인이 왜 크리스천이 되지 않았고 예수를 어떻게 받아드리고 있는가를 분명히 알 수 있다. 이 산문들 속에는 '예수체험 시편'들의 시작 노우트로 읽힐 수 있는 것들도 많다. 따라서 앞으로 김춘수 시인의 시에 수용된 예수를 연구하고자 하는 사람들은 반드시 읽어야 할 산문집이다.

김 시인의 만년에 김춘수 전집발간에 힘을 기울인 〈주〉현대문학은 『김춘수 시전집』(2004. 1. 5. 신국판 1150쪽)과 『김춘수 시론전집·Ⅰ』(2004. 2. 3. 신국판 661쪽) 그리고 『김춘수 시론전집·Ⅱ』(2004. 2. 3. 신국판 552쪽)는 김 시인이 기도폐색으로 쓰러지기 전에 출간하였다. 그러나 산문은 그 방대한 양과 단행본에 수습되지 않은 것들이 많은 탓인지 전집으로 내지 못하고 김 시인이 별세한 뒤인 2005년 1월 5일 김춘수 대표에세이 『왜 나는 시인인가』(신국판 431쪽)를 남진우 시인이 엮어내었다. 그리고 그 말미에 '엮은이의 말'이라고 하면서 남진우 시인이 「김춘수의 산문에 대하여」라는 일종의 해설을 9페이지에 걸쳐 남기고 있다.

남진우 시인은 해설에서 '예수체험 산문'에 대하여 다음과 같이 평가하고 있다.

> 편자로서 개인적인 의견을 덧붙이는 것이 허용된다면, 김춘수의 예수에 대한 에세이들은 우리 산문문학이 도달한 한 수준을 보여주는 뜻깊은 성과물이라는 점을 지적하고 싶다. 시인은 성서와 관련연구서를 토대로 집요하게 예수와 그 주변 인물들을 추적하면서 그들의 삶과 죽음, 사랑과 욕망, 일상과 신비를 성찰하고 있다. 시인은 특정 종교의 신앙의 대상으로서의 예수가 아니라 인간적 약점을 고스란히 지닌 체 이타적 사랑의 구현을 위해 노력하다 죽어간 인간으로서의 예수에 관심을 집중하고 있다. 시인이 상상을 통해 재구성한 예수의 모습이 물론 공관복음의 공의적인 초상과 항상 일치하는 것은 아니다. 그럼에도 불구하고 이 시인의 예수론은 그 나름의 설득력을 지니고 있으며 매우 아름답게 다가온다. 순수를 갈망했고 남다른 순결벽의 소유자인 이 시인이 왜 예수라는 인물에 집착했는가 하는 것은 그 자체로 흥미로운 연구 주제임에 틀림없으며 분석을 기다리는 많은 공백을 함축하고 있다고 여겨진다.
>
> (남진우 엮음 : 김춘수 대표에세이 『왜 나는 시인인가』 2005, ㈜ 현대문학, p.430)

필자는 여기서 김춘수 시인의 '예수체험 산문'에 대한 평가나 그에 대한 의미부여를 할 생각은 없다. 왜냐 하면 이 글의 성격상 그럴 여유가 없기 때문이다. 그러나 남진우 시인이 지적한 것처럼 '흥미로운 연구 주제'라는 데에 크게 공감하며 그 성과물들도 나오기를 기대한다.

4

　김춘수 시인은 지금까지 중점적으로 살핀 네 산문집 말고도 다음과 같은 산문집들을 내고 있다.

＊『김춘수전집 3-수필』(1982, 문장사)(앞에 언급한1-3 산문집 합본)

＊『풋보리 향기로 고향 냄새를 맡는다』(1993, 우석)

＊『여자라고 하는 이름의 바다』(1993, 제일미디어)(선집)

＊『예술가의 삶』(1993, 혜화당)(선집)

＊『사마천을 기다라며』(1995, 월간 에세이)(시와 산문 합본)

　이 산문집들은 문장사 판 전집을 제외하고는 앞의 네 산문집에 비하면 긴 글들과 본격적인 글들이 많지 않다. 그리고 앞에서도 언급했지만 많은 미수록 산문과 1960년대의 경상북도 도정 홍보지인 『약진경북』, 『부강경북』의 산문, 경북대학교를 포함한 여러 곳의 대학신문의 산문, 그리고 부산의 폐간된 신문에 발표된 산문, 마산 시절의 여러 곳에 발표된 산문 들을 포함한 이루 말할 수 없는 미발굴 산문을 모두 수습하는 완벽한 산문전집을 낸다는 것은 매우 어려운 작업이라는 생각이 든다. 그리고 그들 가운데는 김춘수 시인 스스로 공개하고 싶지 않았던 것들도 있었을 것이다. 그러나 김춘수 시인의 산문 쓰기의 본격적이고 전면적인 연구를 위해서는 수습할 수 있는 것들은 모두 수습해 산문전집 발간을 기획하는 것도 김춘수 시인 탄생 100주년 이후의 기념사업이 될 수 있을 것이다.

섬에서 고향 그리워하며 산 시인
– 한찬식 시인의 삶과 작품세계

1. 들어가며

한찬식(1921-1977) 시인과 필자와의 첫 만남은 필자가 대구에서 부산으로 내려온 첫해 경남중학교 교사 시절인 1969년 중고등학생 백일장 심사 자리에서였다. 그 당시 한참 3부두에서 월남 파병 용사들의 환송식이 거행되었는데 그에 관련된 백일장 심사를 같이 하였던 것으로 기억되니 벌써 54년 전이다. 그런 후에 부산문협 행사나 1974년 부산시인협회가 발족하면서 자주 만나게 되었다. 한 시인은 그 당시 영도의 대양중학교 미술교사이면서 문협 시분과위원장을 맡고 있었다. 그리고 그 무렵 첫 시집이자 생전의 유일한 시집 『낙엽일기』(1974)를 친지들의 도움으로 발간하였다. 뿐만 아니라 한 시인은 중앙동에 있는 해기사협회 기관지 월간 《해기海技》에 「문학에 비쳐진 바다」라는 산문을 연재하고 있었다. 필자는 그동안 경남중학교, 부산진중학교를 거쳐 73년부터 부산여자고등학교 교사로 근무하고 있었는데 1975년 4월에 제1시집 『갈라지는 바다』를 내었다. 물론 그 시집을 한 시인에게 보냈다. 그런데 어느 날 한 시인으로부터 필자의 시집에 있는 작품을 《해기》에 언급하여 책이 나왔다는 연락을 받았다. 필자의 시집에 대한 맨 처음 글이라 신기하여 달려갔다. 책을 보고 저녁을 같이 하며 시간을 보냈다. 어느 작품을 인용하여 글을 썼는지는 그동안 기억이 희미했으나 이번 이 글을 쓰면서 한 시인의 전집을 찾아보니 한 호 전체의 분량으로 「어떤 정박碇泊」과 「바다」의 전문을 인용하고 자세히 언급하고 있다.

한 시인은 평소에는 과묵하고 중후한 인품 때문에 연세가 많을 것이라 짐작하였으나 그의 약력을 자세하게 살피면서 깜짝 놀라지 않을 수 없었다. 그 당시 청마 유치환(1908-1967) 시인이 돌아가시고 난 이후 부산 시단은 박노석(1913-1995) 시인이 가장 어르신이셨으며, 해방 직후부터 작품 활동을 한 몇몇 시인들이 당연히 연세가 많으리라 생각하고 있었다. 그런데 사실 그들보다 한 시인이 비록 1958-59년《자유문학》을 통해 양명문楊明文 시인의 추천으로 등단하였음에도 불구하고 1921년 생으로 가장 연장자에 속했다. 약력과 한 시인의 시집 후기를 살펴본 결과 그는 1958년 30대 후반의 나이로 그 당시로서는 비교적 늦은 나이에 시단에 데뷔하였다. 그는 30대 초반까지 그림에 열중하다가 사적인 사정으로 시로 전환했다고 그 자신이 첫 시집『낙엽일기』후기에서 밝히고 있다. 이형기(1933-2005) 시인이 유고집 서문인「책 머리에」에서 부산 시단의 장로라고 한 점은 바로 이 사실을 염두에 두었기 때문이라 생각된다. 왜 미술을 하다가 시 쓰기를 결심하게 되었는가는 나중에 작품에 대하여 언급할 때에 심층적으로 살펴보겠다.

1921년이라는 출생연도는 1997년 돌아가신 필자의 아버님보다 한 살 아래이고 2004년에 돌아가신 필자의 은사이신 김춘수 시인보다는 한 살 많은 나이이다. 그렇다면 1969년 당시 시단 활동을 활발하게 하고 있던 부산의 현역시인 가운데는 실질적인 연장자였으니 27세(1943)인 필자로서는 아버지뻘이었다. 그러나 필자는 그런 사실도 모르고 그냥 막내 삼촌쯤으로 생각하고 있었으니 한 시인에게는 실례 아닌 실례를 범하고 말았다.

2. 한찬식 시인의 생애

한찬식 시인은 삼일운동이 일어나고 이어서 상해 임시정부가 설립(1919. 4. 13.)되어 해외로 독립운동이 확산되고 국내에는 사이또 총독의 유화정책이 시작되어 조선일보(1920. 3. 5 창간)와 동아일보(1920. 4. 1 창간)가 발간되는 등 본격적으로 일제가 그 야욕을 교묘하게 드러내는 일제강점기 초기인 1921년 2월 1일 함경남도 함주군 상기천면 죽리 795번지에서 아버지 청주 韓 씨 유원 선생과 어머니 전주 李씨 원재 여사 사이에 7남매의 막내 외동아들로 태어났다. 한 시인의 수필 「어머니의 손」에 의하면 위로 누나들이 여럿 있고 여섯 살 위에 형이 하나 있었으나 함흥 학생사건에 연류되어 감옥살이와 일제의 고문 후유증으로 일찍 죽어 사실상 외동이 되었다고 기억하고 있다. 만주와 러시아 국경을 넘나들며 독립운동에 관여하시는 아버지와 아버지 대신 농사를 주도하시던 어머니를 부모로 하여 태어났다. 집안은 대지주였으며 명태잡이 어선도 몇 척 가지고 있는 부자였다. 어머니는 16세에 시집을 와 36세에 막내인 한 시인을 출산하였고 독립운동과 사업으로 농사일에는 전혀 관심이 없는 남편 대신 대지주 집안의 농사일을 주도하면서 자녀를 키우는 일을 비롯한 집안일까지 억척스럽게 하는 그야말로 함경도 또순이였다.

한 시인의 고향 함주군은 일제강점기부터 도청소재지인 함흥시와 공업도시로 유명한 흥남시를 둘러싸고 있는 말하자면 도시의 근교 군이었다. 서쪽의 낭림산맥과 북쪽의 부전령산맥이 뻗어내려 산간지대였으나 성천강이 군내에서 동해로 흘러내려 그 유역과 함흥만 쪽의 해안지대는 평탄하여 함흥평야를 이루고 있습니다. 아직도 이 행정 구역은 변함이 없으며 인구는 2008년 추정 13만 3,896명으로 나와 있다.

한 시인의 출신 면인 상기천면은 함흥시 서북쪽의 주북면 다음 면으로 군의 북부에 위치하고 있으며 북서부는 산지와 구릉지대로 밭농사가 주류를 이루었으나 성천강이 면의 동부에서 남류하다가 면 소재인 오로리에서 지류인 흑림강과 합류하여 비옥한 평야를 이루고 있다. 뿐만아니라 일제강점기에도 제재소와 벽돌 공장 등이 있었고, 면소재지 오로리는 동해 쪽 함흥과 흥남으로 가는 산업철도 함남선과 함주군 북쪽 신흥군으로 가는 순흥선, 장전선 등의 분기점이었기 때문에 교통의 요지였다. 이러한 지리적 특성으로 본래는 함흥군 지역으로 1931년 함흥부제 실시에 따라 함주군으로 편입되었다. 말하자면 한 시인이 태어났을 때에는 함흥군이었지만 성장기는 함주군이라고 볼 수 있다. 유명한 부전강, 장전강 수력발전소와 흥남 공업지 등을 근처에 두고 있었기 때문에 일제강점기부터 근대 문물이 유입되었으리라 생각된다.

한 시인이 중학교를 다니던 1930년대 후반부터 45년 해방될 때까지 면소재지에 유일한 초등학교가 있었고, 그는 그 학교를 졸업하고 함흥시에 있는 함남공립중학교에 입학하여 새벽밥을 먹고 어머니와 둘째 누님이 싸주는 도시락을 가지고 통학을 했다. 그가 졸업한 함남중학교는 함경남도에서 가장 명문이고 역사가 오래된 학교였다. 1909년 두 개의 사립학교를 통합하여 함남고등학교로 개교하였고, 1918년 함흥고등보통학교로 개칭되었다. 한 시인이 다니고 있던 1938년 조선교육령의 개편으로 5년제 함남공립중학교로 다시 개칭되었다. 말하자면 그는 유복한 가정 형편과 지리적 여건 때문에 함경남도 제일의 명문 함흥고보 출신으로 1940년 졸업을 하게 된다. 한 시인은 재학 중 연극단을 만들어 활동하면서도 최상위권 성적을 유지하였고 제2외국어인 중국어도 능통하였으며 그 당시 이미 영어, 중국어, 일본어 실력이 출중하였다. 그의 졸업과 동시 일본 유학을 떠났다. 부모의 허락을 받기 위해 명치대학 전문부 상과에 입학하였으나 그는 그림 그리기에 더 관심이 많아 동경의 大森繪畵硏究院의 1년 과정을 수료하였다. 그러나 그의 유학 생활은 순탄하지 않았다. 고향에서 학비는 꼬박꼬박 부쳐왔으나 같이 유학하는 장조카 즉 큰 누님의 큰아들이 중간에 유용하면서 경제적인 어려움을 당하여 결국 병을 얻게 되었다. 이로 인하여 명치학원 전문부 3학년 때에 학업을 중단하고 귀국하게 된다. 해방 전인 1943년 귀국할 때에는 병까지 들었으나 1년 후 완치하였으며 1946년에는 부모님들의 반대를 무릅쓰고 결혼을 했다.

그는 유학시절 방학 때마다 관부연락선으로 현해탄을 건너 부산으로 와 부산에서 기차를 타고 고향을 오고 갔다. 그때부터 부산의 바다 풍광에 매료되었다고 그의 수필에서 언급하고 있다. 월남 후에도 12월만 되면, 눈에 덮여 오히려 포근한 고향 생각이 난다고 수필 「고향의 눈길」에서 밝히고 있다. 특히 겨울방학 때면 기차로 강원도의 눈산을 누벼 고향에 갔던 기억도 술회하고 있다. 다음과 같은 부분에서는 그가 영도에서 구덕산을 바라보며 향수에 잠긴 것을 알 수 있다.

　　지금 내가 살고 있는 영도라는 섬의 위치에서 구덕산을 바라보면 희뿌
　연 눈이 덮히는 그것이 내 마음을 자극하는 것은 역시 내 자신이 눈의 고
　장에서 태어난 까닭이 아닐까?

한 시인은 언제 월남하였는지는 알 수 없으나 아마 대지주라는 신분 때문에 공산 치하에서 견디지 못해 6·25 전쟁 전인 것은 확실하다. 6·25 때 UN군 및 한국 문관으로 중동부 전선에 종군하였으며 종군 후에는 피난민들과 함께 부산으로 내려와 영도 청학동에 정착하였다. 이러한 과정에 도움을 준 사람은 동아일보 논설주간을 지낸 언론인이자 단편소설 「바비도」로 제1회 동인문학상(1956)을 수상한 그의 고등학교 선배 김성한(1919–2010) 작가였다고 한다. 한 시인은 일본에서 1년 배운 그림을 전공으로 부산의 송도에 있던 피난 학교인 함남고교에서 1957년 교편생활을 시작하여 1959년에는 영도의 대양중학교로 옮겨 중간에 6년간의 장기 휴직 기간이 있었으나 작고하기 직전인 1976년까지 미술교사로 근무한다. 말하자면 미술교사는 그의 생업이 되었다.
한 시인의 일생은 그렇게 순탄하지 않았다. 2남 5녀라는 많은 자녀의 생계와 교육 때문에 초등학교 교사였던 부인도 생활전선에 나섰다. 부인의 사업 번창으로 안정을 얻는듯하였으나 두 사람은 의견 대립으로 생이별을 하게 된다. 그동안 큰아들은 지병으로 일찍 죽었고 둘째

아들도 척추를 다쳐 오랫동안 고생했다. 이 둘째 아들을 고치기 위하여 한 시인은 대양중학교 미술교사를 장기간 휴직하면서 아들 간병에 힘써 3년 만에 완치시켰다. 그리고 한 시인의 간병과 치료사례는 부산대학병원의 부교재로 사용되었다고 한다. 그는 이혼 후 재혼을 하였으나 그로 인하여 본부인의 경제적 도움이 중단되고 자녀의 결혼 등으로 경제적인 타격으로 당뇨병을 얻게 되었다. 그러나 자녀들은 모두 잘 자랐다. 지금은 어른이 되어 서울과 미국, 부산 등지에 거주하고 있다. 둘째 아들은 장교로 근무 후 서울에서 교직에 종사하였다. 특히 실질적인 맏이인 큰딸 한남숙 여사는 한 시인의 유고집과 전집 발간, 그리고 한 시인의 시비 세우는 데에 큰 역할을 했으며 수필가로 아버지의 글 쓰는 자질을 이어받았다.

그는 7남매의 막내아들로 고향에 두고 온 어머니를 그리워하며 살았다. 한남숙 여사의 회고(유고시집 『다시 섬에서』의 후기)에 의하면 그의 초등학교 시절까지 한 시인은 고향을 그리워하며 〈내 고향으로 날 보내주〉라는 노래를 자주 흥얼거렸다고 한다. 뿐만아니라 일찍 죽은 큰아들도 그에게 고통을 안겨 주었다. 이러한 여러 가지의 신산한 삶으로 그는 술을 좋아하게 되었고, 1968년에는 당뇨병까지 발병하여 결국 1977년 3월 13일 56세라는 젊은 나이에 세상을 떠났다.

3. 화가에서 시인으로 전환한 까닭

한 시인 자신은 개인적 사정으로 시인이 되었다고 간단히 술회하고 있지만, 그 자신을 일찍부터 곁에서 지켜보고 그의 시집 『낙엽일기』(연문출판사, 1974) 발간의 계기를 만들어준 그 당시 월간 《해기》 편집장이고 어린 시절부터 한 시인과 인연이 있었던 조연로 시인에 의하면 그 자신은 선비정신을 지향하는 관점에서 화가보다는 시인이 되고자 하였다고 한다. 그는 시단에 데뷔하기 전부터 부산지역 동인 활동을 열심히 했다. 1956년에는 《운석隕石》이라는 동인지의 책임편집을 맡아 5집까지 발간하였다. 그 자신 직접 표지화를 그리기도 했다. 그때의 동인들은 한 시인을 비롯한 이성환, 정상옥, 추영수, 강경(필명: 강상구), 정혜옥, 손서영, 류창렬 등이었다. 1957년에는 이석, 남윤철, 박철석, 박돈목, 강경 등과 함께 《시영토》 동인으로 참여했다.

한 시인이 드디어 정식으로 시단에 데뷔하게 되었다. 그 당시 《현대문학》과 함께 양대 문학 월간지였던 자유문학자협회의 기관지인 《자유문학》에 양명문楊明文(1913-1985) 시인의 추천으로 「섭리攝理」(1958년 8월호), 「하류下流」(1958년 12월호), 「물무늬」(1959년 8월호) 등 만 1년 동안에 3회 추천 완료되어 시단에 데뷔하게 되었다. 그의 나이 39세였으니 당시로는 늦게 데뷔하였다. 그 당시 한 시인 나이 또래들의 시인들은 정식으로 시단에 데뷔하기 전의 동인 활동과 개인시집을 인정받아 추천의 과정을 거치지 않고 시인으로 활동하는 경우가 많았다. 그러나 굳이 한 시인은 추천 완료의 과정을 거친 점에서 그의 진지하고 강직한 성품을 엿볼 수 있다. 그리고 이 시기는 그가 그림보다도 시로 전환한 지 7년의 세월이 흘렀다고 시집 『낙엽일기』 후기에서 다음과 같이 밝히고 있다.

본래 30을 갓 넘을 즈음까지 그림에 열중하였다. 그러던 중 사적 사정에 의하여 시로 전환해 버렸다. 회화나 시의 생성과정은 거의 동일하다고 지론持論하는 나는 거칠기는 하였지만 우리의 언어를 어느 정도 다듬어 추천이라는 제도 속에 말려들게 된 것은 그로부터 7년이 지난 어느 해였다. 이러한 작업을 무엇 때문에 지속했느냐고 물으면 여러 가지 답변을 할 수 있겠지만 가장 먼저 말하고 싶은 것은 내적 관조나 내적 생활의 충실이 나에게는 중요하였다는 것이다.

나는 아직도 작품의 완성을 의심하고 있으며 나의 작품을 미완성이라고 믿는 것은 예나 지금이나 다를 바가 없다. 그리고 이러한 태도는 무의식적이건 의식적이건 여러 가지 의미에서 전혀 틀린 것은 아니라고 여겨진다. 이러한 심정이 없고서는 과거는 파괴되지 않을 것이며 따라서 새로운 조형 내지는 변모가 이루어지지 못할 것이다. 대부분의 시인들이 여러 번의 변모 과정을 지녔으며 또 그것이 더 유익한 점을 그들에게 주었다는 사실을 우리는 많이 보아 왔기 때문이다.

우선 이 글은 오늘날 시인이 되고자 하는 사람들에게 일종의 경종을 울리는 글이라 볼 수 있겠다. 그는 미술 특히 회화라는 그 창작 과정이 시와 유사한 예술에 종사하였지만 7년이라는 각고의 노력으로 시인이 되었다는 점에서 그렇다는 말이 되겠다. 그리고 그의 미술이라는 조형예술에서 시작으로의 전환의 원인을 유추해 볼 수 있는 글이기도 하다. 즉, 시각적이고 조형적인 회화보다 내적 관조나 내적 충실을 기할 수 있는 시를 택하였다는 점이다

그의 몇 점 안 되는 회화를 보면 추상적인 작품이 많다. 말하자면 구상적인 이미지보다 추상적 이미지에서 미를 찾았다고 볼 수 있다. 따라서 이러한 추상적 회화작업으로 그 자신의 내면세계를 형상화하는 것보다 시를 통하여 형상화하는 것이 훨씬 효율적이고 지속적이라는 결론에 도달했다고 볼 수 있다.

우선 여기서 그의 1회 추천작에 대하여 살펴보기로 하겠습니다.

처음 열린 그날부터
한결 투명한 因襲이었으니
하늘은 그저 빈 空間은 아니었다.

종이 한 장의 땅 위에
온갖 것을 휘둘러 놓고

제풀에 앓아 우는 狂人을 달래어
아무 일도 없었다.

풋풋한 太陽의 아침이 있게 하였다
별의 먼 距離가 삶이 되게 하였다
그리하여 얼마나 숱한 가슴이 열려갔던가.

－「攝理」1, 2, 3연 (《자유문학》 1958. 8.)

　이 시는 대단히 관념적이다. 시적 화자가 바라보고 있는 대상은 하늘
이다. 그러나, 하늘의 구체적 모습을 찾기는 힘들다. 다만 하늘은 그저
빈 공간이 아니라고 의미를 부여하고 있다. 양명문 시인은 추천사에서
'작가의 우주관이 어떤 안정된 자기 자세를 가지고 있는 점에 호의를
가졌다'고 하고 있다. 이러한 언급은 관념의 형상화에 등장하는 사물
들이 '하늘', '태양', '별' 등인 점에서 기인한 것이라고 볼 수 있다. 이
작품의 관념적 상상력은 사물에 대하여 미세하고 여성적인 어조로 접
근하는 서정적 상상력보다 훨씬 대륙적이고 남성적 어조와 태도를 가
지고 있다. 그리고 시인 자신의 삶이나 실향민 의식이 겉으로 드러나
지 않았다. 이러한 경향은 두 권의 시집 속표지로 꾸며져 있는 그의 회
화 두 편에서도 발견할 수 있다. 그의 회화는 추상화이면서 어떤 움직
임과 미지의 세계를 탐구하는 역동적 이미지를 가지고 있다. 이러한
역동적 상상력의 언어화가 그가 추구하는 시적 세계였다. 따라서 그의
시작 경향은 일단 모더니즘 지향성이라고 볼 수 있을 것이다.
　이상과 같은 점에서 우주적 상상력을 그는 시와 회화 두 장르의 예술
에서 보여주고 있다. 다른 추천작 「하류」, 「물무늬」는 다소 구체적 상황
이나 정경이 등장하나, 역시 추상성과 관념성은 그의 후기 시까지 지
속되는 특성이다.
　한 시인은 데뷔 후에도 부산지역의 동인 활동에는 빠지지 않았습니

다. 1959년 11월에는 《서정시》 동인, 심지어 차남 간병을 위한 대양중학교 장기 휴직 기간인 1960년대 초반에도 《시기》(1962), 《계간 시문예》(1964) 등에 관계하였고, 특히 부산 시인들이 망라된 《신어》(1965)의 경우는 편집위원으로 표지를 그리기도 했다. 물론 이들 동인지는 그 당시의 출판 사정이나 동인들의 재정적 여건 때문에 오늘날처럼 오래 지속될 수는 없었다.

4. 일상의 고통과 고향 상실감의 극복

한찬식 시인의 시집 발간에 대해서 앞에서 부분적으로 언급했습니다마는 다시 한번 정리하겠다. 제1시집 『낙엽일기』(1974, 연문출판사), 한찬식 유고시집 『다시 섬에서』(1978, 시문학사), 그리고 『한찬식 전집』(1999, 빛남) 이렇게 3권이다. 한남숙 여사의 회고에 의하면 그는 살아생전 3권의 시집을 가지기를 소망하였다고 한다. 결과적으로 부산 시인들과 유가족의 노력으로 3권의 시집을 갖게 되었다. 그런데 작품을 창작한 순서대로 하면 유고집에 수록된 작품이 먼저 창작된 작품이고 제1시집의 경우 비록 초회 추천작 「攝理」가 수록되어 있지만 나머지 작품들은 뒤에 창작되었다. 그 까닭을 역시 한남숙 여사가 유고집 후기에서 밝히고 있다. 첫 시집을 내기 위하여 모 시인에게 원고를 맡겼는데 여러 사정으로 그것을 찾을 수가 없어 『낙엽일기』를 먼저 엮었다고 한다. 그런데 유족들이 그 맡긴 원고를 백방으로 노력하여 찾아 그 원고와 함께 한 시인 사후 수습된 몇 작품과 수필을 첨가하여 유고시집을 내었다. 전집은 그의 두 시집에 수록된 시와 산문, 그리고 새로 찾은 시 9편과 산문, 다른 문인들이 쓴 한찬식 시인론과 인간론, 추모 시와 추모 산문들이 망라되어 있다. 아마 초회 추천작은 따로 보관하고 있다가 제1시집에 실었고 2회, 3회 추천작은 구할 수 없다가 찾은 원고 속에 있었으므로 유고시집에 수록되었다고 볼 수 있겠다.

한찬식 시인의 시 세계를 통시적으로 살펴보기 위하여 유고시집, 제1시집 순서로 살펴보겠다.

바닥 위에 椅子가 잇다
椅子 위에 내가 있다
내 위에 天井이 있다.

休息이란 없는 것일까
多事로운 작업의 구석진 자리에서
빈손으로 앉아 있어도
잠들기는 어렵다.

삶과 그 方法의 갈림길에서
모든 것들을 잃어버렸고
意志만이 밀려온 이제
窓밖을 응시하는 버릇을 나도 모른다.

이 엄청난 歲月에 태어나
日蝕 같은 月蝕 같은
生理는 어쩌다 한 번 있었을 뿐
그것은 무서운 熱病이었지만
그로부터 긴 時間을 한결같이
세상의 아픔을 견디다
意志와 虛心 사이를 방황하며
노을과 이야기 하고
바람에 귀를 기울인다.

椅子는 天井이 무거워
바닥에 자꾸 가라앉는다.

– 「椅子의자」 전문

　이 작품은 그의 작품 가운데 비교적 쉽게 접근이 가능한 작품입니다. 물론 쉽다고 해서 경박하다는 것은 아니다. 시적 화자 즉, 시인 자신은 의자에 앉아 자신의 삶을 되돌아보는 것으로 시는 시작된다. 그런데 그 자신 위에는 천정이 있다. 이렇게 단출한 공간적 설정이라도 사물들은 각기 관념을 내포할 것 같은 조짐을 첫 연에서 보여주고 있다. 둘째 연에서는 구석진 자리에 그냥 빈손으로 앉아 있어도 잠들기가 어렵다고 진술한다. 그 원인은 밝히지 않고 있으나 다사로운 작업 즉, 그 자신의 생활 속에서 일어나는 크고 작은 사건들을 이렇게 아무렇지 않게 표현하고 있다. 그러나 그는 그들로 인하여 잠들지 못한다. 셋째 연에는 민족분단과 그로 인한 월남 즉, 모든 것을 잃어버린 삶이었지만 오직 그래도 살고 싶은 의지로 창밖을 응시하는 버릇이 생겼다는 점을 밝히고 있다.

　넷째 연에서는 현실에 대한 상황의식이 가장 구체적으로 보여주고 있다. 이 엄청난 세월은 그가 해방 직후 가족들과 헤어져 월남하여 영도라는 섬에 정착한 실향민의 고통을 추상화시킨 것이라 볼 수 있다. 일식이나 월식을 무엇을 가리키는 것인가 알 수 없으나 가족을 북에 두고 특히 7남매의 막내 외아들로서의 고향이나 어머니에 대한 그리움에서 오는 고통이라고 볼 수 있을 것이다. 그러면서 월남한 이후의 많은 자녀들을 부양하는 생활고에서 자신의 꿈이나 희망이 좌절된 것을 노을과 바람과의 대화로 극복한다.

　마지막 연은 의자와 천정을 등장시켜 생활에서의 중압감을 상징적으로 표현하고 있다. 그러나 필자는 이러한 인식 태도를 일상의 고통을 관념화하면서 그것을 극복한 방편으로 시작을 한 것으로 보고자 한다.

다음의 작품은 또 다른 방법으로 일상의 고통을 극복한다.

詩人은 바다를 바라보고 있었다
나는 곁에서 어쩔 바를 몰랐다.

커다란 회색 外航船이 닿더니
중간쯤에 船腹문이 열렸다
그제야 놀란 나의 부르짖음
그러나 浦口를 흔드는 汽笛에 지워지고
그는 甲板에도 나타나지 낳았다.

거리를 헤매는 人間 그리움
나의 꽃들의 미움도
150마일의 아우성도
이제는 몸에 배여
길바닥에 떨어지는 부희연 視線.

海路는 벌써 水平線을 넘는데
詩人은 번뜩이는 고기떼도 무관한 듯
어쩌다 생각나는 먼 無人島.

渴望의 내일이 오늘일 것이라
나의 좁은 뜨락을 스치며
낯익은 候鳥는 울고 있었다
그저 커지는 사람들의 눈망울 .

몇 해를 지나도 뱃길은 끝이 없어

이역 海岸을 저만치 두고서도
詩人에겐 모두가 不信의 씨앗
그는 그렇게 지쳐 있었던가.

詩人은 바다로 가고 나는
붐비는 人波 속에서
무언가 자꾸 잃는 것이 있다.

- 「詩人과 나」 전문

이 시에서 '詩人'과 '나'는 외연적 의미는 동일인이 아니다. 시적 화자는 얼핏 보면 '나'이고 그 곁에 '시인'이 관찰의 대상으로 등장한다. 그 외연적 의미를 따라 해석해보면 바다를 바라보는 시인 곁에 내가 있었는데 그를 붙잡고자 가진 노력을 했으나 그는 갑자기 외항선을 타고 떠나고 나는 그를 찾아 헤매고 있다고 볼 수 있다. 그런데 시적 화자 '나'의 시점이 그렇게 단순하지가 않다. 즉, 나에 고정되어 있지 않고 시인의 입장에서 사물에 대한 거리나 태도를 진술하기도 하고 심지어 시인의 내면세계를 보여주기도 한다. 그래서 필자는 '시인'과 '나'를 동일인으로 보고자 한다. '나'는 지극히 인간적이고 세속적인 세계를 좋아하고 부딪치기도 한다. 즉, 생활인으로서의 '나'이다. 그에 반하여 '시인'은 배 속에서도 고기떼에는 관심이 없고 아무런 관습과 세속적 욕망과 갈등으로부터 벗어나 있고 고통도 없는 무인도 달리 말하면 유토피아를 생각한다. 따라서 좋은 시를 창작하고자 하는 시적 자아이다.

생활 속의 '나'는 셋째 연처럼 인간을 그리워하고 꽃 즉, 딸들에 대한 사랑이나 아내의 미움 같은 가족사적 생각이나 실향민으로서 150마일의 휴전선에서 오는 분단의 고통, 달리 말하면 실향의식은 일상이 되었다. 이상으로 볼 때 마지막 연에서 진술하고 있는 것처럼 시인으로서 유토피아를 지향하는 시적 자아는 먼바다로 떠나 해로를 헤매면서 불신이 가득한 이 세상을 원망하고 있는데 현실적 자아인 나는 붐비는 인파 속에서 무언가를 자꾸 잃어 간다고 인식하고 있다. 따라서 생활인으로서의 한 시인과 시인으로서의 한 시인 사이의 갈등을 표출하고 극복하는 방편으로 먼바다로의 항해를 가져왔다고 볼 수 있다. 이러한 바다에의 동경은 그의 후기 시집인 『낙엽일기』에 집중적으로 나타나고 있다.

5. 바다, 고통과 슬픔으로부터의 해방

한찬식 시인은 부산에 정착한 1956년부터 1977년 세상을 떠날 때까지 한진조선(옛날에는 조선공사) 건너편 산기슭 영도구 청학동 391번지를 떠나지 않고 살았다. 필자의 숙부 댁이 청학동 125번지 파출소 근처에 있었기 때문에 1969년 대구에서 부산에 내려왔을 때부터 숙부댁이 1980년대 초 구서동 주공아파트(현재의 롯데캐슬 단지)로 이사하기 전까지 가족들과 자주 갔다. 한 시인의 댁은 문상 때 갔던 기억이 난다. 한 시인이 세상을 떠난 뒤에도 숙부님 댁을 갈 때마다 한진조선 앞을 지나면 한 시인이 생각나곤 했다. 요즈음의 청학동 도로변에는 큰 건물들이 들어서 있지만 그때에는 높은 지대의 주택에서는 어디서든지 바다가 보였다. 한 시인은 이렇게 바다를 보며 함흥만의 고향 바다를 생각했을 것이며, 일본 유학시절 부산에서 북상하여 함흥까지 가는 기차의 차창 밖 바다 풍경을 회상하였을 것이다. 앞에서 잠깐 필자의 작품을 언급한 한 시인의 산문에 대하여 소개한 바 있지만, 그의 생애에서 가장 긴 산문은 월간 《해기》 1974년 8월호부터 1975년 7월호까지 연재한 「문학 속에 비쳐진 바다」이다. 1년 동안이지만 11회에 걸쳐 연재된 글로 그의 전집 257페이지부터 300페이지까지에 수습되어 있다. 이렇게 오랫동안 연재하면서도 그 자신의 시에 대해서는 한 차례도 언급하지 않고 있다. 그 당시의 신인인 필자의 작품은 언급하면서도, 한 시인 자신의 작품을 언급하지 않은 까닭은 한 시인의 결백성에 가까운 원칙을 가지고 있었기 때문이라고 생각한다. 그러나 그의 작품 가운데는 바다에 관련된 작품들이 많으며 그것들은 『낙엽일기』에 수록되어 있다.

모든 고집은
멀리 떨어진 섬
水平線 위에 조용히 잠들라
술렁이는 파도에도
神祕는 남아 있지 않다.

천 길 바닥에 깔린
자연의 重力은
젊음의 죽음조차 抽象化 하는 것
광활한 裏面에는
피의 자국이 보이지 않는다.

저마다의 旗를 펄럭이며
배들은 出陣을 거듭하지만
거기에선 끝내
都市를 못 이루고
산과 벌판에 풍기는
동물성 향수를 그려
한 떨기 등불 밑에 寄港하고선
죽기로 몸부림치는 마지막 경계선.

그런대로 날이 새면
흩어진 머리 위에 하늘을 이고
막연히 더 살아보는 것은
바다의 天稟만을 따르는
神의 啓示와
태초 지닌 소량의 鹽分이
저마다의 혈관에 아직은 남아
겨우 썩지 않는 까닭이리라.

분명 있었을 옛 故鄕
그 향기마저 지금은 아득하니
손가락 짬을 새어
빠져 내리는 모래 가루로
어릴 적의 城壁을 쌓아 보지만
보다 격한 海溢의 기억도 무너지며
영영 더듬을 길이 없는
나의 方向이여.

– 「海岸線」 전문

이 작품은 앞에서 인용한 작품들보다 관념성과 그에 따른 추상성이 농후하다. 시적 화자는 작품 밖에서 '해안선'을 묘사하거나 서사하지 않는다. 그리고 시적 인식의 대상이 분명하지도 않다. 어떻게 보면 해안선을 의인화한 것도 같고 어떻게 보면 배를 타고 출항한 어부들의 귀항을 추상화한 것 같다. 필자는 출항한 어부들의 귀항보다 해안선을 시적 사유의 대상으로 했다고 보고 싶다. 물론 그 해안선에는 귀항한 어부들의 삶이 있고 그에 따른 파시波市에 얽힌 애환도 있을 수 있다. 그러나 그것들은 해안선을 인식하는 보조 관념으로 사용되어 해안선을 훨씬 다이나믹하게 보고 있을 뿐이다.

이러한 관점에서 이 시를 해석해보겠다. 우선 1연에서 시인은 해안선을 결코 신비의 대상이 아니라고 인식한다. 그리고 2연에서는 해안선을 신비화하지도 않고 어부들의 삶에서 나오는 비정함 같은 것과도 거리를 둔다. 즉, 해안선에서 바라보는 바다에서 죽은 젊은이의 핏자국도 보이지 않는다고 한다. 물론 이러한 태도로 인하여 해안선에서의 사람들의 삶이 더욱 비정해질 수는 있겠지만 그러한 점 역시 추상화되어 감동적이기보다 진지함만 보인다. 3연에서는 어부들의 출어와 만선에의 기대감 같은 것이 다소 추상화되어 있기는 하지만 해안선을 죽기로 하고 몸부림치는 마지막 경계선으로 비유하고 있다. 4연에서는 해안선의 생명력을 추상화하고 있다. 해안선 자체나 그에 관련된 사람들의 강인한 삶은 해안선에 있는 염분이나 사람들의 혈관에 남아 있는 염분 때문에 의지가 썩지 않는다고 인식하고 있다.

이상과 같이 '해안선'이라는 공간을 통하여 강인한 삶의 의지를 추상적으로 형상화 한부분이 1연부터 4연까지 시적 의미이다. 그런데 마지막 5연에 갑자기 한 시인 자신의 옛 고향 함흥 앞바다가 추상적으로 등장한다. 그리고 그 앞바다에서 모래성 쌓던 기억도 상기시키며 그것뿐만 아니라 강력한 해일의 기억도 망각하였다는 고향 상실감과 자신의 삶에 대한 방향 상실감도 드러내고 있다. 그러나 이러한 상실감에도 불구하고 그의 사물에 대한 추상성은 더욱 견고해지고 강인함까지 보여주고 있다. 필자는 이것을 바다를 통한 고통의 해방이라고 보고 싶다.

말하자면 한 시인에게는 바다가 구원인 것이다. 다음의 작품은 굳이 중의적인 해석을 하지 않아도 그 자신의 초기작에서 보인 우주적 상상력을 발휘하여 고통과 슬픔으로부터 벗어나고 있다.

목메인 설레임도

멀리서 바라보면
저리도 평온한 것.

充血한 눈망울은
너를 따라 움직이지 않고
지금은 스스로의 過剩이 아니라
그저 스쳐 가는 바람이 아닐까.

시름은 바다의 깊이에 묻고
내일도 오늘이듯
面과 線의 계산법을
잊게 하는
영원한 우주의 부피여.

— 「수평선」 전문

연작시이면서 형태적으로 산문시이고 그의 만년의 작품이라고 짐작되는 바다를 제재로 한 시에 대하여 살펴보겠습니다.

부끄러워라. 부끄러워라. 호랑이 구렁이 늑대 앞에 부끄러워라. 부끄러움을 가리우는 치마폭같이 밤바다는 있어야 한다. 저물은 물결은 廣義의 불길을 더불어 살아온 가슴 언저리. 먼 물 구비에 서러움은 감출 수 있어, 외마디 고동이 재 너머를 울리고 사라지면 꼭이 있어야 할 우리들의 밤. 서로가 눈을 감으면 나는 너의 처참을 본 일이 없고 너는 나의 단말마의 눈매를 느끼지 않아 비로소 숨막히게 포옹이 이루어지는 內港의 密度이고 보면 어둠 속으로 원래의 줄기찬 마음은 倒影지며 가슴 풀어 흔들리다 희미하나마 한 가닥 등불 쪽으로 돌아눕는 것은 오직 너와 나에게 남은 바다의 출렁임.

— 「바다에 關한 覺書〈 II 〉」 둘째 연

이 시는 동일 제목의 연작시 세 편 가운데 두 번 째 작품입니다. 이 연작시들은 제1시집 『낙엽일기』 마지막 부분에 편집되어 있다. 지금까지 주된 경향인 절제된 시어와 행과 연 구분의식이 사라진 산문시 형태를 택하고 있으면서 어떻게 보면 그의 시적 긴장이 무너진 것도 같은 작품이다. 인용된 부분에도 그렇지만 반복과 열거가 빈번해지는 점은 세 편의 공동적인 특색이다. 뿐만아니라 감정이 이입된 어조를 가지고 있다. 인용된 '부끄러워라. 부끄러워라. 호랑이 구렁이 늑대 앞에 부끄러워라'처럼 각 연의 도입부에 감정이 노출된 부분이 많습니다. 이 작품의 경우 인용되지 않은 첫째 연은 현실에 대한 문명 비판적인 태도가 노골적이며, 마지막 셋째 연은 그 당시 영도 해안에서 빈번하게 볼 수 있었던 해녀의 신산한 삶이 등장하지만 필자가 둘째 연을 주목한 것은 이러한 삶을 이기적인 인간들에 의하여 빚어진 부끄러운 현실로 인식하고 그것을 감추어 주고 용서해 주는 것이 바다, 특히 밤바다로 인식하고 있는 한 시인의 태도에 주목할 필요가 있다고 보았기 때문이다.

이 시에서 발견되는 지금까지 그의 시에서 전혀 발견하기 힘든 다소 에로티시즘적인 부분이 등장하여 시의 재미를 더하여 주고 있는 점이다. 이 부분에서 '밤바다'는 '먼 물굽이의 서러움'과 시적 청자 '너'의 '처참'과 화자 '나'의 '단말마의 눈매'를 감추어 주는 존재인 동시에 '너와 나에게 남은 밤바다의 출렁거림'은 절망적인 현실에서 잊을 수 있는 에로티시즘적인 위안이기도 한다. 이렇게 그에게 밤바다는 모든 고통과 슬픔을 감추어 주고 위안을 가져다주는 사물이었다.

지금까지 살핀 바다 시편은 일관되게 그의 일상에서의 고통과 슬픔, 실향민으로서의 애한을 잊게 해주고 있다. 따라서 한 시인에게 시작행위는 그가 제1시집 『낙엽일기』 후기에서 밝힌 것처럼 그의 사물의 현상보다 내부 구조의 형상화인 동시에 그의 신산한 삶을 내적으로 극복하는 하나의 방법이었다고 볼 수 있다. 그리고 마지막 바다 시 연작에서는 앞으로 훨씬 역동적 이미지로 독자를 감동시킬 시를 쓸 수 있는 가능성까지 보여주고 있다. 그러나 그는 57세라는 비교적 젊은 나이에 시를 버리고 세상을 떠났다.

7. 마무리

한찬식 시인은 일찍 세상을 떠났지만 다정다감한 인품 때문에 그의 문우들과 유족들에 의하여 사후에 2권의 시집이 엮어졌고, 1999년 11월 15일 영도구청에서 해양대학교 가는 길목에 있는 미니 공원에 시비가 세워졌다. 시비의 형태는 기단석 위에 자연석으로 된 비신이 있고 비신에는 오석 두 장을 붙여 왼쪽에는 시인의 약력과 시 세계를 기록하고 있습니다. 이 글은 비문이라고 볼 수 있는데 그와 동시대에 활동하여 친하였던 시인이자 비평가이며 최근에 고인이 된 박철석(1930~2016) 동아대 명예교수가 썼다. 오른쪽에는 박 교수가 시인론에서 대표작이라 언급한 시 「늪」을 새겼다. 높이 240cm, 너비 200cm로 그의 신산한 삶을 압도하듯 웅장하게 서 있다. 시비의 설립 주체는 부산시인협회이고 영도구청에서 관리하고 있다. 그러나 재정적 부담은 큰 따님 한남숙 여사가 주도한 그의 자녀들이 했고, 시비 제막식에 참석한 문인들은 자녀들의 따뜻한 대접을 아직도 기억하고 있다.

전통 지향적인 자연관과 남성적 어조의 시인

– 이석 시인의 삶과 작품세계

1. 들어가며

필자가 이석(1927-2000) 시인을 처음 만난 것은 1965년 12월 생애 처음으로 상경한 때였다. 필자는 그 당시 경북대학교 3학년이었다. 그해 7월에 문덕수 시인이 주재하는 월간 《詩文學》에 김춘수 은사님의 추천으로 「갈라지는 바다」가 초회 추천이 되어 모처럼 서울 나들이를 하였던 것이다. 서대문 의주로 《시문학》을 발간하는 청운출판사 근처 다방에서였다. 문덕수 시인에게 김춘수 은사님의 안부도 전하고 인사도 할 겸 처음 만나는 자리에 이석 시인이 동석하였다. 문 시인이 이석 시인에게 필자를 소개하면서 유니크한 시를 쓰는 젊은 시인 지망생이라고 소개했던 기억이 아직도 생생하다. 그때가 이 석 시인의 연보를 보니 30대 후반으로 마산고등학교에서 시작한 경상남도의 중등교사 교사를 고성 영현중학교에서 1965년 10월 사임하고 서울로 갓 상경하여 서울에서의 공립 고등학교 교사 생활을 시작하기 직전 잠시 대성학원 강사를 하면서 대학입시 참고서 『정통국어』를 문덕수 시인과 함께 만들고 있었던 시절인 것 같다. 문덕수 시인 역시 이석 시인보다 한 살 젊은 30대 후반이었으니 두 분 역시 젊고 좋은 작품을 쓰는 시인이었다. 어느새 55년의 세월이 흘러 이석 시인이 세상을 떠난 지도 23년이나 되었다. 그 후 전국적인 문인들의 행사에서 몇 번 만나기는 했으나 별다른 기억은 없다. 1982년 부산여자전문대학(현재의 부산여자대학교) 문예창작과가 신설되면서 시 담당 교수로 이석 시인이 부임하면서부터 자주 만나게 되었다. 그러다가 1993년 2월 정년퇴임하면서 부산을 떠나 출가한 딸이 거주하는 논산 쪽으로 옮겨 가면서 만나지 못했다. 그러나 그동안 이석 시인은 1987년부터 1990년 제 8대 부산문인협회 회장으로 재임하는 등 활발한 문단 활동을 했다.

2. 생애와 문단 활동

이석 시인은 일제강점기 중반기인 1927년 2월 13일 경남 함안군 군북면 모로리 87번지에서 재령 이 씨 이병철 옹과 강진 안 씨 안병반 여사를 부모로 하여 2남 3녀 중 장남으로 태어났다. 이석 시인은 태어났을 때에는 부친이 이름을 외자인 石으로 호적에 올렸으나 14세 때인 1940년 일제 창씨개명 정책으로 淳燮으로 개명되어 호적상 본명이 되었다. 그러나 1955년 문단에 나오면서 필명을 李石으로 하여 창시개명 전의 이름을 다시 찾은 아픈 역사를 가지고 있다.

면내 하나뿐인 군북초등학교를 1941년 졸업하고 그 당시의 경남의 수재들이 입학하는 진주사범학교에 입학하였다. 졸업 직전인 1944년 진주사범학교 5학년 신분으로 함안군 산인면 산인초등학교에서 첫 교단에 서고 해방을 맞이하였다. 그해 12월에 진주사범학교를 졸업하였으며 1946년 1월 1일 고향의 모교인 군북초등학교 6학년 담임으로 발령을 받아 그해 8월 말 졸업을 시켰다. 그해 9월에는 동국대학 전문부 사학과에 입학하였으나 곧 그만두고 10월에 대학 1년 수료자와 사범학교 5년제 졸업자가 응시 자격이 있는 서울대학교 부설 중등교원양성소 국문과(1년 6개월제)에 입학하여 1948년 3월에 졸업하였다. 미군정 문교부 중등학교 국어교원 자격증(36호)을 받아 마산공립중학교(6년제, 현 마산고등학교) 교사로 부임하여 1962년 3월 마산상업고등학교(현 합포고등학교)로 전근할 때까지 14년 1개월 동안 중부 경남의 명문 마산고등학교 졸업생들의 명문 대학 진학 지도에 매진하였다. 이때가 이석 시인의 교단생활 가운데 가장 화려했던 시절이고 이때의 동료 가운데 김춘수 시인, 이원섭 시인 그리고 김남조 시인 등 한국문학사에 남을 시인도 많았다. 뿐만아니라 제자들 가운데 문인들이 많다. 그의 회고에 의하면 김춘수 시인이 함께 근무한 1948년부터 1953년까지 현대문은 김춘수 시인이 담당하고 이 시인은 주로 고문과 국문학사를 가르쳤다고 한다. 그는 시인이었지만 한학자 집안의 후예답게 고전문학을 가르쳤고 시작에서 전통을 중요시하는 기반을 닦았다고 볼 수 있다.《현대문학》데뷔 후(1955–56년)에는 마산고 문예반 지도교사로 열정도 남달랐다.

이석 시인의 학구열과 성취 요구도 대단했다. 중등학교 국어과 자격이 있음에도 불구하고 검정으로 고등학교 국어교사 자격을 획득하였고, 이때부터 그 당시 마산상고에 근무하던 문덕수 시인을 알게 되어 돌아가 때까지 친교를 유지하였다. 1960년에는 해인대(경남대 전신)에 편입하여 4학년을 졸업했다. 한편 마산시사도 집필하고, 지역 일간지 마산일보 유일한 상임논설위원도 겸하였다. 해인대학 졸업 후에는 시간강사로도 출강한다. 그러나, 1962년 3월 이후의 경남에서의 교원 생활은 전근이 잦았다. 64년 3월에는 마산상고에서 고성농고로 다시 65년 3월에 고성군 영현중학교로 전근되어 10월에 사임하고 상경한다.

상경 후에는 성문각에서 출판된 대입국어 참고서『정통국어』(1968년 발간)를 문덕수 시인과 함께 만들기에 주력하고 대성학원 강사를 잠시 한다. 그러다가 1969년 성동여자고등학교 교사로 교단에 복귀하여 영등포여고로 곧 전근하고 경기여고(1973), 창덕여고(1978) 교사로 근무하다가 1982년 신설된 부산여전(현재의 부산여자대학교) 문예창작과 시 담당 교수로 부임하여 1993년 정년퇴임할 때까지 근무한다. 부산여전 문예창작과는 1990년에 폐과되어 만년에는 교양과목을 담당하기도 했다. 그는 마산과 경남에서 초등까지 포함하면 20년의 교직생활 그리고 서울에서 12년 부산에서 11년 모두 합하여 43년의 교단에서 다양한 제자들을 가르쳤다. 이상이 그의 생애와 교직 생활을 개관한 것이다.

다음으로는 이석 시인의 문단 데뷔 과정과 문단 활동 그리고 작품 활동에 대하여 살펴보겠다. 1955년 1월에 《현대문학》이 창간되고 그의 동향인 조연현(1920-1981) 평론가가 주간으로 참여한다. 이석 시인은 그 해 6월호에 시 「夏草」와 「竹林」 두 편이 청마 유치환(1908-1967) 시인의 추천으로 1회 추천을 받는다. 7월호에는 「봉선화」를 역시 청마가 추천한다. 그리고 박두진(1916-1998) 시인에 의하여 1956년 1월호에 「落葉」을 3회 추천 받음으로써 추천을 완료한다. 그때 이 시인의 나이가 당년 20세였다. 한편 국어국문학회 마산지회장에 취임하여 학문의 길에도 매진한다. 1957년에는 마산문화협회 문학부장을 하며, 1959년에는 시문집 「夏草」를 국어학자인 일석 이희성(1897-1989)의 서문으로 시 30편, 수필 10편, 연구소 소논문 5편을 수록하여 발간한다.

상경한 1966년에는 제2시집 『南大門』(동국문화사)을 문덕수 시인의 발문으로 낸다. 1960년부터 1980년까지 한국문인협회 이사를 3연임 한다. 1971년에는 한국현대시인협회가 서정주 시인을 회장으로 추대하여 창립되는데, 그 당시 상임이사는 문덕수 시인이었고 이석 시인은 12인의 이사로 참여하고 있다. 한편 1985년도에는 부회장으로 수고했다. 한편 1971년 결성된 청마문학회의 상임 간사를 맡았으며 1982년에는 회장으로 수고했다. 1973년에는 제 3시집 『鄕關의 달』(현대문학사)을 발간하였고, 1981년 발간한 제4시집 『花魂集』(심산출판사)으로 한국문인협회에서 주는 제 18회 한국문학상을 수상하기도 했다.

부산으로 내려온 1982년 이후의 활동에 대하여 살펴보겠다. 우선 제5시집 『오늘, 오늘은』을 김준오 교수의 해설로 부산의 출판사 〈시로〉에서 출판하였다. 그리고 1984년 5월에는 일본 동경에서 개최된 제47차 국제펜대회에 한국 대표로 참석했다. 1985년에는 국정교과서 『고등국어』 편찬심의위원으로 위촉되었다. 1986년에는 마지막 시집인 제6시집 『눈물의 자유』를 서울 오상사에서 발간하였다. 그리고 그해에는 한국문학회 추천으로 〈경남일대사류문집조사〉라는 연구 과제를 그 당시의 문교부의 연구비로 수행하기도 했다. 회갑년인 1987년에는 마산고등학교 총동창회가 추진한 회갑기념문집으로 『이석 문학선집』과 『이석 화갑사화집』을 간행했다. 편집위원 가운데 부산문인을 소개하면 마산고등학교 11회 황하수 시인, 그리고 19회 이상개 시인이 있다. 그해에는 청마 20주기 추모행사위원장으로도 활동했다.

마지막으로 부산문인협회회장으로 활동한 것을 소개하겠다. 이석 시인은 부산문단에 편입 된지 6년만인 1987년부터 1990년까지 제7대 회장으로 봉사했다. 그 당시의 두드러진 업적은 지금 월간으로 발간되고 있는 《문학도시》 전신인 계간지 《문학의 세계》를 창간한 것이다. 서울시청 고위직으로 근무하다가 부산시장에 임명된 고 안상영시장의 강력한 의지로 그 당시의 부산문협 연간지 《부산문학》과 별개로 발간비와 고료를 부산시로부터 지원받아 계간지를 내게 되었던 것이다. 여러 차례 논의를 거쳐 부산문협 기관지 성격이라기보다 전국에 배포 해도 손색이 없는 계간지를 만들기로 하고 발행인은 회장 이석 시인으로 하되 주간은 집행부와 관계가 없는 임명수 시인으로 하고 1990년 여름호 《문학의 세계》를 창간하게 되었던 것이다. 그 당시에는 부산문인협회 회인들에게 많은 지면을 제공하였지만 전국의 실력 있는 문인들에게도 문호를 개방하였다. 이석 시인이 이렇게 초석을 놓았다.

그런데 제호가 《문학도시》로 바뀐 것은 제10대 김상훈 회장 때이다. 이석 시인의 업적과는 상관없으나 그 경위를 간단히 소개하기로 하겠다.

《문학의 세계》를 1995년 봄호까지 통권 19호를 내고 정식으로 문화관광부(요즈음은 문예지 등록을 기초자치단체에서 받으나 그 당시는 문광부였음)에 등록절차를 받게 되자 그 제호를 유지할 수 없었다. 이미 유사한 다른 문예지가 등록되어 있었던 것이다. 그래서 문광부에 등록하면서 제호를 《문학도시》로 바꾸어 창간호를 1995년 여름호로 내게 되었다. 계간지로 2005년 겨울호까지 통권 43호를 발간하였다. 그러다가 2006년 제13대 강인수 회장 임기 마지막 연도에 격월간지로 그 당시에는 부산시에 위임되어 있는 등록절차를 다시 밟으면서 《문학의 세계》 통권 19호와 《문학도시》 43호를 통합하여 역사를 승계하고 《문학도시》 3-4월호를 63호로 발간했다. 그 당시 부산문협 부회장을 맡고 있던 필자가 격월간지가 되면서 발행인과 편집인을 회장이 겸하고 있던 제도를 분리하여 편집인으로 참여했다. 이러한 연유를 2006년 3-4월호 책머리에 편집위원 대표로 필자가 쓴 글에서 소상히 밝히고 있다.

3. 작품세계 — 꽃의 상상력과 역사와 고향, 그리고 바다

이석 시인은 근 40년 동안 시작을 했으나 시집은 산문까지 수습된 첫 시집을 포함해 여섯 권을 냈다. 앞에서 열거했으나 정리해보면 다음과 같습니다.

제1시문집 『夏草』(1959. 홍지사), 제2시집 『南大門』(1966. 동국문화사), 제3시집 『鄕關의 달』(1973. 현대문학사), 제4시집 『花魂集』(1981. 심산출판사), 제5시집 『오늘 , 오늘은』(1983. 시로), 제6시집 『눈물의 자유』(1986. 오상사) 등이다. 물론 초창기는 요즈음처럼 시집을 손쉽게 낼 수 없는 출판계의 사정도 있었겠만 과작의 시인이라 볼 수 있다. 그리고 그의 작품들은 초기부터 꽃과 식물을 제재로 한 것이 많았다. 추천작도 모두 그렇다. 그러한 기조는 오랫동안 지속되었다. 그러나 제2시집은 그 제호가 『南大門』이 된 것처럼 역사와 현실에 대한 관심도 있었다. 부산으로 오기 직전부터 만년에는 바다를 제재로 한 작품들도 많았다.

그 가운데 대표적인 작품들을 골라 그의 작품세계의 특색을 파악해 보겠다.

그 푸른 잎새 속에
층층이 밝은
초롱을 걸었다.

한 알의 꽃씨 속에 잠자던
女人의 피가
이 여름 鳳仙花로 피어……
사나이의 體臭같은
더위를 안아
꽃은 저리도 붉었다

앞뒤 周邊의
그 뭇 풀들이
너에게도 부득부득 기어오르고

이 계절의 지친 마음속에
핀 젊음은
진정 너같이 아름다운 것

꽃은 뉘에게도 언제나
한결같은 마음……
그 마음으로 피어 있다.

─「鳳仙花」 전문

이 작품은 1955년 7월호 《현대문학》에 청마에 의하여 2회로 추천된
작품이다. 그리고 뒷날 「봉선화 2」로 개작될 정도로 그 자신이 아끼는
작품이다. 이 시는 우리나라의 설화 속에 여인과 관련 꽃인 봉선화를

제재로 하였다. 물론 이 시의 참신성은 첫 연에서 봉선화의 꽃의 달린 모양을 '층층이 밝은 초롱을 걸었다'로 비유한 데서 찾을 수 있다. 그러나 둘째 연에서 봉선화의 붉은 꽃을 "꽃씨 속에 잠자던 여인의 피'라고 비유하고 있는 부분은 이석 시인의 자연관이 전통지향성에 닿아 있다는 것을 알게 하는 부분이다. 뿐만 아니라, 시적 청자를 봉선화로 삼아 의인화 기법을 통하여 봉선화 꽃에서 젊음을 발견하고 아름다움을 칭송하는 태도에서 감정을 노출하는 것 역시 전통지향적이다. 시적 화자의 어조가 남성적인 점은 추천자인 청마를 닮아있다. 그렇다고 그 나름의 개성이 없다는 말은 아니지만 굳이 지적하자면 그렇다는 말이 되겠다. 이러한 남성적 어조는 여성지향적인 많은 다른 시인들과는 차별성을 가지게 된다.

저 靑山
흰 구름 아래
鶴으로 날던
아내와 함께 雙鶴으로 날던
그날은 아득히

저 靑山
흰 구름 아래
한 마리 소가 되어 풀을 뜯다가
종일을 뻐꾸기처럼 울다가
아무렇게나 풀꽃들과 놀고 싶다.

저 靑山
흰 구름 아래
아무도 오지 않는 深谷에서

애타는 심정의
한잎 紅葉이 되어
불타고 싶다.

- 「靑山感別曲」 전문

이 시는 그가 1981년 한국문인협회 세미나 주제발표 요지 「한국의 서정시와 인간성 회복」이라는 글에서 우리 시의 시 정신의 고향이라고 주장한 고려가요 「靑山別曲」에서 제목을 차용한 점에서 역시 전통지향성을 가지고 있다. 뿐만 아니라 청산에서 학이 되고 아내와 함께 쌍학이 되겠다는 둘째 연이나 소가 되고 뻐꾸기가 되겠다는 데서 등장하는 동물도 하나같이 전통지향적이다. 마지막에는 홍엽이 되겠다는 것 역시 그렇다. 동물과 식물이 되겠다는 시적 공간은 박두진의 초기작 「어서 오너라」, 「청산도」, 「향현」 등이 성경에서 찾을 수 있는 에덴동산 같은 것에 비하면 이석 시인의 자연은 동양화 즉 한국화를 연상하는 무릉도원을 지향하고 있다고 볼 수 있다. 이러한 점 역시 그의 유가적 집안의 전통과 관계가 된다고 볼 수 있다. 이 작품 또한 시적화자는 남편 즉, 남성이다.

붉은 노을에 취하여
夕陽 앞에 和答하여
덩그러히 솟아 나날을 지킨 王朝 五百年

나라 반쪽을 깔고 앉아
오연히 굽어보던 세월
너에게 목을 매고 엎드린
소리없는 백성들의 눈앞에
참혹한 핏자국을 남기고

술렁이는 저자를 지켜
지옥의 別宮처럼 소스라친
가혹히 꿈꾼 非情의 門

얼마나 많은
허망한 꿈을 다스리고
얼마나 많은
비열한 웃음과
눈짓을 보았으며
너는
벽이며 쇠사슬 하늘이며 보람이러니

五百年 王冠을 받쳐온
산악 같은 의지
만만한 忠誠도
그날에 빛없이 무너진
悲運의 城門

싱싱한 바람 太陽을 받들고
닦았던 서울은 아득히 五百年
너는 지금에
퇴락한 古城 荒草를 벗하여
고요히 잠들지 못하고
무슨 業報로 먼지와 소음 속
삘딩의 현기에 엎드려
그날보다 더 탁한 웃음을 엿보며
그때보다 더 독한 바람 속에 섰느냐.

—「南大門」전문

이 시는 이 시인의 제2시집 『南大門』(1966)의 표제가 된 작품이다. 그가 상경한 이듬해인 1966년에 나온 이 시집에 서울의 상징인 남대문이 제재로 등장하고 있다. 그런데 제재 탓도 있겠으나 지금까지 찾아볼 수 없는 역사의식을 바탕으로 시를 전개하고 있다. 우선 첫째 연에서 남대문을 '왕조 오백 년'으로 비유하여 조선조로 치환한다. 둘째 연에서는 우선 첫 행에서 '나라 반쪽을 깔고 앉아'로 분단의식까지 표출하고 있다. 셋째 연에서는 조선조의 당쟁의 역사까지 지켜보았음을 시적으로 표현하고 있고, 넷째 연에서는 일제에 의하여 망국의 비운을 맞아 훼손된 점도 밝히고 있다. 마지막 연에서는 산업화된 지금 공해 속에서 서 있다는 현재의 상황도 형상화하고 있다. 이렇게 남대문이라는 문화유산을 통하여 이 시인의 역사의식을 엿볼 수 있는 작품이 바로 이 시이다. 그의 작품 가운데 분단의 현장인 판문점(「판문점에서」)과 임진강(「임진강에서」)을 제재로 한 시도 있고, 광복절(「팔월 십오일에」, 「鐘路에서 그날에도」)과 6·25전쟁(「六月이 오면」)을 제재로 한 시들도 있다.

그리고 4.19혁명의 도화선이 된 마산의 3.15 의거의 현장에서 그는 제자의 죽음도 목도했으며 마산고 교정에 세워진 위령탑의 비문도 지었다. 따라서 그의 작품의 한 경향으로 역사의식을 바탕을 한 시들이 있다는 것을 지적할 수 있다.

1973년에 발간한 그의 제3시집은 제목조차 『鄕關의 달』이다. 향관은 고향의 다른 말이다. 굳이 고향이라 쓰지 않고 이미 고사성어로 굳어진 '男兒立志出鄕關'의 향관을 쓰고 있는 것 자체가 그의 시작의 큰 줄기인 전통지향성을 엿볼 수 있다. 그리고 그는 40대에 고향 지향성을 가지게 되었다.

들판 구석에 나자빠져
낮잠에 곯은 山들

〉

비틀거리며 흐르는 시냇물은
오늘따라 목을 추길 물도 없이
하얀 뱃가죽이 들나고

그 분노의 기억을 삭여야 할
바위도 나무도 없다

어둠을 안고 휘청거리는 洞口나무는
세월의 흐름조차 물을 수 없고

廢屋이 된 書堂 숲에는
아버지의 글 읽던 소리
그 지독한 통곡소리처럼 매미가 운다.

- 「故鄕山川」 전문

  이 시인의 이 작품은 그의 시에서 찾아보기 힘든 자조적 어조이다.
고향을 찾은 시기가 여름, 그것도 가뭄이 심한 여름 한낮인 탓도 있겠
으나 이 작품의 어조는 처음부터 끝까지 자조적이다. 첫째 연의 '나자
빠져 낮잠에 곯은 산'도 그렇고 마지막 연의 매미 울음소리를 '그 지독
한 통곡소리'로 비유한 것도 그렇다. 마산으로 나온 것이 이 시인 20대
초반이었으니까 20년이 넘은 40대에 가본 고향은 桑田碧海가 되었을
것이다. 이러한 고향 상실감이 그를 자조적으로 만들었다고 볼 수 있
다. 그러나 다른 작품 「故鄕에 와서」에서는 마지막 부분에 '길을 걷다
가 문득/고향의 遠景 속에 서 있는/나 자신을 바라보며/ 지금에 고향
을 불러 볼 노래는 없지마는/이 변함없는 맑은 물소리'라고 마무리하
면서 다소 여유를 찾고 있다. 누구나 고향에서는 상실감을 느끼겠지만

이 시인은 그 상실감이 컸다고 보아진다. 그러나 고향은 '변함없는 맑은 물소리'처럼 항상 그리운 곳이기도 할 것이다. 그리고 그는 「鄕關詞」에서는 '고향 나무 밑에 서기조차 미안한 마음'을 가진다.

이제 그의 마지막 경향인 바다 시편을 한 작품 골라보겠다.

宇宙 안에 영원히 살아서
울부짖고 노래하는 것은
오직 저 바다뿐이다.
그것은 스스로 믿는
自由에서 충실하다

부서지고 흩어져도
언제나 한 몸 한마음
全幅으로 가슴을 열어
烈烈히 갈망하고
누구도 알지 못할 엄청난 욕망
조용히 물결치며 사랑에 취하다가
한 번 怒하면 天地를 뒤집는
바다 그 무한의
自由의 生理 앞에
내가 믿어야 할 것이
무엇인가 생각해 본다.

저 바다의 소리
그 自由의 몸부림이 있는 날까지
이 世上

노래도 꿈도 끝남이 없으리라.

- 「바다, 그 자유 앞에서」 전문

고향에서 실망한 이석 시인이지만 '바다'에서는 다시 그의 사물에 대한 긍정적이고 의지적인 어조가 되살아난다. 이 시를 발표할 당시 어느 비평가가 월평에서 청마의 생명의지를 정돈했다고 언급한 적이 있다. 청마는 「파도야 어쩌란 말이냐」에서 이룰 수 없는 사랑을 노래하고 있으나 그는 자유를 노래하고 있다. 뿐만 아니라 바다의 영원 불변성을 첫째 연에서 자유와 함께 인식하고 있다. 그리고 둘째 연에서는 노한 파도의 자유로운 생리 앞에서 시적화자 '내' 즉 시인이 믿어야 할 것은 무엇인가 생각해 본다. 마지막 셋째 연에서는 그 자신의 세계관인 낙관적이고 긍정적인 미래를 노래하고 있다. 이상과 같은 경향의 바다 시편은 「바다에게서 나에게」와 「바다」 그리고 「파도」 등이 있다. 그리고 한결같이 남성적 어조를 가지고 있다.

4. 마무리

이석 시인의 시 세계는 그 제재가 꽃이나 자연, 그리고 역사적인 유물이나 장소 그리고 고향 등으로 변하여 왔다. 만년에는 바다에 집착하기도 했다. 그러나 그의 시적 특질은 우선 전통적인 자연관을 가지고 있다. 따라서 그를 전통지향성의 시인이라 볼 수 있다. 뿐만 아니라 남성적 어조로 일관한다. 이러한 특질은 그 자신의 유가적 집안 가풍인 유교적 전통에서 왔다고 볼 수 있다. 그리고 미래에 대한 낙관적이고 긍정적 태도도 가지고 있다.

이석 시인은 1993년 2월 말 부산여자대학교 교수를 정년퇴임하고 만년을 따님이 거주하는 논산에 머물다가 2000년 11월 9일 별세한 후 11월 11일 대전 을지병원에서 발인하여 함안 선영에 잠들어 있다. 그리고 그가 청년 시절인 1948년부터 1965년까지 17년을 보냈던 마산에서는 그를 추모하여 2010년에 산호공원에다 그의 초기작 「봉선화」를 새겨 시비를 세웠다.

그의 문단 생활은 마산 10년(1956-1965), 서울 16년(1965-1981), 그리고 마지막 부산에서 12년(1982-1993)으로 정리할 수 있다. 말하자면 이석 시인은 문단 생활 마지막을 부산에서 장식한 분이고 아무 연고 없이 부산에 내려와 부산 문단의 수장을 지낸 능력 있는 분이었다. 그는 1944년 의령군 유곡면이 고향인 남순기 여사와 결혼 3남 2녀의 자녀를 두었으며 그들은 부산, 서울, 논산 등지에서 살고 있다.

1960년대 부산기독교문인협회와 수필가 장성만 목사

우리 부산크리스천문인협회는 1967년부터 몇 년간 활동한 부산기독교문인협회의 역사를 계승하여 1989년 발족되었다. 따라서 1967년 그 시절의 역사를 알아보는 것이 중요하다.

우리 협회 제9대 회장을 지낸 하현식 장로의 회고에 의하면 그 당시 회장은 30대 중반의 젊은 나이로 미국 신시내티신학대학원을 수료하고 귀국하여 오늘날 동서대학교와 경남공업전문대학을 거느린 학교법인 동서학원을 설립하기 위하여 분주하던 장성만(1932-2015) 목사를 추대하였다고 한다. 그는 수필가로서 개혁적인 신학을 바탕으로 삶과 신앙에 대한 글을 날카로운 필지로 쓰는 젊은이였다. 나머지 멤버로는 남성여고 교목인 이성실 목사, 고신교단 총무와 한국크리스천문학가협회 회장을 지낸 아동문학가 심군식 목사, 이사벨여자중학교 교장을 지낸 김기열 장로, 그리고 젊은 측으로 하현식 시인과 지금은 서울서 활동하는 공병우 타자기를 발명한 공병우 씨의 사위인 송현 시인이 있었다고 한다. 총무는 심군식 목사가 맡아 수고했다. 그 외 몇 사람의 목회자들이 있었으나 워낙 오래전의 일이라 일일이 이름을 기억 못하겠다고 하현식 시인은 회고하고 있다.

그 당시의 멤버로 현재 생존하고 있는 사람은 하 시인과 송 시인 두 사람뿐이다. 연간지를 발간하지는 않았으나 광복동의 장소를 빌려 1961년 소설 〈오발탄〉으로 동인문학상을 수상하여 문학사에 남을 작가로 발돋움한 이범선(1920-1982) 소설가를 초청하여 강연회를 개최하기도 하였다고 한다. 이 작품은 6·25의 피해자인 주인공 영철과 동생 영호 그리고 여동생 명숙과 치매 노인으로 북에 두고 온 고향으로 "가자"고만 외치고 있는 어머니 등이 등장하고 있다. 전쟁 직후의 한국 사회의 빈곤과 부조리를 고발한 것으로 이 작품은 발표되자 곧 영화화되어 많은 관객을 동원하였다. 그 당시의 최고 감독 유현목에 의하여 김진규, 최무룡, 문정숙 등 당대 최고의 배우가 등장하였다. 그러나 5·16 직후 한때 상영금지 처분을 받기도 하고, 이범선 작가는 직장인 대광고 교사를 그만두기도 했다. 이러한 문제작가를 초청하여 강연을 하였다는 것 자체가 그 당시 장성만 목사를 비롯한 회원들의 상황의식이 남달랐다고 볼 수 있다.

장성만 목사의 수필은 신변에 대한 이야기보다 교회와 국가와 민족 특히 젊은이들의 비전에 대한 자신의 견해를 피력하는 것들이 많다. 그래서 〈수필〉이라는 명칭보다 〈에세이〉를 즐겨 사용하여 생전에 발간한 수필 작품을 수록한 저서 〈장성만 에세이 전집〉 5권을 엮기도 했다. 그의 대표작 『21세기의 주역』은 현 일본 북해도대학교의 전신인 삿포로 농학교 초대 교감인 윌리엄 클라크 박사의 명언인 "Boys, be ambitious(소년들이여, 야망을 가져라)"를 모티브로 하여 젊은이의 비전을 심어주는 이야기이다. 그리고 그 자신의 신앙형성에 대한 것은 『신앙과 학문과 애국』으로 이 작품에서는 그의 할머니로부터 이어받은 신앙에 대하여 이야기하면서 개인사를 약간 내비치고 있다. 그리고 『빌·사·일·삼』은 그의 신앙의 좌우명인 빌립보서 4장 13절 "내게 능력 주시는 자 안에서 내가 모든 것을 할 수 있느니라"가 모티브가 되어 있다. 국가에 대한 기대와 걱정은 『일하는 민족은 흥한다』에서 하고 있다.

그래서 장성만 목사는 동서학원을 세워 인재를 양성하였고, 국회에 진출하여 국회 부의장까지 했다. 그러면서 만년에는 재단법인 〈21세기 문화포럼〉을 설립하여 기독교문화 창달에 공헌하였다. 이렇게 광범위한 활동을 하게 된 기반은 그의 젊은 시절 수필 쓰기에서 이미 싹

트고 있었다고 볼 수 있다. 따라서 수필가로서의 그에 대한 평가도 결코 가벼울 수가 없다.

심군식 목사님과 결성 초기의 한국크리스천문학가협회

심군식 목사님은 우리 부산크리스천문협 초창기부터 고문으로 참여 하셨고 우리 행사에도 직접 참석하시는 열정을 보이셨다. 여기서는 그 시절의 이야기보다 우리 부산크리스천문협 회원에게는 잘 알려지지 않은 한국크리스천문학가협회 회장 시절의 심 목사님의 활동과 필자 와의 인연에 대하여 언급해 보기로 한다.

한국크리스천문학가협회는 1958년 초대 회장을 소설가 전영택(1894-1968) 목사님으로 모시고 창립되었다. 전 목사님은 1961년 5.16 이후 에 통합된 문인단체로 창설되어 지금 20,000명에 가까운 회원을 가진 사단법인 한국문인협회의 초대 회장을 지내시기도 했다. 전목사님을 이어서 모두 고인이 되신 극작가 주태익(1918-1976), 소설가 임옥인(1915-1995) 시인 박목월(1915-1978), 김현승(1913-1975) 등이 회장을 지낸 유일 한 개신교 문학단체였다. 그러다가 1990년대 중반 한국기독교문학가 협회로 이름이 바뀌고 협회 행사에서 이단성의 소지가 있는 교회와의 협찬, 행사 뒷풀이의 경건성 등이 문제가 되어 1990년대 회장을 지낸 김지향(1938-) 시인, 최근까지 월간 〈목회〉라는 잡지와 〈크로스 웨이〉 성경공부 교재를 발간한 시인인 박종구(1943-) 목사, 소설가 정을병 (1934-2009) 등을 중심으로 본래의 명칭과 신앙의 순수성을 찾자고 노력 했으나 그것이 관철되지 않아 결국 분립하여 지금은 한국크리스천문 학가협회와 한국기독교문인협회로 나누어져 있게 되어 결국 두 단체 가 되고 말았다. 1996년 쉐라돈 워커월 호텔에서 〈한국기독교문학

100년의 문학사적 평가〉라는 세미나를 하면서 다시 한국크리스천문학가협회라는 본래의 명칭을 찾은 단체가 정식으로 출범하였다. 필자는 그 세미나에서 〈한국기독교문학의 세계화〉라는 주제발표를 발표하였다. 다른 주제 발표자로는 평론가 김우규, 시인 이향아, 소설가 정을병 제씨였다. 이 당시의 회장은 평론가 김우규였다. 그러다가 1997년에 그 당시 1991년부터 고신교단 총무로 수고하신 심군식 목사님이 제20대 회장을 맡았다. 협회의 사무실도 고신교단 사무실 서초구 반포동 총회회관 2층이 되었다.

심 목사님이 회장에 취임하면서 한국크리스천문학가협회는 종래의 활기를 되찾았으며 연간지를 계간지로 바꿀 계획까지 세웠다. 그러나 이미 연간지를 염두에 둔 작품들이 많아 《크리스천문학》이라는 이름의 연간지 마지막 호를 18집으로 1997년 봄에 내게 되었다. 거기에 지난해의 워커힐 세미나 원고가 특집으로 실렸다. 그러나 그해 가을에 드디어 계간지 《오늘의 크리스천문학》 창간호가 나오게 되었다. 이 계간지는 지금은 《한국크리스천문학》이라는 이름으로 2023년 여름호가 96호로 발간되어 개신교문학 계간지의 새 역사를 쓰고 있다.

심 목사님은 창간사에서 다음과 같이 그동안의 협회의 어려움과 앞으로의 포부를 밝히고 있다.

> 계간지 「오늘의 크리스천문학」이 창간되어 흐뭇한 감격을 느낀다. 세속문화에 파묻혀 제자리를 찾지 못하고 방황하던 크리스천문학이 독자성을 살려 제자리를 찾게 될 장이 마련된 것은 기쁜 일이다.
> 정기 간행물로서 호를 거듭함에 따라 기독교 문학의 새로운 지평이 열리고 문학사에 뚜렷한 자리를 차지하게 될 것을 확신한다.
> – 《오늘의 크리스천문학》 (1997, 가을호, p. 13)

이 창간호는 특집 좌담회를 열어 〈기독교문학의 과제와 전망〉이라는 주제로 기독교 문학의 나아갈 방향을 심도 있게 지적하고 있다. 좌담의 사회는 그 당시 계간지의 주간을 맡았던 시인 김지원 목사님이었고 참석자는 회장 심 목사님과 김지향 시인, 시인 박종구 목사님, 지금은 서울 마포구 문인협회 회장이자 계간《사상과 문학》발행인인 시인 박영률 목사님이었다. 박영률 목사님은 그 당시 한국크리스천문협 부회장으로 수고하고 있었다. 그리고 1997년 8월 17일 경기도 이천에서 개최된 제2회 크리스천문학가협회 여름 세미나 주제 발표문이 소개되고 있다. 그때의 주제발표는 평론가이자 숙명여대 독문과 김주연 교수와 역시 평론가이자 고려대 독문과 김승옥 교수였다.

그런데 이 계간지에 제14회 한국크리스천문학상 수상자들이 소개되고 있다. 여기에 필자가 시 부문 당선자로 이름이 올라 있다. 서울의 김포공항 근처 영신교회에서 은퇴한 최규철 목사와 공동당선자였고, 소설부문에는 한국일보 신춘문예 당선 이건숙 소설가였다. 이 문학상의 시상식은 1997년 5월 22일(목) 오후 4시 한국교회 100주년기념관에서 거행되었다. 필자에게는 1991년 12월 월간 시문학사에서 제정한 시문학상을 국제펜한국본부 이사장과 한국문인협회 이사장을 지낸 문효치 시인과 공동수상한 이래 두 번째 받는 상이었다. 물론 심 목사님의 이름으로 상패를 받았다. 뒤에 심 목사님으로부터 들은 이야기인데 심 목사님이 회장인데 부산 문인들 가운데 한 사람 상을 주는 것이 어떻겠느냐고 했다는 것이었다. 이때의 심사위원은 김지향, 박종구 시인 그리고 심 목사님이셨다. 정말 심 목사님이 회장이 아니었으면 필자는 그렇게 빨리 크리스천문학상을 받지 못했을 것이다. 물론 서울 이외의 문인으로서는 처음이었다. 이를 계기로 필자는 더욱 협회 행사에 적극적으로 참여하게 되었고 심 목사님의 뒤를 이어 2002년 제25대 회장으로 선출되어 1년 동안 절기 문학행사와 부산대학교에서 가진 세미나 등과 계간지 발간에 힘을 쏟았다.

그러나 심 군식 목사님은 그동안 고신대학에서 명예박사 학위를 수

위 받고 새로운 삶을 설계하는 등 분주하였는데 2000년 8월 28일 향년 68세로 소천하시고 말았다. 4개월 동안 투병생활을 하셨는데 필자는 학위 수여식 현장에 가 축하도 드리고 서울로 가 문병도 하기는 했으나 기댈 언덕이 하나 무너지는 충격을 받았다. 만약 심 목사님이 오래 생존해 계셨다면 부산크리스천문협은 물론이고 한국크리스천문협도 지금보다 더 도약할 수 있었을 것인데 하는 아쉬움이 돌아 가신지 23년이 경과된 지금까지 필자의 마음 한구석에 자리 잡고 있다.

2016년 부산크리스천문협의 후반기 회지에 심 목사님 특집을 마련하게 되어 비록 늦었지만 다행스럽게 생각한다. 사실 오래전부터 특집을 계획하고 싶었으나 심 목사님의 아동문학가로서의 위상과 목회자 특히 기독교 교육자로서의 활동과 교단 총무로서의 업적 등을 소상하게 알고 있는 사람을 찾기 어려웠기 때문에 여러 해를 넘겼다. 그러다가 아르헨티나 원주민 선교사로 오랫동안 일하시다가 몇 해 전에 귀국하여 아세아연합신학대학교에서 선교학 전공 교수로 계시는 윤춘식 목사님을 뵙게 되어 특집 원고를 부탁하여 성사가 되었다. 윤 목사님은 필자와는 1980년 부산대학교 교육대학원 석사논문 제출자와 심사위원으로 만난 인연이 있고 아르헨티나에 선교활동을 하면서 부지런히 시를 창작하여 해외에서 문학상도 많이 받았으며 2003년에는 들소리문학상 대상을 수상한 시인이기도 하다. 이 특집을 계기로 심 목사님의 문학적 업적 특히 아동문학과 기독교문학의 업적을 두고두고 기릴 수 있는 기념사업도 해야 되겠다는 생각을 하게 되었다.

하늘나라에서도 어린 영혼들에게 시를 가르치고 그들을 사랑하고 계실 심 목사님은 정확하게 필자보다 10년 전인 1933년 경남 고성에서 태어나셔서 만 67세 되던 2000년 8월 28일 서울에서 돌아가셨다. 심 목사님은 1997년 4월 4일 평생 수집한 개인장서 3만 여권을 고신대 기증하여 고신대 중앙도서관 안에 〈소암 심군식 기념도서관〉이라는 현판과 함께 소장되어 있다.

〈절대시〉 동인 유병근 시인의 삶과 시 세계

1

　2021년 4월 23일 새벽 유병근(1931-2021) 시인이 별세했다는 소식이 전해져 왔다. 2년 동안 담도암으로 투병하면서 문병을 거절하여 가 뵙지도 못하고 있었는데, 별세 소식에는 코로나 19 감염을 크게 걱정하고 있는 필자는 문상도 못하고, 배재경 시인 편으로 유족들에게 뜻만 전했다. 그래서《부산시인》에서 이런 글을 쓸 기회를 주어 다행스럽고 고맙다는 생각을 하고 유병근 시인의 삶의 역정과 시단 진입 경위 그리고 초기의 작품세계에 대한 글을 시작한다.

　유병근 시인과 필자가 가깝게 교류하게 된 시기는 1980년 10월 〈절대시〉 동인회를 결성하면서 같은 동인으로 참여하면서부터이다. 필자보다 먼저 유 시인과 가까웠던 시인들은 박철석(1930-2016), 박청륭(1937-), 하현식(1938-) 세 시인이다. 이들은 1970년대 중반 이들 가운데 박청륭 시인을 제외한 세 사람은 연산 2-3동에 이웃하여 살았으며 수영에 살던 박청륭 시인까지 합세하여 거의 매일이다시피 모여 시와 문학에 대한 담론을 나누었다. 이를 일러 '연산문단'이라고들 네 사람은 농담조로 불렀다고 한다. 그에 대한 이야기는 박철석 시인의 추모특집호인 2016년 봄호《부산시인》에 하현식 시인에 의하여「연산문단시대의 추억」이라는 글로 발표되었다. 그리고 그 글이 2018년에 발간된 박철석 시인의 유고시집『산다화』(전망. 2018) 말미에 작품해설로 재수록

(pp.100-109)되어 있다. 이들 가운데 박철석 시인을 제외한 세 사람의 열정이 1980년의 〈절대시〉 동인회(창간 동인; 하현식. 진경옥. 유병근. 양왕용. 박청륭. 김성춘) 결성의 밑거름이 되었다.

창간 동인 가운데 가장 큰 형님이 유병근 시인이었다. 가장 나이 어린 필자(1943)와는 띠동갑이었으나 우리는 전혀 그러한 연차의 차이를 느끼지 못하고 의기투합했으며 절대시의 경향을 추구하는 데서 불편함이 없었다. 유 시인은 과묵한 편이었다. 그리고 그 자신의 의견이나 주장을 내세우지 않고 젊은 우리의 의견을 따랐으며 중간에 동인 구성의 변화가 있었으나 1980년 창간호를 거쳐 1991년 동인 명칭을 〈시와 언어〉로 바꾸어 특집호를 낸 1994년 10호까지 작품을 발표하였다. 그래서 작품을 살펴보는 텍스트는 〈절대시〉 동인지에 발표된 작품 중심으로 하기로 한다. 아마 그의 연보에는 2018년까지 줄기차게 엮은 시집 전체가 열거될 것이며 다른 시 전문지에는 그의 작품에 대한 전반적인 평가를 할 것 같다. 따라서 여기서는 유 시인의 삶의 역정과 20대 초반인 1950년대의 동인지 《신작품》시기(1953-1954)와 1970년 《월간문학》 데뷔한 시기를 거쳐 〈절대시〉 동인 창간호 1980년부터 10집 1994년까지의 작품세계에 대하여 살펴보기로 한다.

2

유병근 시인은 1931년 8월 5일 경남 통영시 광도면 죽림리에서 태어났다. 그는 통영고등학교를 졸업하고 해군기술사병으로 직업군인의 길을 걸었다. 그의 정확한 연보는 지금으로서는 확인할 수 없다. 그러나 필자가 최근에 미망인과 전화로 확인한 적은 있다. 따라서 차후 그의 미망인과 아들을 만나 직업군인과 기술 군무원으로 근무한 기록 등을 통해 확인 가능할 것이라 생각된다. 필자가 출생연도를 가지고 추정하여 보면 해방직후 통영고등학교가 5년제에서 6년제 공립중학교로 개편될 시기에 재학한 것이라고 볼 수 있다. 이 무렵이 바로 김춘수 (1922-2004) 시인이 1946년 6년제 통영중학교 교사로 부임하여 1948년 까지 근무한 시기와 겹친다. 2006년 유병근 시인이 한국예총부산광역 시연합회가 수여한 제5회 부산예술상을 수상할 즈음(2006. 10. 27)의 〈희 망북구〉 문화정보 기사(박유미 명예기자 작성)에 의하면 김춘수 시인을 중학 교 은사로 만났다고 기록하고 있다. 그리고 다른 인터뷰에서는 그가 맨 처음 읽은 시집이 중학교 2학년 때 김춘수 시인의 첫 시집《구름과 장미》(1948)였다고 밝히고 있다. 필자 역시 유 시인과 대화를 하면서 확 인했던 바다. 과묵한 그는 은사라는 이상의 말은 하지 않았다.

해군기술사병 시기 진해 해군기지에서 윤동주 시인의 동생이자 대위 인 윤일주(1927-1985) 시인을 만나 시에 더욱 눈뜨게 되었다는 것도 최 근에야 밝혀졌다. 윤일주 시인이 그를 고석규(1932-1958) 시인에게 소 개하여《신작품》동인에 가담하게 된다. 유 시인은《신작품》초기(창간 호 1952. 3)의 동인은 아니었다. 6집에 조영서(1932-2022), 손경하(1929- 2019), 하연승(1933-2020) 시인 등과 함께 합류했다. 이때가 6·25 전쟁 의 휴전협정이 조인된 1953년 7월 27일 직후인 9월 25일이었다. 유 시인은 해군에서 제대 후 같은 직종의 미육군전략통신사령부 전자기 사로 전직하여 30년간 근무하고 정년퇴임 하였다.《신작품》동인 이후 한동안 군무원 임무에 충실하다보니 시 창작의 손을 놓게 되었다. 그 러다가 1970년《월간문학》에 동시「봄빛」이 당선되었고, 1972년에는 《시조문학》에 시조「세월」,「꽃밭 구경」등을 발표하기도 했다. 1970년 대 후반부터 본격적으로 자유시 시작에 몰두하게 된다. 그는 시뿐만 아니라 수필에도 일가를 이루었다. 수필은 지금의 월간《수필문학》의 김승우 전 발행인 시대인 1972년「죽송竹頌」이 추천되어 데뷔하였다. 그리고 많은 수필집을 발간하였으며 권위 있는 수필문학 분야의 상도 많이 받았다. 따라서 부산지역 수필문단이나 전국의 수필문단에서도 수필가로서 유병근을 추모하고 평가하리라 생각된다.

정년 후에는 시와 수필 창작 지도를 동서대학교, 부산교육대학교 등 여러 기관에서 하였으며 실력 있는 제자들을 많이 문단에 데뷔시켰다. 그는 시와 수필을 두고 '시가 없는 것을 만들어내는 창조라면 수필은 있는 것을 창조적으로 재현하는 것'이라는 문학관을 가지고 있었다. 그래서 그의 시 세계는 현실을 그대로 재현하는 것이 아니라는 특성을 가지고 있다.

여기서 그의 초기작을 한 편 소개하여 보기로 한다.

여기저기 별이 성글고 달은 冲天에서 멀다

외따로이 치솟은 가늘한 가지에 바람이 울면 저도 뭔 듯 슬픈 몸짓을 하는 것이다

이들은 왜 이렇게 밤을 새는 것일까 덜덜덜 추운 이밤 역겨워 그러는가 아니다. 그것이 아니란다 지금 제 몸짓 이상으로 커가는 그림자. 이 늘어나는 슬픔엔 또 하나의 어둠과 잇닿일 憎惡, 그리하여 어둠은 어둠으로 갈 앉고 동은 틀망정 鮮明한 달빛이야 놓치기 싫어 한사코 이것만은 놓치기 싫은 안타까운 몸짓이여

여기저기 성근 별과 휘묻어 날리는 새하얀 서릿발, 또한 보이는 것은 달무리 지켜 선 나의 숨결

－「寒月」전문 (《신작품》 8집, 1954. 4. 13.)

이 작품은 유 시인이 24세 때 《신작품》 8집에 발표한 작품이다. 그의 제5시집 『사일구 遺史』(1990, 시로, 1990년 한국문예진흥원 창작 기금 수령 시집) 마지막(p95)에 수록되어 있다. 그 자신이 이 시집 약력에 '1954년 《신작품》에 「한월」을 발표하면서 문학의 길로 들어'섰다고 밝히고 있기 때문에 처녀작이라 볼 수 있다. 그리고 시집 후기에서는 '우연히 손에 닿았다'고 입수 경위를 간단히 언급하고 있다. 따라서 유 시인이 아끼는 작품

임이 틀림이 없다.

　전체가 산문시 형태를 가지고 있는 이 작품은 차가운 겨울 하늘에 떠 있는 달이 시적 제재가 되고 있다. 그리고 사물에 대한 시인의 어조에서 슬픔의 정서로 간간이 노출 시키고 있다. 그러나 전반적으로 사물을 감각적으로 형상화시키는 역량이 어느 정도 드러나 있다. 따라서 앞으로의 유 시인의 시적 경향을 예견할 수 있다.

3

　유병근 시인은 1978년 제1시집 『연안집沿岸集』(1978, 연문출판사)을 출간한다. 세로 쓰기 편집으로 발간된 이 시집은 1부에 「점등」 외 11편, 2부에 「千鏡子」 연작시 3편을 포함한 13편, 3부에 「금녀초」 연작시 5편과, 「후원」 연작시 5편이 수록되어 있다.

　　　즈믄 바람이 일어선다

　　　치를 떨면서

　　　빈 헛간의 어둠을 떠밀어낸다

　　　어둠에 묶인 승냥이

　　　목청 거센 울음이

　　　땅에 젖는다

　　　백년 썩은 홰나무

　　　병든 뿌리까지 타고 내린다

　　　죽은 마을은 귀를 감추고

　　　찬 비 짙게 묻은

　　　하늘 한 조각으로

　　　엎드려 있다

　　　　　　　　　　－「北新里 Ⅱ」 전문

이 시집에는 유 시인의 고향인 통영(그 당시에는 충무) 연작시 2편과 통영 시가지와 가장 가까운 여항산과 장골산을 끼고 있는 마을인 북신리 연작시 5편이 있다. 그 가운데 한 편이 인용한 「북신리 Ⅱ」이다. 유 시인이 40대 후반에 쓴 시이긴 하지만 시어를 절제하는 솜씨와 정서를 사물화하는 솜씨가 초기작과는 비교가 되지 않을 정도로 세련되어 있다. 뿐만 아니라 전개되고 있는 시적 공간이 조용하여 적막감을 느낄 수 있는 것과는 거리가 있는 점에서도 젊음을 느낄 수 있다. 달리 말하면 사물시가 빠지기 쉬운 지나치게 배제된 정서로 인하여 감동을 주지 못하게 되는 단점을 극복하고 있다.

이 시에 등장하는 '북신리'는 비바람이 불고 승냥이가 울고 백년 된 홰나무는 썩어 있는 그로테스크한 마을이다. 그러나 눈에 보이지 않는 바람 소리와 승냥이 울음소리를 사물화하고 있는 공감각적 이미지 기법을 구사하고 있다. 그러다가 마지막 부분에서는 정서를 배제하여 오히려 시적 분위기를 상승시켜 더욱 냉정하게 마을 분위기를 탐사하게 만들고 있다.

내 기억장치는

八萬三千年 전의 비밀입니다

산협 깊이 묻힌

눈사태

텔레파시를 띄우면

암갈색 地平 가득

커다란 樹林이 쓰러지고 있다

눈사태를 비집고

굶주린 이리떼가 헐떡이고 있습니다.

밤엔 별이 지고

이리떼 스친 雪原 너머로

앙칼진 바람
白金 이빨에 깨어지고 있습니다

– 「木炭畵―달」 전문

이 작품은《절대시》동인지 창간호(1980, 연곡서관)에 발표된 「목탄화」연
작시 가운데 하나이다. 시적 제재는 '달'이고 시 제목도 단순한 그림인
'목탄화'라 상식적인 상상력은 정적인 한국화적 발상이라고 생각하
기 쉬운데 오히려 유 시인의 상상력은 앞의 작품보다 훨씬 역동적이고
서양화적이다. 이러한 상상력의 원천은 그가 종사하고 있는 최첨단 군
무원의 업무와 관계가 있었을 것이라는 생각이 든다. 이 시에서 펼쳐
지고 있는 풍경은 이리떼가 밤하늘의 달을 바라보면서 날카로운 이빨
을 드러내고 울고 있는 그림을 연상시킨다.

1980년 창간호로부터 정확하게 10년이 지난《절대시 · 8》『버리기
또는 찾아보기』(1990, 현범사)에 실린 유병근의 시는 어떻게 변했을까 하
는 의문을 품고 시 2편을 인용한다.

(ㄱ) 날 저물어 징역입니다
    아쟁 음절 같은
    목 자지러지는 죽음입니다

    뒤란 대숲도 죽음입니다
    벙어리 된 무덤입니다

– 「바람에게 · 2」 전문

(ㄴ) 길 떠나니 타관입니다
    석탑에 등 기대고
    혼자 날아가는 저녁새 봅니다

알음도 없이

이 하늘에서 저 하늘로

어둑하게 기우는 근심을 봅니다

용케 살아왔다고

누군가 등 뒤에서 말하는 것 같습니다

- 「바람에게 · 3」 전문

  이 작품들 역시 눈에 보이지 않는 '바람'을 시적 제재로 하여 감각화시키는 시적 기법에서는 크게 변하지 않고 있고 조용한 정적 이미지보다 동적인 상상력을 전개하고 있다. 그러나 앞의 작품이 서양화적 상상력으로 일관하였다면 한국화적 상상력으로 삶의 역정에서 우리에게 다가오는 죽음이나 근심 같은 절박한 순간을 비유로 가져오고 있다. 물론 이러한 상상력의 특징이 얼마나 지속되었는가는 발간된 시집을 통하여 집중적으로 살펴보아야 할 것이지만 이 이후로도 자주 변화되면서 새로운 상상력의 패턴을 보여주었을 것이다. 또한 이 시 역시 10년 전과는 다른 상상력을 보여주고 있다.

  (ㄱ)에서 등장하는 사물은 바람 소리를 비유한 한국악기 '아쟁'과 '대숲'이 전부이다. 아쟁의 가냘프면서도 간절한 선율과 저녁 무렵 대숲에서 소멸하는 바람을 대비하고 있다. 대숲 역시 한국화에 자주 등장하는 사물이며 아무리 센 바람도 대숲에 들어가면 소멸되고 만다. 이러한 두 사물을 통하여 바람의 소멸을 형상화한 것이 바로 (ㄱ) 「바람에게 · 2」이다. (ㄴ) 「바람에게 · 3」의 경우는 정처 없이 흘러가는 바람을 향상화 한 작품이다. 따라서 정처 없음은 다분히 우리의 삶의 역정으로 상징될 수 있다. 그러나 그러한 상징성을 사물화시키고 있는 것이 특징이다. 즉 '석탑'과 '저녁새'를 등장시키는 것이 그것들이다. '근심'의 경우는 눈에 보이는 사물은 아니지만 마치 '바람'처럼 이 하늘과 저 하늘로 떠돌아 다닌다는 표현에서 상징성을 심화시킨다. 그리고 이

두 작품 역시 시적 화자의 생각이나 정서는 적절하게 숨기고 있다.

4

1954년 20대 초반부터 1990년까지의 유 시인의 시 세계의 특징은 사물이나 공간을 시적 제재로 하여 정서나 삶에 대한 태도를 어떻게 형상화하고 감각적 이미지로 전환시키는가에 주력하였다고 볼 수 있다. 그리고 시적 화자가 큰 소리로 말하기보다. 나직한 목소리와 때때로 침묵하는 어조와 태도를 가지고 있다. 그러하면서도 언제나 새로운 상상력의 전개에 대해서도 세심한 배려를 하고 있다. 이러한 시적 자세와 태도는 그의 과묵하면서도 겸손한 인격과도 관계가 있다. 유병근 시인의 시 세계가 전반적으로 규명될 날이 멀지않아 올 것이라 기대하면서 문상하지 못한 빚을 갚는다.

허일만 시인의 화려했던 고등학교와 대학 시절

1

허일만許壹滿(1941-2017) 선배님은 1941년 8월 13일 만주에 머물고 있던 부모님의 슬하에서 태어났다. 그래서 이름자에 만주를 지칭하는 滿이 들어 있다고 한다. 그러나 해방 전에 선대의 세거지인 경남 산청군 시천면 원리로 돌아와 유년 시절을 고향에서 보냈다. 소년 시절에는 부모님이 부산에서 사업을 했던 관계로 부산중학교를 졸업하였다. 그러나 중학교를 졸업하기 전 진주로 이사 간 부모님과 떨어져 있기 싫어 진주고등학교에 1956년 3월 입학하게 된다.

2

진주고등학교 시절의 허 선배님의 문학 활동은 화려했다. 고등학교 2학년 때 한 해 선배인 성종화, 정재필 시인들이 주도한 《시부락》 동인으로 참여하여 2집과 3집에 작품을 발표하였다. 그리고 진주학생문학회에서 발간한 동인지 《청천》에도 참여하였으며, 진주학생문학회가 발전적으로 확대된 영남학도문학회의 창립 동인 38명 중에 한 사람으로 참여하였다. 1957년 11월 23일(음력 10월 3일)에 개최된 영남예술제에 맞추어 영남학도문학회는 동인지 《영화嶺火》가 창간되었는데 그곳에 시를 발표하였다.

창간호 편집에 직접 간여한 허 선배님이 편집후기에 남긴 글은 다음과 같다.

　건물은 군데군데 헐었다. 이건 전쟁이 지나간 자취다. 회원들이 핼쑥해
진 얼굴과 야윈 팔로써 재건의 못을 박고 있구나. 다음에는 더 나은 집을
짓겠다는 뜻을 간직하고—. 이번 창간을 위해 지도해주신 본회 명예회장
설창수 선생님, 고문 강천석, 박세제, 천옥석 선생님들께 삼가 경의를 표
하는 바입니다. 또 표지를 곱게 그려주신 정은호 형과 우리와 한 덩이 되
어 일해주신 조상길 형과 회원 여러분들께 감사드립니다.

　창립 후 처음 맞는 예술제 때에는 출판기념회를 겸한 행사로 백일장
에 참가한 외지 고등학생 전원 약 100명을 진주문화원에 모와 환영회
를 열고 채 잉크 냄새가 마르지 않은 창간호를 나누어 주었다. 그때의
기념사진을 보면 부산에서 온 이유경(경남고. 시인), 강남주(동아고. 시인), 박
송죽(남성여고. 시인), 문육자(부산사범. 수필가), 그리고 뒤에 허 선배님의 부인
이 된 선영자(부산사범. 시인) 등의 모습이 보인다.

　이듬해 1958년에는 고등학교 3학년이 된 허 선배는 진주사범의 김
상남, 강종홍, 조진태, 김안자, 진주여고 조현희 등과 어울려 《영화》 2
집을 내는 등 영남학도문학회의 전성기를 주도하였다.

　이 해의 영남학도문학회의 경사는 허 선배님이 서라벌예술대학에서
모집한 전국 고등학교 학생문예작품 모집에 시 부문에 입상하여 트로
피를 받은 것과 진주 사범 김상남(3대 남강문학회 회장. 아동문학가. 소설가)이 국
학대학 주최 전국학생문예작품 모집에 입상한 일이다. 이 두 대학으로
부터 장학생을 입학하라는 권유도 받았고 박용수 시인이 경영하는 연
일사진관에서 두 사람이 상장과 트로피를 놓고 기념 사진을 찍기도 했
다. 이 두 사람 말고 진주사범의 강종홍(소설가)의 활약도 대단했다.
1957년 고등학교 2학년 때에 부산 국제신보 주최 전국학생문예콩쿨
에 소설이 당선되기도 했으며 1958년 영남예술제에서는 진주 학생문

사 중 참방으로 유일하게 입상했다. 이 세 사람을 《영화》 2기 동인 트리오라고 불렀다.

허 선배님은 고등학교 3학년 때인 1958년 8월 20일에는 시 15편을 엮어 활판인쇄의 시집《조약돌》을 발간한다. 이 일은 그 당시로는 쉽지 않은 일이었으며 국제신보사 문화부장 최계락(1930-1970) 선배님께 보냈더니 격려 편지와 함께 신문에 보도까지 해주었다. 이렇게 고등학교의 화려한 시절은 끝났다. 1959년 2월 말 허 선배님은 진주고등학교 29회로 졸업하게 된다. 필자는 그해 3월 진주고등학교에 입학하여 허 선배님의 후배가 된다. 허 선배님은 그동안의 문예반 활동으로 보아 서라벌예대의 문예창작과 장학생이나 국문과를 진학할 수 있었는데 사업하던 선대의 영향 탓인지 부산대학교 상과대학 무역학과로 진학하게 된다.

비록 상과대학 무역학과를 진학하고도 문학에 대한 열정은 놓지 않았다. 1959년 11월 3일부터 8일까지 개최된 제10회 영남예술제(개천예술제로 이름이 바뀌기 전임) 한글시백일장 대학부에서 참방으로 입상하였다. 그리고 이 무렵 《영문》에 시가 추천되기도 했다. 1959년 3월부터 1963년 2월까지 부산대학교 재학기간에는 부대신문사 기자로 활동하면서 많은 글을 썼다.

3

고등학교 시절의 문학활동이나 대학시절의 부대신문사 기자를 오랫동안 한 것으로 보아 언론사에 입사하여 언론인이 되었다면 쉽사리 문학의 길로 들어섰을 터인데 허 선배님은 대학 전공을 살려 사업가의 길로 들어섰다. 그동안 고등학교 시절 문학활동으로 잠시 만났던 선정자 시인과 결혼을 하여 슬하에 두 아들을 낳게 되고, 그 당시로서는 벤처기업이라 할 수 있는 렌터카 업체를 창업하여 대표이사를 역임하였다. 그리고 부산상공회의소 대의원으로 참여하기도 했으며 의료법인의 행정원장으로 정신병원을 관리하기도 하였다. 개신교 신자로 신앙생활을 하였고 와이즈맨과 로타리클럽 회원으로 봉사활동도 활발하게 하였다. 그리고 부산 사하팔각회 회장으로 활동하기도 했다.

남강문학회가 2008년 인터넷 카페에서 남강문우회라는 이름으로 발족할 즈음 허 선배는 계간《시와 수필》에 시로 신인상을 받아 문단에 정식으로 등단하였다. 그리고 초대 사무국장으로 활동하면서 다시 시의 창작에 힘쓰기 시작하였다. 필자가 2011년 4대 회장을 취임하기 직전 허 선배님이 먼저 회장을 해야된다고 사양했으나 극구 안 하겠다고 하여 결국 4년 동안 필자가 회장을 맡게 되었다. 그동안 허 선배님은 자기는 시집을 내지 않으면서 부인인 선영자 시인의 시집을 두 권이나 엮게 하는데 많은 외조를 하였다. 2007년에 낸『시냇가에 심은 나무』와 2012년에 낸『詩가 흐르는 江』이 그것이다. 특히 제2시집에는 선배님의 부탁으로 쓴 필자의 해설「시적 관심의 확대와 심화」라는 해설이 수록되어 있다. 그 시집 속에는 선영자 시인의 신앙이 육화된 많은 시편들이 수록되어 있다. 그 시집을 보면 시집의 제자는 우리 회지《南江文學》의 제자를 쓴 중산 신경식 서예가의 글씨로 장식되어 있다. 사실 남강문학의 제자는 허 선배님이 신경식 서예가에서 받은 것이 오늘날까지 사용되고 있다. 그리고 표지는 허 선배님이 소장하고 있던 사진작가 정인성(1911~1996)의「1958, 진주 남강」이다. 이렇게 허 선배는 부인의 시집 발간에 애를 썼다. 필자는 부부 시집을 내라고 권유하기도 했다. 그러나 허 선배님은 말없이 웃기만 하였다.

그동안 소원했던 남강문학회에 나오기 시작했는데 갑자기 허 선배님이 암투병 중이라는 소문이 들여왔다. 필자는 문병차 방문하기를 몇 번 시도 했으나 이루어지지 않았다. 후강암이라 말을 제대로 못하는 탓으로 만날 수가 없었던 것이다. 2017년 6월 24일 허 선배님은 끝내 부부 시집과 개인시집을 내지 못하고 이 세상의 삶을 마감하셨다. 2년의 투병 과정에 우리 회원 가운데 가족처럼 돌본 사람은 허 선배님과 함께 사무차장으로 봉사한 서창국 시인이다. 허 선배님의 외국에 있는 자식 대신에 많이 보살펴주었다. 허 선배님은 신앙을 가졌기에 분명히 천국에 가셨을 것이다.

미망인이자 시인인 선영자 시인이 꽃과 허 신배님을 추모하는 작품으로 제3시집 『하양의 신비』를 내면서 함께 허 선배님의 유작집을 내야겠다고 그동안 허 선배님이 보관하고 있던 고등학교 시절에 낸 시집 『조약돌』과 대학시절에 《영문》에 발표한 작품들과 남강문학회 연간집 《남강문학》에 발표한 작품들과 부산일보의 〈부일살롱〉에 발표한 칼럼과 다른 곳에 발표한 수필 등을 필자에게 보내왔다. 그래서 시와 산문으로 나누어 유고집을 내게 되었다. 이 유고집이 나오게 된 데에는 무엇보다 선영자 시인의 공이 크다. 그리고 신문의 스크랩과 발표 지면이 오래된 작품들을 일일이 전산작업을 하여 한 권의 책으로 꾸며준 작가마을 배재경 사장에게 고마움을 표하고 싶다. 무엇보다 고등학교 시절부터 같이 문학 활동을 한 남강문학회 원로 회원들과 후배 회원들이 마치 생전의 허일만 섭배를 보는 것처럼 기뻐하리라 생각된다. 천국에 계신 허 선배님께서 생전에 작품집을 내지 못한 아쉬움을 떨쳐버리고 그 특유의 미소를 짓기를 바라는 마음 간절하다.

이계선 시인의 짧은 생애와 시 세계

　이계선(1963–2015) 시인이 세상을 떠난 지 아직 6개월이 채 되지 않은 지금(2015. 7) 그를 대학에서 가르친 내가 그에 대한 글을 쓰게 되었다. 이 시인과 나의 인연은 1982년 3월 그가 진주여자고등학교를 졸업하고 부산대학교 사범대 국어교육과에 입학하면서부터이다. 입학하고 얼마 되지 않은 학과 모임에서 서부경남 특유의 사투리로 자기소개를 하여 좌중을 온통 웃음바다를 만든 기억이 아직도 생생하다. 그 당시는 신군부에 의하여 실시된 대학졸업 정원제도가 유지되고 있던 때이라 열심히 공부하지 않는 학생들은 학사경고를 받기도 했다. 그러나 이 시인은 우수한 성적으로 졸업하여 바로 중학교 교사로 임용되었다. 그리고 나의 후배 안병호(진주고 47회, 부산공대 출신, 효원 엔지니어링 대표)사장과 결혼하여 두 아들의 어머니로 성실히 가정을 꾸려가는 한편 대학원 공부도 두 군데나 하였다.

　대학 재학시절에는 공부 때문에 문학에 뜻을 두지 못했으나 교원들의 문학동아리에서 10여 년간 시 창작 수업을 하여 시단에 데뷔한 성실하고 노력하는 시인이었다. 그러던 2008년 연구실로 그의 제1시집 『뒤란이 있는 집』이 배달되었다. 양장본으로 제목 자체부터 토속성을 가진 시집이었다. '뒤란'은 사전에는 '집 뒤의 울안'이라는 뜻으로 정의되어 있으나 좀처럼 보기 드문 순수한 우리 말이다. 경상도에는 오히려 옛말인 '뒤안'으로 알려진 어휘이다. 이 시집에는 그가 만나거나 부대끼는 많은 인물들이 등장하고 있다. 그리고 표제시인 「뒤란이 있는

집』은 아파트에 살고 있는 그가 그의 고향인 경남 사천시 사남면 와룡산 뒷편의 산기슭 마을 가천리의 고향집을 동경하는 듯한 전원 지향성을 가지고 있었다.

2011년 내가 남강문학회 회장을 맡은 2년 차에 모두다 연로하고 일할 사람이 부족한 우리 회에 이 시인을 재무 담당 사무차장으로 거의 강권하다시피 영입하였다. 그때부터 자주 보는 사이가 되었다. 서면에서 임원회를 마치면 그의 차로 해운대 마린 시티의 집에까지 가기도 했다. 그의 집은 연산9동이었으니 지나고 보니 내로서는 염치없는 일이었다. 그러면서 많은 이야기를 나누었다. 불치의 병으로 먼저 간 대학동기의 이야기며 큰아들이 영국유학을 가게 되었다는 이야기, 남편 친구이자 나의 고등학교 후배들의 가족들과 여행한 이야기 등… .

2012년 초가을 학교를 그만두게 되었다는 소식을 간접적으로 들었다. 그리고 나서 곧 흉선암이 발견되어 서울로 항암치료 하기 위해 자주 오르내리기 때문에 사무차장을 그만두어야겠다고 하여 사무 인수인계로 서창국 사무국장과 분주했다. 한편 제2시집『바다가 보이는 계단』이 발간되었다는 소식과 출판사 배재경 사장으로부터 시집 제작 중에 갑자기 발병 사실을 알게 되었다는 것도 듣게 되었다. 학교를 그만둘 때에는 그렇게 심각한 것인 줄은 몰랐던 것 같았다. 그리고 나와의 대화에서도 아들 영국 보내는 이야기와 앞으로의 여유로운 삶에 대하여 이야기하는 것으로 미루어 볼 때 갑자기 병마가 덮친 것이라고 생각된다. 그런 후에 주로 문자로 그동안의 경과에 대하여 대화를 나누었다. 항암치료를 마치고 요양하기 위하여 연산동 아파트를 떠나 양산시 원동면 배내골로 이사를 했다는 소식도 알아 남강문학회 주소록을 위하여 통화도 하였다. 흉선암의 예후는 좋지 않다는 것은 알았으나 아직 젊기 때문에 이길 것이라는 막연한 기대를 하고 있었다. 그러던 금년(2015) 1월 22일 남편 안병호 사장으로부터 사망 소식을 들었다. 부랴부랴 서창국 사무국장과 정재필 선배님과 같이 양산부산대병원 영

안실로 갔다. 상주는 영국유학을 마치고 돌아온 큰아들과 갓 제대한 대학생 둘째 아들이었다. 영정 사진 속의 이 시인은 인정스럽게 웃고 있었지만 우리는 너무 일찍 이 세상을 떠난 이 시인의 죽음 앞에서 남편과 두 아들에게 위로할 말을 찾지 못했다. 그곳에서 뜻밖에 문상 온 고등학교 동기 백종흠(경남교원연수원장과 마산교육장 역임) 시조시인을 만나 그가 이 시인의 고성 상리중학교 은사라는 것을 알게 되었고, 중학교 시절의 이 시인의 똑똑하고 리더십 있었던 모습도 듣게 되었다. 문상하고 돌아오는 길은 겨울바람도 불어 신산하였다. 정 선배님의 경우 중학교 다니는 외손녀의 은사라는 개인적 인연 때문에 댁으로 돌아가 이 시인을 추모하는 시 한 편을 지어 남강문학 카페에다 올렸다.

이 시인의 작품세계는 앞에서 제1시집 『뒤란이 있는 집』에 대하여 언급할 때에도 잠시 지적했지만 제2시집 『바다가 보이는 계단』 역시 사람에 대한 사랑이 주조를 이루고 있다. 김광수 작가가 해설에서도 언급한 바이지만 남편, 어머니 그리고 가족과 이웃들에 대한 사랑의 시편이 많았다. 그러나 무엇보다 교사로서 제자들, 그것도 모범생이나 공부 잘하는 제자들보다 여러 가지로 상처받은 제자들을 사랑하는 시편들이 많다. 대표작으로 수록하는 「영아가 보고 싶다」는 조손가정에서 비록 할머니가 아이들의 먹거리인 쪽자 장사를 해도 부끄러워하지 않고 당당했던 제자 '영아'에 대한 이야기가 시적 제재가 되어 있다. 그러한 영아가 결혼까지 하고 돌바기 아이를 업고 이 시인의 직장인 학교로 찾아올 정도로 존경을 받았다는 점은 그의 교사 생활이 얼마나 성실했다는 것을 짐작할 수 있다. 그리고 겨울방학인데도 이 시인의 장례식장을 구름떼처럼 찾아온 여학생들이 생각난다.

시 「영아가 보고 싶다」는 단순한 후일담이 아니라 어머니가 컴퓨터학원 강사인 돌바기가 자라 학생이 된 시적 현재까지 형상화하여 시적으로 성공하고 있다. 정말 이렇게 현실을 긍정적으로 본 성실한 교사 시인을 53세라는 젊은 나이에 저 세상으로 보낸 우리로서는 너무나 전도유망한 시인이자 유능한 남강문학회 젊은 일꾼을 잃었다는 점에서 두고두고 애석하다.

양왕용 평론집
부산 현대문학의 어제와 오늘

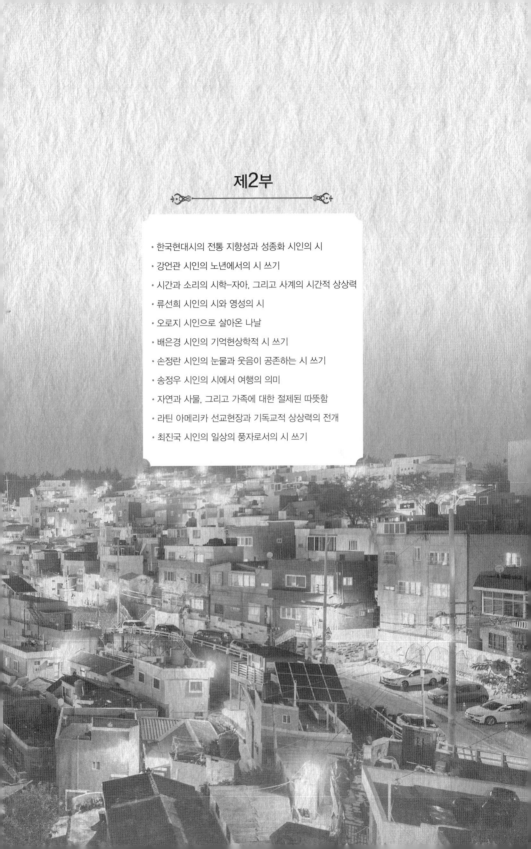

제2부

- 한국현대시의 전통 지향성과 성종화 시인의 시
- 강언관 시인의 노년에서의 시 쓰기
- 시간과 소리의 시학–자아, 그리고 사계의 시간적 상상력
- 류선희 시인의 시와 영성의 시
- 오로지 시인으로 살아온 나날
- 배은경 시인의 기억현상학적 시 쓰기
- 손정란 시인의 눈물과 웃음이 공존하는 시 쓰기
- 송정우 시인의 시에서 여행의 의미
- 자연과 사물, 그리고 가족에 대한 절제된 따뜻함
- 라틴 아메리카 선교현장과 기독교적 상상력의 전개
- 최진국 시인의 일상의 풍자로서의 시 쓰기

한국현대시의 전통 지향성과 성종화 시인의 시

1

한국문학에 대한 전통 논의는 1960년대 한국문단과 학계의 최대 관심사였다. 필자가 대학 4학년이던 1966년 11월 5일에서 6일까지 이틀 동안 1952년 피난지 부산에서 창립되어 휴전과 더불어 서울이 중심이 된 국내 최대의 학술단체인 국어국문학회가 주최하는 제9회 전국 국어국문학 학술대회가 경북대학교에서 개최되었다. 필자는 그 자리에 진행요원으로 차출되었다. 그 학술대회의 주제는 〈국문학의 전통문제·교육문제〉로 첫째 날 주제에 따른 두 분야 전통문제와 교육문제를 나누어 토론을 했고 다음날 개인발표를 했다. 필자는 모교 사범대학 특별교실에서 개최된 문학 분과에서 일을 했다. 2002년에 발간된 〈국어국문학회 50년〉이라는 자료집에 의하면 전통문제는 고전문학의 면에서 이미 고인이 된 이태극, 김기동 두 교수가 발표를 했다. 그리고 현대문학의 면에서 김우종 교수와 역시 고인이 된 조연현 교수가 참여하였다. 마지막으로 비교문학의 면에서 김춘수, 정한모, 서수생 교수가 참여하였다. 이 세 분들도 모두 고인이 되었고, 김춘수, 서수생 두 분은 그 당시 필자의 은사였다. 아마 이 학술대회가 그 당시의 전통 논의를 총결산하는 계기가 된 것으로 생각된다. 그 자리에서는 열띤 토론이 벌어지기도 했는데 그에 대한 자료는 자료집에 수록되어 있지 않다. 필자 역시 별다른 기억이 없지만 필자의 은사이자 시인으로 길을 열어주신 김춘수 교수의 주장은 아직도 기억에 생생하다. 그 까닭은 필자의 은사이기 때문이기도 하지만 다른 사람들의 주장에 비하여 참신하고 정곡을 찌르는 것이었기에 많은 호응을 받았기 때문이다. 김 교수는 한국문학의 전통은 다른 민족의 작품들에 비하여 소재를 서정적으로 처리하는 점이라는 주장을 하였다. 말하자면 서정주의를 한국문학의 전통으로 작법적인 측면에서 접근한 관점이었다. 그 당시의 대부분의 전통론자들이 주제론적 측면의 주장을 한 것과는 대조적으로 작법적인 면을 부각 시킨 것이다.

이러한 발표들이 있고 난 뒤에 많은 후학들과 비평가들이 한국현대시를 전통지향성과 모더니티지향성 즉 전통주의와 모더니즘으로 양분하는 경향이 생기기 시작했다. 그리고 70년대부터 리얼리즘 일명 민중주의 지향성까지 부각 되어 지금은 3대 경향으로 구분되기도 한다. 우선 서정주의가 한국 고대시가로부터 현대시에 어떻게 작법론적 측면에서 나타나고 있는가를 살펴보기로 하겠다. 달리 말하면, 작품에 등장하고 있는 소재나 제재를 어떻게 서정적으로 처리하고 있는가 하는 점을 구체적인 작품을 통하여 살펴보는 것이다.

2

우선 한국현대시에 지속적으로 나타나 있는 전통의 양상을 살피기 전에 한국의 고전시가 가운데 가장 대표적인 시가인 향가와 고려가요 시조를 하나씩 인용하여 전통의 양상을 간단히 살펴보기로 한다. 이해의 편의상 현대역으로 인용하였다.

죽고 사는 길은
여기 있음에 두려워하고
'나는 갑니다' 말도
못다 이르고 가는 것입니까?

어느 가을 이른 바람에

여기저기 떨어지는 잎같이

한 가지에 나고는

가는 곳을 모르는구나.

아으, 미타찰에서 만날 내

도 닦아 기다리겠습니다.

- 향가 「제망매가」 (월명사 작) 전문

이 작품은 월명사가 여동생의 죽음을 애도하는 제문 형식의 향가이다. 다분히 불교적 세계관이 바탕이 되고 있으나, 이 작품을 감동적이게 하는 부분은 동기간의 인연을 한 가지에 난 잎이라고 비유하여 자연을 이입시킨 점이다. 죽음이라는 지극히 관념적인 주제를 떨어지는 낙엽처럼 어디로 가는 것을 모른다는 진술에서는 허망한 슬픔까지 자아낸다. 말하자면 죽음이라는 주제를 서정적으로 처리하고 있다. 이러한 현상은 고려가요의 「만전춘별사」에서도 나타나 있다.

얼음 위에 댓잎 자리 만들어

님과 내가 얼어 죽을망정

얼음 위에 댓잎 자리 만들어

님과 내가 얼어 죽을망정

정 나눈 오늘 밤 더디 새시라 더디 새시라

- 고려가요 「만전춘별사」 앞부분

이 작품은 '남녀상렬지사'라고 불리우는 남녀 간의 애정을 표현한 고려가요 가운데 가장 격정적인 작품으로 알려진 것이다. 격렬하고 뜨거운 사랑을 차가운 얼음 위의 댓잎자리로 된 침상 즉 자연을 등장시켜 역설적이고 대조적인 이미지로 표현하여, 사랑이라는 정서를 감각화시킨 작품이다.

 시조의 절창인 황진이의 작품 「동짓달 기나긴 밤을」 역시 자연을 통한 사랑의 정서를 형상화하고 있다.

 동짓달 기나긴 밤의 한 허리를 베어 내어
 춘풍 이불 아래 서리서리 넣었다가
 어론 님 오신 밤이여든 구뷔구뷔 펴리라

– 황진이 시조 「동짓달 기나긴 밤을」

 이 작품이 시조 가운데 가장 절창으로 한국인들에게 애송되고 있는 까닭은 눈에 보이지 않는 추상적인 관념인 시간 즉 밤을 감각적 이미지로 전환시킨 때문이라고 볼 수 있다. 초장에서 밤의 허리를 밴다든지 그것을 중장에서 춘풍이불 안에 둠으로써 봄이라는 계절과 사랑이라는 이중적 의미로 사용한 것이라든지 마지막 종장에서 구비구비 편다는 것 역시 감각적이고 이중적 의미이다. 이러한 절창에서 소재를 서정적으로 처리하는 전통적 처리 기법을 엿볼 수 있다.

 ## 3

 다음으로 현대시에 대하여 살펴보겠다. 2007년 10월 한국시인협회(그 당시 회장 오세영)는 한국시 100년의 기념사업의 하나로 작고 시인 가운데 김소월, 한용운, 서정주, 정지용, 백석, 김수영, 김춘수, 이상, 윤동주, 박목월 등을 '한국 10대 시인'으로 선정하여 발표한 바 있다. 그리고 그들의 대표작을 각각 「진달래꽃」, 「님의 침묵」, 「동천」, 「유리창」, 「남신의주 유동박시봉방」, 「풀」, 「꽃을 위한 서시」, 「오감도」, 「또 다른 고향」, 「나그네」 등으로 선정한 바 있다. 2008년 한국시 100주년 기념 행사에서 조사하여 공개한 한국인 3대 애송시는 김소월의 「진달래꽃」,

윤동주의「서시」, 김춘수의「꽃」으로 조사된 바도 있다. 그런데 이 작품들은 대부분 자연을 제재로 하여 정서를 형상화한 것이다. 말하자면 소재를 서정적으로 처리한 작품들을 한국인들은 애송하고 있다. 그 가운데 두 편을 인용하여 보기로 한다.

(ㄱ) 나 보기가 역겨워
　　　가실 때에는
　　　말없이 고이 보내 드리우리다.

　　　영변에 약산
　　　진달래꽃
　　　아름 따다 가실 길에 뿌리우리다.

　　　가시는 걸은 걸음
　　　놓인 그 꽃을
　　　사뿐히 즈려밟고 가시옵소서.

　　　나 보기가 역겨워
　　　가실 때에는
　　　죽어도 아니 눈물 흘리우리다.

　　　　　　　　　　　　　　　－ 김소월「진달래꽃」전문

(ㄴ) 강나루 건너서
　　　밀밭 길을

　　　구름에 달 가듯이
　　　가는 나그네

〉
길은 외줄기
남도 삼백리

술 익는 마을마다
타는 저녁놀

구름에 달 가듯이
가는 나그네

– 박목월 「나그네」 전문

　앞의 두 작품은 1920년대의 근대시와 1940년대의 현대시 가운데 가장 대표적인 서정시로 고등학교 국정 교과서에도 오랫동안 수록되어 전 국민들이 애송하고 있는 시이다. 물론 앞의 조사들에서도 이러한 점이 반영되어 있다.

　(ㄱ)「진달래꽃」의 경우 진달래꽃을 제재로 하고 있으나 사랑하는 사람과의 이별의 슬픔이라는 정서를 표출한 작품이다. 리듬의 측면에서 한국민요 가운데 서민의 정서를 표출하고 있는 3음보를 독창적인 행구분으로 적절히 소화시킨 작품인 것은 누구에게나 알려진 상식이 되어 있다. 그런데 사실 이 작품을 주목할 필요가 있는 측면은 리듬도 중요하지만 어조 즉 태도의 측면에서 주목해야 된다는 사실이다.

　대부분의 연구자들이나 평론가들이 리듬에 기울어진 평가 탓으로 마지막 연의 마지막 행 '죽어도 아니 눈물 흘리오리다'를 역설적 표현이라는 지적은 하여 왔으나 시 전체의 의미구조를 제대로 파악하지 못하고 있었다. 그래서 부분적으로는 역설적이지만 전체적으로는 한국 여인은 사랑을 잃고도 체념하는 전통적인 여인상이 형상화된 것으로 파악하여왔다. 그러나 최근에는 이 시 전체의 어조를 아이러니라고 파악하여 결코 체념하는 순종적 여인이 아니라 사랑하는 남자를 잃지 않으려는 내포를 반어적으로 표현하였으며 그러한 다부진 여인상의 극치가 마지막 부분에서 죽어도 눈물 흘리지 않겠다는 다짐으로 나타나고 있다는 쪽으로 해석하는 경향이 보편화되고 있다. 말하자면 '여자가 앙심을 품는다면 오뉴월에도 서리가 내린다.'는 속담처럼 체념과는 정반대인 어조로 파악하자는 것이다.

(ㄴ) 「나그네」의 경우 역시 리듬은 전형적인 3음보격이다. 앞의 김소월의 작품에 비하여 이미지가 훨씬 감각적이며 감정이 직접 표출되지 않았다는 점에서 음악성과 회화성이 적절히 조화를 이루고 있다고 평가되는 작품이다. 이 작품의 경우 전체적 의미구조를 파악하는 데에 중요한 질서가 시간 의식이다. 달리 표현하면 시간구조이다. 이 작품에서 시간 구조 파악의 가장 중요한 제재가 '길'과 '나그네'이다. 그런데 표면적으로 보면 나그네가 남도 삼백리나 되는 먼 길을 가는 선형적 구조이다. 그러나 이러한 나그네의 가는 행위가 '외줄기 길'이라는 점과 넷째 연의 '술 익는 마을마다/ 타는 저녁놀'이라는 시간과 공간이 어우러진 배경으로 인하여 외롭고 황홀한 길 즉 '황홀한 고독'이 되어 사라지지 않는 순환적 구조가 되고 있다. 그래서 나그네의 방랑이 영원한 현재로 머물고 있는 것이다. 물론 이러한 의미파악까지 하기는 쉬운 일이 아니지만 이러한 시간 구조로 인하여 고향 지향성 혹은 과거 지향성이라는 한계는 가질 수 있다.

일찍이 정지용은 박목월의 시를 가치 있게 보아 《문장》지 추천사에서 '북에는 소월이 있다면 남에는 목월이 있다'고 하였다. 이 두 사람의 몇몇 작품들은 한국 서정시의 빼어난 절창이 되고 있는 점은 틀림이 없다.

4

다음으로 현역 시인 세 사람의 작품을 살펴보기로 한다. 두 사람은 20대 초반의 젊은 나이로 대학교 재학시절인 1960년대 중반 일간지 신춘문예로 데뷔하여 이제는 시력 50년을 넘어 원로 시인이 된 시인들이고, 한 사람은 1950년대 말 진주개천예술제 한글시백일장의 히어로이자 그 당시 학생문단의 유명 시인이었으나 그동안 생활전선에서 시달리다가 만년에 복귀하여 현재 활발하게 활동하고 있는 시인이다.

우선 두 시인의 데뷔작을 살펴보기로 한다.

(가) 나이 스물을 넘어 내 오른 산길은
     내 키에 몇 자는 넉넉히 더 자란
     솔숲에 나 있었다.

     어느 해 여름이던가.
     소고삐 쥔 손의 땀만큼 씹어낸 망개열매 신물이
     이 길가 산풀에 취한 내 어린 미소의
     보조개에 괴어서,

     해 기운 오후에 이미 하늘 구름에
     가 영 안오는
     맘의 한 술잔에 가득 가득히 넘친 때 있었나니,

     내려다보아, 매가 도는 허공의 길 머리에
     때 알아, 배먹은 새댁의 앞치마 두르듯
     연기가 산빛 응달 가장자리에 초가를 덮을 때
     또 내려가곤 했던 그 산길은

내 키에 몇 자는 넉넉히도 더 자란

솔숲에 나 있었다.

– 강희근 「산에 가서」 (1965년 서울신문 신춘문예 당선작) 전문

(나) 해어스름, 구름 뜨는 언덕에

너를 기다려 서겠노라

잎 트는 山家 옹달샘 퍼내 가는 바람아

알록달록 色실 내어

앞산 바위나 친친 감고

댓가지 풀잎에 피리 부는 바람아

꿈꾸는 이파리의 아우성을

하늘에 대어 불어 넣고

보일 듯 말 듯 그림 그리어

강물에 풀어가는 色바람아

감기어라 바람아, 끝의 한 오리까지도 와

기다리며 굳은 모가지에 휘감겨

네 부는 가락에 핏자죽을 쏟아놓아라.

허물리는 살빛을 色 바람아 감고 돌아

네 빛 中 진한 빛의

뜨는 달의 눈물을 그려 봐라.

너를 기다려 어두움에 서겠노라.

어디선가 맴도는 色바람의 울음아

– 문효치 「바람 앞에서」 (1966년 서울신문 신춘문예 당선작) 전문

강희근(1943-) 시인과 문효치(1943-) 시인은 동국대학교 국어국문학과 동기생이다. 그리고 미당 서정주(1915-2000) 시인의 제자들이다 이 둘은 1965년과 1966년 연이어 서울신문 신춘문예 당선의 영광을 대학 재학 중에 누렸다. 강희근 시인은 경상대 국어국문학과 교수를 거쳐 명예교수이고 시 창작과 이론을 겸비한 시인이기도 하다. 그동안 낸 저서만 해도 시집과 시론집이 40여 권이나 된다. 그리고 국제펜클럽한국본부와 한국문인협회 부이사장을 지냈다. 문효치 시인은 1966년 한국일보와 서울신문 신춘문예 2관왕이었으며 중등학교 교사를 거쳐 일찍 명예퇴직하고 시창작과 시창작 지도에 전념하고 있다.

그리고 국제펜클럽한국본부 이사장과 한국문인협회 이사장을 지낸 바 있다. 문 시인은 2012년 시전집을 낸 바 있으나 아직도 왕성하게 시작 활동을 하여 자주 시집을 내고 있다. 문 시인 역시 40여권의 저서를 가지고 있다. 그런데 이 두 시인의 데뷔작의 제재는 각각 '산'과 '바람'으로 역시 자연을 서정적으로 처리하고 있다. 그러나 앞 세대의 시인들에 비하여 훨씬 건강한 정서를 노래하고 있으며, 감각적 이미지의 형상화 능력은 데뷔작부터 참신하다. 시작 60주년이 다 되어가고 80을 앞둔 지금도 한국 시의 전통인 서정주의를 고수하며 왕성한 시작 활동을 하고 있다.

(가) 「산에 가서」의 경우 강시인의 고향이기도 한 경남 산청의 아름다운 숲이 시적 공간이 되고 있다. 시적 화자 '내'가 진술하고 있는 체험은 강 시인의 것이라고 볼 수 있다. 이 시를 쓸 즈음인 20대에 어린 시절의 체험의 공간인 산길을 간다. 그러면서 이 시는 마치 액자 소설과 같은 구조를 가지고 있다. 즉, 첫째 연과 마지막 넷째 연은 20세 넘은 시간이고 둘째 셋째 연은 유년기 즉, 어느 해 여름의 시간이다. 이러한 이중 구조로 인하여 이 시의 감각적 이미지는 더욱 짙은 정서를 가지게 된다.

(나) 「바람 앞에서」는 감각적 이미지의 참신성에서 60년 이전 세대의

서정주의에서 벗어나고 있다. 사실 '바람'은 눈에 보이지 않는다. 그래서 다른 사물을 등장시켜 바람의 존재를 인식하게 한다. 그러나 문효치 시인의 경우 '바람' 자체에다 '색'을 잎혀 감각화하면서 바람이 주도하는 상상력을 전개시킨다. 그리고 '바람'을 시적청자로 설정하여 의인화하면서 바람에게 말을 건네는 것 역시 참신한 발상이다. 그러함으로 인하여 바람에 옹달샘이 물결치는 것이나 대나무 잎이 바람으로 소리내는 것들을 더욱 신비롭게 상상하도록 만든다. 이렇게 두 시인은 젊을 때부터 전개하는 개성적 상상력이 50여 년 동안 시를 쓰면서 더욱 심화되고 세련되어 한국현대시의 서정주의에 크게 기여하고 있다.

필자는 성종화(1938-) 시인의 출판기념회 석상에서 정지용의 추천사를 빗대어 '평안도 정주에는 소월, 경상도 경주에는 목월이 있다면 경상도 진주에는 수석(성종화 시인의 호)이 있다'고 한 바 있다. 그는 1955년 진주고등학교 2학년 시절 개천예술제(그 당시는 영남예술제) 한글시백일장에서 「자화상」이라는 작품으로 전국에서 몰려온 쟁쟁한 학생문사들을 물리치고 장원의 영광을 누렸다. 그 이듬해 설창수 시인이 주관하는 연간지 『영문』(14집)에 추천 과정을 거쳐 1957년 11월에 발간한 15집에는 특집 한국현대시 46인선에 「山에」를 발표하였다. 그러나 그동안 생활인으로 법조공무원 일에만 충실하다가 2010년에 제1시집 『고라니 맑은 눈은』(문학사계)을 낸 후, 2012년에 제2시집 『간이역 풍경』(작가마을)을 내는 등 활발한 작품 활동을 하고 있다.

최근에는 제3시집 『뒤뜰에 피고 있다』(2016, 청어)와 시선집 『오두막집 이야기』(2018, 한국문연)를 낸 바 있다. 『뒤뜰에 피고 있다』는 서울의 일간지들에 광고가 크게 나온 바 있다. 그의 시는 50년 전과 마찬가지로 서정주의의 극치를 이루고 있다. 그런데 이러한 그의 시집 가운데 모 문학방송에서 전자책으로 제작된 것은 접속 수가 많아 베스트셀러가 되고 있다. 디지털 방송에서 가장 아날로그 적인 그의 시가 베스트셀러가 되고 있다는 현실은 대단히 시사하는 바가 크다. 그의 시는 박목월의 초기시를 방불케 하나 박목월보다 오래 살아 인생의 원숙한 경지를 느끼게 하는 작품들이다. 이제 그의 제3시집에 수록된 작품 가운데 두 편을 골라 그의 서정주의의 특성을 살펴보기로 한다

두 개의 화폭이 천천히 다가온다

한 폭은
잔설이 쌓여 있는 먼 산으로

또 한 폭은
햇볕 바른 과수원 길을 따라서

봄이 오고 있다

새마을호 열차가 천천히 아주 천천히
풍경을 완상하며 넘는다

추풍령 재를

　　　　　　　　　　　－「추풍령의 봄」 전문

　예전에 가장 빠른 열차였던 새마을호가 이제는 KTX 때문에 뒤로 밀려나게 되었다. 뿐만 아니라 페이스북, 카톡 등은 해외에 있는 사람들과도 실시간 대화를 주고받을 수 있게 되었다. 모두들 속도감을 지향하나 성 시인은 오히려 앞의 시와 같이 느림을 추구한다. 필자는 제 3 시집 해설에 이러한 특성을 '느림의 시학'이라고 규정한 바 있다. 이 시에서 시적화자인 성 시인은 새마을호를 타고 추풍령을 넘으면서 차창

밖의 풍경을 완상한다. 사실 KTX를 타면 속도감 때문에 차창 밖의 풍경을 바라볼 수 없다. 말하자면 KTX의 승객들은 속도감을 즐기면서 여행의 시간을 단축하기를 원하는 사람들이다. 그러나 새마을호의 승객들은 창밖의 풍경을 바라보며 감상할 수 있다. 성 시인은 풍경을 단순히 바라보는 것이 아니라 다소 환상적인 두 폭의 풍경 속에서 봄이 오는 모습을 발견하고 있다. 이 작품보다 더 '느림의 시학'을 추구하는 작품으로는 「완행열차」가 있다. 그는 이 작품에서 '간이역마다 짐 부려도/언제나 만원이다 완행열차는//느리게/느리게'라는 부분에서 느림을 만끽하고 있다.

여러 인문학자나 미래학자들은 정보화시대의 속도감은 결코 인간을 행복하게 하지는 않는다고 한다. 그래서 행복을 느끼기 위해서는 의도적으로 느림을 추구하라고 하고 있다. 성 시인의 시에서처럼 KTX보다 새마을호나 무궁화호를 타고 여행하는 사람들도 있다고 한다. 이러한 성 시인의 작품들은 박목월의 초기 시가 당대에 끼친 영향 못지않게 오늘날 큰 영향력을 끼치고 있다고 볼 수 있다. 성 시인의 작품들은 속도감에 피로해진 현대의 독자들에게는 지나친 이념 지향성의 시와 난해하기 짝이 없는 모더니즘의 시보다 더욱 실감나게 다가갈 것이다.

성 시인의 작품들 특히 느림과 여유로움을 추구하는 작품들은 절제된 시어들로 시인의 감정을 직접적으로 드러내고 있지않는 어조를 사용하고 있다. 즉, 사물에 대하여 일정한 거리를 유지하고 있다. 따라서 독자의 감동이 절실하지도 않을 수가 있다. 그러나 다음의 작품은 이러한 단점이라면 단점인 점이 청산되고 있다.

흰 눈은 내려서 쌓이고

쉼 없는 붓놀림
선지宣紙 위 화필이

〉

산 아래 마을이 저녁연기에 고즈넉하고

다랑이 논들이 눈발에 흐려져 오면

산기슭 소나무 군락은

짙은 운무에 묻혀 가구나

월아산* 정상의 아침

진주사람 산을 내려가며

지난밤 겸재*가 그려두고 갔나 보군

* 월아산(月牙山) : 진주시 금산면에 있는 산(해발471m)으로 산 중간 질마재 사이로 달밤에
  보는 산세가 어금니 같다 하여 월아산이라 이릅니다.
* 겸재 : 정선의 호 조선 후기(1676~1759)의 문신, 화가. 대표작으로 〈인왕제색도〉 (국보 제
  261호), 〈금강 전도〉, 〈석굴암도〉, 〈노산초산도〉 등이 있습니다.

– 「진경眞景 산수화」 전문

이 작품은 시인이 친절하게 각주로 밝히고 있는 것처럼 성 시인의 고
향 진주에 있는 월아산에 눈 내리는 풍경을 형상화한 작품이다. 이 작
품은 산에 눈이 내려 점점 하얗게 변하는 풍경을 형상화한 것이다. 따
라서 시간적 배경과 공간적 배경이 어울려진 정지된 배경이 아니라 시
시각각으로 변해가는 것으로 성 시인의 작품으로는 보기 드문 다소 동
적 이미지를 가지고 있다. 특히 눈이 내리는 풍경을 조선 시대의 천재
화가 정선鄭敾의 화필로 비유한 점에서 야단스럽지는 않지만 선비이면
서 화가 정선의 작품 제작 과정과 그의 작품에 대한 문화적 소양을 가
진 독자들은 비록 사대부 집안 출신이었지만 그 자신이 몸소 경험한
명소들과 여행한 풍경을 화폭에 담았다는 그 나름의 개성을 성 시인의

작품과 대비시킬 수 있을 것이다. 성 시인은 80을 넘긴 나이에도 불구하고 그가 살고 있는 부산 근교의 산은 물론이고 지리산도 매년 종주하고 있다. 아마 이 시도 월아산의 겨울 산행에서 느낀 바를 시로 창작하였을 것이다.

이 시는 그의 다른 작품에서 볼 수 없는 차분한 어조보다 다소 흥분하는 어조를 가지고 있다. 과감히 생략된 서술성과 다른 작품들이 문어체 어조를 가지고 있는데 비 하여 구어체 어조를 가지고 있다. 그리고 감정까지 이입되어 있다. 즉 넷째 연의 마지막 부분 '묻혀 가구나'가 그렇다. 그리고 마지막 연에서는 시 속의 등장인물인 진주 사람이 직접 혼잣말하는 것까지 '지난 밤 겸재가 그려두고 갔나 보군'으로 등장하고 있다. 이러한 풍경은 마치 사람이 전혀 등장하지 않는 전통적인 풍경화가 아니라 풍경 속에 사람이나 화가가 직접 등장하는 정선과 동시대의 개성적인 화가들의 작품을 연상시킨다. 말하자면 화자의 어조가 다분히 입체적이라고 볼 수 있다. 월아산 공원에 이 시를 시비로 세운다면 많은 등산객이나 관광객들이 감동적으로 감상할 수 있을 것이라는 생각을 해 본다.

최근에 발간한 그의 제3시집 『뒤뜰에 피고 있다』(2016, 청어)와 시선집 『오두막집 이야기』(2018, 한국문연)가 박목월의 서정시를 이어받았다는 측면에서 한 걸음 나아가 그 나름의 개성을 충분히 획득하고 있다는 점에서 많은 독자들에게 읽히기를 기대한다. 그리고 바로 앞에 인용한 「진경眞景 산수화」처럼 동적인 이미지의 서정시를 많이 창작하여 또 다른 시집이 발간되기를 소망하여 본다.

5

한국시의 전통은 서정주의라고 할 수 있을 것이다. 달리 표현하면 소재를 서정적으로 처리한다는 말이 되겠다. 이러한 서정주의는 향가와 한국 시에서의 전통적인 서정주의는 고려가요, 시조를 거쳐 현대시의 절창인 김소월의 여러 작품과 박목월의 초기작으로 어어져 오고 있다. 그리고 20대 초반이라는 젊은 나이로 1965년과 1966년 데뷔한 강희근 시인과 문효치 시인의 서정주의는 선배 시인들보다 훨씬 세련되고 시적 긴장감을 느끼게 한다. 이렇게 시대마다 한국인의 심금을 울린 서정주의를 기조로 한 작품은 진주고등학교 시절부터 개천예술제 한글시 백일장에서 이름을 떨친 성종화 시인의 최근의 작품에 그 전통이 이어져 오고 있으며 그의 전자시집이 많은 독자를 가지고 있는 점에서 21세기 인공지능시대에도 한국인의 심금을 울리고 있다.

강언관 시인의 노년에서의 시 쓰기

- 강언관 시집 『나는 실버 통역사』의 시 세계

1

강언관 시인은 그의 약력에서 70세에 시단에 데뷔하였다고 밝히고 있다. 달리 말하면 노년기로 접어드는 시기에 시단에 등장한 것이다. 보통 이런 경우에는 나이를 숨기는 경우가 많다. 왜냐하면 대체적으로 다른 분야에서도 그러하지만 특히 문단의 경우 등단 햇수를 따져 시인을 평가하는 경우가 많기 때문이다. 그러나 강 시인은 당당하게 늦게 데뷔한 것을 밝히고 있다. 이러한 태도는 일종의 자신감이다. 그리고 그 자신감은 그의 육체적인 나이나 정신적 나이가 젊고 건강하다는 데서 왔다고 볼 수 있다. 사실 강 시인을 가까이서 지켜보면 그의 용모나 발걸음 그리고, 음성 등이 실제 나이보다 훨씬 젊어 보인다. 이렇게 육체적인 젊음에다 그의 삶의 자세 즉, 노년을 보람 있게 보내자는 생활 철학을 가졌기 때문에 정신적으로도 젊음을 유지하고 있다.

2

강언관 시인은 노년을 정신적으로도 보람 있고 젊게 보내는 하나의 방법으로 시작을 하고 있다. 그 때문에 그의 시에서는 비유나 상징과 같은 시적 기법을 발견하기보다 그의 일상과 사물에 대한 느낌을 직설적으로 토로하고 있다. 이러한 시작 태도는 창작된 시들이 산문과 구별되기 어려워 시 세계가 부정적으로 평가할 수도 있다. 그러나 그러한 단점을 강 시인의 경우 그가 가지고 있는 특유의 경쾌한 음악성으로 극복하고 있다.

할멈 바람 매서운
영도다리에 서니
봉래산 정수리와 마주쳐

해는 천마산 뒤로 숨었는데
갈매기 날갯짓하는 자갈치
문어장사 초등학교 동기 문자는
전기장판에 누워 허리를 지지고
옆 점포 산 곰장어 아지매
핏발 오른 눈망울 무겁게 걸고 있네

현인이 부르는 금순이는 보이지 않고
기력 빠진 친구들 모습뿐
어찌 저리도 변했능교

포항물회도 화중지병이요
매운탕 국물만
치어다보는 내 친구야

철없이 떠돌던 세월은 가고
늙은이 되어 앉았네.

- 「영도다리」 전문

강언관 시인은 부산 토박이다. 보수동에서 태어나 영도에서 성장하

여 초·중·고등학교를 그곳에서 다녔다. 그리고 나서는 청·장년기에
도 직장생활을 영도에 있는 대한조선공사(현재의 한진중공업)에서 하였다.
따라서 강 시인의 고향은 영도라고 해도 틀린 말은 아니다.

　인용시 「영도다리」는 이러한 강 시인의 삶의 역정이 녹아 있는 작품
이다. 첫 연과 둘째 연에서 시적 화자 즉 강 시인은 영도다리에서 서구
암남동 쪽의 천마산을 거쳐 자갈치 앞바다의 갈매기를 바라본다. 그러
다가 영도다리를 건너 영도에서 평생 문어장사를 하는 초등학교 동기
'문자'의 근황에 관심이 간다. 뿐만 아니라 옆 점포 주인 여자의 신산한
삶도 살펴본다. 셋째 연에서는 대중가수 현인(1919~2002)이 부른 '굳세
어라 금순아'를 등장시켜 세월의 무상함을 노래하고 넷째 연과 마지막
다섯째 연에서 노인이 된 친구의 건강을 염려한다. 이렇게 강 시인의
시는 고향 영도를 시적 공간으로 하여 노년기 문학으로서의 특성을 간
직하고 있다.

　　화 목 토
　　정오부터 오후 3시까지
　　여러 나라 사람들을 만난다

　　나의 환한 미소가
　　오고 가는 그들에게
　　따뜻한 사랑의 향기이기를
　　소망한다

　　오늘은
　　항공모함 "로날드 레이건호"
　　활기찬 미국 해군의 승무원들
　　귀를 쫑긋하게 세우니
　　해동용궁사를 찾는다

〉
말레이시아 젊은 여자들
감천문화마을을!
전철을 서면에서 걸아 타고
1호선 토성동역에 내려
마을버스를 타세요

일본 젊은이 커풀은
김해공항을
여기서 전철을 타고 한 시간가량
사상역에서 내려 경전철로
김해공항을!
와까리마스까?

우물쭈물하면
함께 가서 티켓을 뽑아주고
잔돈을 바꾸게 하고
큰 가방은 쉽게 나가는 문을

세계의 젊은 여행객과
나누는 미소가
너무 좋다
3시간이
너무 빠르게 달려간다

– 「나는 실버 통역사」 전문

　　인용 시 「나는 실버 통역사」는 노년의 일상을 어떻게 보람 있게 보내
고 있는가 하는 점을 짐작할 수 있는 작품 가운데 하나이다. 강 시인의

작품들은 이러한 경향의 작품들이 많다. 그가 오랜 인연의 사람들과 만나 산행을 하는 경우도 있고 이렇게 그의 외국어 구사 능력을 바탕으로 관광객들에게 간단한 길 안내를 하는 경우도 있다. 그 가운데 가장 뜻 있게 보내는 것이 세칭 '실버 통역사'라고 파악하여 이 작품을 골랐으며 이 작품을 이 시집의 제목으로 삼았다.

이 시의 특색은 앞에서도 잠시 언급했지만 비유나 상징보다 직접적인 행동 묘사에 집중하고 있다. 그러하면서도 감정을 적절하게 절제하고 있다. 감정이 노출되고 있는 부분은 둘째 연과 마지막 일곱째 연이다. 둘째 연의 경우 관광객들과 대화를 하면서 나누는 미소가 그들에게 소박하지만 도움이 되기를 소망하는 부분이다. 이 부분에서는 강 시인의 작품에서는 드물게 보이는 시적 비유 '사랑의 향기'라는 후각적 이미지가 등장한다. 그리고 마지막 일곱째 연에서는 이러한 외국인 관광객들과 대화와 미소를 나누는 것이 좋다고 진술한 것이다. 그러나 이 부분 역시 봉사하는 '3시간이 /너무 빠르게 달려간다'고 하여 경쾌한 시간적 이미지로 마무리 하고 있는 점에서 시적 형상화를 성공하고 있다.

셋째 연의 미국 해군 승무원들과의 만남, 넷째 연의 말레이시아 젊은 여자들과의 만남, 다섯째, 여섯째 연에서의 일본 젊은이 커플과의 만남들에서도 간략하게 사건만 제시하는 것으로 인하여 이 시는 전반적으로 군더더기 없이 노년의 삶을 경쾌하고 역동성 있게 형상화하는 데에 성공하고 있다.

낙도 충남 서산 참 농부의
7여 1남 중
일곱째 딸
7전 8기
동생 아들 태어나

전주 이씨 대를 이으시네

막내딸

발길에 채이는 들풀처럼

살아남았네

눈치 없고 말없는 산이 좋아

산 아가씨

산처럼 살으리라 하다가

산에서

동갑내기 찐 사나이 만나

어느덧

2남 1여 두고

산 닮은 그대로

오로지 가족사랑

가장 아끼는 사위는

내 남편

국군 원사 내 사랑

사랑비 내리는

부산 시댁은 아들만 둘

시어머니

시아버지

하늘의 축복

청산에 살으리라

– 「작은 며느리」 전문

인용 시 「작은 며느리」는 강 시인의 시의 많은 부분을 차지하는 만난 사람과 가족들에 대한 시들 가운데 한 편이다. 필자로서는 대단히 민망스러운 일이기도 하는데 그 가운데 필자의 이름을 제목으로 한 시도 한 편 있다. 이러한 가족과 만난 사람들에 대한 시편들을 쓰는 노년기의 시인들은 비단 강 시인뿐만 아니다. 그동안의 살아온 삶을 되돌아 보는 측면에서 앞으로도 이러한 시편들은 많이 쓰여 질 것이다.

이 시 「작은 며느리」의 경우에도 강 시인 특유의 긍정적인 삶의 방식에서 나오는 경쾌한 리듬이 있다. 그리고 이 시는 강 시인의 작품 가운데는 드문 연구분이 안 된 작품이다. 그러한 까닭은 강 시인이 '작은 며느리'에 대한 사랑 때문이라 생각된다. 강 시인의 작은 며느리는 산을 좋아하다가 역시 산을 좋아하는 작은 아들과 만나 2남 1여 즉 두 손주와 한 손녀를 강 시인 부부에게 안겨준 며느리이다. 산이 좋아 산을 좋아하는 남편을 만났으며 직업군인이라 군부대가 있는 전국의 산으로 옮겨가며 살면서도 오로지 남편과 아들딸 그리고 시부모를 아끼는 착한 며느리이기에 어쩌면 오늘날에는 찾아보기 힘든 며느리이기도 하다. 그렇기 때문에 시아버지인 강 시인으로서는 사랑스럽기 짝이 없을 것이다. 그런데 시아버지이면서도 작품 속에서 시어머니를 먼저 열거한 까닭은 여성인 며느리를 배려한 측면을 보여준 것이라고 보아도 될 것이다. 이 시가 더욱 감동적으로 읽히는 까닭은 시적 화자가 마지막 부분에는 며느리로 바뀐 부분 때문이다. 비록 화려한 삶은 아니지만 행복하다고 인식하는 며느리나 그 며느리를 시로 형상화한 시아버지의 모습에서 독자들은 미소를 머금을 수 있을 것이다.

3

강 시인의 몇 작품 속에서 그의 노년의 성실한 삶과 긍정적인 삶의 태도를 충분히 엿볼 수 있었다. 그러나 그에게도 지난날의 어려움이 없지는 않았을 것이다. 그동안의 어려웠던 삶을 극복하고 앞으로의 행복한 나날을 소망하는 시 한 편을 인용하면서 부디 강 시인의 남은 생애도 이 시편들처럼 건강하고 긍정적이고 젊음이 넘치기를 소망하는 바이다.

출렁거리는 검은 바다
건너는 쪽배 하나

성낸 하늘은 주름지고

차가운 바람
마음은 갈대

부르는 소리 들으면
달려가리라
아직은

허리끈도
신발 끈도
졸라매고

햇살 부드럽던
그날들
그리워라

저 고개 넘어가
닻을 내리고

엄마 품에 안기리라

                 - 「쪽배」 전문

시간과 소리의 시학-자아, 그리고
사계四季의 시간적 상상력
— 김덕남 시집 『카이로스의 종소리』의 작품세계

    김덕남 시인은 필자가 속한 진주를 학연으로 모인 〈남강문학회〉(현재
는 남강문학협회로 개칭되어 있음)의 창립 회원이자 필자의 선배 회원이다. 진
주사범학교를 졸업하고 초등학교 교원으로 있으면서 필자의 진주고
선배분과 결혼하여 아드님들도 의사로, 치과대학 교수로 훌륭히 키우
신 분이기도 하다. 그러면서 학업도 계속하여 동아대학교를 수료하고
한국방송통신대학교를 졸업한 성실한 분이기도 하다. 교직을 정년하
고는 사범학교 시절부터의 꿈인 《에세이문학》(2005)에 수필가로 《서정
문학》(2011)에 시인으로 데뷔하였다. 《남강문학》에는 창간호(2009)부터
주로 수필을 발표하였으며 여행 매니아인 사범학교 동기의 주선으로
남미를 여행하고 여행기를 내기도 했다. 이렇게 행복하고 활동적인 그
녀에게 건강하던 남편의 와병과 죽음이라는 불행이 닥쳐 한동안 칩거
한 관계로 필자와 교류가 뜸하다가 시집 원고를 가지고 그 해설을 필
자에게 부탁하는 자리에서 만나게 되었다. 그동안 수필집도 여러 권
내었으며 이 시집이 세 번째이다.

    김덕남 시인과 대화를 나누어 보면 매사에 진지하고 신중한 태도를
가지고 있는 점을 알 수 있다. 따라서 과묵하고 감정을 표면적으로 드
러내지 않지만 진실성을 엿볼 수 있는 인격을 가지고 있다. 이번 시집
원고에서도 이러한 점을 반영하듯이 시를 창작하는 태도와 시 속의 사
물에 대하여 여류시인 특유의 낭만적이고 감성적인 표현보다 다소 철

학적이고 진지한 표현과 태도를 가지고 있는 작품들이 많다.

우선 김 시인의 시 에서는 시간을 등장시켜 깊은 사유를 하는 시편들이 많다. 시간에 대하여 철학자의 말을 빌리면 '시간은 인간의 마음이 터전이며 마음의 순수지속을 근거로 하지 않고는 시간은 없다'고 한다. 말하자면 시간이 오고 간다는 시간의식이 있을 뿐이라고 한다. 그런데 김 시인의 시에는 '시간'이 직접 등장하면서 그 속에 존재하는 시적 화자 '나'의 존재 의미를 밝히고 있다. 그리고 그의 시에는 시간의 큰 질서인 봄, 여름, 가을 그리고 겨울 즉 사계가 제목 속에 많이 등장하고 있다. 이를 통하여 김 시인의 사계절에 대한 인식의 양상을 파악할 수 있다.

우선 시간 속에서 시적 화자 '나'의 존재의 의미를 탐구하는 세 작품 「무無의 세계」(제1부), 「카이로스의 종소리」(제4부), 「크로노스의 시간」(제5부)을 살펴보기로 한다.

> 고요하고 물속같이 침전하는 시간에 나는 무엇을 할까?
> 내 마음이 가는 대로 내 손이 잡는 것을 지켜보고 있다
> 주변에는 손에 잡히는 것도 눈이 찾고 있는 것도 나를
> 부르는 것도 없는 밤, 그리고 외롭지도 쓸쓸하지도 복잡
> 하지도 고독하거나 누군가 그리운 것도 아닌, 눈앞에
> 보이는 것들이 아무말없이 조용히 나를 지켜보고 있다
> 무의식 또는 반 무의식으로 머리와 마음과 손을 자유롭게
> 방치해 둔다
> 지금 나란 존재는 내가 관리하지 않는다 이 정중한 밤의
> 엄숙한 분위기에 나는 고요히 말없이 얹혀 있다 무의식
> 세계가 나를 멀리 두고 관조하고 물끄러미 바라본다
> 이 순간도 기쁨도 슬픔도 그리움도 고독도 쓸쓸함도 아니면

어떤 환희 환호 열광 열정 바쁨이나 쫓김도 없다

무의미 무의식 무감각 그리고 또렷하게 밝아오는 눈앞의

밝음과 고요함……이런 무감각 무의식 무관심 무의 세계로

즐기면 된다 그저 고요하다 편하고 안락하다 맑고 투명한

내 속이 보인다

아, 이런 순간을 갖고 싶으나 내 의지는 아니다

적막과 고요 속에 합일하는 순간, 나는 없다

– 「무無의 세계」 전문

인용한 작품 「무無의 세계」는 행이나 연을 전혀 구분하지 않는 산문
시이다. 그리고 중간의 문장부호도 생략되었다. 따라서 정독을 하지
않으면 의미 파악도 어렵다. 시의 첫 문장에서는 '고요하고 물속 같은
시간'에 나는 무엇을 할 것인가를 스스로에게 물으면서 시는 시작된다.
둘째 문장에서는 시적 화자 '나'가 자신의 마음 가는 대로 잡는 사물들
을 지켜본다고 일종의 내면의식을 보여주고 있다. 다음부터는 '나'와
주변과의 관계에 대한 '나'의 판단을 진술하는 것으로 일관하고 있다.
시적 화자는 주변에 있는 사물들을 잡고 그들을 의지하고 싶으나 그들
은 나에게 전혀 관심을 보이지 않고 그냥 지켜보고 있을 뿐이라고 인
식한다. 이러한 상황은 시적 화자 '나'를 극도로 절망하게 하는 상황이
라고 볼 수 있다. 그러나 '나'는 이러한 상황을 무의 세계라고 규정하면
서 절망을 극복한다.

뿐만 아니라 모든 존재가 소멸한 무의 세계에서 오히려 자유를 얻는
다. 달리 표현하면 그는 무의 세계에서 오히려 즐거움 혹은 안식을 발
견하는 것이다. 그런데 이러한 순간은 내 의지는 아니라고 하면서 자
신의 존재마저 부정하는 것으로 시는 끝나고 있다. 내 의지가 아니면
누구에 의하여 도래한 행복일지는 이 시에서 그 판단이 유보되고 있
다.

이 시에 제시되고 있는 시간을 우리는 아무 생각 없이 멍때리는 시간이라고들 한다. 말하자면 갑자기 닥치는 어쩔 수 없는 복합적인 절망을 극복하는 것은 시간이 흐른다는 생각을 의식하지 않은 무시간의 상태에서 아무 생각 없이 보내는 과정을 거치는 길이 최선이라는 인식을 가지고 있다. 아마 김 시인은 그 자신의 절망을 극복한 체험을 살려 이러한 무시간 상태를 시적으로 진술한 것이라 볼 수 있다.

산사의 종소리가 그립다
저녁 종소리는 그리움이다.
물소리 정겨운
통도사 계곡이 눈앞에 다가 온다
맘껏 날아가는 멧새들처럼
일상을 던져두고 낙엽을 밟으며
적멸보궁을 찾아 나서고 싶다
때때로 나를 이끄는 카리로스의 시간!
산속을 자유로이 거닐고 싶다
일상에서 한 발짝도 자유롭지 못한
'코로나 19' 재앙 속에 갇혀 있는
어떤 구속과 반복의 시간은
우리를 슬프게 한다
크로노스는 반복의 시간이면
카이로스는 자유로운 창조의 시간이다
우리는 이 두 겹의 시간을 향유하며
필멸과 불멸의 시간을 함께 살아가고 있다
평범한 삶의 행복을 모르고 살아왔다
주어진 일상 속에서
진정 자유로운 영혼이기를 갈망하며

저녁 종소리에 나를 맡기고 싶다

　　　　　　　　　　　　　　　　　　－「카이로스의 종소리」 전문

　이 작품은 이 시집의 제목이도 하다. 시적 화자 '나'가 통도사의 저녁 종소리를 듣고 싶어 하는 것으로 이 시는 시작된다. 통도사의 계곡을 산책하면서 저녁 종소리를 듣는 것이 아니라 언젠가 들었던 기억을 회상하며 그것을 그리워하고 있는 것이다. 그리고 그가 통도사에 특히 찾고 싶은 곳은 석가모니의 진신 사리가 있는 전각 즉 적멸보궁이다.

　　그러면서 등장하는 시간이 '카이로스의 시간'이다. '카이로스'라는 어휘는 그리스 신화에서 나온 것으로 시간의 신을 가리키는 것이다. 절대적 시간의 시간을 뜻하는 신 '크로노스'에 비하여 기회를 잡을 수 있는 시간 즉 평생 기억되는 개인적 경험의 시간을 뜻하는 신이다. 그래서 크로노스의 시간이 무의미한 시간이라면 카이로스의 시간은 유의미한 시간이다. 김 시인은 이 작품에서 코로나 19로 구속과 반복의 무의미한 시간을 크로노스의 시간이며 이것은 '우리를 슬프게 한다.'고 인식하고 있다. 이어서 김 시인 자신의 카이로스 시간에 대한 해석을 가한다. 카이로스의 시간은 '자유로운 창조의 시간이며 우리는 크로노스와 카이로스 두 겹의 시간 속에서 살고 있다고 보고 있다. 뿐만 아니라 그것들은 필멸과 불멸이라고 규정하고 있다.

　　또한 김 시인은 사람들은 평범한 일상 속에도 카이로스의 시간을 발견할 수 있는데 그것을 잊은 채 크로노스의 시간으로 살아왔다고 보고 있다. 그러한 것으로부터 탈피하여 진정 자유로운 영혼이기를 갈망하며 그 구체적인 방법이 통도사의 저녁 종소리를 그리워하는 것이고 적멸보궁 탐방이라고 본다.

　　부처님의 진신 사리가 있는 한국 5대 사찰 중에서도 가장 많은 사람들에게 알려진 통도사 탐방체험에서 카이로스의 시간을 발견하고, 통도사의 저녁 종소리를 자신의 자유로운 영혼에 대한 열망하는 카이로스 시간의 구체적 양상이라고 표현하고 있는 이 시는 김 시인의 여든이 넘는 생애의 긴 시간에서 얻은 결론이라고 생각된다. 이러한 생각은 그의 다른 시 「크로노스의 시간」(제5부)에서도 다음과 같이 그대로 표현되고 있다.

> 자유를 갈망하는 카이로스의 시간들
> 기회와 창조의 희열, 예술 같은 삶을,
> 자유의 시간을 꿈꾸며 역사를 만든다
>
> – 「크로노스의 시간」 마지막 3행

이상과 같이 김 시인은 절망의 무시간 즉 '크로노스의 시간'을 탈피하고 시와 수필을 창작함으로써 '카일로스의 시간'을 향유하고 있다고 볼 수 있다.

다음으로는 인간이 만든 시간 단위 가운데 큰 단위의 하나인 사계절 즉, 봄, 여름, 가을, 겨울이 김 시인의 시 속에서 어떻게 인식되고 있는가를 살펴보기로 한다.

우선 봄과 관련된 작품 두 편 「봄을 데리고 오다」(제 1부)와 「봄비는 소리없이」(제5부)를 살펴보기로 한다.

> 울창한 소나무 사이로
> 빛처럼 내리는
> 따스한 햇살 한 줄기
>
> 이름도 모르는
> 알록달록 풀꽃들이

함지박 가득히 떨고 있다

유달리
눈을 맞추고 웃어주는
분홍 풀꽃 하나 가슴에 안긴다

숨소리 있는 듯 없는 듯
향기 한 움큼

겨울 산자락에서
살며시 봄을 데리고 왔다

- 「봄을 데리고 오다」 전문

봄은 굳이 신화비평과 같은 이론을 가져오지 않아도 겨울에 죽은 듯이 있던 많은 식물들이 소생하는 계절이다. 그래서 탄생, 희망, 약동 등으로 상징된다. 김 시인의 시 「봄을 데리고 오다」 역시 이러한 점에 착안하여 햇살을 받은 이름 없는 풀꽃들이 피어나는 것을 지금까지의 '시간 시편'들과는 달리 응축된 시어와 간략한 행과 연구분을 바탕으로 시를 전개한다. 그리고 사물들 하나하나가 정지되어 있지 않고 미세하지만 움직이고 있다. 뿐만 아니라 보이지 않는 향기까지 청각적 이미지를 동원하여 시각화 하고 있다.

그런데 이 시에서 주목받을 만한 부분은 마지막 연인 '겨울 산자락에서/살며시 봄을 데리고 왔다'이다. 봄을 겨울과 연속시키는 점에서 직선적 시간 의식이 아니고 순환적 시간 의식을 가지고 있다. 그리고 봄이 스스로 온 것이 아니고 누군가 데리고 왔다는 인식 자체도 문제적 인식이다. 데리고 온 주체가 누구인가 하는 점을 생각해 보아야 할 것이다. 기독교식으로 표현하면 만물을 주재하는 창조주라고 보면 될 것이나 순환적 시간 의식을 가지고 있는 점에서 그렇게 해석할 수 없다. 필자는 그가 추구하고 있는 시간이 봄을 데리고 온 것이라고 보는 것도 하나의 해석방법이라고 생각한다. 말하자면 김 시인은 봄은 스스로 온 것이 아니라 세월의 흐름 달리 말하면 시간에 의하여 겨울 산자락을 넘어온 것이다. 이렇기 때문에 이 시에 등장하는 사물들은 순간적으로 표착된 것이 아니라 흐르는 시간 속에서 오랫동안 관찰된 것이다.

봄과 관련된 다른 작품인 「봄비는 소리없이」(제 5부)에서는 이러한 움직임이 '소리'로 등장하고 있다. 제목에서도 '소리'가 등장하지만 다음과 같은 끝부분에서는 소리 없음에 대하여 언급하기도 한다.

> 꼭대기부터 꽃이 피어나는 목련 나무들,
> 메타세콰야 높은 가지 잎새들 나풀거리고
> 화려한 벚꽃나무 노은 곳부터 새순나고,
> 물만 빨아올리면 꽃도 피고 새순도 나고
> 말없이 물 올려주는 뿌리의 힘을 응원한다
> 봄비는 먼저 알고 소리 없이 보슬보슬 내린다
>
> — 「봄비는 소리없이」 셋째 연

다음으로 여름과 관련된 작품 「비 오는 어느 여름날」(제5부)에 대하여 살펴보기로 한다.

> 빗속으로 조용히 추억이 내린다
> 싱그럽고 아름다운 설레임으로
> 울렁거리는 추억 한 토막.
> 돌아올 수 없는 세월
> 그 날은 끓는 청춘이었고
> 한없이 그리운 슬픈 이별이었다

〉

숲속 오두막에서
신록의 속삭임을 듣고 있다
앞산도 뒷산도 개울가도 마주 보며
찌르륵 찌르륵 부르는 소리
웅덩이에 번져가는 동그라미의 유혹
긴 둑길을 달리며
흘러간 긴 세월을 탈출하고 있다

넘치는 푸르름 향긋한 냄새
출렁거리는 무성한 6월의 초대
이 만찬을 몇 번이나 즐길 수 있으랴
소곤거리며 부르는 빗물소리
우주의 생명들! 지구라는 낙원에
함께 살고 있는 수많은 인연들!
오래오래 사랑하고 사랑하리라

― 「비 오는 어느 여름날」 전문

　김 시인은 「비 오는 어느 여름날」에서 여름과 관련된 사물이나 풍경에 대한 객관적 묘사가 아닌 비 오는 어느 여름날에 있었던 예전의 일을 추억하는 것으로 시는 시작된다. 그 회상은 구체적이기는 아니지만 젊음과 슬픔을 간직하고 있다. 첫째 연에 이어서 둘째 연은 아마 추억 속의 그해 여름의 풍경을 감각적 이미지로 현재화한 것이라고 볼 수 있다. 김 시인이 즐겨 사용하는 감각적 이미지는 시각적 사물에서 소리 즉 청각적 이미지를 발견하는 경우가 많다. 이 부분에서도 '숲속 오두막에서/신록의 속삭임을 듣고 있다'고 진술한 다음 갖가지 소리들이 등장하고 있다. 공감각적 이미지의 경우 다른 감각들을 시각화하는 것이 보편적인 유형인데 김 시인은 시각 현상을 청각적 이미지로 전환하는 특징을 가지고 있다. 달리 말하면 '소리'를 통한 상상력의 전개이다. 소리는 공간의식이라기보다 시간 의식에 의존하는 상상력이다. 아마 이 시도 여름에 내리는 빗방울 소리를 듣고 과거의 추억을 떠올렸을 것이다.

마지막 연에서는 이러한 여름은 단순한 과거의 추억으로만 느끼는 것이 아니고 지금도 '넘치는 푸르름과 그것에 동반한 향긋한 냄새'로 즐기고 있다. 그것도 6월의 초여름을 만찬이라고까지 극찬한다. 또한 여기서도 '소곤거리며 부르는 빗물소리'라는 이미지가 등장하여 소리 즉 '시간의 상상력'을 전개하고 있다. 마지막 연에서 지적해야 할 특성 하나는 이러한 상상의 공간을 우주로까지 확대시키고 김 시인 자신의 수많은 인연에 대한 사랑을 보여주고 있는 점이다. 이러한 확대 지향성은 그의 다른 작품들에서 제목만 보아도 알 수 있다. 즉 「달도 언젠가는 지구를 떠난다?」(제1부), 「별나라에는 누가 살까?」, 「천문학자 리비트」(제3부), 「우주 속에서 속삭이다」(제4부) 등에서 그러한 점을 발견할 수 있다.

다음으로는 가을과 관련된 작품 「가을 소리」(제5부)에 대하여 살펴보기로 한다.

칸나 꽃잎이 무너지는 소리,
오리목 열매 떨어지는 소리,
푸른 잎새 놀라는 소리,
낙엽 떨어지는 것만 가을이 아니다
바람이 스산하게 불 때면
마른 잎을 날리며 속삭이는 말
무성한 한철 다 하지 못한 절규를

호젓한 한 밤에 홀로 떨어지는 잎새의 묵언,

흔들리는 바람소리,
사각거리며 몸 부비는 소리,
달밤에 날아가는 기러기 편에
일편단심 한 조각 소식 띄우리
가을 밤 가을 소리 소슬하게 깊어 가는데
가을! 눈으로만 보는 것이 아니었다
가을밤 댓잎 우는 소리, 밤은 점점 구슬피 운다

- 「가을 소리」 전문

　가을과 관련된 작품 「가을 소리」에서는 한 걸음 더 나아가 '소리'가 제목으로 등장하고 있다. 그리고 첫째 연에서 가을의 산야에서 흔히 볼 수 있는 단풍은 전혀 등장하지 않고 흔하지 않은 칸나 꽃잎 무너지는 소리 그리고 오리목 열매 떨어지는 소리 등을 등장시키고 있다. 심지어 '낙엽 떨어지는 것만 가을이 아니다'라고 규정한다.

　사실 칸나 꽃잎이나 오리목 열매들의 떨어지는 소리를 듣는 경우는 그렇게 흔하지 않을 것이다. 소리를 낸다고 해도 아주 미세한 소리일 것이다. 이어서 전개되는 '마른 잎의 소리'나 호젓한 밤에 홀로 떨어지는 잎새들은 미세한 소리조차 내지 못한다고 인식하고 있다. 이렇게 소리 내지 못함으로 인하여 가을의 비극성은 상승된다. 그렇다면 이들의 소리에서 연상될 수 있는 정서는 사물의 부재로 인한 상실감에서 오는 슬픔이라고 볼 수 있다. 말하자면 가을을 결실의 계절이 아닌 상실의 계절로 본 것이다. 이러한 비극성이 첫째 연에서는 직접적으로 등장하지 않지만 둘째 연에서는 흔들리는 바람 소리와 기러기를 등장시켜 미세한 소리와 함께 깊어 가기 때문에 가을은 눈으로 보는 것만이 아니라고 주장까지 한다. 그래서 결국 둘째 연의 마지막 행이자 이

시의 끝 행에서 '가을밤 댓잎 우는 소리, 밤은 점점 구슬피 운다'라는
표현으로 비극성을 노출하고 있다. 이렇게 김 시인은 가을의 상징성을
결실이 아닌 상실로 보아 신화비평에서 말하는 사계의 상징성에 접근
하고 있다.

마지막으로 겨울에 관련된 작품 「겨울이 오는 소리」(제2부)에 대하여
살펴보기로 한다.

> 참새 떼들이
> 햇살 찾아 옹기종기 모였다
> 서산 응달에는
> 어두움이 짙어 오는데
>
> 호숫가 계단마다
> 엉거주춤 모여드는 어르신들
> 넘어가는 햇살 한
> 따스한 온기에 주름살 펴지고
>
> 호수는 고요히 반짝이고
> 뛰놀던 피라미 떼 돌 틈에 숨었다
>
> 달리는 청춘들 싱그러운 소나무,
>
> 밀차 밀고 가는 아담한 노인들
> 어느 세월에 허리를 굽었을까?
>
> 새날 새봄이 오는 날

한 걸음이라도 더 걸어보겠노라고

겨울 호숫가에 정다운 세상이 보인다

- 「겨울이 오는 소리」 전문

지금까지의 계절들의 시편에서는 계절과 관련 있는 자연들이 시의 중요한 배경 혹은 제재로 등장하였다. 그러나 「겨울이 오는 소리」에서는 비록 김 시인이 일관되게 추구하고 있는 '소리'가 제목 속에 등장하고 있지만 겨울에 관련된 자연이나 풍물들은 그야말로 단순한 배경에 지나지 않고 노인들이 중요한 제재로 등장하고 있다. 뿐만 아니라 겨울을 상징할 수 있는 소리는 전혀 등장하지 않는다.

이 시의 시간적 배경은 겨울하고도 어둠이 짙어 오는 저녁 무렵이고 햇살도 사라지는 시점이다. 따라서 사계의 겨울 상징인 죽음 혹은 비극에 해당한다. 이러한 배경에 넘어가는 햇살이라도 받아 추위를 쫓아보기를 기대하는 노인들이 배치되어 있다. 뿐만아니라 스스로 걷지 못하는 노인들까지 등장한다. 이렇게 보면 대단히 우울한 풍경이다.

그러나 김 시인은 오히려 마지막 행에서 '정다운 세상'이라고 인식한다. 이러한 결말에 도달하기 위하여 중간중간에 호수의 반짝이는 풍경과 달음박질 하는 젊은이와 싱그러운 소나무를 배치하고 있다. 그리고 봄이 오면 지금보다는 건강하게 걸을 수 있을 것이라는 희망도 제시하고 있다. 말하자면 겨울이 지나면 다시 봄이 온다는 순환적 시간 의식이 작동하고 있는 것이다.

지금까지 살핀 김 시인의 시 창작의 원리는 공간적 상상력인 시각적 이미지보다 시간적 상상력인 청각적 이미지가 공감각의 근본적인 이미지로 작동하고 있는 점이다. 이러기 위해서 그 자신 무의미하고 무의식적인 크로노스의 시간보다 유의미하고 창조적인 카이로스의 시간을 가지기 위해서 시 쓰기와 수필 쓰기를 선택하고 있다. 말하자면 단순한 소일거리가 아닌 그가 자주 사용하는 우주 속에서 보람 있는 삶을 유지하기 위한 '나를 살려주는 원동력'(「문학은 나에게」)으로서 창작행위를 하고 있다.

또한 그는 상상력의 원천을 시간 의식과 관련이 있는 '소리'에서 찾고 있다. 이 점 역시 간단하게 처리할 일은 아니다. '소리'에 대한 김 시인의 사랑 혹은 동일시 현상을 보여준 시 한 편을 인용하면서 김덕남 시인의 시집 읽기를 마친다.

소리들은 어둠의 강을 건너갔다
귀를 세운다 한밤에,
창문을 꼭꼭 닫고 커튼을 친다

소리없는 밤을 탐한다
가슴 가득 울림으로 다가오는 소리들
멀리 날아가 버린 종소리
이름 모를 새들의 지저귐
창호지 문살에 도란거린다

한밤중에
호롱불하나
나는 풍경소리가 된다.

— 「풍경소리」(제5부) 전문

류선희 시인의 시와 영성의 시

– 시선집 『바람개비』의 작품세계

1

　부산이 고향인 류선희(1946–) 시인은 부산의 명문 부산여자중학교와 부산여자고등학교를 거쳐 이화여자대학교 음악대학 기악과(피아노 전공)를 졸업한 피아니스트였다. 그는 그동안 부산의 여러 대학에 출강하였다. 그러던 그가 40대 중반인 1990년 시집을 한 권 엮은 후, 1992년에는 시인으로 데뷔하였고 그동안 10권의 시집을 엮었다. 필자는 2016년 서울에서 발간되는 모 문예지 〈나의 추천작〉이라는 코너에 류 시인의 작품을 소개하면서 그의 피아니스트로서의 측면과 가톨릭세계관의 이중성을 간략하게 언급하였다. 그러나 이번의 그의 선집 작품을 일별하면서 음악성보다는 가톨릭세계관 즉 영성이 훨씬 큰 비중을 차지하고 있다는 사실을 알게 되었다. 물론 그의 음악성과 영성 두 측면의 역량을 증명한 일로는 1997년 〈천주교 부산교구의 노래〉를 작사하여 윤용선 신부의 작곡으로 불리어지고 있다는 점이다. 영성의 측면이 강하다는 것은 달리 표현하면 그가 가지고 있는 가톨릭세계관이 자기 자신의 복잡한 심리나 현실의 여러 문제를 해결하고 위안을 얻기 위한 신앙이 아니라 기독교에서 말하는 주님의 영광을 위해 자신을 드러내지 않으면서 어떤 경우에는 자신을 희생하기도 하는 올바른 신앙이라고 볼 수 있다. 천주교와 개신교에서는 자신을 위한 위안으로서의 신앙을 그냥 종교라 하고 헌신적인 신앙을 신앙이라고 구분하여 부르기도 한다. 그런데 이러한 신앙은 갑자기 형성되는 것은 아니다. 우선 주님을 만나기를 소망하는 단계와 자기 자신의 세속적 욕망을 참회하는 단계를 거쳐 주님을 영접하게 된다. 그 다음으로 받은 은혜를 고백하고 마지막으로 삶의 현장에서 남에게 나누어 주는 실천 단계로 나눌 수 있다.

필자는 류 시인의 작품 속에서 이러한 단계를 시적으로 형상화한 과정을 발견하였다. 이제 6부로 엮어진 시선집 『바람개비』(2020. 작가마을)에서 각 부의 대표적인 작품을 골라 그 양상을 살펴보기로 한다. 대체적으로 1부부터 6부까지 그의 시집 발간 순서로 편집된 것 같다. 따라서 이 글은 그의 30년 동안의 시적 궤적을 엿볼 수 있게 될 것이다.

2

우선 주님을 만나기를 소망하는 단계의 시를 한 편 인용해 보기로 한다.

무겁게 드리운 허욕의 안개
모조리 걷어야 눈이 뜨이지

막무가내 비집고 들어
언 몸 녹여주는 빛살,
바라보지 않아도
그리운 향기 뿜는 꽃들,
방울방울 시나브로 떨어져
마른 가슴 적시는 달빛

깊숙이 숨긴 탐욕의 싹
깡그리 잘라버려야

쳐진 눈꺼풀 열려
비로소 보이지

햇살과 꽃 그리고 달빛은 물론
그토록 꿈꾸던
하늘의 투명한 길까지.

- 「커튼」 전문

위의 작품 「커튼」은 제1부에 편집된 작품이다. 이 시의 제재는 제목이기도 한 '커튼'이다. 류 시인은 커튼의 드리워진 모양이나 형태를 묘사하지 않고, 첫째 연에서 커튼을 열어젖힌다는 시적 상황을 설정하면서 시를 시작한다. 그런데 커튼을 연다는 행위에다 도입부부터 의미 즉, 관념을 부여한다. 커튼을 여는 행위를 시적 화자의 '허욕의 안개'를 걷어내는 것이고 이러한 허욕을 버림으로 인하여 눈이 뜨인다고 보고 있다. 말하자면 류 시인이 소망하는 눈 뜨임은 헛된 욕심을 버린 맑고 순수한 마음의 눈이다. 이 눈은 주님을 만나기를 소망하는 눈이라고 볼 수 있는데 그러한 소망을 결코 직접적으로 드러내지 않으면서 둘째 연에서 사물화하고 있다. 즉, 언 몸을 녹여주는 '빛살,' 제 스스로 향기를 뿜는 '꽃', 그리고 밤이 되면 마른 가슴을 적셔 주는 '달빛'들이 그러한 소망을 상징하고 있다. 셋째 연과 넷째 연에서는 탐욕의 싹들을 깡그리 잘라버려야 지친 눈꺼풀이 사물을 분명하게 인식할 수 있다는 점을 형상화하고 있다.

이 작품의 마지막 행인 넷째 연 끝 행에서 비로소 '하늘의 투명한 길'까지 보인다고 하여 류 시인의 주님을 만나기를 소망하는 심정이 암시되고 있다. 이렇게 그는 신앙의 첫 단계를 이상과 같이 형상화하여 보여주고 있다.

다음으로는 참회하고 회개하는 단계의 시를 한 편 인용해 보기로 한다. 물론 앞 작품 「커튼」에서도 '허욕'이나 '탐욕'을 버려야 한다는 점은 전제로 하고 있으나 다음의 작품은 류 시인 자신이 직접 화자가 되어 참회를 구체적으로 하고 있다.

너를 보면
너의 몸 깊숙이
나를 넣고 싶다
껍질만 아닌 알맹이까지
송두리째 밀어 넣고 싶다
소금처럼 완전하게 하나 되어
펄펄 날뛰는 氣
한순간에 꺾고
자만으로 굳어진 살과 뼈 속에
박혔거나 박히려는 욕망의 가시
모조리 뽑아내고 싶다
또한
어설픈 고백성사로 산을 이룬 거품
말끔히 뜯어내고 싶다
그리하여
단 한 번만이라도
갓 태어난 아기로
눈부시게 널리고 싶다.

- 「세탁기」 전문

위의 작품 「세탁기」는 제2부에 편집된 작품이다. 시적 화자 '나'는 '세탁기'라는 사물을 통하여 자신의 겉과 속 전체를 세탁하고 싶다는 진술로 죄를 고백하고 있다. 세탁기는 주부들에게 익숙한 사물이다. 그런 점에서 이 작품 속의 '나'는 류 시인 자신이라고 볼 수 있으며 세탁기의 속성을 통하여 참회의 자세를 객관화하면서도 단순한 고백보다 훨씬 강렬하게 형상화하고 있다. 그가 청산하고 싶은 것은 '펄펄 날 뛰는 기'와 '자만으로 굳어진 욕망'들이며 형식적인 '고백성사'에 대하여도 참회하고 있다. 이렇게 신앙의 단계라는 관념적인 의미를 직접 진술하지 않고 세탁과 관련된 행위와 사물들로 형상화하는 데서 류 시인의 시적 역량을 충분히 알 수 있다. 결국 그가 소망하는 것은 '갓 태어난 아기'라는 지고지순한 모습으로 돌아가는 것이다.

　결국 류 시인의 회개는 예수님이 마태복음 18장 3절에서 '진실로 너희에게 이르노니 너희가 돌이켜 어린아이들과 같이 되지 아니하면 결단코 천국에 들어가지 못하느니라'하신 말씀의 경지에 다다르게 된다. 이렇게 회개하고 난 뒤에 류 시인은 주님을 구체적으로 만나기를 소망한다. 그 소망의 양상이 드러난 시를 인용해 보기로 한다.

지상에 이미 뿌리 내린 것들
하나같이 비상을 꿈꾼다

이끄는 대로 흐르는 것 같아도
강 또한
황홀한 노을에 흔들리고
달빛에 휘청거릴 때마다
希願의 날개를 꿈꾼다

너덜거리는 상처
그 그림자까지 보듬는 순간
어느 몸짓보다 아름답고
어떤 사람보다 눈물겨운데
그대 무엇을 더 꿈꾸는가

〉
날개 없으면
결코 추락하지 않느니
누구도 아닌 그대를 위해
더 깊이깊이 뿌리내릴 일이다.

저 늪 속의 연꽃처럼.

-「뿌리 내리기」 전문

위의 「뿌리 내리기」(제3부 편집)는 류 시인이 주님을 만나게 되는 과정
즉 영접하는 단계를 형상화한 작품이라고 볼 수 있다. 「뿌리 내리기」의
경우 연꽃이 늪 속에 뿌리내리고 있음에서 착안한 작품이다. 그는 지
상의 모든 것들은 뿌리를 내리고 있는데도 불구하고 비상을 꿈꾼다고
사유하면서 시를 시작한다. 둘째 연에서는 강도 그냥 무심히 흐르는
것 같아도 노을과 달빛에 감동되어 희원의 날개를 펼친다고 인식한다.
셋째 연에서는 '그대'라는 가상의 시적 청자를 내세워 삶의 현장에서
받은 상처까지도 보듬는 순간 모든 것이 사랑으로 승화될 수 있다는
점을 강조한다. 넷째 연 역시 '그대' 자신을 위해 뿌리 내릴 것을 강요
한다. 이렇게 이 시는 처음부터 넷째 연까지는 다소 관념적이고 도덕
적인 진술을 한다. 그러나 마지막 다섯째 연이자 한 행인 '저 늪 속의
연꽃처럼'이라는 연꽃에다 지금까지의 사유 전체를 비유함으로써 깊
은 상상력을 발휘하도록 한다. 사실 연꽃은 지극히 부패한 늪에 뿌리
를 내리고 있는데도 불구하고 아름다운 꽃을 피워 하늘을 바라보는 것
이 특징이다. 그런데 이 시에서 시적 청자 '그대'는 다른 사람이 아닌
바로 류 시인 자신이라고 보아야 이 시의 내포가 드러난다.
　류 시인에게 주님을 만나기를 소망하여 영접하는 과정은 그가 세파
에 시달린 상처를 극복하는 데서 출발한 것이다. 그는 늪 속에 뿌리내

린 연꽃처럼 여러 가지 고통과 좌절 속에서도 주님을 만나게 되는 것이다. 사실 이 시는 단순하게 읽으면 그냥 교훈적인 시이다. 그러나 류 시인이 자기 자신을 객관화한 시적 청자 '그대'에게 독백하는 시적 상황을 설정하여 읽으면 주님을 향한 진지하고도 간절한 소망 끝에 만남이 이루어진 것이라는 점을 알 수 있다.

　이러한 인고의 과정을 거쳐 만난 주님을 류 시인은 어떻게 형상화하고 있으며 어떻게 간구 하고 있는가 하는 점을 살필 수 있는 시 두 편을 인용하여 보기로 한다.

　　　(가) 기도는 영혼의 밥이다
　　　　기도의 맛은
　　　　어떤 언어로도 그릴 수 없지만
　　　　그 참맛을 아는 이는
　　　　시시때때로
　　　　먹거나 먹이면서 영혼을 살찌운다
　　　　세상에서 가장 아름다운 것은
　　　　언제 어디서나
　　　　가여운 영혼들에게
　　　　습관처럼
　　　　기도를 먹이는 손이다
　　　　그대 손에
　　　　아직 온기 남아 있을 때
　　　　영혼의 밥
　　　　조금이라도 더 먹이고 먹을 일이다
　　　　마지막 꿈인 구원을 위하여.
　　　　　　　　　　　　　　　　　－「영혼의 밥」 전문

　　　(나) 그대 아니면

아직도
벽 속의 낮달이었으리

그대 아니면
아직도
가슴 없는 바람이었으리

절망, 그 끝에서도
별이 보이는
구원의 창이여

그대 있음에
내일은
나목으로 눈뜨리

그대 있음에
내일은
촛불로 깨어나리.

　　　　　　　　　　　　　　－「雅歌」 전문

　(가) 「영혼의 밥」과 (나) 「雅歌」는 모두 제4부에 편집되어 있다. (가)
「영혼의 밥」은 주님을 만나는 첫 행위인 '기도'에 대한 시인 자신의 시
적 진술이다. 기도는 기독교에서는 천주교와 개신교 모두 다 신자들이
하나님과 1:1로 대화하는 방법이고 그러한 형식으로 되어 있다. 그러
나 신자들은 하나님과 직접 대화를 할 수 없다. 왜냐하면 구약성경 창
세기 3장에서 아담이 지은 선악과 따먹은 원죄 때문에 반드시 기도 말
미에 '예수의 이름으로' 기도한다는 단서를 단다. 그러나 하나님 혹은

주님과 대화함으로써 영혼을 살찌우고 구원의 확신에 이르게 된다. 기도를 하는 궁극적 이유인 신자들의 천국에서의 영생 즉 구원을 얻기 위함이라는 고백은 이 시의 마지막 행 '마지막 꿈인 구원을 위하여'라고 진술되어 있다. 이 시는 대단히 본질적이고 상식적인 진술로 일관하고 있다. 그러나 기도를 '영혼의 밥'이라는 비유를 통하여 먹여주는 행위를 등장시켜 구체화함으로써 그 상투성을 벗어나고 있다.

(나) 「雅歌」는 알려지다시피 구약성경의 제목이기도 하다. 모두 8장으로 구성된 〈아가〉는 저자가 솔로몬 왕이라고 알려져 있으며 신부 '슬람미 여인'에게 바치는 사랑의 송가이다. 이 작품에서 류 시인은 마치 솔로몬 왕이 슬람미 여인을 부르듯이 주님을 '그대'라고 부르면서 시를 시작하고 있기 때문에 시적 청자를 파악하기가 쉽다. 그러나 류 시인의 주님에 대한 열망은 열정적이라기보다 차분한 어조로 사물화되어 있다.

첫째 연과 둘째 연에서 '그대'가 없었으면 시적 화자 즉 류 시인은 쓸모없는 '벽 속의 낮달'이고 공허한 '가슴 없는 바람'이었을 것이라고 자신을 비유하고 있다. 셋째 연에는 그대 즉 주님의 정체를 '절망 끝에서 보이는 구원의 창'이라고 다소 관념을 드러내고 있다. 지금까지는 그대 즉 주님의 부재를 형상화했다면 넷째, 다섯째 연에서는 그대 있음 즉 존재하는 내일의 류 시인 자신을 '나목'과 '촛불'로 비유하고 있다. '나목'의 경우 가식 없는 자신의 모습이라는 의미로 읽으면 자신의 순수한 신앙을 상징하는 사물이며 '촛불'은 자기 자신을 희생하는 헌신의 신앙이라고 볼 수 있다. 이렇게 간단한 시에서 기독교인의 주님에 대한 사랑과 이웃에 대한 사랑 두 측면을 상징적으로 표현하는 것은 류 시인의 신앙의 깊이와 시적 역량이 조화를 이룬 것이라 볼 수 있을 것이다.

다음으로는 신앙의 마지막 단계라고 할 수 있는 신앙을 실천하는 자세를 형상화한 두 편의 작품에 대하여 살펴보기로 한다.

(가) 그림자는 어떤 경우에도
    제 몸을 세상의 중심에 놓고
    사고하거나 판단하지 않는다

    때로는 바람막이로
    때로는 은신처로

    언제나 사물의 가장자리에서
    본체보다 뜨거운 향기로
    겸손하게 제 몫을 다한다

    굳었던 가지 뼈가 되고
    얼었던 잎이 살 되는
    오묘한 신비여

    일어설 수 없는 바다나 대지에겐
    요원한 꿈인 그림자여

    겨울 비탈에서
    기댈 그림자가 있다는 것은
    더 없는 축복이고
    더없는 행복이다.

                        − 「그림자의 신비」 전문

(나) 모든 가로등은 하루살이이다
    어둠별이 뜨자마자 다시 태어나,
    초췌한 몰골로 떨고 있는 풀들

잠시라도 누이려

뼈마디마다 녹여

시린 어둠 죄다 걷어내고

뜨거운 꿈길을 연다

보름달처럼 넘치거나

안개같이 잔인한 것들이

길 위에 길 내는 것은

누구나 할 수 있는 일이라고

등 뒤에서 빈정댈지언정

이슥토록 잠 못 드는 나목이나

길 속에서도 길을 찾는 눈먼 새를 위해

남은 불씨까지 마저 지피다

끝내

빈 몸으로 하루를 접지만

수직으로 살다 죽는 가로등은

매일매일

눈물겹게 부활한다.

– 「가로등」 전문

　기독교에서 신앙을 실천하는 양태는 십자가에서 상징되는 수직적 사랑, 즉 하나님 경배하는 것과 수평적 사랑 즉 이웃 사랑의 두 측면을 생각할 수 있다. 신자들은 주님 사랑이라면서 자기 자신을 내세우기도 하고 이웃 사랑을 실천한다면서 자기 자신의 위안을 삼기도 한다. 이러한 위선적 신앙을 예수님은 신약 마태복음 곳곳에서 서기관과 바리새인의 위선적인 믿음이라고 경고하고 있다. 위선적이 아닌 신앙은 자기 자신을 내세우지 않고 빛 속이 아닌 음지에서 이름도 없이 드러나지 않는 모습으로 주님을 섬기는 신앙이다. 이러한 신앙에서 우러나는 신자들의 인격을 겸손이라 할 수 있다. 신약성경 누가복음 13장 1-20절 예수님이 제자들의 발을 씻어 주시는 사건에서 예수님이 직접 겸손을 실천하고 있다.

(가)「그림자의 신비」(제5부에 편집)는 빛과 사물의 실체가 아닌 '그림자'가 시적 제재가 되어 있다. 류 시인이 첫째 연에서 인식하고 있는 것처럼 '그림자'는 사물의 중심이 아니고 변두리이다. 그러나 바람막이도 되고 몸을 숨기는 은신처도 되는 것이 그림자이다. 이러한 실체도 없고 주목도 못 받는 사물을 시적 제재로 하여 상상력을 전개하는 것이 바로 이름을 드러내지 않는 류 시인의 신앙고백인 것이다.

류 시인은 이 작품의 후반부인 넷째 연과 다섯째 연에서 이러한 그림자에게 찬사를 보내고 있다. 그리고 마지막 여섯째 연에서는 그림자가 있다는 것 자체가 더없는 축복이고 행복이라고 진술하고 있다. 물론 그 자신이 주님을 빛도 없이 섬기고 사랑하는 그림자가 되고 싶다는 소망은 직접 드러내지 않는다.

그러나 소망이나 의도를 직접 드러내지 않는 것은 비단 이 작품에만 있는 진술 방식이 아니다. 앞에서 인용한 류 시인의 작품들에서도 빈번하게 발견되는 그의 시적 진술 방식이다. 이러한 방식으로 인하여 독자나 비평가는 류 시인의 시에다 자신들의 견해를 더하게 되는 것이다. 겸손히 자신의 의도를 숨기는 것 역시 신자로서의 진지한 신앙에서 나온 태도이다.

(나)「가로등」(제6부에 편집)은 필자가 앞에서 잠시 언급한 대로 이미 살펴본 적(《문학의 강》 2016년 가을호)이 있는 작품이다. 이 작품은 '가로등'이 제재가 된 작품이다. 가로등의 일반적인 인식은 밤에 사람들이나 차를 안전하게 보내기 위한 시설물이다. 따라서 바다의 등대와도 같은 희망적인 시설물이다. 그러나 류 시인은 가로등을 하루만 살고 죽는 '하루살이'에 비유하고 있다. 가로등을 그렇게 보잘 것없는 사물로 인식하는 것 자체는 충격적이라고 볼 수도 있다. 그러나 이 시를 계속 읽어

내려가면 비유에 대하여 납득도 되고 참신성도 발견한다. 가로등이 밤에만 켜지는 것을 하루살이처럼 매일 죽고 매일 부활한다는 부활신앙에 근거한 상상력을 전개한 것이라고 깨닫게 된다. 이러한 상상력뿐만 아니라 어둠 속에 떨고 있는 '초췌한 몰골의 풀'들이나 '잠 못 드는 나목'들에게 무한한 사랑을 보내는 것도 가로등임을 깨닫게 한다. 즉 고통 받는 자들이나 소외된 자들을 위해 매일매일 죽도록 불을 밝히는 '가로등'같이 이웃을 위하여 희생하고 헌신하는 신앙을 상징한 것이 바로 이 작품이다. 달리 말하면 류 시인 자신의 이웃을 위하여 사심 없이 헌신하고 봉사하는 사랑의 실천이 무의식적으로 나타난 것이 바로 이 작품인 것이다.

3

지금까지 류 시인이 가톨릭세계관을 기반으로 30년 동안 시작행위를 하였다는 점을 그의 대표작을 통하여 살펴보았다. 즉, 주님을 만나기를 소망하면서 자신의 육신적 삶을 참회하고 주님을 고난 끝에 영접하게 되는 과정이 시 속에 나타나고 있다. 그리고 다음 단계인 주님을 영접함에 감사하는 모습과 그러한 주님을 빛도 없이 겸손히 섬기겠다는 신앙 역시 시 속에 나타나 있다. 아울러 소외되고 아픔이 있는 이웃들을 사랑하며 그들을 위하여 헌신하겠다는 점도 시로 형상화되어 있다. 그런데 이러한 신앙의 단계가 한결같이 류 시인의 직접적인 진술보다 사물에 대한 인식에서 상징적으로 암시되고 있다. 이렇게 사물을 통하여 그의 신앙을 형상화하고 있기 때문에 신앙인이면서 동시에 충분히 성과를 거둔 시인인 것이다.

부디 앞으로 건강한 육체와 정신으로 오래오래 시작활동을 하여 더욱더 심오하고 서정적인 가톨릭 신앙이 바탕이 된 작품들을 보여주기를 소망하는 바이다.

오로지 시인으로 살아 온 나날

- 박청륭 시인 인물론

　　지난해(2022년) 가을 인천에서 만년을 보내고 있는 박청륭 시인에게서 전화가 왔다. 마지막 시집이 될지 모르겠으나 시집『각혈하는 도시』를 내었다면서 보내겠다는 내용이었다. 전화를 끊고 나서 1978년 그의 첫 시집『불의 가면』을 내던 무렵이 생각났다. 그 무렵 우리는『절대시』 동인(창간 동인 하현식, 진경옥, 유병근, 양왕용, 박청륭, 김성춘)으로 모이면서 동인지를 내자는 데에 뜻을 모아 광주사태로 계엄령이 선포된 1980년에 창간호를 내었다. 박 시인은 〈아쟁이 풍〉이라는 연작시 5편을 투고하였으며 속 포지화도 그렸다. 시나 그림이나 '절대시'라는 순수시의 극단적 경향과 맞아떨어지는 작품이었다. 1981년『잠든 자의 바다』라는 2집에는 직접 표지화를 그리기도 했다.

　　1937년생인 박 시인은 일본 교도에서 출생하여 해방 직전 일본에서 초등학교를 다니다가 해방과 더불어 아버지 고향인 경북 청도군 각북면으로 귀국하였다. 그의 선친은 자동차수리업을 하는 엔지니어였으나 그 당시에는 오늘날처럼 자동차가 많지 않아 가정적으로 어려움이 많았다고 한다. 1946년에는 고향에서 대구로 나와 역시 자동차 부속품에 관련된 사업을 했다고 한다. 이렇게 시작된 박 시인의 대구 시절 가운데 가장 유의미한 시기는 고등학교 시절이다. 대구중학교를 거쳐 계성고등학교에 진학하였는데 거기서 박 시인은 평생의 지기인 권기호 시인(경북대 국어국문학과 명예교수)을 만났다. 그리고 그의 시인의 길에 큰 영향을 준 정점식(1917-2009) 화가를 미술 선생으로 만난 것이다. 정점식 선생은 그 후 계명대학 미술과 교수가 된 우리나라 1세대의 서양화가로 추상화풍의 그의 작품세계와 생애에 대하여 최근의 조선일보(2023. 7. 22.)에 소개되었다. 그의 작품은 철학적 깊이가 있는 것으로 한국 서양화 역사에 중요한 것이라고 한다. 박 시인은 계성고등학교 시절 문예반 반장이었다. 그런데 미술반 반장이 바로 권기호 시인이었기 때문에 그는 수시로 미술반 교실에 출입하였으며 정 화가로부터 미학이론을 비롯한 예술론을 듣기도 했다. 그런데 막상 대학은 박 시인은 계명대 교육과로 권 시인은 경북대 국문과로 진학했다. 1962년 대학을 졸업하고 나서 그는 마산의 창신고등학교와 성지여자고등학교 교사를 거쳐 1970년대 중반 부산의 동주여상 국어교사를 지냈다.

마산 성지여고 교사였던 1970년대 초반 그 당시 마산 대학(지금의 경남대학교)에 출강을 하던 권기호 시인으로부터 전화가 와서 만났다고 한다. 그러면서 "너 아직도 시 쓰고 있냐?"라는 물음에 "그렇다"고 했다고 한다. 그 당시 그는 서정주 시인의 시에 매료되어 그러한 시를 썼다고 한다. 그래서 10편 정도 전했다고 한다. 그 가운데 「요즈음은 1」 외 1편이 1974년 4월호 《현대문학》에 김춘수 시인의 추천작품으로 게재되었던 것이다. 이 작품은 김춘수 시인이 자기 이름으로 《현대문학》에 추천한 첫 작품이었다. 말하자면 박 시인은 김춘수 시인의 《현대문학》 첫 제자가 된 것이다. 솔직히 그는 그 당시 김춘수 시인이 누군지도 몰랐다고 한다. 그래서 서점으로 가 《현대시학》(1969년 5월 창간)에 연재되고 있는 김춘수 시인의 장시 「처용단장」을 읽고는 큰 충격을 받았으며 바로 자신이 추구하는 시가 김 시인의 시작 경향이라는 것을 깨달았다고 한다. 지금까지 습작한 시들은 모두 버리고, 다시 습작하기 시작했다고 한다. 그 결과 완료추천이기도 한 「무제」 외 1편은 초회 추천작과는 전혀 다른 경향이었으며 이러한 트레이닝의 과정 때문에 초회 추천으로부터 1년 7개월이 지난 1975년 11월호에 완료 추천을 받게 되었던 것이다.

박 시인이 마산성지여고에서 동주여상으로 옮겨와 부산 시단에 편입한 후 집은 수영이었으나 연산동에 거주하는 하현식 시인과 박철석(1930-2016) 시인 그리고, 양정에 거주하다가 연산동으로 이사한 유병근(1932- 2021) 시인과 더불어 많은 문학적 교류를 가졌다. 이 시기의 교류에 대하여 하현식 시인이 2016년 박철석 시인을 추모하기 위하여 마련한《부산시인》2016년 봄호의 특집에 「연산문단시대의 추억」이라는 글을 썼다. 이 글은 박철석 시인 중심으로 쓰여졌으나 이 시기에 박청륭 시인은 부산대학교에서 1급 정교사 자격 강습을 받은 것 같다.

하 시인은 이들 네 사람의 모임을 '연산문단'이라고 별칭하고 있으며 이때에 하 시인과 박청륭 시인은 각각《현대문학》과《현대시학》에 초회 추천을 마친 상태라고 기억하고 있다. 이들 네 사람은 술을 못하는 점과 내성적이면서 문학에 대한 열정의 진지함이라는 특성으로 엮어졌다고 한다. 이들 네 사람은 1975년부터 1985년까지 거의 매일 만나 시는 물론이고 박철석의 비평이론, 유병근의 수필 작법 등을 두고 진지한 대화를 나누었다고 한다.

사실 이 시절의 박 시인의 면모는 하현식 시인이 필자보다 훨씬 자세히 알 수 있을 것이다. 그런데 세월은 흘러 네 사람 가운데 이미 두 사람은 고인이 되었다.

1980년부터 시작한《절대시》시절의 박 시인의 열정은 앞에서도 잠시 언급했지만 대단했다. 그리고 1975년 추천 완료한 초기라 매호마다 발표하는 시도 실험정신이 투철했다. 그리고 이 무렵 필자와의 다른 인연은 김성춘 시인과 함께 필자가 속한 부산대학교 교육대학원 국어교육전공에 입학하여 수료한 것이다. 비슷한 시기에 입학한 김석규 시인과 김성춘 시인은 석사 논문을 썼으며 이를 바탕으로 울산광역시 교육청에서 교장도 역임하고 교육청 고위직도 역임하였다. 그러나 박 시인은 끝내 논문을 쓰지 않았다. 아마 박 시인의 학교가 사립이라 진로의 변화가 어려웠던 탓도 있었겠으나 이 시절 그는《현대시학》에 현대시 작품에 대한 글을 연재하였으며 이를 바탕으로『현대시평설』을 1984년에 내기도 했다. 한동안 필자는 박 시인의 논문 작성과 진로문 제를 적극적으로 도와주지 못한 점을 미안해하기도 했다. 그러나 지금 되돌아보면 그는 데뷔 초기부터 지금까지 시적 긴장감을 잃지 않는 시 작 활동을 하여 13권의 시집과 한 권의 시선집을 발간한 초지일관 오 로지 시인으로 성공했다고 볼 수 있다.

끝으로 한 가지만 더한다면 추천인으로 스승인 김춘수 시인에게 제 자인 필자보다 정성스럽게 섬겼다는 점에서 존경을 표한다. 특히 창작 탈 공예가인 천재동(1915~2007)씨의 탈을 구하여 김춘수 시인에게 드려 김 시인의 애장품인 동시에 시의 소재(시「천재동 씨의 탈」)가 되고 있는 점 은 부럽기도 하였다.

필자가 시인 박청륭의 시적 열정 가운데 특별히 주목하고자 하는 것 은 2008년에 엮은「백향목십자가」와 2010년에 엮은「카인의 부적」등 에 두드러지게 나타난 그의 신앙이기도 한 기독교적 세계관의 형상화 이다. 이러한 시집을 중심으로 그의 시작 과정에 신앙이 어떻게 작용 하고 있는지를 살피고 싶다. 말하자면 본격적인 시인론을 써볼 작정임 을 밝히고 우선 간단한 인물론을 마친다.

배은경 시인의 기억현상학적 시 쓰기

　배은경 시인이 제2시집 『낙타의 저녁』(2015)을 낸 지 7년 만에 제3시집 『별 이야기』(2022)를 낸다. 지금까지의 시에도 배 시인의 삶의 궤적이 간혹 나타나 있었으나 이번의 시집은 그의 삶 전체가 짙게 나타나 있다. 어쩌면 배 시인도 이제 60대를 넘어 70대로 가까워져 지난날을 뒤돌아보고 있다는 증거가 시 속에 녹아 있다는 것을 알 수 있다. 시집 편집 순서와는 다르게 나타나 있으나 유년의 기억부터 대학 시절 그리고 결혼 이후의 30-50대 시절의 기억들이 작품의 군데군데 나타나 있다. 그 기억들을 어떻게 시로 형상화하고 있는가에 대하여 살펴보기로 한다.

　　유년을 함께 하던 수정동, 수정산

　　마산완월초등, 부산중앙초등, 부산수성초등, 경남여중, 경남여고, 부산
　약대

　　경여중 앞 4-5미터 떨어진 골목 안
　　개천 돌아 나가는
　　우물을 끼고 앉은 기억자 기와집

　　해바라기와 무화과나무 사철너무로 울타리 치고

채송화 사루비아 다알리아 아마달리스 장미넝쿨 아아치로 꽃밭을 가꾸
시던
아
버
지

새장 비둘기 곁
경여중 비둘긱가 날아와 깃들고
누렁이 토종개 에스
함
께
하
던

마루에 올라서면 멀리 혹은, 가까이 아스라이 바다가 보이고

오빠 둘 여동생 하나 남동생 하나
아이들 다섯 명과 엄마 아버지
아이들을 돌보아주던
엄마 전영옥 선생의 고모
건천할머니가
함
께

소박하고 소담하던
방 세 칸

수정산을 오르내리며 행복하고 다사로웠던 유년

그리움으로 돌아봅니다

– 「수정동」 앞부분

인용시 「수정동」에서 우선 배 시인은 유년 시절부터 대학 시절의 공간들이 절제된 시어로 잘 제시하고 있다. 이 시의 전체적 구조로 볼 때에 배 시인이 어른이 된 시점에 어린 시절 살았던 수정동의 뒷산인 수정산을 오르내리며 유년의 기억을 순차적으로 되살리고 있다고 볼 수 있다.

첫 연의 경우 한 행으로 수정산이라는 공간을 제시하면서 '유년을 함께 하던'이라는 수식어를 붙여 앞으로 시적 전개가 시간적 순서 즉 기억현상학에 의존할 것이라는 점이 예견되고 있다. 역시 한 행인 둘째 연의 경우 배 시인이 마산에서 초등학교 시절 아버지(다른 작품에서 전매서장인 것이 밝혀지고 있음)와 교사인 어머니와 함께 부산으로 전학을 와 3개 초등학교로 옮겨 다니다가 그 당시에는 명문이던 경남여중과 경남여고를 졸업하고 부산대 약대를 다닌 학력 사항이 제시되어 있다. 셋째 연의 경우는 세 행으로 살던 집의 위치와 구조를 간결하게 제시되어 있다. 이어서 넷째 연에서는 정원과 꽃밭을 가꾸던 아버지의 모습이 제시되어 있는데 아버지를 한 글자 한 행씩 총 3행으로 표현하여 아버지에 대한 그리움을 형태주의 수법으로 극대화하고 있다. 다섯째 연에서는 집에서 키우던 비둘기와 토종개를 제시하면서 그들과 함께 했다는 것을 강조하여 함/께/하/던으로 한 글자 한 행으로 하고 있다. 또 한 행인 여섯째 연에서는 마루에 올라서면 부산 앞바다가 보인다고 하면서 그 기억이 가까이 보이기도 하고 멀리 보이기도 한다고 하여 불확실성을 암시하고 있다. 다음 일곱째 연에서는 배시인의 부모와 자신을 포함한 5남매, 교사로 출근하는 어머니 때문에 가사를 돌보는 어머니의 고모인 건천할머니가 함께 생활하였다는 점을 간략하게 밝히고 있다. 이 부분에서도 식구들이 함께했다는 것을 강조하

여 '함/께'라고 한 글자 한 행으로 배치하고 있다. 이러한 형태주의 기
법의 도입으로 유년 시절의 식구들과 집에서 기르던 동물까지 함께 하
였던 것을 강조함으로써 유년 시절의 그리움이 간절하다는 것을 보여
준 것이다. 이렇게 많은 식구에도 불구하고 방 세 칸의 소박하고 소담
했던 집이라는 것을 여덟째 연에서 밝히면서 인용한 부분의 미지막인
아홉째 연에서 비로소 그 시절에 대한 배 시인 자신의 정서를 '다사로
웠던 유년'이라고 긍정적으로 인식하면서 그리워하고 있다.

　인용하지 않은 뒷부분에서도 '수정동'을 배 시인 자신의 '정서적 고
향'이라면서 좋다고 하고 있다. 이렇게 배 시인의 기억의 현상학은 밝
고 긍정적으로 출발하고 있다.

　　유년을 보내던 수정동 달동네 언덕을 오르면
　　부산진 몰몬교회에 잇닿는 좁은 골목이 있습니다

　　작은 몰몬교회에서 영어회화를 목적으로 대학생들이 모여
　　선교사와 서툰 회화를 주고 받았습니다
　　서울대 연세대 부산대 이회여대…

　　앨 더 겜머는 왜 제게만 여러 질문 해댔던 걸까요
　　프리즈 미스 배
　　프리즈 미스 배
　　프리즈

　　눈빛 맑고 서늘하던 엘 더 겜 머는
　　지금 어디서 어떻게 늙어 있을까요

　　그립습니다

엘 더 겜 머가 그리운 것이 아니라
사무치게 아름다운 청춘의 흔적이 그립습니다
저무는 가을 쓸쓸하게 부는 다사로운 바람과 함께

수정동 달동네
잘 마른 낙엽 잎맥같이 소담한 나의 골목들
곳곳마다 묻어 있던 내 사유의 파편들

몇몇 대학생들
저의 귀갓길을 위해
함께 언덕을 올라 주었습니다
그들 중 누구에게도 안착하지 못하고 진주로 날아갔습니다

루멘인들
약대인들
사회인들

몰랐습니다
사랑이 무언지 통 몰랐습니다

— 「몰랐습니다」 전문

　인용 시 「몰랐습니다」의 경우는 유년 시절에서 한참 시간이 경과된 대학시절의 에피소드가 시적 제재로 되어 있다. 부산진 몰몬교회 선교사에게 서울대, 연세대, 부산대, 이화여대 대학생들이 아마 방학 때에 그 교회에서 영어회화를 배웠던 것 같다. 70년대 초반에는 이런 일들이 많았다. 그 가운데 셋째 연과 넷째 연의 몰몬 선교사에 대한 기억들은 이 작품의 전체적 구조로 볼 때 일종의 반전의 역할을 하고 있다. 배

시인은 선교사 엘 더 겜 머가 자신에게 관심이 집중되었다고 회고하고 있다. 그런 후 그 선교사가 '지금은 어디서 어떻게 늙어 가고 있을까요'라고 하면서 선교사에게 관심을 돌린다. 이렇게 되면 독자들은 배 시인이 혹시 선교사를 그리워하고 있는 것은 아닐까 하는 생각을 가질 수 있다. 그러나 배 시인은 그다음 연인 다섯째 연에서 이 사실을 부인하고 있다. 선교사가 그리운 것이 아니라 '사무치게 아름다운 청춘의 흔적'이 그립다고 하면서 다음 에피소드를 전개한다.

경남여중 근처의 자기 집과 달동네의 몰몬교회 사이를 몇몇 대학생들이 배 시인을 바래다준다는 핑계로 같이 걸었다고 회고한다. 그러나 그 대학생들은 배 시인의 선택을 받지 못하고 필자의 5년 후배인 진주고등학교 출신인 현재의 남편 김영명 후배와 결혼하게 되었다고 고백하고 있다. 이어서 열거되는 루멘인들, 약대인들은 결혼하기 전에 만난 많은 사람들이다. 그러나 그들에게서는 사랑을 발견하지 못했다고 진술하고 있다. 이런 점에 이 작품은 배 시인의 '청춘의 흔적'에 대한 솔직한 고백이라고 볼 수 있다.

필자가 이렇게 계속 배 시인의 시집 해설을 하게 된 데에는 김영명 후배와의 인연과 그 헌신적이고 선량한 성품에서 필자가 감동한 탓도 있다. 배 시인은 고려대 법학과를 나온 김 후배와 결혼 후 후배의 대기업 직장생활로 서울의 약국에 취업한 적도 있고 김 후배가 갑자기 직장을 그만두고 대리점 형식의 자영업을 할 때에는 너무나 많이 고생도 하였다. 그러다가 오래전부터 오히려 김 후배가 배 시인의 정신적 상처와 약국 경영의 어려움을 뒷바라지하면서 헌신하고 있는 점에서 앞에서 언급한 것처럼 필자는 감동하고 있다.

다음의 작품은 앞에서 말한 어려웠던 시절의 소회를 시로 형상화한 작품이다.

하여

여름을 끝내기로 마음먹었다

중3인 막내 데리고
광복절 날 해수욕을 하기로 하였다
부모가 자식에게 줄 수 있는 것은 추억뿐이라는 것을 잘 알면서도
막내와는 아무런 추억을 함께 하지 못하였다

막내의 유치원 시절부터 시작된
우리 부부의 유랑 생활
삶의 곡예

전매서장의 딸로 교감·선생의 딸로 회사원의 아내로
43년을 살아온 나에게
남편의 퇴직은 청천벽력이었다

그날로부터 시작된 삶의 수레바퀴는
수십 년 써오던 일기를 절필하게 했고
내 기억의 앞뒤를 뒤섞어 버렸다

알콩달콩 잘 키워보려는 욕심으로
나 닮은 딸을 기도하며 얻은 일곱 살 딸아이는
졸지에 혼자 나 뒹굴게 되고
부부는 엘지 대리점으로 근무 약국으로 마른 낙엽처럼 몰려 다녔다

어미는 아이 옆에서 남편을 걱정하고
남편 옆에서는 아이를 걱정하며
아무 곳에서도 안주할 수 없었다

〉

돌이켜 생각하고 싶지도 않은 징그러운 사십 대

차라리 죽고만 싶던 치욕의 사십 대

모멸감 속에서 하루하루를 살고

내가 이렇게 고통스러워도

해가 뜨고 진다는 것을 깨달으며 나의 사십 대가 갔다

― 「해수욕」 전반부

　앞에서 언급한 대로 김 후배는 그 당시만 해도 좋은 직장이라는 대기업 LG전자에 근무하였다. 그러다가 어떠한 연유인지는 알 수 없지만 갑자기 퇴사한다. 그때의 배 시인의 충격과 그 뒤의 분주한 삶의 모습을 앞에 인용한 「해수욕」의 셋째 연부터 여섯째 연까지 형상화하고 있다. 그러면서 일곱째 연과 여덟째 연에서 상처투성이 40대의 그 신산한 삶에 대한 현재의 소회를 시적으로 밝히고 있다.

　이 시는 첫째 연과 둘째 연에서 그러한 분주한 삶에서 어느 정도 시간이 지난 뒤인 막내가 중학교 3학년이 된 여름 어느 날 그에게 추억이라도 만들어주기 위하여 해운대 해수욕장에 갔던 기억부터 시작하여 셋째 연에서 과거 회상으로 돌아간 구조로 되어 있다. 인용하지 않은 뒷부분에 그날 파도가 심하여 고생하였으며 오른쪽 손목도 삐게 되었다고 기억하고 있다. 말하자면 막내에게 추억을 만들어주기 위하여 간 해수욕이 배 시인에게는 오히려 고통스러운 하루로 남아 있는 것이다. 그러나 그는 이러한 고통을 이 시의 마지막 연에서 신앙으로 극복하고 있다. 그 부분을 인용하면 다음과 같다.

주여!

제게 고난을 주시되 견딜 능력을 허락하여 주시옵소서

작은 것에 감사할 줄 아는 참 인간이 되게 하시며

주님이 제게 주신 소명을 몸소 깨닫게 하시고
참으로 쓰임 받는데
두려움 없게 하옵소서

— 「해수욕」 마지막 연

이렇게 젊은 날의 상처를 신앙으로 극복하고 큰 병마도 이겨낸 배 시인의 나이도 이제 60을 넘기고 70을 앞두고 있다. 지금은 과연 어떻게 일상을 보내고 있는가 하는 의문을 풀어줄 시 한 편을 인용해 보기로 한다.

아침 산책길
낙엽 공중에 떠 있는 것을 보았습니다
놀라운 장면이라 가까이 다가가 보았습니다

거미줄이 노랑 낙엽을 붙들고 있었습니다
낙엽은 사선으로 길게 늘어진 거미줄에
손목 발목을 잡힌 채
바람 따라 핑글핑글 공중회전돌기를 하고 있었습니다

잠깐 순간
노랑 낙엽의 눈물을 보았습니다

낙하마저 마음대로 하지 못하게 하는
창조주의 섭리를 보았습니다

얽히고설킨 인연의 거미줄
깨끗이 정리한 후라야 만날 수 있는 세상과의 별 리

십 년 전 작별 없이 떠나려 하는 나를
지상으로 돌려놓은 건 다사로운 우정이었다는 것을
거미줄과 노랑 낙엽을 보며 깨달았습니다

예,
벗과 더불어
그분이 부르시는 날까지 최선을 다해
서럽도록 아름다운 만추 즐기며 살겠습니다

무릇
지킬 것 중 가장 귀한 것은 마음의 중심이라 하셨으니

기쁨과 사랑으로
하루하루 소중하게 매만지며 살겠습니다.

– 「다짐 2」 전문

　인용시 「다짐 2」는 아침 산책길에 거미줄에 걸려 공중에서 회전돌기를 하고 있는 낙엽을 발견하고 그것을 통하여 배 시인 자신 특히 10년 전의 투병에서 회복하여 오늘날까지 살고 있는 의미와 앞으로의 삶의 지혜를 발견하는 작품이다. 이 작품에서 배 시인의 사물에서 발견하는 삶의 지혜는 누구나 발견할 수 있는 인식의 과정은 아니다.
　즉, 그가 오랫동안 시작을 해 왔기 때문에 발견한 소중한 선물이다. 따라서 그가 '어처구니없는 일' 혹은 '황당한 일 벌리는 것'(「詩作」)이라고 자조적으로 인식하고 있는 시작행위는 결코 부질없는 것이 아니라는 점을 충분히 증명할 수 있는 작품이 바로 이 작품이다. 필자는 이 작품에서 배 시인이 가지고 있는 신앙과 시작행위로 인하여 만년의 그의 삶이 더욱 원숙하고 보람 있을 것이라는 예감을 발견한다.

손정란 시인의 눈물과 웃음이 공존하는 시 쓰기
– 제1시집 『어딘가에 전화를 걸어 암호를 풀다』의 작품세계

　손정란 시인의 작품을 필자가 처음 만난 것은 부산크리스천문인협회의 기관지인 《부산크리스천문학》 2020년 하반기호(통권34호)의 신인상을 심사하는 자리에서였다. 6편의 투고작 가운데 3편을 당선작으로 뽑았다. 그리고 손 시인의 작품의 특색으로 객관적 상관물을 통한 궁극적 관심의 표현이라고 보았다. 말하자면 신앙고백이나 크리스천으로서의 삶에 대한 표현을 직접적으로 하지 않고 다른 사물을 통하여 간접적이고 객관적인 방법과 태도로 시를 형상화하는 특성을 가지고 있다고 보았다.

　이번의 제1시집의 특성을 그 당시의 당선작 3편(1부; 「고립」, 2부; 「늙은 아파트의 봄」, 3부; 「뻥, 뻥이요」)과 다른 몇 편의 작품을 중심으로 살펴보기로 한다.

　　"어무이, 담 번엔 뭘 사올까?
　　먹고 싶은 것 언제든 말하이소"

　　금방 꺼어질 듯
　　휠체어에 의지한 엄마에게
　　방금 말아온 비빔국수를 권하는 아들
　　틀니를 덜거럭거리며 오물오물

맛나게 드시는 엄마

눌러 쓴 둥근 모자 아래
길쭉한 코와 가는 눈매
마르고 긴 국화빵이다

가을 햇빛 아래 가늘가늘
서로가 물들인다
사방으로 번지는 꽃향기

― 「국화빵」 전문

　제1부에 편집되어 있는 「국화빵」은 요양원이 시적 공간이다. 아마 손 시인이 봉사활동하면서 겪은 체험의 공간일 것도 같다.
　이 작품 말고도 손 시인의 작품 가운데는 노인들이 등장하는 경우가 많다. 이러한 경향의 작품에서는 손 시인은 다분히 관찰자적 어조를 가지고 있다. 물론 비유나 공간적 배경을 바라보는 데서 손 시인의 어조가 지나치게 냉철하지는 않은 따뜻한 시선을 가지고 있는 점은 객관적 관찰자로서의 역할에서 다소 벗어나고는 있다. 그러나 그것이 약점이 아닌 장점이 되고 있으며 따뜻함으로 인하여 읽는 독자들에게는 웃음을 자아나게 한다.
　「국화빵」의 경우 요양원에 휠체어에 몸을 실을 수밖에 없는 어머니를 찾아온 아들과의 만남이 시적 공간이자 전개되는 정경이다. 이러한 공간에 대한 상식적 인식은 죽음의 그림자가 보이는 불안한 공간이다. 그러나 손 시인의 이 작품은 그 서두에서부터 상식을 벗어난다.
　첫째 연의 모자간의 대화에서 사투리를 사용하여 정감이 넘치게 하고 있으며 아들의 세련되지는 않지만 어머니를 섬기는 진솔한 자세를 엿볼 수 있다. 이러한 정감은 둘째 연에서 어머니의 노화로 인한 장애를 구체적으로 묘사함으로써 더욱 세밀해진다. 이러한 정경은 결코 아름답거나 희망적인 정경이라고 보기는 힘들다. 어머니의 모습에서는 안타까움과 슬픔의 정서를 느낄 수도 있다. 그러나 어머니의 얼굴을 '국화빵'에 비유함으로써 웃음을 자아내게 한다. 이 비유가 시의 제목이 되었다는 것도 이례적이다. 이러한 웃음은 마지막 연에 등장하는 밝고 향기를 느끼게 하는 배경을 배치함으로써 건강한 웃음이 된다.

횟집이 차창처럼 들어선
버스 종점 옆 늙은 아파트

비릿한 바다 냄새에 절여진
늙은 고양이 춘곤증과 뒹군다
늘어진 하품으로 바다를 늘인다

소쿠리 가득 옛날과자 쏟아 놓고
오물오물 나눠 씹으며
늙은 아낙들의 수다가 익어간다

백내장 걸린 개를 안은 여인이
"어여 함 잡서봐"
정류장 질러가는 늙은 발목을 잡는다

흐드러진 봄꽃들 한껏 물을 올려
묵은 것을 덮는
늙은 아파트의 오래 묵은 봄날

— 「늙은 아파트의 봄날」 전문

제2부의 첫 작품인 「늙은 아파트의 봄날」의 경우는 시인의 의도나 정서가 철저하게 배제된 작품이다. 즉 관찰자적 태도라고 볼 수 있는 작품이다.

  첫째 연과 둘째 연에서는 재개발을 앞둔 오래된 아파트 단지의 풍경이 제시된다. 바다가 멀지 않은 아파트 단지라는 것은 둘째 연의 정경 제시에서 짐작할 수 있다. 졸고 있는 고양이마저 늙은 것으로 등장시켜 낡은 아파트 풍경을 더욱 삭막하게 한다. 그러나 셋째 연과 넷째 연에서는 늙은 아낙들이 소쿠리 가득 옛날 과자를 쏟아놓고 오물오물 먹으면서 수다를 뜨는 모습과 지나가는 이웃에 과자를 권하는 여인이 등장하면서 다소 사람 사는 온기를 느끼게 한다.

  이 시의 전체적 분위기는 등장하는 고양이와 개와 여인들까지 모두 늙었지만 마지막 다섯째 연에서는 흐드러진 봄꽃들을 등장시켜 낡은 아파트 풍경과는 대조적인 풍경을 등장시켜 삭막함을 다소 청산시키고 있다. 이러한 풍경 속에서도 인정스러운 삶의 모습을 발견하는 손 시인의 삶에 대한 태도를 짐작할 수 있는 작품이 바로 「늙은 아파트의 봄날」이다. 말하자면 '봄날'로 인하여 새로운 희망이 보이는 작품이기도 하다

  벚꽃이 터널을 이룬 아파트 입구
  오늘도 뻥튀기 남자는 바쁘다.

  꽃보다 더 많은 꽃구경 인파는
  모두다 고객
  남자의 신명 속으로 땀이 흐르고

  뻥이요, 뻥이요.

자주 남자는 뻥을 친다

둥구란 뻥, 길쭉한 뻥, 입조쌀 뻥,

남자의 1톤 트럭이 온통 뻥이다
구경꾼들 홀리기 좋은 뻥
뻥으로만 살아가는 남장의 뻥 소리는
꽃잎보다 더 크게 부풀어
뻥 같은 내 봄날을 다 덮는다

뻥이요
뻥 사요

– 「뻥, 뻥이요」 전문

제3부에 편집된 「뻥, 뻥이요」는 앞의 작품 「늙은 아파트의 봄날」보다
더 인정스러운 풍경이며 사람들의 살아가는 모습을 역동적으로 보여
주고 있다. 벚꽃 터널을 이룬 아파트 단지 풍경이 그렇고, 몰려온 꽃구
경 인파들로 인하여 마치 축제의 풍경 같은 느낌을 준다.

이 시의 제재이자 주인공인 '뻥튀기 남자'의 행동이나 고객을 부르는
말솜씨는 역동성을 넘어 웃음까지 자아내게 한다. 특히 뻥튀기의 '뻥'
과 동음이어인 '뻥을 친다'에서의 '뻥'(거짓)에서는 언어유희pun 수법을
통원하여 풍자성에서 나오는 웃음까지 느끼게 한다. 그러한 언어유희
의 효과를 가장 잘 드러내고 있는 부분은 여섯째 연이다. 첫 행 '남자
의 1톤 트럭은 온통 뻥이다'에서 '뻥'에서 이중효과는 결국 마지막 행
에 등장하고 있는 시적 화자의 '뻥 같은 내 봄날'에서 삶의 이중성마저
드러내고 있다. 그러나 이러한 부분적인 페이소스보다 이 시 전체를
뒤덮고 있는 것은 '뻥튀기'의 제조과정에서 들려오는 의성어 '뻥'에서

느껴지는 웃음을 자아내게 하는 후련함이라고 볼 수 있다. 어쩌면 착
잡한 손 시인의 삶의 현실을 날려 보내는 소리로도 인식된다.

남천동 포구
테트라포트 아래 앉아
아들이 내 술주정을 받는다
사이에는 행간이 넓다

안사람 병으로 쓰러져
병수발로 수년간 매달렸지만
떠나고 지금은 보고 싶다
살기 싫다, 자식 다 소용없다
술 핑계로 목 놓아 울었다
꿈에도 보이지 않는 마누라

청춘을 돌리고 싶다는 늙은 아들은
목에 금체인을 두르고
찢어진 청바지를 입었다
속이 타고 가슴이 뜨거우면
허벅지에 열이 나는 것일까

날 뒤에 태우고 돌아가는
노을에 비친 아들 머리카락이 붉다
끝이 보이지 않는 굽은 길 연속
형광빛 자전거 패달이 무겁다
꼬부랑 길 부리에 바퀴가 무겁다

— 「행간이 넓다」 전문

제4부에 수록된 「행간이 넓다」는 제1부 「국화빵」과 유사한 노인들의 삶의 모습이 시적 배경이 된 작품이다. 「국화빵」이 모자간의 정겨운 모습을 관찰자적 입장에서 보여준 것이라면 「행간이 넓다」는 부자간의 다소 어색한 모습을 아버지의 시점에서 보여주고 있다. 그리고 「행간이 넓다」에서는 웃음이 전혀 보이지 않는다. 아내를 먼저 보낸 늙은 아버지의 서러움의 정서만 처음부터 끝까지 보여준다. 부자간의 다소 어색하다는 느낌은 제목이기도 한 '행간이 넓다'라는 비유적인 표현에서도 감지된다.

첫째 연부터 손 시인의 시의 대표적 기법인 관찰자적 공간제시 기법이 등장하지 않고 시적 화자 '아버지'의 독백과 진술이 시작된다. 부산 남천동 바닷가 테트라포트 아래 앉아 부자간에 어색한 모습으로 아버지가 아들에게 술주정을 한다. 들째 연은 술주정이라고도 볼 수 있는 아내를 병수발 몇 년 만에 먼저 저승으로 보낸 독백과 아버지의 진술이 섞여 있다. 이 부분에서 돋보이는 것이 아버지의 아내 사랑이다. 셋째 연에서는 아버지의 나이가 젊지도 않는 아들의 젊은이 흉내가 못마땅해 한다. 마지막 넷째 연에서는 아버지를 자전거에 태우고 귀가하는 모습을 아버지 입장에서 권태를 느끼면서 관찰한다. 그러나 이 부분에서 부자간의 어색한 관계가 다소 소멸된다고 볼 수 있다.

지금까지 살펴본 네 편의 작품은 주로 노인들이 시적 주인공으로 등장하는 한국 노인들의 노년기 삶의 모습을 보여주는 시편들이다. 손 시인은 아직 이들보다 훨씬 젊다. 그러나 노인들을 주인공으로 시를 썼다는 점에서 지금까지 한국 시단에 좀처럼 보이지 않은 그 나름의 특색을 간직한 시집이라고 볼 수 있다. 그리고 노인들의 요양보호에서 제기되는 문제들을 자주 언론지상에서 볼 수 있다는 점에서 주목되는 시집이다. 특히 최근에 자녀들이 부모를 모셔야 한다는 의무감이 현저히 떨어졌다는 보도를 미루어 볼 때 젊은이들에게도 읽혀져야 할 시집이라는 생각조차 든다.

마지막으로 손 시인 자신의 슬픔과 그 극복의지가 담겨 있는 시 두
편을 인용하여 그것들에 대하여 간단히 언급하는 것으로 손 시인의 시
세계의 특질을 마무리하기로 한다.

　　(가) 병상에 누운 사람
　　　　누가 살을 다 가져갔나
　　　　몇 해 째 비운다

　　　　옷을 갈아 입힌다
　　　　펄럭거리는 옷 속에서
　　　　마른 장작개비로
　　　　일어서는 몸

　　　　버석거리는 팔 들어 올려
　　　　내 눈에 매달리는 눈물
　　　　가랑잎으로 금가는 손을 만진다

　　　　눈물이 감싸는 핏줄
　　　　끌어다 눈에 넣는다
　　　　조용히 눈물이 되는 두 사람

　　　　　　　　　　　　　　　　　　　　－「눈물을 만지다」 전문

　　(나) 걸음이 걸린다고 부르짖는다
　　　　큰 파도 앞에 섰다
　　　　거친 피도는 윤슬이 아름답다
　　　　가슴을 눈물이 적신다

탄력있는 노랑머리가 패들 보드에 오른 후
파도 가르고 보이지 않을 시점까지 거슬러 간다
파도와 함께 뒹굴며 실링이 하다 지친 여지는
파도에 서핑보드를 숨기고 물 밖으로 나왔다
조용한 바다가 뒤집어지며 쾌속정이 달리고
서퍼들은 파도 앞에 일어선다

그래, 파도는 두려워하는 게 아냐
즐기며 헤쳐나가는 거야

– 「파도타기」 전문

    제1부에 편집된 (가) 「눈물을 만지다」의 경우 손 시인의 가족사가 직접 시적 제재로 등장하고 있다. 의사였던 손 시인의 남편은 오랜 투병 생활 끝에 하나님의 부름을 받고 천국으로 갔다. 그 병상의 간병 체험이 시적제재가 된 것이다. 손 시인이 직접 병상을 지키며 남편의 쇠약해져 가는 과정을 표현하고 있는데도 첫째 연과 둘째 연에서는 냉정할 정도로 슬픔이 억제되어 있다. 그러나 읽는 독자들은 마치 자기 가족의 일인 것처럼 슬픔을 느끼지 않을 수 없다. 셋째 연에 와서 비로소 슬픔을 '눈물'로 사물화하여 표현한다. 그리고 마지막 넷째 연에서는 두 사람이 같이 슬퍼한다. 그러나 이 부분에서도 슬픔의 정서를 직접 드러내지 않고 '눈물'로 사물화한다. 이러한 정서의 사물화 능력이야말로 손 시인이 가지고 있는 시작의 큰 자산이다. 남편의 죽음으로 인한 슬픔의 극복이 두 사람이 반드시 천국에서 만날 것이라는 그가 가지고 있는 신앙에서 왔듯이 정서를 직접 드러내지 않는 사물화의 능력 또한 그의 신앙에서 왔다고 볼 수 있다.
    제4부에 편집된 (나) 「파도타기」는 바다에서 윈드서핑을 하고 있는 무리들을 바라보면서 쓴 시이다. 걸음이 걸리는 아픔에도 불구하고 파

도를 인식하는 첫째 연에서는 슬픔의 정서를 '눈물'로 사물화하고 있다. 그러나 둘째 연에서는 파도타기를 하고 있는 서퍼들의 좌절하지 않는 투지를 발견한다. 그래서 마지막 셋째 연에서 파도에 대한 두려움은 사라지고 파도를 즐기며 헤쳐나가는 것으로 인식한다. 손 시인은 필자가 심사한 작품 「고립」(제1부에 편집)에서도 '바다'를 새로운 희망으로 인식하고 있다.

앞으로 손 시인은 이러한 희망과 천국에의 소망을 보다 치열한 상상력으로 사물화할 것이라는 예감이 든다.

송정우 시인의 시에서 여행의 의미

1

최근의 한국 시단과 평단에서는 여행을 제재로 한 시를 〈여행시〉 혹은 〈기행시〉라는 명칭으로 마치 본격적인 시가 아니라 일종의 행사시 즉 경우의 시 occasional poems로 취급하는 풍조가 있다. 필자는 이러한 통념에 대하여 동의할 생각이 없다. 동서고금을 통하여 여행이라는 행위는 많은 본격적인 문학 작품의 제재가 되었다. 따라서 그 작품들을 일일이 열거할 필요는 없다.

다만 시의 경우를 간단히 언급하기로 한다. 영국의 낭만주의 시인 Byron(1788-1824)은 자기 자신에 대하여 〈하룻밤 자고 났더니 유명해졌더라.〉(I woke one morning, and found myself famous.)라고 말하였다는 일화는 잘 알려진 일이다. 그런데 이 말은 그의 대표작 『차일드 헤럴드의 순례 Child Harold's Pilgrimage』가 출간되었을 때에 하루아침에 유명 시인이 된 것을 두고 한 말이다. 이 시는 바이런이 케임브리지 대학에서 문학석사 학위를 취득하고 난 뒤 1809-11년 친구와 함께 포르투칼, 스페인, 알바니아, 그리스, 중동(소아시아) 등지를 2년여 여행하고 그 경험을 바탕으로 자기 자신을 상징하는 인물 차일드 헤럴드가 영국을 떠나 여행하는 것이 제재가 된 4부작, 4,655행의 장시長詩이다. 말하자면 그의 대표작이 일종의 여행시인 셈이다.

우리나라의 경우도 현대시의 아버지로 알려진 정지용(1902-1950) 시인의 경우도 그의 두 번째 시집 『白鹿潭』(1941. 문장사)의 경우 제주도 여행과 금강산, 장수산 등 여행체험의 시가 대부분이다. 1930년대의 대표적 시론가인 김기림(1908-?) 시인의 경우에도 많은 여행을 제재로 한 시를 썼다. 그 가운데 「咸鏡線 五百 킬로 旅行風景」이라는 장시의 「서시」는 명편名篇으로 알려져 있다.

> 世界는
> 나의 學校
> 旅行이라는 課程에서
> 나는 수없는 신기로운 일을 배우는
> 유쾌한 小學生이다.
>
> — 「서시」 전문(1934. 9. 19. 《朝鮮日報》)

김기림이 조선일보 기자 시절 그의 고향인 함경도 성진으로 돌아가는 것이 모티브가 된 장시의 서시序詩이다. 이 작품은 짧은 시들이 21편으로 연결된 장시인데 그의 귀향에 대한 즐거움과 소학생처럼 지적 호기심으로 충만해 있다. 여행은 미지의 장소와 그에 관련된 지식 즉 이야기에 대한 호기심으로 시작된다는 것은 누구에게나 적용될 수 있는 여행을 좋아하는 원인이다. 이러한 여행의 의미를 경쾌한 리듬과 적절한 비유로 형상화 하고 있는 시가 바로 이 작품이다. 이렇게 볼 때 Byron이나 정지용의 장시 「白鹿潭」이나 「長壽山」 혹은 김기림의 작품들을 여행시라고 장르명도 아닌 명칭을 부여하여 폄하할 수는 없는 것이다.

필자는 여행시라 하여 가치평가를 본격적인 작품에서 배제하는 것은 온당하지 않다고 생각한다. 다만 여행 중에 느낀 시적 정서를 가볍게 혹은 즉흥적으로 표현하여 시 자체를 가볍게 보게 하는 시인들 각자의 시작 태도가 문제이지 여행이 제재가 된 시 전체를 폄하할 일은 아니라고 본다. 이상과 같은 입장에서 송정우 시인의 여행을 제재로 한 연작시 「길」에 대하여 살펴보기로 한다.

2

  송정우 시인은 무역업에 종사하는 탓도 있겠지만 여행과 자연을 좋
아하여 생업의 틈틈이 50여 개국을 혼자서 여행하기도 하였다. 그가
좋아하는 여행지는 프랑스 파리와 러시아의 상트페테르부르크, 히말
라야 산길 그리고 캐나다의 호수 등이라고 그 자신이 밝히고 있다. 한
편으로는 부산의 해변을 좋아한다는 점 역시 밝히고 있다. 그리고 최
근에는 자전거로 해외여행을 하는 데에 도전하였다. 그는 경쾌하고 속
도감 있는 문체로 여행이 제재가 된 수필 쓰기를 좋아한다. 이러한 여
행체험이 그의 시에 어떻게 반영되어 있는가를 살펴 보기로 한다.
  송 시인의 여행이 제재가 된 작품들은 결코 가벼운 시가 아니라는 것
은 작품의 분석과 해석 후에 자연스럽게 내려질 결론이다. 우선 그의
시를 인용하여 살펴보기로 한다. 그는 '길'이라는 제목으로 연작시를
쓰고 있으며 부제로 각 작품의 시적 공간과 시간을 밝히고 있다.

    밤새 헤매는 불빛에
    잠들지 못한 창
    커튼을 열면
    불확실한 또 하루가 우두커니 서 있다.

    판화 같은 도시의 낯선 망토
    혼자여서 두려운
    밤의 고요를 품고
    욕망의 발목을 잡은 야망이 가라앉는다.

산맥의 뒤편을

밤새워 헤매던

해무를 두레박질한

구름다발의 묵직한 기울기

지평선 잘룩한 허리를

무겁게 밟고 있는 고층 건물

하루치의 품삯으로

손을 내미는 사람들 줄이어 걸어온다.

－「길. 11 － 홍콩 노쓰 포인트. 6월」 전문

이 작품은 송 시인이 일로 방문한 홍콩의 야경이 시적 공간이며 시간
은 6월이다. 말하자면 시적 화자는 6월의 홍콩 야경을 고층 호텔에서
내다보고 있다.

시적 화자를 송 시인으로 보면 그는 홍콩의 현란한 밤 풍경과 일로
만났거나 만날 외국인들에 대한 염려 때문에 뜬눈으로 밤을 새웠다. 그
러나 확실한 것은 아무것도 없다. 오늘 하루의 상담의 실적은 오직 외
국인 회사의 담당자의 마음속에 있다. 이러한 시간적이면서 송 시인의
직업인으로서의 내면을 보여주는 것이 첫째 연이다. 마지막 행 〈불확
실한 또 하루가 우두커니 서 있다〉라는 표현은 시간이라는 불가시적
인 사물을 감각화한 부분이다. 둘째 연의 관심사는 홍콩의 밤 풍경을
판화라고 비유하면서 약간은 풍자성을 가진다. 이러한 풍자적 풍경 때
문에 역시 마지막 행에 등장하는 관념어 '욕망'과 '야망'이라는 심리적
인 관념이 '가라앉는다' 라는 감각어로 구체화된다. 셋째 연 역시 홍콩
풍경인데 풍자적 시각으로 표현한 부분이다. 마지막 연의 경우는 아침
출근에 분주한 홍콩 사람들의 모습이 역시 풍자적 풍경과 어우러져 형
상화된다.

이상으로 볼 때 송 시인의 이 작품은 단순한 풍물시가 아니라 풍자성을 바탕으로 하는 문명비판과 자기 자신의 직업인으로서의 고뇌 등이 담긴 본격적인 시이다.

> 새벽빛 싱싱한 초록숲 첫 날숨에
> 산기슭에 비박한 바람이 순례를 떠난다.
> 아득한 북녘 하늘 발꿈치를 붙들고
> 검은 날개 반짝이는 까마귀 곡예를 하며
> 어둠에 잠겨 있던 땅이 눈을 뜬다.
> 바람결 흔들리는 벌개미취
> 수채화 한 폭을 그려가고
> 온몸으로 지저귀는 방울새
> 붉은 음표를 오선지에 찍는다.
> 자줏빛 흔들리는 노을
> 화려한 꽃다발을 들고 연주를 시작하면
> 한 사발 가득이 슬픔을 들이킨 산맥은
> 죽음 같은 칩거를 끝낸다.
> 남풍 따라 물결에
> 부드럽게 흔들리는 수초 사이로
> 뱃사공의 하루가 무지개빛 날을 세운다.
> 안식의 불빛으로 찰랑거리던 이슬방울
> 침묵의 나락으로 소멸하면
> 잊혀진 가슴에 은빛 첫 별이 뜬다.

-「길. 14 – 캐나다 보론 호수, 9월」 전문

이 작품은 그가 좋아하는 곳으로 열거한 캐나다의 보론 호수가 시적 공간이며 캐나다로서는 본격적 가을이라고 할 수 있는 9월이 시간이다. 이 작품에서는 일하는 송 시인이 등장하지 않는다. 즉 일하는 중간에 찾아간 풍경이 아니고 그 자신 홀로 여행하며 찾아간 풍경이라고 보아도 큰 무리는 아닐 것이다. 여기서 찾을 수 있는 송 시인의 시적 역량은 사물에 대한 현미경적 관찰을 바탕으로 한 감각적 이미지의 형상화이다.

새벽 시간에 불어오는 미세한 바람의 감각화로 시는 시작된다. 뿐만 아니라 점점 밝아오는 대지까지 어둠의 이미지를 동원하여 감각적 이미지로 치환한다. 벌개미취, 방울새, 수초, 이슬방울 같은 미세한 사물 그것도 덧없이 사라지는 이슬방울로부터 시작하여 노을, 산맥 같은 거대한 사물도 등장하고 뱃사공 같은 사람도 등장한다. 그러나 사물마다 적절한 비유적 표현으로 감각화에 성공한다. 특히 산맥의 경우 슬픔과 죽음이라는 시어로 거대함과 웅장함을 구체화 시킨다.

이 시의 또 다른 특징은 시적 화자의 감정이 절제되어 있다는 점을 들고 싶다. 많은시인들은 아름다운 풍경에 직접적인 감탄을 보여 사물에 대한 거리조정을 실패하는 경우가 많다. 송 시인의 이 작품에서 시적 화자의 감정을 표현한 부분을 찾는다면 마지막 행 '잊혀진 가슴에 은빛 첫 별이 뜬다'라는 부분이다. 그것도 어떤 정서인지 한참 생각해야 하는 비유적 표현으로 하고 있다. 이러한 절제로 인하여 이 시는 긴장감을 지속시키고 있다.

이상의 두 작품은 해외여행에서 얻어진 작품이다. 국내 그것도 부산 근교의 걷기 혹은 산책이 시적 공간이 된 작품 하나를 인용해 보기로 한다.

혹한의 겨울 보내니
폭염의 여름이 오다.

바람 없는 바람 언덕

오르고 내리다 만난

세 갈래 골목길 같은 이마 주름
늘 푸른 수평선이 찰랑거린다.

뜨거운 밤이면 어김없이 찾아온
흰옷 입은 사람

오십 년 눈물로 피워낸 꽃이
대낮 반딧불이로 날라 다닌다.

- 「길. 17 - 아미동 할머니. 8월」 전문

　이 작품은 아미동 산동네 일명 비석거리라고 불러지는 곳이 시적 공
간이고 시간은 폭염이 심한 8월이다. 앞의 두 작품에는 사람이 등장하
지 않는데 여기서는 사람 그것도 결코 행복한 삶을 살아오기보다 신산
한 일생을 보낸 할머니가 등장한다. 그런데 이 할머니의 생애에는 많
은 이야기가 담겨 있을 것이다. 송 시인은 그 많은 이야기에 살을 붙이
는 것은 독자의 몫으로 남겨두고 있다. 어쩌면 할머니의 아픔은 독자
에게 책임 전가한 것도 같은 느낌마저 든다. 이러한 책임전가로 인하
여 이 시의 시어 하나하나는 지극히 비유적이면서 상징적이다.
　우선 할머니의 이마의 주름살을 세 갈래 골목길로 비유한 것은 할머
니의 결코 평탄하지않은 생애를 짐작하게 한다. 그리고 이마에 푸른
수평선이 찰랑거린다는 부분은 남편을 바다에서 잃은 것이 아닌가 하
는 상상을 하게 만든다. 그렇게 상상하면 뜨거운 밤에 찾아오는 흰옷
입은 사람은 살아 있는 사람이라기보다 그녀를 이 세상에 두고 일찍
저 세상으로 간 남편일 수도 있을 것이다. 이렇게 할머니는 50년 세월
을 눈물로 보낸 것이다.

앞으로 이러한 아픔을 간직한 사람들에게는 다른 세상의 소망을 보여주는 것은 송 시인이 개신교 장로 시인이라는 점에서 모색해야 할 몫이다.

3

이상의 「길」 연작시 말고도 그의 첫 시집 『희망을 다림질하다』(2012)와 2019년에 발간한 제2시집 『비상구를 찾다』에도 많은 작품들의 시적 공간이 여행이다. 뿐만 아니라, 남들이 가보지 못한 세계 곳곳의 혼자 하는 자유여행 체험과 신앙 체험 그리고 외국 상인들을 상대해야 하는 치열한 삶을 시적 자산으로 가진 송 시인에게 우리는 많은 기대를 하는 바이다. 그리고 그의 시에 나타난 여행의 의미가 그의 신앙인 개신교를 바탕으로 한 '궁극적 관심'에 기울어지기를 소망하는 바이다.

자연과 사물, 그리고 가족에 대한 절제된 따뜻함

—신현숙 시집 『상처는 향기가 난다』의 특성

2019년 12월 중국 우한에서 발생한 급성폐렴을 유발하는 코로나 19 는 아직도 지구촌 곳곳에 그 위세를 떨치고 있다. 우리나라의 경우 2020년 1월 20일 우한에서 입국한 중국인에게서 발견한 이래 일일 확진자가 지금은 정점(2022년 5월 16일 35,117명)을 찍었으나 아직도 7,382(6월 11일)으로 집계되고 있다. 누진 확진자는 1,822만명을 넘었고 사망자도 24,371명(6월 11일)이나 된다. 코로나 19는 박쥐에 있는 바이러스가 인간에 옮겨진 인수공통감염병으로 알려져 있다. 그리고 이러한 전염병이 계속 발생되는 원인의 하나로 인간의 과도한 개발로 인하여 파괴된 자연 때문이라는 지적을 하고 있다. 요즈음 대도시의 아파트 단지에 간혹 멧돼지가 출현한다는 기사를 볼 수 있다. 그들이 산속에서 먹이를 찾지 못하여 인근 주택가로 내려온 것이다.

이것은 인간이 멧돼지 먹이가 서식할 환경을 없앤 탓에 벌어지는 현상이다. 그리고 반려동물 애호가가 폭발적으로 늘어난 반면에 그들을 버리는 비정한 사람들이 많아, 유기견이나 유기묘가 사회 문제로 대두되고 있는 점 역시 예사로 보아서는 안 될 일이다.

한편으로는 태풍과 가뭄과 기온 상승 등 급격한 기상 변화 역시 산업화로 인한 자연 파괴와 과도한 탄소배출에서 오는 지구 온난화 때문이라고 한다. 2021년 3월 19일에는 그린랜드 정상 3200m에 눈 대신 비가 내려 빙하가 급속하게 녹았다고 외신은 전해 왔다.

이상과 같이 질병과 이상 기온에서 오는 생태변화에 대한 위기의식은 인간의 자연에 대한 새로운 관점과 인간과 동물의 공존의식 등을 대두시켰다고 볼 수 있다. 이러한 측면에서 새로운 생태문학이 등장해야 한다는 생각들을 가지는 작가들이나 시인들이 많다.

신현숙 시인은 《창조문예》 2021년 7월호와 11월호의 1, 2회 추천작에서 자연과 사물에 대한 시인의 태도가 개성적이었기 때문에 새로운 생태시의 가능성을 보여준 바 있다. 이번에 엮는 그의 제1시집 『상처는 향기가 난다』에는 추천작들을 포함하여 91편의 시를 4부로 나누어 편집되어 있다. 4부로 나눈 기준은 시적 태도의 차이보다. 시적 제재의 차이에 따랐다고 볼 수 있다. 그의 시작 태도는 자연과 사물에 대한 치밀한 관심에서 오는 정서이입이 개성적이면서 때로는 단순한 정서에 끝나지 않는 가치판단이 들어가기도 한다. 그러면 그의 시에서 개성적 태도와 가치판단이 어떻게 드러나고 있는가를 살펴보기로 한다.

우선 I 부에 편집되어 있는 연작시 「시를 쓴다」 3편 가운데 두 편을 살펴보기로 한다. 이 3편은 이 시집에 들어 있는 유일한 시를 위한 시 즉 메타시로서 신 시인의 시작 전모를 파악할 수 있는 작품들이다.

　　(가) 나는 코스모스
　　　　흔들리는 마음
　　　　설레는 빛깔
　　　　여린 꽃잎
　　　　그리움 같은 것
　　　　그리고
　　　　숨어 있는 마음이다

　　　　나는 우주의 마음
　　　　마음껏 날아가는

차표 없는 낯선 여행

소리 없이 달리는 메아리

말이 안 되는데

말이 되는

아이러니

나는 시다

- 「시를 쓴다」 (1) 전문

(나) 내가 보인다

가족이 보인다

오래된 그리움 보인다

어려운 말은 심오한 뜻

비빔밥처럼 섞인다

짤막한 한 줄에

내 추억이 섞이고

살아가는 인생이 숨 쉬고 있다

- 「시를 쓴다」 (2) 전문

(가) 「시를 쓴다」 (1)의 경우는 신 시인의 시적 제재와 상상력 전개 방법을 파악할 수 있는 작품이다. 이 작품에서 시적 화자 '나'는 시인이 아니고 '시'로 설정되어 있다. 첫 연에서 시를 코스모스의 흔들리는 마음으로 비유하여 코스모스의 빛깔과 모습에서 유추되는 가냘픈 그리움과 숨어 있는 마음 등이 시적 방법이면서 그러한 인식의 대상은 자연이 될 것이라는 것을 보여주고 있다. 둘째 연에서는 소박한 자연에서 의지하는 상상력만이 아니라 우주가 등장하고 여행을 등장시켜 말이 안 되는 반어적 진술 즉 아이러니도 등장할 것을 예고하고 있다. 이러한 시적 태도로 보아 자연을 인식하데 지금까지 다른 시인들에서 자

주 등장하는 전통적 자연관과는 다소 다른 무엇이 있을 것 같은 느낌을 받는다.

(나) 「시를 쓴다」 (2)에서는 시적 화자가 시인 자신이 되어 어떠한 것들이 시적 주제 혹은 정서로 등장할 것인가를 보여준다. 즉, 시인 자신의 자아, 가족, 그리움 혹은 추억, 그리고 인생이 주제가 될 것이라고 하면서 그것들을 길게 늘어놓기보다 짧게 응축할 것이라고 하여 시의 본질에서 벗어나지 않을 것이라 하고 있다.

이상과 같은 신 시인의 시작 태도에 따라서 이 시집은 4부로 나누어지게 된다.

꽃이 피기 전에는 풀이었다
꽃 피면서 야생화

풀이 베이면 향기 난다
풀 향기

내가 좋아
좋다고 하더니
말없이 홀로 떠나는 사람

과즙 눈물이 맛을 내듯
내 눈물의 맛은
달달하게 익어 버렸다

— 「상처는 향기가 난다」 전문

자연에 정서가 미묘하게 이입된 경향의 작품들로 편집된 Ⅰ부의 시 가운데 시적 화자의 독특한 어조 때문에 형상화에 성공한 작품이면서

이 시집의 제목이기도 한 「상처는 향기가 난다」를 골라보았다.

이 시를 지배하고 있는 어조는 아이러니 즉 반어법이다. 우선 제목 속에서 그것을 발견할 수 있다. 상처에서는 상식적으로 볼 때에 아픔을 느낀다. 그 결과 정서 가운데 슬픔을 유발한다. 그러나 인용한 「상처는 향기가 나다」에서는 아픔보다 향기가 난다고 진술하고 있다. 향기는 아픔이 아닌 아름다움과 기쁨을 유발하고 때때로는 감각적인 쾌감을 느끼기도 한다. 따라서 이 시는 이미 제목 속에서 상식을 초월하고 있으며 상처나 그로 인한 아픔을 황홀하게 극복하고 있다.

첫 연에서는 야생화의 등장 과정을 간결하게 보여주고 있다. 처음에는 평범한 풀이지만 그 속에는 그 나름의 아름다움을 간직한 야생화가 배태되어 나중에는 탄생의 기쁨을 맛볼 수 있다는 점을 진술하고 있다. 그러나 풀은 야생화를 꽃 피우기 전에 무참히 낫이나 제초기에 의하여 베임을 당한다. 이렇게 풀이 베어진다는 것은 야생화를 꽃 피우지 못하고 이 땅에서 사라지게 되는 것이다.

이 경우 상실감은 평범한 상실감이라기보다 일종의 배신감으로 다가와 아픔과 그로 인한 고통에 잠기게 되는 것이다. 그러나 시적화자는 풀의 베임보다 풀의 상처에서 나오는 독특한 냄새를 향기로 인식하여 그 고통에서 벗어난다. 이러한 풀에 대한 사유는 셋째 연에서 시적 화자를 버리고 떠난 사람에 대한 배신감으로 옮겨간다. 그 떠남은 단순한 떠남이 아니라 가까운 사람의 죽음이라는 극단적인 슬픔도 될 수 있을 것이다. 그래서 넷째 연에서 그 슬픔으로 인한 눈물마저 달달한 과즙이 되어 익어버렸다고 진술하는 것으로 끝맺고 있다. 이렇게 슬픔의 극복 의지를 후각과 미각이라는 두 가지 감각으로 표현하고 있다. 물론 시적 진술의 절제로 인하여 보다 구체적인 이미지를 유발하게 하지는 않지만 슬픔과 고통을 이중 감각으로 극복하고 있는 점은 충분히 전달되고 있다. 이렇게 사물에 대한 절제되면서도 따뜻함을 유지하고 있는 태도는 신 시인의 시적 수련에서라기보다 천성적으로 사물들에 대한 미세한 변화도 놓치지 않는 자상함에서 왔다고 볼 수 있다.

 다음으로는 Ⅱ부에서 가족이 시적 제재로 등장하고 있는 작품 가운데 한 편을 골라보기로 한다.

 흐르다 멈춘 시계
 아버지는
 침묵 속으로 사라지셨다

 밝아 오는 여명
 알람 같은 전화벨 소리

 아버지
 떠나간 시간
 멀어진 목소리는
 남은 시간 지우고 있었다

 사랑한다는 말씀으로
 이별 준비했던
 요양병원

 비워진 마음
 허공으로 흩어진다

 － 「가지 않는 시계」 전문

 신 시인은 근년에 요양병원에 모시고 있던 친정아버지를 천국으로 보냈다. 인용한 「가지 않는 시계」는 이러한 가족사적 슬픔이 시적 제재가 되고 있다. 그러나 아버지의 죽음이라는 슬픔을 직접적으로 드러내지 않고 시계와 전화벨 소리를 등장시켜 사물화에 성공하고 있다.

직접 임종을 지켜본 사람들은 사람의 생명이 점점 사라지는 것을 시간적으로 느낀 체험이 있을 것이다. 신 시인은 그러한 과정을 시계가 점점 멈추어진다고 비유하고 있다. 그러나 신 시인에게는 아버지의 죽음은 침묵 다음의 어두움 같은 절망이 아니라 밝아 오는 여명 속에 들리는 알람 소리로 천국행을 암시하고 있다. 이러한 점은 그가 가지고 있는 신앙에서 나온 태도이며 슬픔의 극복 방식이다. 하지만 인간적으로는 아버지의 죽음은 감당하기 어려운 상실감이 생길 수 있다. 이러한 상실감을 이 시의 후반에서 시간의 사라짐이라고 아버지의 입장에서 형상화하고 있다. 그리고 자신을 포함한 유족들의 슬픔을 '비워진 마음'이 허공으로 흩어진다고 진술하고 있다. 이 시의 시적 태도의 특징 역시 슬픔이 사물화되고 있다는 점이다.

Ⅱ부에는 이 작품 말고도 자신의 유년 시절이나 일상에서의 느낌을 사물화하고 미세한 관찰로 되새기고 있는 작품들이 많다. 그러나 이러한 점이 돋보이는 부분은 Ⅲ부이다. Ⅲ부는 주로 국내외 여행지의 체험이 제재가 된 시편이나 귀향 시편에서 그러한 특성을 발견할 수 있다.

연어 같이 올라간다
내가 태어 난
은하리 길 따라

관수루 팔 벌리고
먹물 묻은 구연서원
수줍은 자태 요수정은
말없이 얼굴만 붉히네

거북바위 솔가지에

민낯 달 내려오고

휘파람 불던 너럭바위

늙지도 않았는데

단발머리 소녀는 어디로 갔을까?

나는 내가 그리워

기다리고 있었나

덕유산 꼭대기에 백발로 서서

비릿한 저녁을 줍고 있다

- 「수승대 1」 전문

　이 작품은 「수승대」 연작시 3편 가운데 하나이다. '수승대'는 경남 거창군 위천면 황산리에 있는 계곡 일대를 지칭하는 곳으로 주변 경관의 아름다움과 경내에 있는 문화유산 때문에 2008년 12월 26일 문화관광부에서 명승 제53호로 지정한곳이다. 구연동이라는 별칭이 있는데 이는 거북 모양의 바위가 있는 데서 연유한 것이다. 그런데 이곳이 바로 신 시인의 고향이다. 따라서 유년 시절부터 고향을 떠날 때까지의 추억들이 간직된 곳이기도 하다.

　수승대는 덕유산에서 발원한 맑은 물과 계곡, 노송 바위들이 어우러진 명소로 삼국시대 백제와 신라가 대립할 무렵 백제에서 신라로 가는 사신을 전별하는 곳으로 사신의 생환을 장담못해 근심 수愁, 보낼 송送자를 써서 수송대愁送臺로 불리워지다가 1543년 퇴계 이황 선생에 의하여 수승대搜勝臺로 바뀌어져 현재의 명승지가 되었다. 경내에는 구연서원, 관수루, 내삼문, 요수정, 암구대 등이 있는데 유림과 거창신씨 요수종중에서 공동으로 관리하고 있다. 신 시인은 바로 거창신씨 요수종중 출신이다.

이상과 같은 수승대 바로 옆에서 태어난 신 시인이 백발이 희끗희끗한 나이가 되어 연어의 회귀처럼 고향을 찾는 데서 시는 시작된다. 첫째 연의 '은하리 길'은 지금도 개편된 주소명에서 사용되고 있는 옛길이다. 둘째 연에는 앞에서 열거한 문화유산들이 대거 등장하는데 그것들은 각자 독특한 내력과 자태를 가지고 있음을 암시하고 있다.

셋째 연에서는 거북 바위를 비롯한 자연의 불변에 비하여 단발머리 소녀 신 시인은 변하였다고 진술하면서 시인이 간접적으로 작품 속에 등장한다. 그리고 마지막 넷째 연에서는 '나는 내가 그리워/기다리고 있었나'라는 부분에서 신 시인 자신이 시적화자로 직접 등장한다. 그러나 그리움이나 귀향의 소회를 직접 피력하지 않고 '비릿한 저녁을 줍고 있다'로 감각적 이미지로 전환시키면서 시를 마무리 한다. 이렇게 마지막 부분에서 시인이 직접 등장하고 있는 점에서 단순한 기행시가 아니라 귀향시로서의 의미, 즉 세월의 흐름에서 오는 고향에 대한 재인식이 더하여 지고 있다.

인용 못 한 「수승대 2」의 경우 어머니가 등장하고 「수승대 3」의 경우는 어린 시절에 본 나들이 가던 어른들이 등장하고 있다. 그러나 어머니나 예전 기억에 대한 그리움의 정서가 적절히 절제되고 있다. 또한 이로 인하여 3편 모두 단순한 전경묘사나 풍경으로서의 시가 아니라는 특성도 가지고 있다. 한국화 속에는 사람이 조그맣게 등장하여 주의 깊게 보지 않으면 발견하지 못하는 경우가 많은데 신 시인의 시편은 이러한 전통을 이어받았다고 볼 수 있다. 숨겨지거나 절제된 인물들로 인하여 더 많은 이야기들이 숨어 있는 한국화의 한 경향이 바로 생태의 위기에서는 주목받는 작품이듯이 신 시인의 시는 이러한 점에서 새로운 생태시의 경향을 보여주고 있다고 볼 수 있다.

마지막 IV부는 자연이 더욱 미묘하게 사람과 공존하는 경우의 시들로 편집되어 있다. 그 가운데 2편을 인용하여 보기로 한다.

(가) 피면서

　　웃지 않는 꽃 있던가

　　꽃을 보면서

　　밉다 하는 이 있던가

　　꽃이 되려면 웃어라

　　맑은 웃음은

　　마음에서 나오는 연한 꽃잎

　　거울 속에 청순한 웃음 없다면

　　마음부터 씻어야지

　　너를 보니

　　너는 꽃이다

　　　　　　　　　　　　　　－「꽃」 전문

(나) 허리 굽은 살구나무는

　　노모처럼

　　문설주에 기대어 있다

　　마을 어귀에 매인 황소

　　눈 끔벅이며 따라온다

　　속삭이듯 좁은 오솔길

　　젖은 굴뚝에도

　　연기는 피어오르고

큰 입 벌리고
하늘 보는 장독대

늦은 햇살 짙어진 살구나무는
허리가 휘어진다

– 「풍경」 전문

　인용한 두 편의 시 (가) 「꽃」과 (나) 「풍경」은 제목에서는 구체적인 사물과 공간이 등장하지 않는다. 그래서 시가 개성적이지 못하고 타성에 젖은 작품이라는 선입견을 가질 수 있다. 그러나 신 시인의 비교적 짧은 두 편의 시를 읽는 순간 이러한 선입견은 기우라는 생각이 든다.

　(가) 「꽃」의 경우 '꽃'의 피어나는 과정을 의인화시켜 '웃는다'고 인식한다. 꽃이 피는 것을 웃는다고 인식하는 것은 상식적인 인식이 아닌가 하는 느낌을 가질 수도 있는데 이러한 기존의 느낌은 꽃을 바라보는 사람들은 꽃을 미워하지 않는다고 즉시 전환하면서 오히려 인식 대상의 재빠른 전환으로 인하여 탄력성을 받게 된다. 그리고 둘째 연에서는 지금까지 신 시인의 시에 좀처럼 등장하지 않는 명령형 어조가 등장한다. 시 밖의 시적화자가 시적 청자를 향하여 꽃이 되려면 웃으라고 강요한다. 명령형 어조는 일반적으로 독자들에게는 거북하게 느껴지는데 이 시에서는 그럴 사이도 없이 재빠르게 맑은 웃음과 거울 속의 웃음이 등장하여 청순하지않는 마음을 씻으라고 한다. 드디어 마지막 넷째 연에서는 시적 청자 '너'가 등장하면서 그를 꽃이라 단정한다. 여기서 청자 '나'의 정체가 궁금하지 않을 수 없다. 어쩌면 이 시의 청자는 비록 시적 의도를 알아듣지는 못하겠지만 신 시인의 손자나 손녀가 아닌지 생각해 본다. 방긋방긋 웃다가 그 웃음을 그친 손자나 손녀를 보며 웃으라고 하는 시가 바로 이 작품은 아닌지 상상해 본다. 이러한 상상까지 하게 하였다는 점에서 이 시의 묘미를 느낄 수 있다.

(나)「풍경」의 경우는 오래된 살구나무가 문설주에 기대어 있다는 표현에서 평범한 시골 풍경으로부터 벗어날 조짐이 보인다. 그리고 살구나무의 굽은 모양을 노모로 비유하였다는 데서 비록 직유의 보조관념이기는 하지만 사람이 등장하고 있다. 이 비유는 마지막 연과 연결되어 더욱 미묘해진다. 그리고 마을 어귀에 매인 황소가 따라온다는 둘째 연에서도 황소를 데리고 오는 사람을 시 속에서 직접 언급하고 있지는 않지만 사람이 등장하는 풍경이 되는 요건을 갖추고 있다. 셋째 연의 경우에는 굴뚝에서 연기가 피어오르는 데서 사람이 살고 있는 풍경이 된다. 물론 요즈음에는 시골에서도 굴뚝에서 연기 나는 풍경을 거의 볼 수 없지만 예전에는 저녁 때 연기 오르는 굴뚝에서 사람 사는 모습들을 상상하곤 하였다. 넷째 연에서는 장독대 뚜껑이 덮혀 있지 않은 풍경을 의인법으로 묘사하고 있는 점에서 사람들의 손길을 느낄 수 있다. 이러한 묘사는 다섯째 연에서 더욱 두드려져 저녁 무렵의 살구나무 있는 풍경을 의인화 하고 있다. 신 시인이 이 시에서 추구하고 있는 농촌풍경은 적막감에 의기소침한 풍경이 아니고 인정이 넘치고 가족과 이웃끼리 오손도손 정을 나누며 사람들이 살고 있는 농촌풍경을 보여주고 있는 셈이다.

지금까지 살핀 신 시인의 작품들에서 일관되게 흐르고 있는 시적 태도는 유년기의 추억들과 여행체험 그리고 일상의 사소한 체험들까지 긍정적으로 보고 낙관적으로 보면서 그것들의 형상화에 힘쓰고 있다는 점이다. 그리고 이러한 시적제재에서 유발되는 정서가 직접적으로 드러나지 않고 절제되어 있다. 달리 말하면 제재에 대한 적절한 거리를 유지하고 있다고 볼 수 있다. 이상과 같은 요건을 갖추고 있기 때문에 신 시인의 시에서 코로나 19로 인한 팬데믹 현상과 기후변화에서 오는 생태계의 위기를 극복할 수 있는 새로운 생태시의 가능성을 충분히 발견할 수 있을 것이다.

그리고, 긍정적이고 낙관적인 세계관과 절제된 감정에서 오는 따뜻함의 근원은 그가 가지고 있는 개신교 신앙에서 왔다고 볼 수 있다. 앞으로 이러한 기독교적 세계관이 도달할 곳은 사물이나 체험을 뛰어넘는 궁극적 관심이다. 보다 궁극적 관심에 경도된 작품들로 채워질 제2시집이 빠른 시일에 엮어지기를 기대하는 바이다.

라틴 아메리카 선교현장과 기독교적 상상력의 전개

– 윤춘식 시집 『카누에 오신 성자』의 특성

1

윤춘식 시인을 처음 만난 것은 1979년 가을 교육대학원 학생과 논문 심사위원 신분으로였다. 1976년 봄 부산대학교 사범대학 국어교육과에 부임한 필자는 1979년 조교수로 승진하고 나서 교육대학원 석사학위 논문을 처음 심사하게 되었는데, 그 대상자가 윤 시인이었으며 논문 제목은 『김현승론』이었다. 1980년 2월 그는 교육학 석사학위를 받았다. 그는 그 당시 고신대 학부를 나온 젊은 교역자였다. 필자는 그를 교육대학원에서 가르치지는 않고 논문심사만 하였다. 필자가 보관하고 있는 윤 시인의 논문에는 〈시 정신의 변모를 중심으로〉라는 부제가 붙어 있다. 그리고 나서 필자와 윤 시인과의 교류는 끊어졌다.

필자는 2004년 6월 부산대학교에서 개최된 한국시문학회가 주최한 전국학술대회에서 〈해외동포문학〉 가운데 남미문학에 대하여 「남미 한인의 시문학과 정체성」이라는 논문을 발표하기 위하여 2003년 가을부터 집필을 준비하게 되었다. 아르헨티나 지역에 한정된 논문이었는데 이 논문 작성은 필자로서는 어려운 작업이었다. 왜냐하면 현지에 가 직접 시인들을 만난 적도 없고, 현지 자료 구하기도 쉽지가 않았다. 다행히 그 당시 남미를 거쳐 미국 LA에 거주하고 있던 배정웅(1941–2016) 시인과 연락이 됐고, 집안 조카가 몇 해 전 아르헨티나 한인학교 교장으로 근무한 적이 있어서 자료를 구할 수가 있었다. 그 과정에서 선교사 윤춘식 목사의 시를 만나게 된 것이다. 25년만의 만남이었다.

윤 시인의 그동안의 목회 행적을 알게 되었고 그와 연락되어 남미한인 기독교문학 자료도 입수하게 되었다. 다시 만날 사람은 이렇게 해서 만나게 되는구나 하는 생각을 하지 않을 수 없었다. 그 논문에서 윤 시인의 시 두 편을 인용하여 '기독교적 상상력의 표출'이라는 특성으로 분석하였다.

2

윤춘식 시인은 1990년 고신교단 총회 파송 남미 선교사로 28년 동안의 파나마와 아르헨티나의 원주민 선교를 하고 아세아연합신학대학 선교학과 교수와 라틴연구원장으로 초빙되었다. 윤 시인은 그 동안 2001년 제1시집 『풀잎 속의 잉카』(문학수첩사)를 낸 이후 『저녁노을에 걸린 오벨리스꼬』(2001, 예영), 『그의 하늘이 이슬을 내리는 곳』(스페인어 대역 2003, 예영), 『지금 손안에 피는 꽃』(2009, 예영), 『슬픈 망고』(2015, 예영) 등 총 다섯 권의 시집을 낸 바 있다. 그동안 그는 한국기독문예상(1995), 미주문협상(1996), 남미 로스안데스문학상 대상(1997), 한국 기독교 들소리문학상 대상(2003) 등을 수상하였다. 이러한 저력은 그의 고향 경남 거창에서의 중고등학교 시절 문예장학생으로 학업을 계속한 까닭이라고 볼 수 있다. 그의 시집들 속에 등장하는 '잉카', '오벨리스꼬', '망고' 등에서 이미 우리나라 현대시에서 극히 드문 남미 체험의 흔적이 나타나고 있다. 말하자면 그의 시로 인하여 한국현대시에 우리나라와는 지구 반대편인 남미라는 공간이 등장하는 것이다. 그것도 주마간산격의 여행 체험이 아니라 근 30년 동안의 원주민과 생사고락을 같이 한 선교사 사역이라는 이색적인 시적 공간을 보여주고 있다.

윤춘식 시인의 제6시집 『카누에 오신 성자』(2023, 도서출판 카리타스)에도 '카누'라는 라틴 아메리카의 풍물이 등장한다. 윤 시인의 머리글 「주제의 흐름과 시선 모으기」에 의하면 '카누'는 우리가 여행 영상에서 종종 볼 수 있는 무동력의 다소 낭만적인 카누가 아니라 모터를 달고 남미 열대의 강물에서 물살을 헤치며 달리는 카누이다. 말하자면 남미 원주민들의 치열한 삶의 도구인 것이다. 윤 시인이 이 머리글에서 '카누'의 상징성에 대하여 밝히고 있기도 하지만 그것은 이 시집에서 가장 중요한 상징적인 사물이자 풍물이다

그의 시집 제목 속에서도 시인의 주제의식이 등장하고 있다. 이러한 경향은 그의 첫 시집 『풀잎 속의 잉카』에서는 다소 신비롭고 감추어져 있으나 제5시집 『슬픈 망고』에서는 '슬픔'이라는 정서로 노출되고 있다. 그 자신 6시집에서는 '슬픔'보다 '기쁨'을 표현하면서 제목으로 '기쁜 망고'를 사용하는 것은 주제를 너무 노출시켜서 자제하였다고 술회하고 있다. 그러나 필자가 보기는 제6시집 역시 제목이 시집 전체의 특질을 파악하는데 큰 역할을 하고 있다는 점은 부인할 수가 없다.

이상과 같은 두 가지를 전제로 하고 그의 시의 특질에 대하여 살펴보기로 한다.

제1부에 해당하는 〈첫 번째 만남〉의 소제목은 〈카누에 오신 성자 Panamá〉라는 시집 제목 다음에 스페인어 지명이 붙어 있는 형식이다. 파나마 선교지에서 쓴 시들이라는 생각이 든다.

영혼을 사랑해 보았는가
인디오의 영혼은 아무도
억누를 수가 없다 어둠마저도

카누에 부딪치는 저 물결
부서지고 부서지고
발사강에 들국화 송이처럼 별빛 튄다
인디오의 서러운 강물엔
눈도 내리지 않는다

>
풀잎 하나에도 파편은 있어
인디오의 열정이 들꽃 속에 휩싸이고
토양 한 줌에도 그루터기는 살아 있다.

하늘은 달무리로 돋아나
강물엔 카누만이 따가운 여름밤을 흐른다
너그럽게 물거품을 내어미는
닻빛 속의 카누
격조 높은 인디오의 얼굴

- 「달과 키누」 전문

   제1부 첫머리에 편집되어있는 이 작품은 윤 시인 자신의 인디오에 대한 사랑을 보여주고 있다. 첫 연에서 '영혼을 사랑해 보았는가?'라고 시적 화자가 시적 청자에게 물음을 던지면서 다소 격정적인 어조로 시작하고 있으나, 둘째 연부터는 감정이 절제되면서 카누에서 벌어지는 원주민 인디오의 삶의 모습을 제시하고 있다. 또한 그들의 삶의 모습에 대한 화자의 태도는 파나마 동부의 사바나에서 콜롬비아 국경 쪽으로 흐르는 발사강을 '서러운 강물'이라고 정서를 이입시키는 데서 동정적인 태도로 등장한다. 그리고 그들의 얼굴을 격조 높다고 인식한다. 이런 인디오에 대하여 인격적으로 바라보고 긍정적인 인식에서 그의 선교가 시작되는 것이다. 이 시편에서는 '카누'가 다만 인디오의 치열한 삶의 현장으로만 인식된다. 그러나 다른 작품들에서는 '카누'는 확장적인 상상력을 발휘한다.

   이 작품 바로 뒤에 편집된 작품이자 이 시집의 제목인 「카누에 오신 성자」에서 '카누'는 다음과 같이 선교적 의미가 부여되는 공간으로 등장한다,

고통의 주간이 지나면
영광스런 교회 헌당의 새 시대 구렁…
엠베라 부족민은 카누를 타고

파나마 가장 동쪽
발사강 거슬러
갈릴레아 공동체로 올라가고 있었다.

섭씨 41도 살갗을 태우는 정글엔
낡은 카누의 모터소리 사납게 울려
부활의 종소릴 대신하네

뜨거운 정글 땅끝까지 선포된 언약은
복음을 위해
동역을 위해
화이트 가문비나무처럼
세마포에 생명으로 물들이셨네

적도를 지나
열대의 강물
작은 카누에 찾아오신 예수

－「카누에 오신 성자」 후반부

　이 작품처럼 시적 화자에게는 파나마 열대 정글에 사는 인디오인 엠
베라 부족민이 고난주간에 예배 처소의 헌당식을 하고자 가는 낡은 카
누의 사나운 모터 소리는 부활의 종소리로 인식되고 있다. 그리고 예
배당에서 선포되는 언약은 복음과 동역을 위해 끝내는 세마포에 생명

으로 물들이시는 역사를 성자 예수님이 수행하셨다고 진술하게 된다. 결국 이때의 '카누'는 이 작품의 마지막 연에서처럼 하나님의 아들 예수님이 역사하고 계시는 장소인 것이다.

이상과 같이 윤 시인에게 '카누'라는 사물은 원주민을 격조 높은 인격체로 인식하는 매개물이며, 선교의 과정과 그 결실을 발견하는 가장 중요한 상징적인 사물이자 공간인 것이다.

제2부에 해당하는 두 번째 만남 〈로스 안데스〉에서 주목할 만한 작품은 「미완성 안데스 1」과 「미완성 안데스 2」이다. 〈Los Andes〉는 '안데스산맥'을 가리키는 말이다. 안데스산맥은 남미 베네수엘라, 콜롬비아, 에콰도르, 페루, 볼리비아, 아르헨티나, 칠레 7개국에 걸쳐 남아메리카 서부 해안을 따라 형성된 장장 7,000km에 달하는 지구상에서 가장 긴 산맥이다. 평균 고도 4,000m 평균 폭 300km 가장 넓은 볼리비아에서는 700km나 된다. 이러한 웅장함으로 인하여 남미 대륙의 상징이다. 그리고 도시 이름 뿐만 아니라 대학, 와인, 호텔, 카페 등 여러 가지 이름으로 등장하기도 한다. 작곡가들에 의하여 여러 장르의 음악 제목으로도 등장한다. 심지어 국내에서도 남미 풍 가게와 호텔 등의 이름으로 등장한다.

1994년 결성된 〈아르헨티나 문인협회(재아문인협회)〉에서는 이 산맥의 이름에서 따온 『로스 안데스 문학』 창간호를 1996년 발간 후 지금까지 연간지로 발간하고 있다. 윤 시인은 창간호에 연작시 「이과수폭포」 1-5를 발표하였다. 이 작품은 윤 시인의 첫 시집 『풀잎 속의 잉카』(2001)에 수록되어 있다. 그런데 이 시집에는 '안데스' 산맥 시편은 보이지 않았다. 그 다음의 다른 시집에서도 제목 속에 등장하지 않고 있다가 제6 시집에 두 편이 등장한 것이다.

야마, 과나코가

좁고 비탈진 산지 농장의 노래라면

비쿠냐, 알파카는 너리고 긴

고원의 울음소리

안데스산맥 인디오의

가파른 가르마엔 우수憂愁를 빗는

목장의 묵직한 소리들이

햇빛으로 반사된다

- 「미완성 안데스 1」 전문

이 작품은 '잉카의 방목'이라는 부제가 붙은 작품이다. '안데스'가 제목에 등장하지만 산맥의 웅장함이나 그에 대한 시적 화자의 태도가 등장하지 않고 부제에서 짐작할 수 있듯이 안데스산맥에 야생처럼 방목되는 동물들이 등장하고 그들의 울음소리에 주목한다.

'야마'는 안데스산맥에 있는 야생낙타 과나코를 가축화한 것으로 낙타와 비슷하나 낙타보다 작고 등에 혹이 없다. '과나코'는 남아메리카 4000m 가까운 고산지대에 서식하는 남미 야생낙타이다. 시속 56km를 달릴 수 있는 날래고 수영도 잘하는 특징을 가지고 있다. 야마는 좁고 비탈진 산지 농장에 동원되는 것 같다. 비쿠냐 역시 고산지대에 서식하나 소과에 속한다. 그래서 앞의 두 동물에 비하여 느린 울음소리를 가지고 있다. 알파카는 낙타과에 속하나 앞의 두 낙타보다는 다소 작고 털이 많다. 그리고 그 털은 의류나 카펫의 직물로 활용된다.

윤 시인은 이렇게 고산지대의 동물의 울음소리를 그곳의 노래라고 비유하고 있다. 이상과 같은 첫째 연의 동물의 울음소리를 둘째 연에서는 인디오들의 가르마와 연결시켜 우수에 젖은 그들의 삶에 비유하고 있다. 이렇게 풍물들과 원주민들의 삶과 연결시키는 시적 역량은 윤 시인의 현지에서의 선교 사역과 삶의 진지한 태도에서 왔다고 볼 수 있다.

「미완성 안데스 2」에서는 케추아족 원주민이 자신의 부족어로 최초의 박사학위를 받은 사실에 주목한다. 말하자면 소수민족 언어에 대한 관심을 보여준 것이다.

시집 제3부에 해당하는 세 번째 만남 〈기쁜 망고〉에서 주목할 만한 시적 제재는 '망고'이다. 이 '망고'는 이미 그의 제5시집 『슬픈 망고』(2015)에도 등장한 사물이다. 〈기쁜 망고〉는 앞에서 살펴본 윤 시인의 머리글처럼 이번 시집의 제목으로 사용하고 싶었으나 지나치게 '목적지향'이라 피한 제목이다. 여기서 목적지향이라는 표현은 지나치게 주제를 노출 시킨 경향이라고 보아도 될 것이다. 그 주제의식은 다음과 같은 윤 시인의 머리말의 언급에서 그대로 드러나고 있다.

> 푸름과 태양의 주황빛이 어우러진 희망찬 망고로써 독자들을 정글에
> 머물게 하는 자력磁力을 선보이게 될지도 모른다.

망고는 열대 지방과 아열대 지방에 널리 분포하는 키 15-18m의 상록 망고나무에서 자라는 과일로 열대 과일뿐만 아니라 '모든 과일 중의 왕'이라는 별칭을 가지고 있다. 세계에서 가장 많이 재배되는 열대 과수로 FAO 통계에 의하면 1998년에 이미 80개국 넘게 재배하고 있으며 우리나라에도 제주도에서 시설재배를 하고 있다고 보고하고 있다. 원산지는 아시아 동부, 미얀마, 인도 아삼주라고 하지만 동남아시아, 아프리카, 남미, 미국 남부 등에서 널리 재배된다. 최근에는 우리나라의 과일 가게나 슈퍼마켓에 가면 동남아에서 수입된 망고들이 먹음직스럽게 포장되어 있다. 이러한 망고가 남미 사람들에게는 단순한 과일 이상의 의미를 가지고 있다고 윤 시인은 보고있는 것이다.

망고꽃은 말레시아와 타이완에서는 1-4월에 피면서 가지 끝에 열리

고 붉은 빛을 띤 흰색이다. 열매는 5-10월에 익으며 넓고 달걀 모양
이다. 길이 3-25cm, 너비 1.5-10cm이다. 익으면 노란색 또는 붉은
빛이고 과육은 노란빛이고 즙이 많다

　　낙엽 지면서
　　새순 돋는다

　　긴 가지 끝
　　팽팽한 긴장이
　　후두두 후두두 창을 던지는
　　신묘막측한 꽃

　　비우며 담고
　　담으며 버리는 모순의 기쁨

　　황금알을 팔아
　　현악기를 살 순 있어도
　　가지 끝에 달린
　　기쁨의 노래는 딸 수 없어

　　망고는 꽃필 때
　　열정의 설렘을 어찌할 줄 몰라
　　평생 한 번 절정에 오른다
　　　　　　　　　　　－「망고꽃」 전문

　망고가 생성되는 과정을 노래한 시라고 볼 수 있다. 모든 과일이 그
렇기는 하지만 꽃이 피어서 지고 난 뒤에 망고 열매가 자란다. 실제로

윤 시인은 선교지 현장에서 망고꽃이 피고 열매가 자라는 과정을 지켜보았을 것이다. 망고꽃은 다른 과일들의 꽃보다 크기는 작으나 가지 끝에 집중적으로 많이 핀다. 이러한 단계를 '신묘막측'하게 바라보는 과정이 첫째 연과 둘째 연에서 제시되고 있다. 그런데 처음부터 시적 화자는 객관적 관찰자 입장이라기보다 현상과 사물에다 특정 정서를 부여한다. 셋째 연에서는 나타나는 정서가 기쁨이라고 직접 진술한다. 정서나 의미를 부여하는 특성은 윤 시인의 시 작품 전체를 관통하고 있다.

비유적 표현이나 감각적 이미지가 간혹 보이고 있으나 전체적 구조는 그러하다. 이렇게 되는 것은 목회자이자 선교사라는 사명감에서 연유한 것이라 볼 수 있다. 그러나 그의 시가 다른 목회자들의 시들보다 가독성을 가지게 되는 까닭은 선교지에서의 남다른 사명감과 어린 시절부터 열망한 문학적 열정이 조화를 이루고 있기 때문이다. 넷째 연과 마지막 다섯째 연은 꽃보다 그 자리에 달리는 열매에서 발견하는 기쁨을 노래하고 있다. 이 시의 전체를 지배하고 있는 정서는 기쁨이며 그것은 망고꽃의 피어남과 망고 열매의 달림에서 연유한 것이다.

열대 정글의 망고는
자연 은총입니다
망고는 페이지 없는 역사책
그것은 인류입니다

망고가 정글 신문입니까?
망고가 그 나라 재림하는 환상입니까?
고급 경매장에 나온
붉은 태양의 알卵입니까?

열대의 망고는
인디오 가족들의 밥상입니다
국그릇입니다 갈비입니다
창조주께서 씨앗을 에덴에
내려주실 땐 맛과 향취의
끊임없는 옛이야기였지요
용감한 소년이자 전설이었지요

그것은 꽃이 되고
동산이 되고
뻐꾸기가 되고
옹달샘이 되고
베개가 되고
생리가 되고
그윽한 씨앗이 되고
행군할 북소리 되어
신앙이 되고
새들의 둥지가 되고
천국이 됐습니다

– 「망고의 철학」 1–4연

이 시는 제목에서 언급되었듯이 '망고'에 대한 윤 시인의 철학 혹은
인식을 비유적으로 표현한 것이다. 그리고 총 7연 본문 43행으로 이
시집에서 가장 긴 시이기도 하다. 시종일관 비유적 표현을 쓰고 있다.
그러나 그 보조관념이 대체적으로 사물이기는 하나 그 가운데 많은 것
들이 윤 시인의 의도가 들어나는 수식어가 있다.
  그리고 일부는 신학적 혹은 신앙적 용어도 있다. 첫째 연 둘째 행의

'자연 은총', 둘째 연 둘째 행의 '그 나라 재림하는 환상'이 그 대표적인 것이다. 다음으로는 인디오의 일상생활과 연결된 보조관념은 첫째 연 셋째 행의 '페이지 없는 역사책' 둘째 연 첫째 행의 '정글 신문' 셋째 연의 '가족들의 밥상', '국그릇', '갈비' 등이 그 대표적인 것이다. 그리고 인디오들을 포함한 인류의 희망과 행복한 삶과 연결된 것으로는 셋째 연의 '끊임없는 옛이야기', '용감한 소년이자 전설' 그리고 넷째 연에 집중적으로 나타나 있는 '꽃', '동산', '뻐꾸기', '옹달샘', '베개'. '생리', '씨앗', '행군할 북소리', '신앙', '새들의 둥지'. '천국' 등이다. 이것들은 다소 환상적이거나 또다시 비유적인 표현들이 있기도 하다.

이러한 비유적인 표현들은 인용하지 못한 나머지 세 연에도 등장한다. 이상과 같이 비유의 양상을 살펴볼 때 첫째로는 남미 인디오들의 삶을 상징할 수있는 것이기는 하다. 그러나 그것이 인류뿐만 아니라 지구상에 존재하는 동물들로까지 확대된 희망적이고 행복한 삶에 대한 소망으로 형상화된다. 이상과 같은 윤 시인의 천지만물에 대한 사랑이 28년의 선교현장의 삶에서 나왔다는 점은 우리 시문학사의 소중한 자산이 될 것이다.

그리고 무엇보다 중요한 것은 〈라틴 아메리카〉라는 우리 문학사에서는 새로운 공간이 기독교적인 관점과 상상력으로 등장하고 있다는 점이다. 이러한 특질로 인하여 크리스천 독자들에게는 또 다르게 읽힐 수 있는 시집이다.

3

이상으로 윤춘식 시인의 여섯 번째 시집 『카누에 오신 성자』 가운데 남미 선교사 체험이 제재 혹은 배경이 되고 있는 시편들에 대하여 살펴보았다. 그 외 세 번째 만남과 네 번째 만남 〈언약의 이미지〉와 다섯 번째 만남 〈시문학과 문화〉에 산재해 있는 국내 여행체험과 산행

체험, 그리고 고향 시편들에 대해서는 다른 기회에 살펴보기로 한다.

지금까지 살펴본 남미 선교현장의 시편들이나 살펴보지 않은 다른 시편들에서도 일관되게 인식되고 있는 윤 시인의 세계관은 이 세상의 모든 사물과 사건에 대한 긍정적인 전망 즉, 정서적으로는 기쁨이요 가치관으로는 행복이요 희망이라는 점을 지적하지 않을 수 없다. 이러한 점은 그의 선교사로서의 적극적이고 긍정적인 삶의 방식에서 왔다고 볼 수 있다.

최진국 시인의 일상의 풍자로서의 시쓰기

– 시집 『구름 위에 걸터앉아』의 특징

지난해(2021) 데뷔한 최진국 시인이 그동안 모아둔 작품으로 시집을 내겠다면서 원고를 보내왔다. 최 시인의 작품은 짧은 것이 특색이다. 그러면서 비유를 바탕으로 한 이미지 전개보다 언어유희pun를 동원한 기지에서 오는 신선함에서 감동을 받게 한다. 따라서 시적 제재가 유년기의 추억일 때에는 유머를 동반한 미소를 머금게 하고 현실일 때에는 풍자에서 오는 통쾌함을 느끼게 한다. 최 시인의 이러한 경향은 시가 대중들로부터 외면당하고 있는 이 시대에는 오히려 독자를 획득할 수 있는 방법이 아닐까 하는 생각을 하게 된다. 달리 말하면 시가 의식의 흐름에 의한 시인들의 내면세계를 형상화하는 경향으로 인하여 독자들이 읽기 힘들어하는 현실의 타개책이 될 수 있을 것 같다.

（가）반송날인 표시
　　선명하게 찍힌
　　눈물로 썼던 편지
　　되돌아 왔네요
　　자세히 보니
　　눈물이 아직까지 마르지 않았어요?
　　둘 곳 없는 내 마음의 그리움
　　눈물이 다 마를 때까지
　　반송된 편지 속에

함께 놔 둡니다.

– 「그리움 1」 전문

(나) 찬바람이 불면

　　온몸이 시린 것이 아니라

　　사그라들지 않았던 그리움이

　　텅 빈 가슴을

　　더욱 쓰라리게 하네

– 「그리움 9」 전문

.

　1부에 편집된 「그리움」 연작시 14편 가운데 두 편을 골랐다. 최 시인의 작품 가운데는 이러한 '사랑과 이별'에 대한 시편들이 여럿 있다. 이러한 시편들로만 엮어진 〈사랑시집〉을 엮어보는 것도 독자를 획득하는 하나의 방법이 될 수 있을 것 같다. 그리고 「그리움」 연작시는 앞에서 말한 짧은 시이면서 그의 언어에 대한 재치가 돋보이는 작품이다.

　(가) 「그리움 1」은 실연의 아픔을 반송된 편지를 제재로 하여 간절하게 표현한 작품이다. 눈물까지 흘린 실연의 아픔이 얼마나 오랫동안 상처로 남는다는 사실을 반송된 편지라는 객관적 상관물로 표현하였다는 점에서 시적 성공을 어느 정도 거둔 작품이라고 볼 수 있다. (나) 「그리움 9」는 찬바람이 불어 온몸이 시린 자연현상에 그리움이 첨가되면 그 시린 것이 배가된다고 보아 이별의 아픔을 노래한 것이다.

　　한낮의 중년 부인

　　대청마루에 반쯤 걸터앉아

　　갓난아기 젖 물리며

　　쏟아지는 졸음과

　　아름다운 연애한다

〉

넓은 뒷간 밖의 암 닭

대여섯 개 알 품고

따스한 햇볕 받으며

쏟아지는 졸음과

사투 벌인다.

- 「나른한 오후」 전문

제2부에 편집된 「나른한 오후」는 요즈음의 풍경이 아니다. 아마 최 시인의 유년 시절에 본 풍경을 시 속으로 소환한 것이 아닌가 하는 생각이 든다. 첫 연은 중년 여인이 대청마루에서 갓난아기에게 젖 물린 채 조는 장면이고 둘째 연은 넓은 뒷간 밖에서 닭이 알을 품고 조는 장면이다. 이 두 장면이 한 공간 그것도 시골의 대가집 대청마루의 열린 공간과 보이지 않는 뒷간 밖에 있는 닭장에서 병아리를 만들기 위해 알을 품은 채 졸고 있는 암탉이 대조적으로 등장하고 있다. 이 이질적인 두 장면은 새롭게 탄생한 혹은 탄생할 생명에 대한 사랑 즉 모성애를 보여주고 있는 점에서 공통점을 가지고 있다.

이 작품에서 언어유희의 경지는 아니지만 '연애'라는 시어와 '사투'라는 시어로 인하여 독자들은 따뜻한 사랑을 발견할 수 있을 것이다.

온 동네 고층 아파트

안개구름으로 단지 숲 이룬다

구름 위 걸터앉아

한잔의 원두커피 내린다

의사인 양 하얀 가운 걸친 안개구름

빼꼼 열린 아파트 베란다 창문 사이로

슬며시 X레이 투시하듯 들어와

내 앞에 안긴다
부웅 뜬 기분이 야릇하다
안개구름 숲으로 된 온 동네 아파트
아직도 깊은 잠에 취해 있다

– 「구름 위에 걸터앉아」 전문

제3부에 편집된 「구름 위에 걸터앉아」는 최 시인의 데뷔작이기도 하고 이 시집의 표제작이다. 그만큼 그의 현실에 대한 태도와 그것을 표출하는 방식을 잘 보여주고 있다. 부산의 해운대 바닷가에 있는 고층 아파트의 경우 구름이 중간에 걸리기도 하고 안개로 인하여 그 모습이 잘 보이지 않는 경우가 허다하다. 사실 이러한 현상은 사람들이 살기에 쾌적한 현상은 아니다. 심지어 호흡기 환자들의 경우 습도 과다로 인하여 건강에 지장을 받기도 한다. 어떤 학자들은 이렇게 바다에 안개가 잦은 것은 기후변화 즉, 바닷물 온도의 상승과 해수면 상승에서 오는 생태위기로까지 확대해석하기도 한다.

최 시인의 경우 표면적으로는 그러한 위기의식에서 초연한 태도를 취하는 것처럼 보인다. 말하자면 사물에 대한 여유를 가지고 있다. 그러나 이 작품을 정독하여보면 결코 이러한 자연현상에 대하여 무심한 것 같지는 않다. '부웅 뜬 기분이 야릇하다'는 부분이 그러한 현상에 신경을 쓴다는 점을 암시하고 있다. 아파트 안으로 구름이나 안개가 들어오는 것에 무심한 사람들은 없을 것이다. 그런데 정작 아파트 주민들은 무심하여 마지막 행처럼 아직도 깊은 잠에 취해 있는 것이다. 크게 흥분하지 않고 기후변화를 걱정하는 것이 바로 최 시인의 자연현상이나 일상생활에서 발견되는 모순을 비판하는 태도이다.

(가) 인생은 연극이라던데
한 번도 주인공

못해 보았는데?

—「연극 인생」 전문

(나) 누구의 눈치도 보지 않고

당당하게 담배를 피우고 있는 학생에게

학생, 넌 아비 어미도 없나?

고래고래 소리 지르며 다그치는 노인

예, 없어요!

둘 다 죽은 지 오래 됐어요!

학생이 통명스럽게 대답했다.

—「눈치 없는 학생」 전문

(다) 강원도 동강 나루터

친구와 래프팅 즐기다

작은 실수로 보트가 전복되고 말았다

전복된 책임 서로 서로 전가하다

이십 년 우정 단번에 동강 나고 말았다

그 후 다시 우정을 이어 갔지만

예전 같지 않으니?

—「깨어진 우정」 전문

이 세 작품은 4, 5, 6부에서 그 경향을 대표하여 뽑은 작품이다. 이 작품 모두 언어유희 성격이 짙은 특성을 가지고 있다. (가)「연극 인생」의 경우 '인생은 연극이다'라는 격언을 시적 제재로 삼았다. 연극이라면 주인공이 있을 것인데 시적 화자는 한 번도 주인공을 못해 보았다는 진술로 소외자의 비애를 형상화하고 있다.

(나)「눈치없는 학생」의 경우 요즈음 길거리에서 자주 볼 수 있는 청

소년의 흡연문제를 고발한 작품이다. 사실 요즈음 흡연하는 청소년을 훈계하다가는 봉변을 당할 수도 있기 때문에 이렇게 고래고래 소리 질러 훈계하는 풍경은 사라진 지 오래다. 그러나 최 시인의 경우 개탄스럽게 보고 있기 때문에 이러한 작품을 창작하였다고 볼 수 있다.

'아비, 어미도 없나?'라고 꾸짖는 어른에게 고아인 학생이 "예 없어요!"라고 응수하고 '둘 다 죽은 지 오래 됐어요!' 라고 응수하는 학생의 반응이 바로 언어유희라고 볼 수 있다. 그리고 '둘 다 죽은 지 오래 됐어요!'라는 퉁명스러운 대답하는 것에서 학생의 고아로서의 불만과 막돼먹은 삶의 자세를 적절하게 표현하고 있다. 이렇게 현실을 풍자하는 경향의 작품에서 최 시인의 개성이 드러난다.

(다)의 경우, 동강에서 친구끼리 레프팅하다가 보트 전복 사고의 책임 문제로 다투다가 우정이 동강났다고 진술함으로써 언어유희의 극치를 이루고 있다. '동강'이라는 동음이의어의 효과를 살리고 있는 점에서 그렇다는 것이다.

최 시인의 다음 시집에서 이별의 슬픔과 유년시절의 추억과 현실 풍자가 더욱 견고한 이미지로 나타날 것을 기대하는 바이다. 그리고 그의 짧은 시편 역시 더욱 독자들에게 감동을 주기를 기대한다.

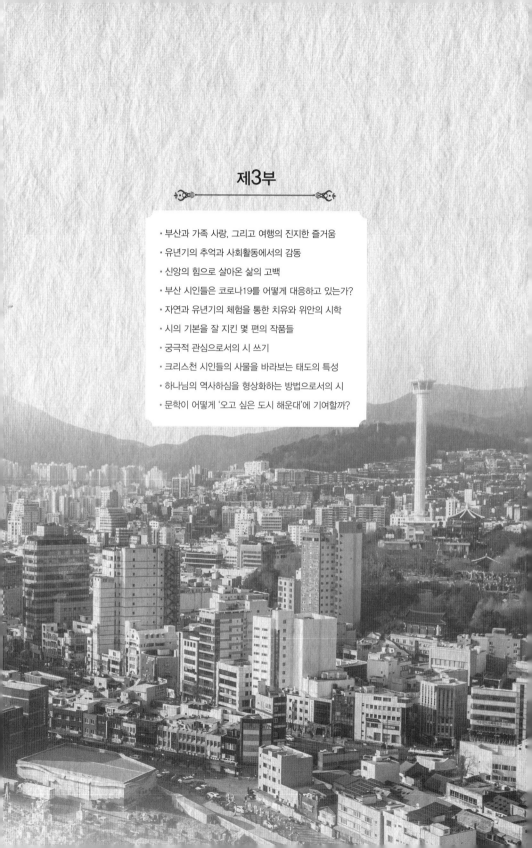

제3부

- 부산과 가족 사랑, 그리고 여행의 진지한 즐거움
- 유년기의 추억과 사회활동에서의 감동
- 신앙의 힘으로 살아온 삶의 고백
- 부산 시인들은 코로나19를 어떻게 대응하고 있는가?
- 자연과 유년기의 체험을 통한 치유와 위안의 시학
- 시의 기본을 잘 지킨 몇 편의 작품들
- 궁극적 관심으로서의 시 쓰기
- 크리스천 시인들의 사물을 바라보는 태도의 특성
- 하나님의 역사하심을 형상화하는 방법으로서의 시
- 문학이 어떻게 '오고 싶은 도시 해운대'에 기여할까?

부산과 가족 사랑, 그리고 여행의 진지한 즐거움

– 공기화의 제2 수필집 『뒷모습을 그리다』(2015)의 작품 세계

1

공기화 교수의 글쓰기는 몇 해 전 작고하신 부산내과 원장이던 박영희 장로님의 주도로 1988년부터 20년이 넘도록 지속된 기독교 문화 운동 단체인 〈부산기독교문화회〉에서 함께 활동하면서부터이다. 필자의 기억으로 창립 멤버는 아니었지만 1991년부터 부산기독교문화회의 회보와 연간지에 부지런히 칼럼과 수필을 발표하였다. 그의 전공은 잘 알다시피 체육교육이다. 명문 경남고등학교를 졸업한 후 서울대학교 사범대 체육교육과를 나온 후 서울서 잠시 중등교사를 하면서 서울대에서 석사학위를 받은 후 고향 부산으로 내려와 지금은 부경대학교와 통합된 부산공업대학에서 잠시 가르치다가 부산교육대학교로 옮겨 몇 해 전 정년퇴임 한 유능한 체육학 교수이다. 그런데 그의 수필은 전공에 관련된 것보다, 그가 어린 시절부터 살아온 추억과 부산의 풍물, 그리고 교회와 신앙에 관련된 것들이 많았다. 뿐만 아니라 그 문체가 인문학 관련 교수보다 세련되어 수필가로 나설 여지가 충분히 있었다.

2

공기화 교수는 결국 이러한 글쓰기에서 한 걸음 나아가 2001년 문단에 데뷔하여 본격적 수필가로 활동하게 되었다. 2003년에는 제1수필집 『푸른 언덕이 있는 남촌』을 상재 하였다. 물론 그 수필집을 필자는

읽었다. 그 수필집을 읽으면서 공 교수의 관심사와 대대로 살아온 부산을 사랑하는 진솔한 마음을 알 수 있었다. 특히 그의 유년시절 속의 부산 그것도 그의 고향인 대연동을 중심으로 한 유년 시절의 추억담은 단순한 추억담이 아니라 부산 현대사를 보는 것 같았다.

그는 교육대를 정년 하고 나서는 부산기독교사연구회에 참여하고 지역의 역사와 유적에 관심이 많아 직접 답사하고 유적을 발굴하기도 하였다. 이러한 관심으로 그는 지난 4월 23일 부산시 남구가 제정한 제20회 자랑스러운 구민상 애향부문을 수상하였다. 지역에 대한 그의 관심은 사실 이번의 수필집에는 제5부 〈길을 따라, 시간을 찾아〉에 마지막으로 편집되어 있다. 그러나 필자는 이 부분을 가장 흥미롭게 읽었으며 제1수필집에서도 이러한 부분이 가장 흥미롭고 가치 있는 글들이라 생각하였다. 제1수필집 제목 〈푸른 언덕이 있는 남촌〉 역시 그의 고향 대연동, 그것도 큰 못이 있고 부모님이 농사를 지으면서 살았던 그의 유년 시절의 못골이었다고 생각된다.

우리 주변의 문인들 가운데는 부산을 고향으로 한 사람들이 많지 않다. 특히 공 교수처럼 여러 대를 부산에 정착하여 산 사람들이 많지 않다. 어린 시절 부모님을 따라 이주한 경우가 많고 필자처럼 청년이 되어 부산으로 직장을 구하여 온 사람들이 많다. 물론 필자도 1969년부터 부산에 살았기 때문에 40년이 넘었고 우리 아들들에게는 태어난 곳이기도 하여 제2의 고향이 되었지만 1969년 이전의 부산에 대하여 잘 알지 못한다. 필자 개인적인 부산 체험은 고등학교 3학년 때인 1962년 5·16 직후 대학입학을 위한 국가고시 시험장이자 경남도청 소재지 부산이었지만 그 이전의 모습은 전혀 알 수 없다.

공 교수의 작품들에서는 제5부에 수록된 글 말고도 어린 시절의 추억담이나 소년 시절의 글들에서도 부산의 50년대 풍경과 전쟁기 이후의 모습이 보여지고 있다. 「솔롱고스의 아이」, 「도둑 공부」, 「유리성의 소녀」, 「진달래를 꺾은 뜻은」, 「교회 옆집 아이」 등은 그의 유년기와 소년기의 추억이 제재가 된 작품들이다. 물론 여기에는 어린 시절의 여자 친구에 대한 아련한 그리움이 들어 있지만 필자는 그것보다 그 시절의 부산 풍경과 사람들의 살아가는 모습에 더 감동하였다. 말하자면 공 교수의 어린 시절을 대리체험함으로써 부산의 50년대와 60년대 초반기의 풍경과 풍물을 구체적으로 본 것이다.

이상과 같이 공 교수의 수필의 첫 번째 원동력을 그의 유년기의 추억을 받쳐주고 있는 부산과 남구, 그리고 여러 대에 걸쳐 살고 아직도 떠나지 않고 있는 대연동 사랑이라고 볼 수 있다. 이러한 사랑을 실천적으로 보여 주고 있는 작품이 제5부에 실려 있는 「장로가 기생 무덤을 찾다」이다. 지금 이기대 바랫길에 가면 안내판으로 쓰여 있지만 그 두 기생의 무덤까지 발견하게 된 장본인이 바로 공 기화 장로 즉, 공 교수이다.

다음으로 공 교수의 수필에 자주 등장하는 제재가 그의 가족 이야기이다. 그 가운데 가장 구체적으로 가족사가 들어 있는 작품이 「정낭개네 집」이다. 그의 부유하지는 못했지만 유인으로서의 기품 있는 가풍과 형제와 자매들의 출생과정 등을 진솔하게 표현하여 놓았다. 그 가운데 공군장성으로 이름을 떨친 그의 큰 형님 이야기는 이미 전에 공 교수로부터 직접 들은 적이 있었지만 흥미롭다. 그리고 이 작품 속에는 공 교수의 막내 컴푸렉스가 보여지고 있기에 더욱 감동적이다.

「가을 편지」에서는 하늘나라에 계신 어머님과 최근에 돌아가신 큰 형님에 대한 그리움도 부분적으로 나타나 있다. 여든 살을 바라보는 큰누나의 건강도 염려하는 부분에서는 공 교수의 가족애가 부럽기도 하다. 「강물에 띄워 보낸 노래」는 그의 신앙의 깊이가 충분히 보여진다. 그러면서도 할머니의 선행과 그것을 이어받은 큰 형님의 만년의 이웃 사랑, 그로 인한 형수님의 이웃으로부터의 보은에 대한 해석을 인생론적이면서 성경 인용을 통하여 하고 있다.

가족 사랑의 극치를 보여주고 있는 작품은 「접시꽃 당신」이다. 이 작품의 제목은 유명한 시인의 작품이자 시집 제목에서 따온 것이지만, 그의 일상의 체험과 아내의 체험을 결합시켜 그의 아내에 대한 사랑을 표현하고 있다. 말하자면 수필의 기교면에서 가장 성공한 작품이라고 볼 수 있다. 아마 이 작품을 읽은 공 교수의 사모님은 무한한 행복을 느꼈을 것이다.

공 교수의 이번 수필집 가운데 여행기도 여러 편 들어 있다. 제2부의 작품들이 그것이다. 그런데 그것들이 한결같이 진지하다. 보통 여행기의 경우 여행의 즐거움과 새로운 풍물에 대한 호기심 등이 주제가 되는 경우가 많은데 공 교수의 경우는 그렇지가 않다. 필자는 그 특징을 진지한 즐거움이라고 보았다. 진지한 즐거움이라는 표현은 필자가 처음 사용하는 것은 아니다. 러네 웰렉이라는 미국의 비평가가 20세기의 명저라고 볼 수 있는 『문학의 이론Theoy of Literaure』이라는 책에서 가장 바람직한 문학의 효용을 정의한 것이다. 그런 면에서 공 교수의 여행기는 수준 높은 문학성을 가지고 있는 셈이다.

그는 여행에서의 교훈을 「방랑자를 위한 노래」에서 진지하게 탐구하고 있다. 말하자면 여행기는 이렇게 쓰여져야 한다는 것을 밝히고 있다. '방랑자는 시시한 것이라도 그냥 보지 않고 세밀히 탐구한다.'고 규정하는 것이 바로 그 핵심이다. 따라서 그는 여행사 기획 여행인 미국 서부여행(「사막, 하늘의 장원」)이나 앙코르와트 여행(「국경선 풍경」) 그리고 가족여행(「엉뚱한 크리스마스」, 「괭이갈매기의 횡포」)과 자유여행(「밧모섬에서 노숙」)에서도 여행의 일정이나 차창 밖의 풍경이나 풍물 등을 묘사하기보다 특수한 체험에 대한 해석을 주로 하고 있다.

그 해석의 관점은 다분히 문명비판적이고, 기독교 세계관에 입각하여 있다. 물론 국내 여행의 경우(「겨울 바다」)도 진지하지만, 한 작품(「명가수 열전」)은 예외적으로 웃음을 자아내게 한다. 앞으로 여행기들만 모아 따로 책을 낸다면 수준 높은 책이 될 것이다.

3

공 교수 자신의 삶을 회고하는 수필도 여러 편 있는데, 그 자신이 살아온 과정을 성찰하는 글들이 여러 편(「재건학교 교사 시절」, 「잊기 위해 떠난 여행」, 「별명 찾기」, 「엑스트라 인생」, 「무대 인사」)있다. 이러한 작품들은 그의 지난 날의 체험이 바탕이 되고 있으나 오늘날 그가 어떠한 삶을 살고 있는가를 짐작할 수 있는 글들이다. 필자는 그의 살아온 과정이나 오늘날의 삶의 자세가 그 자신이 규정한 '엑스트라 인생'이 아니라, 이 수필집의 제목이 되고 있는 「뒷모습을 그리다」에서처럼 공 교수의 살아온 역정이 결코 뒷모습을 보아도 부끄러울 것 없는 제자들로부터 존경받고 이웃이나 가족들로부터 사랑받는 인생이라고 평가하고 싶다. 그 자신의 삶에 대한 부정적인 평가는 그 자신의 진지하고 겸손한 태도와 인격에서 나왔다고 볼 수 있다. 앞으로 제3수필집에서는 그의 이러한 삶의 태도가 더욱 완숙한 문체로 형상화되기를 기대하는 바이다.

유년기의 추억과 사회활동에서의 감동
— 박희두의 수필집 『사과나무 과수원과 아이들』의 작품세계

1

그동안 건강 칼럼집 『생활인의 건강』(1993), 『갑상선과 건강』(2004) 등 두 권을 내어, 글 잘 쓰는 외과 의사로 알려진 성소병원 원장 박희두 장로가 드디어 본격적인 수필집 『사과나무 과수원과 아이들』(2008)을 엮었다. 이 책은 비매품이기에 시중에 널리 배포되지는 않았지만, 많이 읽혀져 '누가문학상'과 '부산시 남구문학상'을 수상하게 된 책이다.

박희두 장로는 외과의사로서 그냥 수필을 쓰는 것이 아니라, 1997년 1월 월간 《문예사조》 신인상으로 당당하게 수필가로 데뷔하였다. 따라서, 수필가로서 수필을 쓰고 있다. 필자는 이미 이 작품집을 지난해에 받아 재미있게 읽었다. 이번에 부산크리스천문인협회 연간집 《크리스천문학》(2008)에다 매년 주목할 만한 문인을 선정하여 집중 조명하기로 하고, 수필가 박희두 장로를 올해의 작가로 선정한 후 마땅한 집필자를 찾다 보니, 필자가 그동안의 박희두 장로와 인연이 깊다고 하여 지명되어 다시 한번 정독할 수있는 기회를 가졌다.

2

우선 박희두 장로의 수필의 특질과 경향을 언급하기 전에 필자가 박희두 장로와 만난 인연부터 언급하기로 한다. 박 장로는 필자보다 세 살 아래이다. 따라서, 필자가 경북대학에 입학한 63년 도에는 경북고등학교 학생이었다. 그러나, 한 도시에서 고등학생과 대학생으로 재학하고 있었지만 만날 수 있는 인연은 전혀 없었다. 그러다가, 부산대 의과대에 입학한 박 장로와는 더욱 만날 수가 없었던 것이다. 필자가 부산대학 교수로 부임한 76년 이후 한동안 의대 교수로 재직할 때에는 몇 번 신우회 모임 같은데서 만날 기회가 있었다. 그러다가 본격적으로 인연을 맺게 된 것은 1988년 부산내과의원 원장이신 박영희 장로께서 부산기독교문화회를 창립하면서 같은 회원으로 활동하게 되면서부터이다.

부산기독교문화회 회보 1호부터 74호까지의 합본호를 살펴보니 필자와 박 장로와의 인연이 보통이 아님을 다시 한번 확인할 수 있었다. 필자가 부산기독교문화회에 참여하게 된 것은 1988년 8월 12일 카톨릭 센터에서 개최된 부산기독교 문화인 초청간담회에 그 당시 부산크리스천문인협회 회장 자격으로 초청되면서부터이다. 그 이듬해인 1989년부터 문학분과위원장으로 활동하게 되었다. 1990년부터 박희두 장로는 운영위원으로 참여한다. 그 당시 대연교회 집사였고, 박희두 외과의원 원장으로 지금의 성소병원이 개원되기 전이었다. 박 장로는 부산의대 교수를 그만두고 대연동에 외과의원을 개원하여 그 당시부터 갑상선 수술 전문가로 각광을 받고 있었다. 필자는 1990년부터 문학분과에 배당된 부회장을 역임하게 되고, 1991년에는 보건체육분과 부회장에 박 장로가 선임되었다. 그러면서 회보에 박 장로는 건강 칼럼과 다른 글들을 자주 쓰게 된다. 1991년 5월 회보에는 드디어 부산에 갑상선 전문의원 개원이라는 부산 성소의원 개원 광고도 나와 있다. 필자는 1986년 소정교회에서 장로를 장립 받아 이미 문화회 참여할 때부터 장로 직분을 감당하고 있었으나, 1991년 10월호 회보에는 박희두 장로가 드디어 안수 집사에서 피택장로가 되어 건강 칼럼을 쓰고 있다.

1996년 4월 제8차 정기 총회에서 필자는 회장을 맡게 된다. 그다음

1997년 4월 제9차 정기 총회에서 필자의 뒤를 이어 박 장로가 회장에 취임한다. 이때 부산기독교문화회가 가장 활발하게 활동하였던 때다. 그 뒤 박희두 장로는 이사장도 맡아 부산기독교문화회를 크게 후원하였다.

박희두 장로는 기독교문화회 활동 말고도 사회봉사활동의 영역을 넓혀 와이즈맨 총재, 부산 YMCA 이사장, 부산시 의사회 회장, 한국의정회장 등을 역임하였고, 대한 의사회 부회장을 거쳐 지금은 대의원회 의장을 하고 있다. 그리고, 부산 의사들이 중심이 되어 2004년 발족한 국제적인 의료자원 봉사단체 'Green Dotors'의 이사장을 맡은 이래 지금까지 계속 맡아 해마다 해외 의료봉사와 개성공단에 병원을 운영하는 등 눈부신 활동을 하고 있다. 이러한 활동으로 국제와이즈맨 엘마 크로우 봉사상과 제21회 자랑스러운 부산시민상 대상 등을 수상하였다. 뿐만 아니라 교회의 장로로 성실히 봉사하고, 성소의원을 성소병원으로 확장하여 착실히 운영하고 있고 갑상선 수술환자 5,000명을 돌파한 지오래 되었다. 이러한 분야는 필자와 직접적 관련이 없기 때문에 간략하게 언급한다. 부산의 전통있는 단체인 〈목요학술회〉에서 발간하는 잡지인 월간 《시민시대》 편집인 겸 발행인은 1995년부터 지금까지 지속하여 맡고 있으며, 부산크리스천문협, 부산수필문협, 부산문협, 등 문단 활동도 활발하다. 뿐만 아니라, 문화예술 활동의 든든한 후원자로의 메세나 운동에 적극적으로 참여하고 있다.

3

박희두 장로의 수필은 그 자신 『사과나무 과수원과 아이들』 서두의 「책 머리에」란 글에서 밝히고 있듯이 자신의 유년기의 추억과 가정사 의사 혹은, 사회활동가로서 살아온 이야기들이다. 따라서, 수필의 종류로 나눈다면 경수필에 속한다. 즉 신변에 관련된 이야기이다. 그 자신 이러한 글들이 수필이 되는지 문학적 가치가 있는지에 의문을 제기하고 있다. 이러한 태도는 그의 겸손함이 배어 있는 기독교 장로로서의 입장을 무의식적으로 드러낸 것이다. 뿐만 아니라, 이러한 겸손은 이 수필집을 '비매품'이라는 형식으로 출판하게 만들었다. 그러나, 이러한 태도를 필자는 결코 받아들일 수 없다. 물론 「책 머리에」의 내용 자체는 어느 정도 수긍이 가지만 왜 '비매품' 형식을 취하였는가 하는 점은 출판사 측의 잘못이라고 지적하고 싶다. 아무리 작가가 그렇게 해 달라고 해도 편집자로서 글의 가치판단을 한 이후에 저자에게 정가를 정하여 당당하게 출판하자고 설득해야 했을 것이다. 요즈음 시중에 나오는 수필집들보다 훨씬 알차고 감동적인 글들로 가득 찬 책이 바로 이 책이다.

자기 자신의 신변에 대한 이야기를 경수필이라고 하여 그 속에 담긴 집필자의 사상이나 세계관이 가볍다고 보는 것은 지나치게 도식적인 판단이다. 단지 비평적인 요소가 강하고 학문적인 접근이 두드러진 것을 중수필이라고 하다가 보니 그렇게 본 것이다. 어쩌면 formal essay, informal essay를 중수필과 경수필로 번역한 것이 잘못이기에 신변이야기를 가볍게 본 것이다. 문학성이나 개성적인 표현은 오히려 신변이야기에서 그 진면목이 잘 드러난다. 이상과 같은 점에서 박희두 장로의 수필은 그의 삶의 궤적을 긍정적이고도 희망적인 관점에서 잘 드러낸 작품들이라고 볼 수 있다.

평소의 박희두 장로의 밝은 모습이나 어떠한 제의나 제안에 대하여 포용적인 태도가 어린 시절의 비교적 풍족한 삶에서 기인하였다는 점을 짐작하게 하는 것들이 유년기의 추억을 제재로 한 글들이다. 수필집의 제목이 되고 있는 「사과나무 과수원과 아이들」과 그의 데뷔작인 「아버지와 아들」에서 그에게 자리 잡고 있는 고향에 대한 따뜻한 추억들은 박희두 장로의 세대에서는 좀처럼 갖기 어려운 자산들이다. 이는 교육자이시면서도 농업 경영자적 감각을 소유하신 박 장로의 아버님

덕택이라고 볼 수 있다. 그런데, 이러한 넉넉함을 이웃과 더불어 나누는 태도를 기독교적 세계관과 일치시키는 데서 그의 신앙적 깊이를 느끼게 하는 작품이 바로 「사과나무 과수원과 아이들」이다. 비록 탱자나무를 둘러친 과수원이지만 동네 개구쟁이들이 몰래 사과를 따먹고 가는 것을 눈감아주는 그의 부모님이나, 그때 몰래 따먹던 아이들이 시장이 되고 국회의원이 되어 한바탕 웃으며 정담을 나누는 모습들을 구약성경의 신명기 23장 말씀과 연결시키는 박희두 장로 모두 기독교적 세계관이 삶 속에 녹아 있다고 볼 수 있다. 그리고, 우리 인간들의 이러한 삶을 미리 아시고 용서하시는 하나님이라는 말미의 지적은 정말 압권이다. 이러한 경지의 수필을 어떻게 가볍다고 할 수 있겠는가? 「과수원집의 성탄절」 역시 유년기의 추억과 연결된 작품이다. 이 작품에서 두드러진 부분은 아버지의 부지런함을 부각시킨 점이다. 그리고, 시골 성탄절의 새벽송 뒤의 인정스러운 모습도 미소를 머금게 한다. 이 작품의 끝부분에서는 현대인의 피폐한 성탄절 풍경을 꼬집고 있다. 이 점 역시 필자도 공감하는 부분이다.

　다음으로 의료인으로서 성실하게 살아가는 모습도 감동적으로 읽히는 부분이다. 「갑상선 행림」이라는 작품은 의술은 인술이라는 히포크라테스의 선서를 떠올리게 하는 작품이다. 특히 오늘날의 삭막한 의사 세계에서는 비교적 찾아보기 힘든 꿈을 박희두 장로는 꾸고 있다는 점에서 감동적이고 존경스럽다.

　외과의사는 건강하고 강인한 체력을 가져야 한다는 통념으로 박희두 장로를 피상적으로 바라보면 외과의사 치고는 너무 부드럽고 온화하다는 생각을 하게 된다. 그러나, 그는 외유내강의 천성적으로 타고 난 외과의사임을 알게 하는 작품이 고등학교 시절 축구선수로 활약했다는 「축구를 사랑하는 삶」이라는 작품과 그 외 다수의 축구와 얽힌 이야기를 소재로 한 수필들이다. 박희두 장로나 우리 또래의 나이에 고교시절 그것도 전통 있는 명문 고등학교에서 고교시절을 보낸 사람들은 대체로 취미나 소양으로 한 가지씩 운동을 하는 수가 많다. 필자 역시 고교시절 연식정구를 했으나, 병약하여 고3 때 1년 휴학까지 했다. 그러나, 박 장로는 정말 건강하고 강인한 체력을 가졌다는 점을 보여 주는 수필에서 그가 외과의사로서 갑상선 수술 5,000명 돌파는 당연하다는 생각을 하게 된다. 그리고, 폭 넓은 사회활동과 봉사 활동, 문화활동의 원동력도 고교 시절의 축구부 활동을 통하여 터득된 것이라고 볼 수 있다.

4

박희두 장로의 유소년 시절부터 대학시절, 그리고, 청장년 시절을 거쳐 인생의 원숙기인 60대 초반의 전 생애 진면목을 맛보게 하는 것이 바로 이 수필집이다. 몇가지 더할 것이 있다면 비매품이 아닌 정가가 붙은 책으로 이 수필집을 꼭 재판으로 발간하라고 당부하고 싶다. 뿐만 아니라, 보다 체계적인 삶의 기록인 자서전 그것도 남에게 시키지 않는 의사 수필가가 직접 쓴 자서전을 보다 심오한 통찰력으로 시도해 보기를 권하고 싶다. 부산 크리스천 문인협회는 박희두 장로 같은 진지하고도 긍정적인 삶을 살아가는 의사 수필가를 가졌다는 것을 자랑스럽게 생각해야 할 것이다. 앞으로 더욱 더 재미있으면서 진지한 삶의 모습을 보여줄 다음 수필집을 기대하는 바이다.

신앙의 힘으로 살아온 삶의 고백

– 안상진의 제1 수필집 『행운목이 잘 크는 집』(2008)의 작품세계

1

안상진 장로님과는 부산기독교문화회 일을 하면서 알게 되었다. 1988년 부산내과원장이신 박영희 장로님의 열정과 지혜로 발족한 부산기독교문화회에 필자가 처음 참여한 것은 88년 8월 12일 기독교 문화계 대표회의에 참여하면서 부터이다. 연간 수필집 창간호인 「창밖을 보라」를 89년에 발간하면서부터 적극적으로 참여하게 되었다.

안 장로님은 그 당시에는 안수집사로 박영희 장로님과 같은 교회인 부산영락교회에서 시무하면서 영락교회의 부설 중등교육기관인 영락고등공민학교 교감으로 수고하고 있었다. 필자는 그 당시 부산크리스천문학가협회 회장을 맡고 있던 관계로 부산기독교문화회 문학 분과 위원장으로 참여하면서, 박 장로님을 도와 회보발간과 출판 관계 적극적이셨던 안 장로님과 가깝게 되었다. 그 뒤 안 장로님은 부산기독교문화회 사무국장으로 수고하셨고 필자 역시 회장을 두 번이나 역임하였다. 안 장로님은 에이멘 이라는 출판사를 만들어, 기독교문화회 회보와 연간지, 심지어 「기독교문화회보」의 합판본 발간까지 너무나 헌신적으로 활동하셨다. 그동안 화보와 연간집에 발표하시는 안 장로님의 글을 통해서 솜씨를 짐작하고 있었는데, 드디어 1995년 10월에는 서울에서 발간되는 전통 있는 계간지《시와 산문》가을호에 수필로 신인상을 받게 되어 수필가로 문단에 데뷔까지 하셨다.

그런데, 이번에 그동안의 작품들을 수필집으로 엮었다고 하면서 필

자에게 해설을 부탁하셨다. 저로서는 수필 전공자도 아니고, 그렇다고 비평가도 아니기에 극구 사양하였으나, 주위의 사람들 가운데 그래도 필자가 가장 안 장로님과 오랫동안 교분을 나누었기 때문에 부탁하는 것이라는 간곡한 말씀에 허락하였다. 그래서 가제본 된 원고를 일별─瞥하게 되었다. 일별하여 읽는 동안 안 장로님을 더욱 더 잘 알게 되었고, 그동안 삶의 역정이 예사롭지 않다는 것은 짐작하고 있었으나, 속속들이 알게 되면서 정말 장로님의 귀한 삶에 감동되어 그 느낌을 몇 자 적어 보지 않을 수 없게 되었다. 그동안 필자는 이러저러한 인연으로 수필 해설을 간혹 하였으나, 이번 안 장로님의 경우는 그동안의 안 장로님의 삶 전부, 즉 탄생에서부터 지금까지의 삶이 투영되어 한 사람의 전 생애를 한 편의 드라마를 보는 느낌, 그것도 감동의 드라마를 감상하는 느낌을 받았다.

　안 장로님은 경북 상주에서 유복하고 독실한 크리스천 부모를 양친으로 하고 태어났다. 초중등학교를 고향에서 나와 대학진학을 대도시로 할 수 있었으나, 부모님의 권유로 고향에 갓 개교한 상주대학교(그 당시 상주잠업대학)에 입학하면서, 삶의 역정이 복잡해지기 시작하였다. 졸업 후 군복무까지 마치고 공무원으로 취업이 되었으나, 조카의 춘천교대 단기과정 입학시험에 동행하여 조카는 불합격되었으나 안 장로님은 정말 우연히 치른 시험이 합격하여 춘천교대에서 학업생활 중 결국 사모님도 만나게 되고, 강원도 초등학교 교원의 길을 버리고 부산의 영락고등공민학교로 내려오면서 부산 생활이 시작되었다. 게다가 영락교회의 분규의 와중에 신앙의 순수성을 지키기에 애쓴 결과 교회당 건물을 반대파에 넘겨주고, 새 교회당을 마련하여 그 곳에서 장로로 피택되어, 대한예수교 장로회 부산노회(통합) 노회장까지 하게 되었지만, 그 동안의 삶이나 교회생활이나 신앙에 많은 시련이 있었다. 이러한 역경 속에서도 그는 신앙의 힘으로 사물이나 현실을 바라보는 긍정적 세계관을 확립하고 사모님과 더불어 두 아들도 잘 키워 손자까지

본 행복한 아버지, 시아버지, 할아버지의 모습을 엿 볼 수 있는 작품을 도처에 발견할 수 있었다. 나누어진 제1부부터 5부까지 중요한 작품을 중심으로 안 장로님의 수필의 특성과 작품에 투영된 안 장로님의 삶의 역경에 대한 극복방안이 무엇인가 살펴보고자 한다.

2

제1부에서는 무엇보다도 그는 유년기와 청년기를 고향 상주라는 지금은 도시가 되어 있지만, 그 당신 전형적인 농촌마을이었던 고향에서 형성된 전원 지향적인 세계관을 가지고 있다는 점이 특성이다. 그의 데뷔작인 「그 가을, 그리고 코스모스」는 전원 지향성을 가장 분명하게 보여주고 있는 작품이다. 그가 다닌 고등학교 교사의 주변 부지정리가 제대로 되지 않아 누른 황토가 드러난 구릉에다 코스모스를 심어 가을만 되면 운동장 한가운데를 제외한 축대와 주변이 코스모스를 심어 가을만 되면 운동장 한 가운데를 제외한 축대와 주변이 코스모스로 온통 뒤덮인 풍경을 회상하는 것으로 이 작품은 시작된다. 가을 교정이 '고향의 봄'에 나오는 마을 같은 까닭으로 안 장로님은 자연스럽게 코스모스를 좋아하게 된 것이다. 그러면서 고등학교 시절로 돌아가 선생님들과의 추억, 학장시절로 코스모스 밭에서 사색적인 안 장로님의 호흡과 그 당시 유행하던 무전여행에서 만난 소녀 등에 얽힌 추억 등을 풀어내면서, 코스모스를 동경하고 있다.

이렇게 그는 데뷔시절부터 수필에다 그 자신의 삶의 역정을 투영시키는 솜씨를 가지고 있었다. 따라서, 수필 가운데 신변에 대한 것이 소재가 된 경수필을 주로 창작하였다. 그러나, 경수필이라고 해서 결코 가볍거나 단순한 재미로 한 읽힐 수필이 아님이 또한 하나의 특색이다. 이러한 까닭은 그가 회상하거나 때로는 의견을 피력하는 자세가 결코 가볍지 않기 때문이다. 지난날의 사소한 추억까지 소중하게 간직한 그의 자세에 숙연해지기까지 했다는 것이 필자의 솔직한 고백이다.

이러한 전원 지향성에 대해서 안 장로님이 평생의 소망이 담긴 작품이 「전원교회를 꿈꾸며」이다. 특히 유년기와 청소년기를 시골에서 보낸 크리스천들은 사실 50대 후반 이후의 사람들은 비록 도시에서 자랐다고 하여도 그 당시 도시는 오늘날의 농촌이나 소도읍과 유사하였기 때문에 대부분이 전원을 동경하고 있다. 안 장로님이 꿈꾸는 전원교회는 단순하고 막연한 교회가 아니다. 상당히 구체적인 교회이며, 어쩌면 대도시의 교회들은 시도해 볼만한 제안이기도 하다. 물론 신도수가 많은 대형교회는 문제가 많겠지만 적정규모의 중형교회들은 복잡한 도시에서의 교회건축 때문에 이웃들의 법에도 없느 억지를 부리는 상황으로부터 탈피하고 건전한 맑은 신앙과 영혼을 가지기에는 좋은 선택일 수도 있을 것이다. 안 장로님의 제안이 실현되기를 필자 또한 간절히 소망한다.

제2부의 경우에는 주로 교회 안의 잘못된 신앙 양태와 관행을 지적하고 있다. 제2부의 소제목이기도 한 「신년운세와 아멘 무당」은 개신교의 신앙이 샤머니즘화 즉, 지나친 기복신앙을 비판하고 있다. 특히 헌금을 무당의 복채로 비유한 것은 크리스천들이 깊이 새겨야 할 교훈이기도 하다. 물론 한국의 전통신앙인 샤머니즘적 열정이 한국 개신교 신앙에 전혀 긍정적으로 영향을 끼치지 않았다고는 볼 수 없다. 특히 이웃나라 일본 크리스천들은 한국 크리스천들의 감정적이고 열정적인 신앙 양태를 부러워한다. 이러한 열정, 즉 신바람 신앙은 샤머니즘은 영향을 받았다고 볼 수 있다. 그러나 한국 크리스천들은 누구에게나 자칫하면 샤머니즘의 부정적인 속성인 기복신앙에 빠질 수 있다. 이러한 경우 이단의 노예가 되고, 성聖과 속俗을 확연히 구분하는 이중적인 신앙이 되어, 이웃들로부터 지탄받게 될 것이다. 이러한 점에 경종을 울리는 작품이 「신년운세와 아멘 무당」인 것이다.

경각심을 일으키는 또 다른 작품으로 「땡목사, 돌장로」라는 작품이 있다. 목사와 장로들은 스스로 땡목사, 돌 장로가 아닌지 되돌아보고 그렇게 되지 않기 위해 기도해야 할 것이다. 「은밀한 구제를」은 교회가 구제를 생색내기와 이름내기에 급급하고 있지는 않는가 하는 반성을 하게 한다. 특히 마지막 부분에 인용한 예수님의 산상보훈의 일부분인 「네 구제함이 은밀하게 하라, 은밀한 중에 보시는 너희 아버지가 갚으시리라」(마:6:4)는 필자를 포함한 크리스천 전원의 구제에 대한 반성을 촉구하는 구제의 백미白眉라는 지적 또한 정말 올바른 인용이다.

다음으로 「교회를 섬기시는 분들 유감」에서는 교회의 주보 앞면에 자칭 '섬기는 분들'이라고 소개되고 있는 관행에 대하여 잘못을 지적하고 있다. 교회의 목사, 장로, 찬양대 관계자들은 물론 교회를 섬기는 자들임에 틀림없다. 그러나, 주보에서 '섬기는 분들'이라는 표현은 주보의 발행주체가 교회이므로 스스로 섬기신다는 존칭을 사용하게 되기 때문에 잘못된 표현임에 틀림없다. 우리나라 언어 사용 가운데 가장 복잡한 구조가 경어법이다. 그러나, 개신교에서 주보나 공적문서나 글, 사회자의 말이나 심지어 기도 가운데도 잘못된 표현은 많은 편이다.

안 장로님은 지적하지 않고 있으나. 공고 되는 게시문에도 사람이름 다음에다 직분명인 목사나 장로를 붙이는 것도 잘못된 것이다. 굳이 붙일라고 하면 ○ ○ ○ 회장목사(장로) ○ ○ ○ 라고 해야 할 것이다. 그리고 스스로 장로임을 주저하지 않고 밝히는 것이나 기도 가운데 목사님을 지칭하여 '주의 종님' 이라는 관행 등이 대표적인 경우이다. 특히 젊은 청소년들이 사회를 볼 때 어른들 앞에서 '○ ○ ○ 형제(자매)님이 기도하시겠다고 하는 것도 잘못된 관행이다. 교회에서의 특별한 용어와 경우라고 반론을 제기할 수도 있겠으나, 교회에서 쓰는 글이나 말도 우리나라의 정해진 어법과 문법에 맞아야 하는 것이다.

안 장로님의 경우 국어학자가 아니라도 평소에 이러한점에 관심이 많아 정확한 용어를 구사하고 있고, 필자는 그러한 잘못된 관행이 많아 정확한 용어를 구사하고 있고, 필자는 그러한 잘못된 관행의 발견에 여러 번 공감하기도 하였다.

제3부 「행운목이 잘 크는 집」은 주로 안 장로님의 행복한 가정 이야기가 주류를 이루고 있다. 역시 데뷔작인 「푸른 초장, 맑은 물가」는 안 장로님 자신의 신앙 3대이던 어린 시절과 정겨운 고향교회에서의 에피소드가 줄거리를 이루고 있는데, 정말 행복한 유년기 풍경이라 할 수 있다.

「아버지의 사랑」에서는 대학 시절 에피소드를 통하여 겉으로는 엄격하시지만, 속으로는 아들을 사랑한 부정이 형상화 되어, 우리 앞 세대의 아버지의 모습을 잘 그려내고 있다. 특히 보수적인 집안에서 자란 사람들은 누구나 공감할 수 있는 작품이다.

3부의 제목이기도 한 「행운목이 잘 크는 집」은 안 장로님 자신의 화초를 좋아하지 않고 난을 잘못 키우는 습관을 진솔하게 고백하면서, 화려하지않는 관상목인 행운목을 안 장로님 부부가 열심히 키우는 모습을 형상화한 작품이다. 특히 길거리에 버려진 행운목 토막까지 주워다가 살려내는 사모님의 모습에서는 사모님의 신앙적 삶도 보여 주면서 하잘 것 없는 것도 보살피는 행복한 부부와 그러한 행복이 넘치는 크리스천 가정을 충분히 상상할 수 있다.

안 장로님은 삶의 고비 속에서도 성실하게 살아가는 대표적인 크리스천이라고 생각된다. 한국방송통신대학 행정학과를 졸업한 점에서 그러한 사실을 유추할 수 있는데 평소의 생활도 검소하고 성실하게 살아가는 점을 보여주는 작품 「천국에 산다」에서 짐작이 사실로 증명되고 있다. 자전거로 출퇴근하는 습관이나, 재활용품을 몸소 활용하는 모습, 신앙으로 자란 평범하지만 성실한 청년들인 두 아들에 만족해하는 것이나 그리고 이러한 삶을 천국이라고 인식하는 것 자체가 바로 성실한 삶인 것이다.

3부의 끝부분에 있는 「사랑하는 자부 은정이에게」, 「제1신 우리 집 가계」, 「제2신 네 시어머니 이야기」, 「제3신 우백호 이야기」, 「제4신 좌청룡 이야기」, 제5신 「태어날 새 아기를 위해」 등은 시아버지의 자상한 모습도 보이고 있지만, 안 장로님의 평범한 일상도 사랑하는 용기에서 나온 글들이다. 그리고 손자 안 현에 대한 글은 할아버지의 특별한 손자 사랑을 느끼게 하는 흐뭇한 작품이다.

제4부는 제2부와 같은 성격의 글들이다. 그러나 2부에 비하여 훨씬 기독교에 대한 보편적 인식이 바탕이 되어 있다. 따라서, 개인적인 체험이 바탕이 되지 않은 일종의 기독교 칼럼이라고 볼 수 있다.

이러한 글들을 통하여 오늘날의 교회와 노회, 총회들이 대사회적으로 어떠한 자세를 가져야 되는지를 시사하고 있으며, 크리스천의 건전한 세계관 형성의 방향도 제시하고 있다. 특히 마지막 부분의 「노회의 구조 조정안」이라는 작품은 부노회장으로 실무에 종사한 안 장로님의 솔직하고 실질적인 제안이다. 필자 역시 이러한 글들을 자주 쓰고 있지만, 안 장로님처럼 직접 참여하지는 못하고 있다. 안 장로님이나 필자의 소망처럼 교회의 정치가 일반 상식을 뛰어넘어 빈축을 사는 경우가 하루빨리 사라지기를 기대하는 바이다.

제5부 「꽃으로 말하는 여인」은 안 장로님과 인연이 있는 분들의 죽음에 대한 작품이 주류를 이루고 있다. 물론 「목사이신 형님」같은 안 장로님의 형님에 대한 글도 있지만 아버님의 죽음이 구체적인 과정으로 형상화된 「눈물의 고별예배」를 비롯한 크리스천으로 후회 없이 살다가 천국으로 가신 분들의 추모의 글들에서 우리가 어떻게 살아야 하는 가를 시사하고 있다.

3

안 장로님의 첫 수필집은 지금까지 살펴 본 바와 같이 안 장로님의 삶의 역정이 투영된 작품이다. 따라서 수필로 쓰여진 자서전적自敍傳的 성격의 글들이 큰 줄기를 이루고 있다. 나머지 한가지 줄기를 간단히 요약하면 건전한 기독교 세계관이 바탕이 된 교회와 신앙에 관한 글들이다. 그런데, 자서전적 글들은 누구나 쓸 수 있는 것은 아니다. 안 장로님과 같이 3대째 신앙을 이어 4대, 5대로 전수할 자질과 각오가 되어 있는 분에게서나 나올만한 작품들이다. 두 번째로 안 장로님의 글들은 남다른 체험의 교회생활과 그로 인하여 정금正金처럼 연단된 신앙의 관점으로 교회문제를 바라보고 있다는 점이다. 이 작품들 역시 안 장로님이 아니고는 쓸수 없다. 앞으로 두 번째 수필집이 나온다면 이러한 신앙적 자세와 기독교 세계관으로 세상을 바라보고 해석하는 경향이 나오기를 기대하는 바이다.

부산 시인들은 코로나19를 어떻게 대응하고 있는가?

– 2020년대 부산 시인들(1)

2019년 12월에 중국에서 발생한 코로나19는 2년이 지난 현재에도 온 지구촌을 휩쓸고 있다. 2년 동안 망가진 경제 특히 소상공인들의 생계가 위협을 당할 지경이 되어 백신 접종율이 높다는 것을 명분으로 11월부터 우리나라도 위드코로나 상태로 접어들어 일상을 회복할 준비를 하고 있다. 그러나 아직도 발병환자들은 크게 줄어들지 않아 누적 환자가 40만 명에 가까워지고 위중증 환자들도 많아져 사망자도 3000명을 넘었다.

《문학도시》2021년 10월호와 11월호의 작품들 가운데 이러한 위기 상황을 대응하고 있는 부산 시인들의 작품을 많이 만날 수 있었다. 어떻게 대응하고 있는가 하는 점을 주목해 보기로 한다.

분노한 지구가
한번 당해 보라는 듯
너희들도 한번 견뎌 보라는 듯

기승을 부리는 폭염에
꼬리 내릴 줄 모르는 코로나 행위에
죄 없는 선풍기 목줄만 움켜쥐고
이리저리 끌고 다니며
스물네 시간 노동을 강요하며

혹사시키는 힘들고 서글픈 나날들

이겨 내려고 견뎌 내려고
인내는 소진돼 가고
언제 어디서 터질지 모르는 울화

매미는 아랑곳하지 않고
목청껏 불러 대는 사랑 노래에
마음 다독이려고 파란 하늘 올려다보며
한숨 한 번 길게 내쉬어 본다

지구를 강타하고 인간의 자유를 억압하고
심신을 고달프게 하는 코로나도
이글거리는 불볕더위도

붙잡을 수 없는 여름
가을에게 자리 내주려고
시나브로 떠날 채비한다

오는 가을은 쓰잘머리 없는 것들
털어 버리고 모두 통쾌한 웃음 웃는
계절이 되리라

　　　　　　　– 김종신 「분노의 질주」 전문 (《문학도시》 2021. 10월호)

　김종신 시인은 시 「분노의 질주」에서 폭염이라는 기후변화를 자연이
인간에게 내린 징벌로 인식하고 있으며 그 연장선상의 코로나19의 위
기에 어쩔 수 없는 인간의 한계를 '힘들고 서글픈 나날들'이며 참는 것

도 한계점에 도달하여 울화 즉 분노가 폭발할 지경이라고 술회하고 있다. 그래서 제목을 아마 영화 제목을 패러디하여 「분노의 질주」라 하였을 것이다. 그러나 이러한 분노도 계절의 변화에 따라 가을이 오면 '시나브로 떠날' 것이라 소망하고 있으나 현실은 그렇지 않아 정말 안타깝기만 하다. 폭염과 함께 찾아오는 여름이라는 계절보다 가을에다 희망을 걸고 있는 김 시인의 소망은 조금 늦게 오더라도 이루어졌으면 좋겠다.

지금은 벌써 겨울로 접어들고 코로나19 사태도 2년을 넘어가고 있는 현실이라 위기 극복은 백신접종이라는 의학에만 기대할 수밖에 없을 것 같다.

코와 입을 드러내고
마음껏 숨 쉴 수도 없는 세상
하얀 마스크 속에서
숨죽여 숨 쉬었다

반가운 사람을 만나도
손을 잡고 흔들 수도 없고
잠시 주먹을 맞대며
눈인사로 지나갔다

한겨울을 견디고 핀 꽃들을
매몰차게 갈아엎어야 했던
시린 봄날도 있었다

표정 관리할 필요도 없고
하품이 나면 입을 가릴 필요도 없었지만

답답한 마스크 속에서
우리는 자유라는 숨을 그리워했다

이제는
립스틱을 바르고 싶다

– 최 옥 「마스크」 전문 (《문학도시》 2021. 10월호)

　최옥 시인의 시 「마스크」는 이제는 일상의 소품이 되어 있는 '마스크'
를 제재로 하여 코로나19로 변화된 일상생활의 여러 모습을 형상화하
고 있다. 그러나 그러한 일상에 대하여 분노하거나 그렇다고 절망하지
는 않는다. 변화된 일상으로 인하여 여성들은 화장을 하지 않아도 되
어 시간이 절약된다는 자조적인 말을 자주 듣는다. 어쩌면 이런 말은
코로나19를 대응하는 역설적인 표현일지도 모른다. 최 시인의 시 속
에서도 '표정 관리할 필요도 없고/하품이 나면 입을 가릴 필요도 없었
지만'이라는 부분이 그러한 표현이다. 그러한 긍정적인 측면에도 불구
하고 최 시인이 소망하는 것은 '우리는 자유라는 숨을 그리워했다'라는
부분처럼 '자유'이다. 그러면서 '이제는/립스틱 바르고 싶다'라는 마지
막 부분에서 여성 화장의 가장 기본인 입술 화장의 회복을 통하여 일
상의 회복을 소망하고 있다.
　어떤 학자들은 코로나19가 삶의 방향을 변화시킬 것이라 예언하고
있다. 즉 대면보다는 비대면, 접촉보다는 접속 등으로 인터넷 시대와
더불어 삶의 방향이 근본적으로 바뀔 것이라 보는 것이다. 그러나 최
시인은 이러한 점보다 예전처럼 돌아가는 일상을 소망하고 있다. 비대
면, 접속 등과 같은 삶의 방식은 인간들만 가지고 있는 '사랑의 관계'
를 소멸시켜 더욱 많은 문제점을 야기시킬 것이라고 필자 역시 보고
있다.

경고장이 날아왔어요
무리 지어 날면 안 된다고

우리 모두 아파요

비행구역을 한번 벗어나
따가운 가시의 습격을 받았어요
부리에 뿔이 돋았어요

비상이 걸렸어요
빛의 속도로
허공을 침범해 오고 있어요
강력한 거리두기를 해요

움직일 수 없는 새장 속
체중만 자꾸 늘어나요
다이어트 정보 검색에
알고리즘 고구마 줄기처럼 줄줄 따라 나와요
따라 해 보아도
정체된 살은 빠지지 않아요

처음 겪는 힘든 시간
텅 빈 허공에서 서로 얼굴을 붉혀요
고장 난 비행을 서둘러 해제하고 싶어요
날갯짓 삐걱거리는 새

　　　　　　　　– 김순옥 「날고 싶어요」 전문 (《문학도시》 2021. 11월호)

김순옥 시인의 시 「날고 싶어요」에는 직접적으로 코로나19가 등장하지는 않는다. 그러나 코로나19로 우리의 삶이 자유롭지 못한 2년 동안의 상황을 새장에 갇힌 새의 경우로 빗대어 설정하고 있다. 대단히 적절한 비유라고 볼 수 있다. 시적 장치로 볼 때 상징의 단계는 아니고 굳이 비유 가운데 어떤 것인가 묻는다면 일종의 풍유라 할 수 있을 것이다. 그래서 이 시의 화자는 표면적으로는 새장 속에 갇힌 새들이다. 새들 특히 철새들은 무리 지어 창공을 난다. 그런데 그러한 자유를 박탈당한 채 새장 속에 갇혀 있는 신세가 된 것이다.

　코로나19로 인하여 모임이 자유롭지 못하고, 모임의 인원이 제한되고 출입할 때마다 체온 재고 QR코드나 080 전화로 신고해야되는 우리가 바로 새장에 갇힌 철새 신세가 아니고 무엇이겠는가? 철새의 입장에서 전개하는 상상력도 다양하다. 셋째 연 연의 경우 따가운 가시라는 비유는 식물을 동원한 근육감각적인 아픔을 느끼게 한다. 넷째 연에서는 빛이라는 사물이 등장하여 속도감을 과학적으로 유추하게 만든다. 다섯째 연에서는 인터넷 시대에 걸맞는 상상력을 전개하여 갇힌 것으로 인하여 생기는 부작용을 적절하게 보여주고 있다. 마지막 연에서도 철새들의 갇힘을 고장난 비행이라는 문명의 위기인 비행기로 비유하여 코로나19로 인하여 답답한 현대인의 상황을 다양하게 느끼게 한다.

　많은 과학자나 의학자 그리고 미래학자들은 코로나19라는 악성 전염병의 주기적 발생은 인간들의 과도한 욕망으로 인한 과도한 개발에서 오는 자연환경 파괴에서 왔다고 보고 있다. 그 결과 급격한 기후변화라는 재앙이 닥치고 있다고 경고하고 있다.

　　첫 번째 천사가 나팔을 불자
　　하늘에서 피 섞인 우박과 유황불이 땅에 떨어진다. ─요한계시록─

우리들은 스스로 산을 버렸습니다.
우리들은 스스로 강을 버렸습니다.
우리들은 스스로 바다를 버렸습니다.

우리들이 버린 플라스틱들은
병든 산을 만들고,
병든 강을 만들고,
병든 바다를 만들었습니다.

더 이상 보이지 않는 모든 것들과
볼 수 없는 모든 것들이 스며든 독하디독한 바람들 속에서
흰 마스크를 한 그들은.
그들은 죽은 자들의 얼굴을 하고
다 녹아 버린 북극의 빙하들 속에서
다 못 살고 죽은 물고기들과
다 못 살고 죽은 북극곰의 사체死體를 들고

또 다른 한 손에는 검은 석유를 뒤집어쓴
바닷새를 들고 있었는데,
바닷새는 절망의 목소리로 커억 커억 울고 있었습니다.

하늘과 땅 사이에
숨마저 쉴 수 없는, 버림받은 땅
이 황량한 폐허의 도시都市에서
병든 하늘이 환하게 불타오를 것입니다.

－ 신인기 「묵시록 － 푸른 별 지구에 닥칠 환경위기를 생각한다」

(《문학도시》 2021. 11월호)

신인기 시인의 시 「묵시록」은 '푸른 별 지구에 닥칠 위기를 생각한다'라는 부제가 붙어 있기 때문에 주제가 그대로 노출되어 있다. 시는 원래 주제를 숨겨 독자들이 읽어가는 과정에 파악하게 하는 속성을 가지고 있기 때문에 이렇게 주제를 부제로 하는 것은 바람직한 시작태도가 아니다. 그리고 요한계시록 8장7절이 첫 행과 두 행으로 표기되어 있으면서 뒤에다 ─ 요한계시록 ─이라고 표시하여 놓은 것도 올바른 시작 방법이 아니다. 만약 필자가 이 시를 쓴다면 부제는 생략하고 제목 다음에다 한호나 두 호 낮은 글자로 이 성경 구절을 인용하여 놓았을 것이다. 이러한 약점을 가진 시임에도 불구하고 신 시인이 인식하고 있는 환경파괴에 대한 태도는 높이 살만하다. 시적 화자를 '우리들'이라고 한 둘째 연과 셋째 연도 적절하다. 그 까닭은 환경파괴나 오염은 개인 '나'의 책임이 아니고 공동체 '우리'의 책임이기 때문이다. 이 시가 다소 선언적이기는 하지만 시적으로 성공한 부분은 넷째 연과 다섯째 연에서 병든 산과 강들에게 인격을 부여하여 환경오염을 항의하는 주체로 등장시킨 점이다. 마지막 연에서 요한계시록의 예언을 시적으로 변용한 것도 바람직한 방법이다.

이상 네 시인의 위드코로나 시대를 대응하는 방식은 각각 그 나름의 특색을 가지고 있다. 앞으로 우리 부산 시인들에게 코로나19의 고통과 트라우마는 어떻게 작용할 것인지 궁금하여 우선 4편의 시를 통하여 그 양상을 살펴보았다.

《문학도시》 2021년 10월호와 11월호에는 다른 경향의 작품들도 많이 있다. 특히 메타시 즉 시작 태도를 시로 피력한 유병기 시인의 시 「뿌리 깊은 나무」(《문학도시》 10월호), AI 시대의 상상력을 도입한 고훈실 시인의 시 「메타버스」, 「땅콩볼」(《문학도시》 11월호), 김지은 시인의 시 「환상기행 3」, 「게임중독 4」 등을 지면 관계상 언급못한 것은 아쉽다. 이들 시인들의 작품들은 다음 다른 기회에 언급하기로 한다.

자연과 유년기의 체험을 통한 치유와 위안의 시학
– 2020년대 부산 시인들(2)

코로나19 속에서도 2022년은 왔다. 이제는 고통이 일상이 된 지 오래이다. 아직도 코로나19의 끝은 보이지 않는다. 그러나 묵은해를 보내고 새해를 맞는 시인들의 마음은 고난과 고통이 심할수록 그 고통으로부터 해방되어 어디에서 위안을 받을 것인가 하는 것이 큰 관심사이다. 이러한 관점에서 부산 시인들의 작품은 다양한 사물과 현상 속에서 치유와 위안을 노래하고 있다.

> 눈 내린다고,
> 이른 아침부터 한 통의 문자를 받고
> 창밖을 바라보니 진눈깨비가 내리고 있다
> 흐릿한 소묘 한 점,
> 한 도시가 액자 속 종일 누운 사색이
> 모처럼 썰매를 탄다
> 스친 인연이 돌아왔다고
> 들뜬 환호 속 사푼히 내리는 그 기분
> 추억 속으로 걸어간 발자국……,
> 늙었다는 것, 얼마나 살맛나는 일인가
>
> – 김인태 「첫눈」 (《문학도시》 2021. 12) 전문

김인태 시인의 「첫눈」에서는 노년기의 절망이나 두려움이 전혀 보이

지 않는다. 눈이 내린다는 문자를 받는 것 자체가 젊은 체험이다. 그러면서 온종일 내리는 진눈깨비를 바라보며 상상력을 전개한다.

종일 눈 오는 날의 풍경을 '흐릿한 소묘 한 점'으로 비유하고 도시를 '액자 속 종일 누운 사색'으로 비유하고 있으나 이러한 비유의 무력감은 '모처럼 썰매를 탄다'라는 경쾌한 표현으로 젊음을 획득한다. 그러면서 유년의 기억도 등장한다. 특히 마지막 행 '늙었다는 것, 얼마나 살맛 나는 일인가'에서는 비록 출생으로는 늙었지만 실질적인 건강이나 정신적으로는 젊다는 것을 역설적으로 표현한 것이다.

이렇게 김 시인은 눈오는 날에도 젊음을 유지하고 있다. 이러한 젊음이 현실의 고통을 치유하는 하나의 방법이라고 볼 수 있다.

반면에 다음과 같이 늙어감을 직접 고백하는 형식으로 고통을 치유하는 시도 있다.

애증愛憎의 상실,
입김처럼 창에 어리는 그리움
소환되는 어린 추억들로
흐느적거리는 능선의 표류

살아 있음에 아프다
영혼의 청진기로
색 바래 가는 생명들
신음 소리에 귀 기울이고
중심에서 벗어난 초로의 빈자리
우리들에게 어울리는 옷을 입고
여백이 주는 평온으로

가자, 소솔한 우리들의 자리로
　　　　　　　　　　－ 김찬식 「고백으로의 치유」 (《문학도시》 2021. 12) 뒷부분

김찬식 시인의 시 「고백으로의 치유」 뒷부분(3-4-5연)이다. 김 시인은 공직에서도 정년하였고 각종 문인단체의 임원도 물러났다. 그러나 오늘날의 한국인의 수명 상태로 볼 때 아직까지 살아갈 날이 많다. 시에서도 언급하고 있지만 '초로'의 나이 즉 60대는 실제로 공직이나 현역에서 벗어났지만 다른 영역에서 왕성한 활동을 할 나이이다.

김 시인의 이 작품은 그동안의 왕성한 현역활동에서 갓 벗어난 현실을 수용하는 자세로서의 시라고 볼 수 있다. 그 자신이 제목으로 차용하고 있듯이 현실을 수용함으로써 무료함이나 박탈감을 치유하는 태도를 가지고 있다. 사실 공직생활을 한 사람의 경우 정년퇴임 직후에는 어쩔 줄 모르고 절망하는 경우가 많다. 그러나 김 시인은 절망하지 않고 치유의 단계를 겪은 것이다. 김 시인에게는 시라는 글쓰기가 있고 그 동안 공직생활로 축척된 능력도 가지고 있다. 이러한 단계를 거쳐 김 시인은 시작 태도에서나 사회활동 면에서 한 단계 도약할 것이라 기대해 본다.

이 작품의 특색은 이러한 김 시인의 현실 수용의 자세를 처음에는 구체적이기보다 관념적으로 보여주고 있다. 인용하지 않은 1-2연과 3연은 시적 화자 즉 김 시인의 의식구조를 추상적으로 보여주고 있다. 그러나 4연에서는 다소 비유적이고 구체적 이미지를 보여주고 있다. 이렇게 관념과 비유가 교차되다가 마지막 단 한 행으로 끝나는 5연에서 직접적으로 김 시인의 태도를 드러내고 있다.

　　음악 시간에
　　바다가 발성연습을 한다
　　우렁찬 해조음은
　　테트라포드 위에 올라서서
　　목청을 밀어젖힌다
　　파도는 클래식으로 갈겨 쓴

두루마리 오선지를 들고 음표로 복창한다
보드라운 음색

문득
나는 거침없이 웃던 동급생들의 웃음소리가
귓가를 맴돌고
산모의 태반처럼 유영하던 빛 한 줌
해양의 골수까지 파장을 일으키며 조율한다
체르니 연습은 실기다
뜨거운 오후의 마지막 수업이
방학의 열기와 함께 여직 열지 못한
높은음자리표의 거친 파열음 내쏟고 있다
오래된 목조건물의 정수리가 반사되고
닫으면 벽이 되는
성악실의 행방이 묘연하다

– 최귀례 「코르붕겐」 전문 (《문학도시》 2021. 12)

  최귀례 시인의 「코르붕겐」은 유년기의 추억으로 현실의 어려움을 극복하거나 치유하는 작품이라고 볼 수 있다. 사실 유년기의 추억들은 많은 시인들이 다루는 시적 제재이다. 대체적으로 유년기의 추억들 가운데 상처가 되었거나 아픔이 된 것들이 제재로 등장하는 경우가 많다. 그러나 최 시인은 그러한 것들보다 즐거운 음악시간이 시적 제재가 된 것이 다른 사람의 경우와 다르다. 사실 음악이라는 것 자체가 우리에게 감동을 주고 피아노가 가지고 있는 리듬감 때문에 경쾌하고 즐거운 추억들을 가지고 있다. 이러한 시적 제재의 특성에 잘 부응하고 있는 것이 이 작품의 특성이라고 볼 수 있다. 그 부응의 양상을 구체적으로 지적하면 다이나믹한 이미지들이 다양하게 등장하고 있는 점이다.

이 시는 두 연으로 나누어져 있는데 1연부터 유년기의 추억 가운데 음악 시간이다. 그러나 그 시간이 구체적으로 유년기의 시간이라는 표현은 등장하지 않는다. 음악시간의 발성연습을 바다의 파도가 테트라포트에 부딪치는 것으로 비유하여 다이나믹한 상상력을 전개한다. 그리고 음악 용어들도 적절한 역할을 한다. 2연에서는 첫 부분부터 동급생이라는 표현이 등장하면서 시적 시간과 공간이 유년기의 추억이라는 점을 분명히 한다. 그러면서도 '산모의 태반'과 '해양의 골수'라는 비유가 등장하여 다소 그로테스크 한 이미지까지 보여준다. 역시 2연에서도 '체르니 실기 연습' '높은 음 자리표' 같은 음악 용어들이 등장한다. 마지막에 등장하는 '오래된 목조건물'의 이미지에서 유년기의 추억을 더욱 구체화하고 있다. 최 시인은 현실의 고통을 유년기의 추억 그것도 경쾌하고 즐거운 음악 시간의 추억으로 치유하고 있다.

옷을 벗어 버린 장마가
소슬바람을 입는다
노란 손수건을 걸고 선 은행잎
길에 떨어뜨린 편지를 읽는다

푸른 시절에는 도다리쑥국
가을 하면 전어회
제철에 좋은 것들
진해만 물결이 푸득거린다

깨꽃 뜯어 먹고 자란 전어는
통통한 살에 기름기 배이고
땡추 콩 된장에 한 쌈 싸
푸른 식탁을 살찌게 한다

〉
가을 전어 굽는 그윽한 냄새
고양이 눈동자 붉게 타고
구월 장 열린 수족관이
창밖을 헤엄쳐 나간다

－고승호 「가을 전어」 전문 (《문학도시》 2022. 1)

고승호 시인의 「가을 전어」는 일종의 풍물시이다. 전어는 그동안 가을에 나는 남해안의 주종어로 요즈음에는 다소 그 성어기가 당겨지기는 했고 양식까지 한다고 알려져 있으나 역시 '가을 전어 머리에는 깨가 한 되 들어 있다'라는 속설처럼 미각을 돋우는 어종이다. 고 시인은 이러한 속설의 어종인 '가을 전어'를 시적 제재로 하여 진해만의 풍물을 형상화하고 있다.

이 작품은 우선 1연에서는 장마가 끝나고 은행잎이 노래지는 가을 풍경을 제시하고 있다. 2연에서는 봄철 별미인 도다리쑥국과 가을 전어를 대비하여 진해만의 풍물을 제시한다. 그러다가 3연부터 본격적으로 가을 전어에 대한 풍물이 등장한다. 깨꽃 뜯어 먹고 자라 고소하다는 전어에 대한 비유와 땡추와 콩된장과 어울어진 식탁을 절제된 언어로 형상화하고 있다. 마지막 4연은 전어 냄새라는 후각적 이미지와 고양이 눈이 붉게 타고 수족관이 창밖으로 헤엄쳐 나간다는 공감각적 이미지들을 등장시켜 보다 입체적인 풍경으로 전환 시킨다. 이러한 다양한 이미지들로 인하여 이 작품은 단순한 풍물시의 경지를 벗어나 그 나름의 가치를 획득하게 된다.

비록 지금은 코로나19로 인하여 식당 출입의 자유마저 억압받고 있지만 가을 전어에 얽힌 추억을 가진 독자들에게 이 시는 충분히 치유제가 될 것이다.

산자락에는
세상 누구에게나 말없이 내어준
길이 있습니다
그 길 사이에 모습 없이 건너가는
바람도 있습니다.

생의 한숨이 꽃자리 한
나무와 숲의 그늘 곁으로
자연이 그린 수채화 속의 유유한
강도 흘러내립니다

이 결 고운 것들을
청잣빛 하늘에 재워 두었다
금빛 물결로 풀어내는 세상 속에
올해도 작은이한 몸 사려
정하게 담그며 두 손 모읍니다

하늘이여
땅이여
물이여
삼라만상 무한한 당신 안에서
부끄럼 없이 호연지기로 살게 하소서

           – 김정숙 「2022년 흑호 해를 맞으며」 전문 《문학도시》 2022. 1)

  김정숙 시인의 「2022년 흑호의 해를 맞으며」는 경우의 시, 즉 신년을 맞는 일종의 송시이다. 그렇다고 해서 구호성에 가깝지는 않고 자연숭배사상이라고 볼 수 있는 마지막 연을 제외하고는 자연의 순리에 대하여 노래한 자연 예찬의 시라고 볼 수 있다. 말하자면 코로나19라는 유례없는 팬데믹 사태 속에서도 자연의 모습과 변화는 어김없이 때로는 장엄하고 때로는 아름다운 모습을 우리에게 보여주고 있다는 진리를 형상화 한 시라고 볼 수 있다.

김 시인이 인식한 자연은 인간을 위협하는 자연은 아니라 인간에게 오랜 세월 동안 삶의 터전을 제공한 자연이라고 볼 수 있다. 이러한 자연에 비하여 시적 화자 김 시인은 '작은 이 몸'이라고 스스로 낮추고 있다. 특히 마지막 연 '하늘이여/ 땅이여/ 물이여/삼라만상 무한한 당신 안에서/부끄럼 없이 호연지기로 살게 하소서'에서는 김 시인의 자연 숭배 사상이 극대화되고 있다. 사실 코로나19 같은 엄청난 질병은 이러한 자연을 두려워하지 않는 인간들의 오만한 태도에서 왔다고 볼 수 있다. 그러한 측면에서 김 시인의 이 시는 많은 시사점을 던져주고 있다.

눈 고드름처럼
주렁주렁 매달린 꽃눈
흩날리지 못한 하소연으로
춥게 서 있다

푸른 여름에서
갈색 단풍으로
즐거워하다가

흩뿌린 눈놀이에
놀라서 정지해 버린다
일어나 움직일 수 없다
꽃눈이 잡고 있다

　　　　　　　　　　　– 김희정 「상고대」 전문 (《문학도시》 2022. 1)

김희정 시인의 시 「상고대」는 자연이 만들어 준 환상적인 풍경의 하나인 '상고대'가 시적 제재가 되어 있다. 늦가을 산에 오르면 나무나 풀에 눈처럼 내린 서리를 발견할 수 있다. 이것을 '상고대'라 한다. 눈꽃보다 아름답다고 보는 사람들도 있다. 김 시인은 이러한 자연의 신비를 시적 제재로 한 것이다. 이 작품 말고도 자연의 신비와 남들이 발견 못하는 미세한 자연의 변화를 시적 제재로 한 작품들이 김 시인에게는 여럿 있다. 말하자면 자연을 관찰하는 예리한 안목을 김 시인은 가지고 있다고 볼 수 있다.

이 작품의 특색은 그러한 자연의 신비에 대한 묘사가 아니라 자연에다 인격을 부여하여 정서를 이입시키기보다 자연이 억압받아 움직임이 자유롭지 못함에 대하여 언급하고 있다. 1연에서 상고대가 흩날리는 자유를 누리지 못하고 춥게 서 있다든지 마지막 연에 정지하여 일어서지도 못한다는 부분이 그것들이다. 이러한 점은 전통적인 자연관은 아니다. 따라서 김 시인 나름의 개성을 가지고 있다. 그러나 지나치게 짧게 끝나는 것은 해결해야 할 숙제이다.

김 시인은 이러한 순간적인 자연의 변화를 통하여 현실의 고통을 극복하고 있다고 볼 수 있다.

《문학도시》 2021년 12월호와 2022년 1월호에서 발견할 수 있는 위안과 치유의 시학은 주로 자연과 유년 시절의 추억을 통해서 형상화되고 있다. 소수의 시인은 그 나름의 현실 인정을 통한 치유의 방법을 모색하고 있다는 점도 주목할만 하다. 2022년 새해에는 부디 코로나19가 종식되어 모든 현실이 정상화되어 보다 밝고 다양한 특색을 가진 시들이 많이 창작되기를 소망한다.

그리고 새로 등장할 부산문인협회 집행부의 결단과 노력으로《문학도시》의 재정확보도 순조롭게 되어 2개월씩 묶어하는 월평도 사라지기를 기대한다. 뿐만 아니라 편집진도 참신한 기획력과 추진력으로 대한민국 최고의 월간 문예지로 발돋움하기를 소망한다.

시의 기본을 잘 지킨 몇 편의 작품들

- 2020년대 부산 시인들(3)

요즈음 시인이 급증하고 있다. 그 까닭은 문학지의 발간이 예전에 비하여 쉬워졌기 때문이다. 문화체육부에 허가를 받아야 하는 시절에는 그 등록절차가 까다로웠다. 그러다가 그 업무가 광역지자체로 다시 기초 자치단체로 이관되어 이제는 신고만 하면 문예지를 만들 수 있게 되었다. 문예지가 많아지자 문예지마다 신인을 배출하며 심지어 신인 배출을 통하여 잡지 운영비와 발간비를 충당하는 웃지 못할 사태까지 벌어지고 말았다. 이러한 비정상이 정상으로 인식되어 당연하다고 생각하는 현실이 안타깝기만 하다. 물론 신인이 많아지는 것 자체가 잘못된 것은 아니다. 신인을 등장시키는 매체나 심사위원이나 추천인이 엄격한 기준으로 일정한 수준에 이르는 사람들만 등장시킨다면야 어떻게 이 사태를 비난할 수 있겠는가?

그리고 또 다른 현상의 하나는 시인으로 만족하지 못하고 수필가를 겸하거나 다른 장르까지 신인 등용문을 통과하여 이중적 혹은 삼중적 글쓰기를 하는 경우가 많다. 필자가 아는 어느 수필가는 환갑을 넘기면서 몇십 년 쓴 수필로 표현할 수 없었던 것이 있어서 시 쓰기를 시작했다고 했다. 그래서인지 그의 시는 시의 기본을 충실히 지키고 있었다.

그렇다면 시와 수필 혹은 산문 쓰기는 어떠한 차이가 있는가를 생각해 보기로 한다. 잘 알다시피 모든 문학 장르는 시에서 시작되었다. 그러다가 소설이 생기고 수필이 생겼다. 모든 장르를 표괄했을 때의 시의 세계는 동서양을 막론하고 일상적인 대화나 글쓰기와 차이가 났는데 이러한 시적 발상은 우뇌가 가지고 있는 상상력과 창의력에 의해 창작되기 때문에 논리적으로 언제든지 창작하고 싶다고 하여 되는 것이 아니라 영감이 떠올라야 창작되었다. 그런 까닭으로 시인 각자의 기질에 따라 음악적인 취향의 사람은 리듬을 중시하고 회화적인 취향의 사람은 비유(여기서 비유는 비유부터 상징까지를 포괄한 것임)와 거기에서 나오는 이미지 중심의 시를 창작하였다. 이러한 시 창작의 기본에 반하여 수필이나 소설 혹은 비평 같은 글쓰기는 논리적 사고를 동반한다. 말하자면 좌뇌의 작용이 우뇌의 작용보다 훨씬 많다는 것이다. 그리고 수필의 자아의 직접적이고 솔직한 고백, 소설의 인물과 스토리를 통한 문학성의 구현은 두뇌 속에서 다른 과정을 거친다. 필자의 경우도 시 쓰기와 산문 쓰기를 겸하여 왔다. 그럴 때마다 좌뇌와 우뇌의 이질적 작동에 고민하였고 지금도 고민하고 있다.

앞의 논의를 요약하면 시의 기본은 리듬과 비유라고 볼 수 있다. 그리고 행과 연 구분은 시에서 리듬을 구현하는 하나의 방법이다. 따라서 그 구분의 당위성이 있어야 한다. 서정적 산문 혹은 수필이 행과 연을 구분했다고 해서 시가 되는 것은 아니다. 특히 시와 수필 쓰기를 겸하고 있는 문인들은 지금까지의 글쓰기에 이런 과오를 범한 적은 없는지를 되돌아볼 필요가 있다. 비유는 시는 직접적으로 감정이나 관념을 드러내어서는 안 되기 때문에 감정이나 정서 혹은 관념이나 형이상학적 가치를 객관화하는 하나의 방편이다.

이상과 같은 입장에서 《문학도시》 2022년 8-9월호의 작품 가운데 시의 기본을 잘 지킨 몇 편을 살펴보기로 한다.

> 잿빛으로 물든 공단 화단에는
> 하얀 종들이
> 바람결에 노니는 꽃댕강나무 꽃 잔치로

향기로움이 가득하다

하늘 향해 솟은 가지가
댕강 잘려 나가도
늘 변함없이 그 자리에 서서
아름다운 작은 종을 소리 없이 울리고
오가는 이들에게
향기로운 내음을 선물하는 꽃댕강나무

오롯이 살아가는 꽃댕강나무 향기에 취해
나의 하루도 늘 향기롭기를
오늘도 변함없이
창을 두드리는 햇살에게 진심으로 빌어 본다

– 김동석 「꽃댕강나무」 전문 (《문학도시》 2022. 8)

　김동석 시인의 시 「꽃댕강나무」는 우리나라 중부이남에서 정원수와 관상목으로 활용되고 있는 꽃댕강나무가 시적 제재로 등장하고 있다. 이 나무는 원산지가 중국인데 우리나라에는 1930년대에 유입되었다고 한다. 말하자면 일제에 의하여 우리나라에 정원에 유입된 것이다. 그러나 중부이남에서는 초겨울에도 종모양의 꽃을 피우고 있어서 인기 있는 수종이다.
　김 시인이 주목하고 있는 것은 길 가나 정원의 꽃댕강나무가 아니고 잿빛 공단 화단이라는 상징적인 공간에 존재하는 꽃댕강나무이다. 상징적 공간을 시의 배경으로 하는 것은 김 시인이 가지고 있는 시적 역량에서 왔다고 볼 수 있다. 그리고 다소 평범한 비유이지만 댕강나무 꽃을 종으로 비유하고 있다는 점에서 시의 근본을 지키고 있다. 그런데 둘째 연의 경우는 언어유희pun까지 등장한다. 즉 '댕강나무'의 '댕강'의 동음이어인 댕강 잘려나간다는 데에서 댕강나무의 강인함을 적절하게 보여주고 있다. 또한 종소리에서 나오는 청각적 이미지까지 등장하여 꽃향기와 어울어진 공감각적인 이미지를 형상화하고 있다. 마지막 연에서 시적화자인 김 시인의 감정이 직접적으로 진술되어 다소 긴장감이 떨어지고 있으나 둘째 연의 형상화 능력으로 인하여 이 시는 어느 정도 성공한 작품이라고 볼 수 있다. 달리 말하면 마지막 연의 표현에 더욱 정성을 쏟았으면 하는 아쉬움이 남는다. 앞으로 김 시인은 이러한 점에 유의해야 할 것이다.

벽의 궤적에는 공식이 있다
도시가 시작되는 복선 철로 길
소음을 차단하는 방음벽이 생겨났다
방전된 모니터처럼 햇살이 가려진 벽
세상의 모든 소리들을 껴안는
출입구의 경계가
애매한 바람막이로 서 있다
저 곡선을 질주하는
기적소리의 길을 따라
가파른 공간에서 서로가 만나는 바람
나무의 등뼈 사이 경계가 그어지고
각도가 다른 선로에
숨길을 연결하는 나무 사이
하나의 길이 생겨나면 또 다른 길이 사라지는
뺄셈도 없는 도시의 소망
도로는
다가가지 못하는 차단막의 뒤편에
철로를 지나는 소리로 뻗어난다

허물지 못하는 허공으로 울려 퍼지며

진동음은 울림을 분산한다

가파른 세상의 속도를 제한하는

도심의 풍경이 달리고 있다

　　　　　　　　　　　　　　　 — 전성희 「벽의 기하학」 전문 (《문학도시》 2022. 8)

　전성희 시인의 「벽의 기하학」은 우선 제목부터 다소 현학적이다. '기하학'이라는 학문적 용어가 그것이다. Topology라는 영어로 알려진 기하학은 일명 '위상수학'이라는 용어로 사용되어 수학 가운데 공간, 장소 등을 다루는 학문으로 건축학, 사회학, 심리학, 지리학 등의 분야에서 응용되고 영화, 문학. 미술 등과도 연관되어 결과적으로 다양한 인문학과 연결된다. 전 시인의 이 시에서는 '벽'이라는 공간을 차단하는 사물을 등장시켜 그에 대한 사유를 하고 있는 점에서 적절하고 상징적 내포를 가진 제목이라고 볼 수 있다. 사실 '벽'은 무신론적 실존주의 문학가 사르트르(1905–1980)의 단편소설 제목으로 사용될 정도로 상징적이다. 그리고 다양한 공간을 닫히게 하는 것 자체에서 많은 상징적 의미를 가질 수 있다.

　전 시인의 시적 제재는 '벽' 가운데 도심을 통과하는 철로변의 소음을 방지하기 위한 '방음벽'이다. 즉, '방음벽'으로부터 상상력을 시작한다. 우리는 일상생활 속에서는 이러한 방음벽에 대하여 무심하다. 그러나 철로변에 사는 사람들에게는 필요악이라 볼 수 있다. 소리는 차단하지만 풍경이나 전망을 가린다는 점에서는 안타까운 현실이다. 이러한 '방음벽'의 안타까움을 직접적으로 인식하지 않고 지극히 기하학적 사유, 즉 경계, 곡선, 각도, 공간 등의 용어를 통한 사유뿐만 아니라 기차가 질주하는 속도와 그로 인한 소음과 바람 등을 등장시켜 도시적 상상력을 하고 있으며 독자들도 그러한 분위기에 빠지게 만든다.

　전 시인의 시를 지배하고 있는 비유는 다분히 상징적이라 볼 수 있다. 그러나 상징적이라는 특성이 가지고 있는 답답함은 시 전반을 지배하고 있는 다이나믹한 청각적 이미지로 청산된다. 그리고 도시에서의 분주하여 여유없는 삶을 비판하고 있는 점에서 문명비판적 태도도 가지고 있다. 다만 그것이 적극적이 아니라는 점에서는 다소 아쉽다.

바람이 바람을 데리고 스커트를 들춘다

왕대나무에 내려앉은 허공이 구름의 속옷 같다

심심한 날이면 허영의 전봇대가 허영을 부추긴다

첫사랑 소식이 궁금한 것은 오로지 바람 탓이다

– 김경연 「바람」 전문 (《문학도시》 2022. 9)

김경연 시인의 시 「바람」은 시인들의 시에 자주 등장하는 '바람'이 제목이자 시적 제재이다. 사실 바람이라는 사물은 눈에 보이지 않는다. 단지 기상현상으로 두 장소 사이에서 기압 차이로 일어나는 공기의 이동이다. 그러나 이 이동이 커기에 따라 태풍이 되고 그것이 인간에게 큰 재앙을 가져다주기도 한다.

김 시인의 시에 등장하는 '바람'은 그러한 바람이 아니다. 바람이 여자의 스커트를 들추는 것으로 바람의 존재를 인식하게 만드는 일상적인 것이다. 어떤 면에서는 다소 관능적인 바람이기도 하다. 따라서 지극히 인간적인 바람이다. 둘째 행에서 보이고 있는 허공에 대한 비유도 복합적이다. 허공과 연결되어 등장하는 '왕대나무'는 다소 한국화적 분위기를 보여주고 있다. 그러면서 구름 사이로 보이는 허공을 '속옷'이라는 보조관념으로 비유하면서 다시 인간적인 인식이 등장한다. 셋째 행에 등장하는 '허영의 전봇대'는 다소 엉뚱한 느낌이 들기는 한다.

그래서 시적 내포를 제대로 해석하기는 힘들다. 심심한 날이면 옛날의 화려했던 시절이 생각난다는 정도로 해석하면 마지막 행과 유기적인 해석이 가능할 것 같다. 즉 '바람'의 이중적 의미인 심리상태의 동요를 생각하면서 바람 부는 날에는 첫사랑이 생각난다는 과거의 기억으로 돌아가게 된다는 점을 진술한다.

　김 시인의 짧은 4행시에서 긴 시보다 더 많은 이야기를 간직하고 있으며, 바람 부는 정경에 대한 정서가 단순하지 않고 복합적으로 이입되어 있다. 말하자면 응축된 정서가 많은 내포를 간직하고 있으며 바람은 보이지 않으나 시 속에서 전개되고 있는 정경으로 인하여 구체적 상상이 전개될 여지를 충분히 가지고 있다.

　　　지구가 철조망에 엉켜있다
　　　아이들이 지구를 굴리며
　　　술래놀이를 하고 있다
　　　구멍 뚫린 행성에서 녹물이 흘러나와
　　　아이들의 발을 적시고 있다.
　　　지구의 경도와 위도 사이
　　　붉은 십자가가 꽂혀있고
　　　갈라진 틈 사이마다
　　　미라의 손이 튀어나와 있다
　　　행성 속으로 뚫린 블랙홀 안으로
　　　미사 복을 입은 사람들이
　　　줄을 지어 올라간다.
　　　형체 없는 얼굴이 굴러다니는 시멘트 바닥,
　　　아이는 미라가 된 낙타를 타고
　　　눈알을 밟고 간다.
　　　아이의 머리에서 고목이 자라고 있다

페트병에 눈망울을 주워 담는 아이가

블랙홀로 들어가자

귀에 송신기를 꽂은 외계인이

피가 흐르는 우주를 두 손에 받쳐 들고

뒤를 따라간다.

아이의 눈동자에서

노란 싹이 돋아나고 있다

—김금아 「깨어진 우주」 전문 (《문학도시》 2022. 9)

    김금아 시인의 「깨어진 우주」는 일종의 해체시 혹은 하이퍼시라고 볼 수 있다. 이 시에 등장하는 사물들과 그 사물들이 전개하는 풍경은 마치 초현실주의 화가들의 그림을 보는 것 같다. 말하자면 환상적이고 몽환적인 이미지가 등장한다. 그러나 「깨어진 우주」라는 제목에서 기후변화에 대한 위기의식이나 문명비판적 태도를 감지할 수 있다. 이런 입장에서 이 시를 읽어 가면 어느 정도는 문맥에서 풍기는 정서를 느낄 수 있을 것이다. 이러한 경향의 시를 읽는 방법은 사물이나 그 사물들이 하고 있는 개별적인 동작이나 행위에다 특정 관념을 부여할 필요는 없다. 다만 서술되거나 묘사된 그대로 파악하여 전체적 분위기를 느끼면 된다.

    김 시인의 이 작품에서 그려지는 그림은 전체적으로는 해체되어 있으나 등장하는 사물 하나는 그 존재감을 가지고 있다. 그래서 그로테스크한 그림에 등장하는 사물들에 의하여 상식적인 동영상들과는 다른 동영상들이 그려진다. 마치 외계인들에 의하여 피습된 지구인들의 우왕좌왕하는 지구 종말의 날을 보는 것 같다.

    앞으로 김 시인의 시에는 이러한 절망적인 동영상보다 아름답고 행복한 꿈을 꾸는 동영상을 기대한다. 왜냐하면 해체되거나 몽환적인 이미지에서도 아름답고 따뜻한 정서를 느낄 수 있기 때문이다. 이러한 이미지로 가득찬 화가를 한 사람 꼽으라면 시인들의 시에도 자주 등장하는 러시아 태생의 화가 마르크 샤갈(1887~1985)을 들 수 있을 것이다.

> 네가 태어나는 날 닭이 울울창창 울어
> 네 이름을 '어둠을 지우는 새벽'이라고 지었다
> 네가 태어나는 날 장미 만발하여
> 네 이름을 '꽃이 웃는 한낮'이라고 지었다
> 네가 태어나는 날 서쪽하늘이 하도 밝아
> 네 이름을 '달빛 흐르는 저녁'이라고 지었다
> 네가 태어나는 날 먼 산에 새 울어
> 네 이름을 '뻐꾸기 노래하는 밤'이라고 지었다
>
> 네 이름은 여러 개다
> 네가 함부로 희로애락에 빠져
> 길을 잘못 들거나 허둥거릴 때
> 이름 하나씩 뽑아
> 네 이름을 네가 불러라
>
> 삶이 그다지 험하지 않을 거다
> 군데군데 앉을 의자와
> 머물고 싶은 풍경이 기다리고 있으리니
> 너는 여러 개의 이름으로
> 하루를 기꺼이 살아라
>
> 하루가 한 생이다
>
> — 신덕엽 「인디언 이름으로」 전문 (《문학도시》 2022. 9)

신덕엽 시인의 시 「인디언 이름으로」는 아메리카 인디언의 이름 짓는 습관이라는 문화를 이해해야 시에 접근할 수 있다. 1991년 3월 국내에서 개봉된(2021년 30년 만에 재개봉 되었음) 화제작 케빈 코스터너가 감독과 주연을 겸한 영화 「늑대와 춤을」[1]이라는 영화를 보면 이 영화 제목은 케빈 코스터너(주인공 존 던바 중위 역)가 늑대와 춤추는 모습을 본 인디언들이 지은 케빈 코스터너의 이름이다. 그 외 여러 인물들의 인디언식 이름 '주먹쥐고 일어서', '하얀 양말', '머리 속의 바람' 등의 이름이 등장한다. 이러한 인디언식 이름 명명방법을 신 시인은 차용하여 시적 청자 '네'에게 새벽의 닭울음에서 연상한 '어두움을 지우는 새벽'을 비롯한 네 개의 인디언식 이름을 부여한다.

신 시인이 다양한 이름을 부여한 까닭은 '네'의 삶의 역정에 위기가 닥칠 때마다 적절한 대비로 잘 헤쳐가라는 교훈이라고 볼 수 있다. 따라서 이 시는 시적 청자 '네'가 자녀이던 손자이던 아니면 신 시인이 교직에 있었던 점을 감안한 제자이던 사랑하는 그에게 교훈을 주는 방법으로 우의적인 알레고리allegory를 택했다. 그러나 고시조에서 찾아보기 쉬운 단순한 알레고리가 아니고 중층적으로 의미를 가지고 있다는 점에서 충분히 현대성을 획득한 문제작이다.

가까운 산에서
뻐꾸기 운다
뻐꾹- 뻑뻑꾹- 뻐꾹- 운다

가까운 산에서도
뻐꾸기 울자
숲이 짙푸르고
얕은 계곡 깊어진다

---

1) 제63회 〈1991년〉 미국 아카데미 영화상 작품상. 감독상 등 7개 부문 수상작.

〉
가까운 산
뻐꾸기 울음에
아득한 그리움
메아리로 밀려온다

– 장동범 「뻐꾸기」 전문 (《문학도시》 2022. 9)

　장동범 시인의 시 「뻐꾸기」는 시의 기본 가운데 리듬에 의한 발상을 하는 시이다. 그리고 전원지향적인 시적공간으로 볼 때 전통적인 서정시를 쓰고 있는 것 같다. 물론 이 한편으로 판단할 것은 아니지만 만약 그렇다면 도시문명에 찌든 현대인에게는 하나의 청량제가 될 수 있는 시를 많이 창작하여 한 권의 시집으로 엮어보는 것도 좋을 것 같다는 생각도 해본다.

　시의 기본 가운데 하나인 리듬은 첫째 연 셋째 행에서 뻐꾸기의 울음을 묘사하는 의성어에서 그 효과를 본다. 그리고 이 여운이 이 시의 전편을 지배하고 있다. 둘째 연의 경우 뻐꾸기 울음에다 시간의 흐름이라는 의미를 부여한다. 그로 인하여 숲은 푸르러 가고 내린 비로 계곡물이 깊어진다는 인과관계를 설정한다. 마지막 셋째 연에서는 뻐꾸기 울음으로 인하여 아득한 그리움이 메아리로 밀려온다고 하여 그리움의 정서를 이입시키고 있다. 말하자면 반복되어 들리는 뻐꾸기 소리에서 이 시는 유장한 세월의 흐름을 인지하는 셈이다.

　장 시인은 이렇게 짧은 시에다 리듬과 반복을 통하여 긴 시간을 이입시켜 독자들로 하여금 음미하면서 오랫동안 생각하게 하는 시를 쓴다. 장 시인의 인용하지 않은 작품 「부재」에서도 시 속에 등장하는 인물의 단순한 행위와 동작 뒤의 침묵으로 인하여 시 속에는 나타나지 않는 고독의 정서를 유발한다.

지금까지 《문학도시》 2022년 8월호 24명의 48편, 2022년 9월호 25 명의 49편(1인만 1편) 총 96편의 작품들 가운데 시의 기본인 리듬과 비유의 효과를 적절하게 살린 시 6편에 대하여 살펴보았다. 1-2인 시인의 작품에 대한 언급을 더 할까 망설이기는 했으나 다른 작품들은 치명적인 약점 즉, 비시적 진술이 보여 다음의 기회로 미루기로 했다.

사실 시작행위를 한다는 자체가 메타버스 운운하는 AI 시대에 과연 어울리는가 하는 점에서 회의적인 시각을 가진 의견들이 많다. 그리고 AI가 시도 쓸 수 있을 것이라고 한다. 이런 시대 사항을 시인들은 어떻게 대비해야 하는가 하는 질문을 심각하게 던져본다. 필자는 아무리 AI가 시를 쓴다고 해도 치열한 상상력을 바탕으로 시 쓰기의 기본을 지키는 시인들의 작품은 살아남을 수 있을 것이라 보고 있다. 따라서 시인이 시라는 장르의 위상 확립을 위해 창작하고 발표하는 한편 한편이 비록 그 수고만큼 물질적 보상을 받지 못해도 프로정신에 입각하여 어느 때보다 제 나름의 시작법을 확립하는 뼈를 깎는 아픔의 결과물이 돼야 할 것이라는 생각하고 다음 호에는 보다 많은 작품을 언급하게 되기를 소망해본다.

궁극적 관심으로서의 시 쓰기
– 2020년대 부산 크리스천 시인들(1)

　필자가 크리스천 문인이 어떤 작품을 써야 하는가를 말할 적에 자주 사용하는 표현이 있다. 즉, 자칫하면 간증이 되기 쉽고 기도가 되기 쉽다. 그렇게 되어서는 문학적 성취가 이루어지지 않는다고 경고한다. 사실 오늘날의 크리스천 문인들 가운데는 간증을 수필이라 인식하는 사람들이 있고 약간 시적 기도문을 시라고 인식하는 사람들도 있다. 성경을 텍스트로 하여 시나 수필을 창작할 경우에는 특히 이러한 점을 주의하여야 할 것이다. 즉, 수필이나 시로서 형식이나 기법 측면에서 완성도를 높여야 한다는 주장이 되겠다. 여기서 시의 기법이라는 것은 시와 산문의 가장 큰 차이인 비유와 리듬이다. 비유라는 개념 속에는 상징까지 포함될 수 있고 그것들로 형상화되는 이미지의 전개 방식까지 포함된다.

　다른 한 편에서 내용이나 문학적 세계관에서는 어떠한가를 말할 때에는 문화신학자 폴 틸리히의 이론인 '궁극적 관심'을 가져야 한다는 주장을 자주한다. 즉, 시적 태도나 글 속에 등장하는 세계관이 궁극적으로 기독교적 세계관이 돼야 한다는 것이다. 크리스천 문인들이 형상화 시키는 문학세계나 등장하는 제재 특히 자연을 보는 태도가 크리스천이 아닌 사람들과 똑같다든지 우리나라 사람들의 심성 속에 잠재한 샤머니즘이나 불교나 유교적 세계관으로 본다면 그것을 크리스천 문인들의 작품이라고 볼 수 있겠는가 하는 의문이 든다는 말이 되겠다.

　혹자는 궁극적 관심은 신앙시를 쓸 때에만 가질 태도이고 그렇지 않은 일반시를 쓸 때는 어쩔 수 없는 것이 아니냐고 반문한다. 필자는 일반시와 신앙시를 구분하는 태도는 마치 교회 생활과 세상 생활을 구분하는 이중적 삶을 살아가는 크리스천들과 같은 생각이라고 본다. 이런 면에서 크리스천 시인들이 격조 높은 시를 쓴다는 것은 크리스천이 아닌 시인들보다 훨씬 어렵고 고통스러운 작업이다.

《부산크리스천문학》 2021년 후반기호(통권 36호)에서 이상의 두 가지 측면에서 그 완성도가 높은 몇 작품을 발견하게 된 것은 대단히 즐거운 일이었다.

> 사랑
> 하나만 남기시고
> 떠난 그대
> 사랑만 가지시고
> 모두
> 버리라 하시네요
> 비워 있는 만큼
> 그대
> 마음인 것을
> 어제나 저제나
> 오신다는
> 황홀한 약속
> 오 사랑이 왔네
>
> — 류정희 「나의 사랑은 언제나 처음이다 2」 전문

류 시인의 「나의 사랑은 언제나 처음이다 2」는 그의 연작시 세 편 가운데 하나이다. 연작시 1과 3의 경우는 사랑의 대상이 '예수' 혹은 '하나님'이라는 점이 쉽사리 드러나는 부분이 있기 때문에 이중적으로 읽

힐지 않는다. 그리고 이러함으로 인하여 시적 성취가 신앙 안에만 갇히고 있지만 인용한 2의 경우 크리스천이 아닌 경우에 과연 '그대'가 누구인가 파악하기 힘들어 시의 특색인 애매성을 획득하면서 읽힐 개연성을 충분히 가지고 있다. 달리 말하면 그들은 '그대'를 사랑하는 사람이나 존경하는 대상이라고 볼 수도 있다는 것이다. 그러나 크리스천에게는 '그대'가 시 속에는 직접 등장하지 않고 있지만 예수님으로 인식된다. 한편 직접적으로 신앙고백을 하지 않으면서 기독교 신앙의 진수이자 특히 신약성경의 가장 중요한 주제인 '사랑'을 형상화하고 있는 점에서 시적 기교나 궁극적 관심 두 측면에서 충분히 성공하고 있다.

> 1937년 대구 남성공업사에서 만든 종鐘이 녹슬어 침묵하고 있다.
> 십자가 첨탑에서 새벽을 깨웠던 새鳥가 목이 쉬어 울기를 그쳤다.
> 종지기 총각으로 불리던 노신사, 유리상자 속 박제된 종 앞에 어린
> 아이 손을 잡고 서 있다. 이제 무릎이 굽어 무엇 하나 할 수 없는데
> 누구 유리문 열고 저 종 쳐줄 사람 없느냐 묻고 있는 듯.
>
> — 송정우 「종」 1 부분

송 시인의 「종」은 산문시인데 인용한 1말고도 2와 3이 한편으로 연결되어 있다. 산문시는 원래 분석적이고 토의적으로 읽어야 하는데 우선 이 시도 그렇게 읽어야 그 의미가 완전히 파악된다는 점에서 산문시로서의 기능을 제대로 하고 있다. 뿐만 아니라 문장 부호(마침표)도 빠뜨리지 않고 표시하여 의미파악을 돕고 있다. 이 시는 총각 시절 교회에서 종지기 노릇을 한 노신사가 손자라고 여겨지는 아이의 손을 잡고 기독교 박물관이나 기념관 전시실에 1937년 만들어진 종 앞에 서 있는 것으로 시적 공간이 설정되어 있다.

실제로 이 종을 쳤는지 혹은 그 무렵 다른 종을 쳤는지는 알 수 없다. 그것에 대하여 독자들은 마음대로 상상하면 된다. 이렇게 많은 이야기

를 간직하고 있는 것이 바로 산문시의 특성이다.

십자가 종탑에 걸려 있어야 하는 종이 그 구실을 못하고 전시되어있는 것을 앞부분에서 시적으로 표현하고 있다. 그런데 이 시의 또 다른 매력은 마지막 부분 '누구 유리문 열고 저 종 쳐줄 사람없느냐 묻고 있는 듯'을 어느 부분과 연결시켜 읽을 것인가 하는 점에서 여러 견해가 등장할 수 있다는 점이다. 우선 노신사가 무릎이 온전하지 못해 대신 종 쳐 줄 이를 기대한다는 식으로 해석할 수 있다. 아니면 종의 침묵과 연결시켜 종 자체가 본래의 기능을 소망한다는 것으로 해석할 수도 있다. 노신사와 손자의 등장도 신앙의 삼대라는 상상을 할 수 있다. 이렇게 심층적이고 분석적으로 신앙의 전수와 신앙의 연륜에 대해서 생각하게 하는 작품이 바로 이 시이다.

> 망망한 바다에
> 외로운 점 하나
> 아프면 섬이 된다.
>
> 아무도 오지 않는 그 섬에
> 아무도 올 수 없는 그 섬에
>
> 그윽한 눈빛으로
> 흰 옷자락을 드리우며
> 당신은 말없이 찾아 오셨다
>
> 아무도 오자 않는 그 섬에
> 아무도 올 수 없는 그 섬에
> 그렁그렁한 눈물로
> 당신은 조용히 찾아 오셨다

>
그 섬에

– 김윤옥 「그 섬에」 전문

　김 시인의 「그 섬에」는 시 밖에 있는 시적 화자에게 주님이 임재하심을 상징적으로 표현한 시이다. 우선 첫 연에서 시적 화자의 외롭고 고통스러운 심리적 상황을 '외로운 섬'으로 사물화한다. 그러면서 고독하고 절망적인 화자의 심리적 상황을 둘째 연에서 '아무도 오지 않는' 혹은 '아무도 올 수 없는' '섬'이라고 표현하고 있다. 다음 셋째 연과 넷째 연에서는 주님을 '당신'이라고 표현하면서 주님의 임재하심의 양상을 '그윽한 눈빛'과 '그렁그렁한 눈물'로 제시하고 있다. 주님은 우리 삶에서 때로는 그윽한 눈빛처럼 혹은 그렁그렁한 눈물처럼 임재할 수 있다는 진리를 형상화한 부분이 바로 이곳이다.

　김 시인이 지칭하는 '당신'은 크리스천 시인들이 주님을 다소 객관화하여 부르는 극존칭으로서의 당신으로 단순한 2인칭이 아니다. 그리고 이러한 표현은 신앙인들에게만 통용되는 것이 아니라는 점에서 보편성을 가지고 있는 존칭대명사이다. 따라서 비기독교인 독자들에게도 그들 나름의 독법으로 충분히 읽힐 수 있다.

　　날아오르려니
　　너무 무겁군요
　　내 목숨의 중량

　　몸을 떠나는 숨결
　　붙잡아 보았더니
　　21g였다는데
　　볶아낸 커피콩

135알 무게

실없는 짓을 한 정신과 의사는 그날부터
아구 벌린 호주머니 따내고
주저앉아 있는 책들 내다 버리고
소금물로 가슴 속에 눌어붙은
욕망의 찌꺼기를 토설했다네요

가을 잡목숲은 야위어 가는데
다시, 가난해질 수 있을까요

                                    – 이창희 「목숨의 중량」 전문

　이창희 시인의 「목숨의 중량」은 크리스천 시인은 '궁극적 관심'을 시
적 주제로 해야 된다는 것에 합당한 작품이다. 시 밖에 존재하는 시적
화자가 이 세상에서 삶을 다하고 '날아오르기'를 소망하는 자로 설정되
어 있다는 것, 즉 죽음 이후의 세계를 시적 공간으로 하고 있기 때문에
궁극적 관심이라고 볼 수 있다. 이런 관점에서 첫째 연과 둘째 연을 다
음과 같이 해석할 수 있다. '날아오른다'는 시어를 기독교적으로 해석
하면 천국으로 올라가고 싶은 소망인데 그 소망의 걸림돌이 되는 것이
비록 21g으로 커피알 135알의 무게에 지나지 않지만 목숨의 중량이
다. 그런데 그것은 바로 이 세상에서의 욕망의 찌꺼기이기 때문에 버
려할 대상인 것이다.
　셋째 연에서 지금까지 시 밖에 있는 시적 화자가 정신과 의사로 등장
한다. 그래서 그는 욕망의 찌꺼기 버리는 행위를 하게 된다. 말하자면
천국에 들어가기 위해서는 이 세상의 부와 명예나 지식 등을 모두 버
려야 된다는 것을 보여주고 있다. 마지막 넷째 연에서 가을 잡목숲을
등장시켜 나이가 들수록 기쁜 마음으로 주님께로 가까이 가기 위해서

는 잡목처럼 여름의 풍성함을 즉 부와 명예 권력 등을 버리고 가난해
져야 된다는 것을 시적으로 표현하고 있다.

　이상과 같이 이 시인의 시는 앞의 세 편과는 다른 방법으로 읽어야
궁극 적관심의 실체가 드러날 것이다.

　앞으로 다음 호에는 더욱 더 많은 궁극적 관심이 시적으로 형상화된
작품을 만나기를 기대한다. 이 시평이 크리스천 시인들은 크리스천이
아닌 시인들과는 어떻게 다르게 시를 써야 하는가 하는 점을 다시 한
번 되돌아보는 계기가 된다면 하는 작은 소망을 가져본다.

크리스천 시인들의 사물을 바라보는 태도의 특성

- 2020년대 부산 크리스천 시인들(2)

《부산크리스천문학》 2022년 상반기호(제37호)에는 크리스천 시인들은 사물을 어떠한 태도로 바라보아야 하는가 하는 점에 초점을 맞추어 언급해 보기로 한다. 다른 말로 바꾸면 사물에서 기독교적 세계관을 어떻게 시적으로 형상화하는가 하는 점을 알아보기로 한다. 그런데 어쩌다가 그러한 작품들을 골라 보니 지금까지 한 번도 언급해보지 않은 시인들의 것이 많다. 이 말을 달리 표현하면 많은 시인들의 사물에 대한 태도가 크리스천만의 것이라고 보기는 어려운 작품들이 많았다고 볼 수 있다. 그리고 신앙고백을 직접적으로 하여 시적 형상화가 부족한 작품들도 일단 제외하였다.

> 오늘이라는 시간 속에서
> 햇빛 쨍쨍함만 있는 것은 아니지
> 시커먼 구름 소나기 몰고 와서
> 헤어나지 못하도록 퍼부어도
> 내일이면 다시 맑은 날을 기대하듯이
>
> 서쪽 하늘 석양을 바라보며
> 곱다고만 느끼나요
> 어둠이 지나고 나면
> 동산 위에 붉은 모습으로 반겨지겠지요

모든 어둠을 밝게 비추며

두근거림 속에 가시지 않던
그대 마음은 아직도 추운 겨울인가요
밖으로 나와 보세요
그 마음 간질어 줄
봄바람이 살랑거리고 있잖아요

새파란 잔디 위에
따스한 햇살 가득한 곳에
그대 고운 모습 가만히 던져 놓고
포근히 품어 줄
봄 하늘이 기다리고 있잖아요

— 이경옥 「봄으로 오는 사랑」 전문

    이경옥 시인의 「봄으로 오는 사랑」에서 주목할 점은 시 전편에 흐르고 있는 긍정적이고 낙관적인 세계관은 어디서 왔는가 하는 점이다. 그것은 사물에 대한 즉흥적이고 현재적 인식보다 역설적이고 미래지향적인 인식에서 왔다고 볼 수 있다. 그리고 미래지향적인 인식의 근원에는 이 시인의 신앙이 깔려 있다고 볼 수 있다.

    우선 첫 연에서 오늘이라는 현재적 삶의 다양한 모습을 보여준다. 햇빛이라는 편안함과 소나기라는 불편함이 공존하더라도 내일은 맑은 날이 올 것이라 생각한다. 이 부분은 누구나 인식할 수 있다. 그러나 둘째 연의 경우 서쪽 하늘의 석양을 바라보는 부분에서는 상식적인 인식에서 벗어난다. 즉, 석양이 곱다거나 석양을 지는 해로 보아 노년의 적막감 등으로 만 인식하는 것이 상식인데 그것을 뛰어넘어 뒷날 동쪽에서 솟아날 아침 해의 밝은 모습까지 생각한다.

셋째 연과 마지막 넷째 연에서는 추운 겨울날이라고 절망하고만 있지 말라고 시적청자聽者 '그대'에게 방 속의 추운 겨울 같은 마음을 청산하고 봄이 오고 있는 방 밖으로 나오라고 권유하고 있다. 그러면서 봄을 다분히 감각적으로 표현하고 있다.

여기서 시적 청자 '그대'는 이 시인의 다른 작품 「그대(주님)의 손」처럼 괄호 속에서 '주님'으로 한정하고 있는 것과는 다른 그대이다. 따라서 그대는 다양하게 해석될 수 있을 것이다. 어떤 일로 인하여 상처 받고 있는 사람들이거나 사랑받기를 원하는 사람들일 수도 있을 것이다. 이렇게 다양한 사람들로 생각할 수 있는 점으로 인하여 중층적 해석의 가능성 획득이라는 시적 형상화에 성공한 작품이다. 그리고 봄과 연관된 사랑의 정서는 크리스천들에게는 주님의 은혜이기도 한 것이 암사되고 있다.

치마를 두른 바람이 사랑몰이를 했어

어둠은 더욱 싫어

소문이 되어 떠도는 그림자

팔을 벌리고 뛰쳐나갔어

바람결에 찢겨진 날개

젖은 기억들을 흔들며 그대와 파도타기를 했어

내리막을 달리는 노을이

문패 없는 세상으로 항해를 했어

우리의 낙원은 스스로 열릴 수 없는 좁은 문이었어

– 이옥순 「먼지가 되어」

이옥순 시인의 「먼지가 되어」는 앞의 이경옥 시인의 작품과는 대조적인 작품이다. 앞의 작품에 등장하는 사물들이 거대한 자연현상임에 비하여 이옥순 시인의 경우는 눈에도 잘 보이지 않는 '먼지'라는 조그만 것이라는 점에서 우선 그렇다. 그리고 이 시에서 느껴지는 정서 역시 낙관적이거나 희망적이라기보다 허무하고 비관적이다. 그러한데도 이 시를 기독교적 세계관에 입각한 작품이라고 볼 수 있는 점은 먼지라는 미세한 자연현상을 통하여 인간의 한계성 즉, 인간에게 하나님이 임재하지 않으면 아무것도 할 수 없다는 한계성을 보여주고 있기 때문이다.

특히 초반에는 시적 화자가 먼지라고밖에 볼 수 없으나 마지막 행 '우리의 낙원은 스스로 열릴 수 없는 좁은 문'이라는 부분에 등장하는 '우리'라는 시적 화자는 단순히 '먼지들'이라고 볼 수는 없는 상징성을 가지고 있다. 그리고 먼지기 이 세상을 마음껏 부유한다고 해도 닫혀 있는 공간을 침투하기는 지극히 힘든 일이고 누구에 의해 틈새가 생기거나 잠시라도 열린 공간이 되어야 쉽게 침투할 수 있다는 자연현상을 이렇게 표현함으로써 시적 형상화에 크게 성공하고 있다고 볼 수 있다, 뿐만 아니라 성경에 자주 등장하는 '좁은 문'이라는 표현에서 기독교적 상상력이 충분히 보이고 있으며 그로 인하여 이 시가 인간의 한계성을 상징하고 있다는 해석도 가능하게 되었다. 뿐만 아니라 형태면에서 한 행씩 연구분을 하는 것이나 '먼지'를 의인화시켜 눈에 보이지 않게 떠다니는 것에다 구체적이고 다이나믹한 이미지를 부여한 것도 성공적인 시적 방법이라고 볼 수 있다. 따라서 이 작품 한 편만 본다면

이 시인은 손색없는 시인이다.

　그러나 다른 작품 「토우들의 합창」은 좋은 시적 제재임에도 불구하고 시어의 과감한 생략이 부족하여 응축력이 미흡한 아쉬움을 보이고 있다. 앞으로 이러한 점이 청산된 작품들로만 보여줄 날을 기대하기로 한다.

　　　김씨는 맥주 한 박스를 마시고 성가대 가운을 보관하는 장농문이
　　　화장실인 줄 알고 시원하게 쏟아놓고 쓰러져서 깊은 잠에 들었다.
　　　어느날 새로운 피조물로 거듭나지 않으면 그 버릇 못 고친다는 말
　　　을 전해 듣고 그 교회에 나가서 오늘 안수집사가 되었다.

　　　최씨는 천수경을 외우고 다니는 풍수지리 신봉자.
　　　왜놈들이 쇠말뚝을 박아서 민족 정기를 끊어 놓았다고 떠들다 나에게
　　　명리학도 모르는 당신 같은 목사가 있으니 나라가 이 모양이라고 고함을
　　　쳐댔다. 어느 날, 집앞 교회에 다닌다더니 뭐가 답답했는지 새벽기도를
　　　하고 있다고 전화를 했다. 어쩌다 그렇게 됐냐 하니까 행님이 교회에 나
　　　가야 한다고 하지않았소. 그는 지금, 성경 필사를 하고 있다.

　　　김신조 씨는 청와대 폭파한다고 폭탄을 들고 남침했다가 목사가 되었
　　　고, 한국 교회 땜에 이 민족에 망쪼가 들었다며 미제와 함께 타도해야 한
　　　다던 이정훈씨는 회개하라는 방송을 듣고 고꾸라지고 난 후, "내 삶의 개
　　　혁 신앙"을 외치고 다닌다.

　　　"누구든지 그리스도 안에 있으면 새로운 피조물이라, 이전 것은 지나갔
　　　으니 보라, 새 것이 되었도다"

　　　　　　　　　　　　　　　　　　　　　　－ 이창희 「보라, 새 것이 되었도다 － 새해 서시」

이창희 시인의 경우 지난 호에도 언급한 바 있다. 그러나 이번 호의 작품은 또 다른 경향으로 보아도 무방할 것 같아 언급하기 한다. 우선 '새해 서시'라는 부제가 붙어 있어 새해를 맞은 '하나의 경우의 시'라는 인식을 가져 본격적인 시가 아닐 수도 있다. 그러나 새해를 맞은 각오나 소망을 피력하는 기존의 시들과는 전혀 다른 느낌을 준다는 점에서 이 시인의 개성이 돋보인다. 그리고 이 시는 철저히 산문시이면서 서술시이기 때문에 시적 비유나 상징 등의 기법은 등장하지 않는다.

서술시 혹은 이야기 시의 경우 재치 있거나 풍자성을 어느 정도 갖춘 이야기들을 간직해야 하는데, 이 작품의 경우 그러한 역할을 충분히 하는 에피소드들이 등장하고 있다.

첫째 단락에서는 술주정뱅이 김 씨를 등장시켜 웃음을 참지 못하는 장면을 제시하고 있다. 즉 성가대 가운 보관하는 장농문을 화장실로 착각하여 방뇨하는 것도 모자라 그곳에서 잠든 적이 있던 김 씨가 교회에 출석하여 열심히 신앙생활을 한 후 안수집사가 된다는 흔하지 않은 이야기를 하고 있다.

둘째 단락의 경우도 풍수지리 신봉자가 새벽기도에 출석하고 성경 필사도 한다는 최 씨가 등장하고 있다. 풍수지리를 신봉하는 행위도 일제강점기 우리나라 산의 곳곳에 박힌 쇠말뚝 뽑는다는 구체적이고 흥미로운 상황을 설정하였다는 점에서 충분히 공감이 간다.

마지막 셋째 단락의 경우 1965년의 1.21 사태의 생존 무장공비 김신조 씨가 목사가 된 실제적인 사례와 이정훈 씨라는 반기독교주의자이고 반미주의자가 회심하여 전도자가 된 실례를 들어 크리스천으로 살아가는 모습을 실감나게 서술하고 있다.

이상 네 사람의 회심의 경우를 통하여 새로운 피조물이 되게 하는 하나님의 역사를 인식시켜 주는 것이 이 시의 역할이며 그 기능을 흥미롭게 수행하고 있다. 다만 마지막에 인용된 성경은 굳이 인용하지 않

아도 크리스천 독자들은 제목에 담긴 상징성을 깨닫게 되었을 것이라
는 아쉬움이 있다.

　다음은 시가 아니지만 사물에 대한 기독교적 인식이 담겨 있는 시조
한 편을 인용하여 보기로 한다.

　　　1
　　　남천동 삼익비치 눈에 어리는 벚꽃 길을
　　　정든 이를 찾아가듯 틈 내어 가봤더니
　　　어디서 한창 때 보내고
　　　이제 왔나 묻는다

　　　2
　　　주님 이름 두신 곳
　　　또는 말씀을 사모하듯
　　　KBS 앞 삼거리
　　　튤립 안부 묻는 걸음
　　　아직은 때가 아니라고
　　　봉오리만 보여준다

　　　3
　　　저만치 바라보이는 광안대교 누리 마루
　　　해수면이 반가운 듯 일렁이며 말을 걸 즈음
　　　확진자 안내문자가
　　　느닷없이 날아든다.

　　　　　　　　　　　　　　　　　　　　　－ 허성욱 「남천동」 전문

허성욱 시인의 평시조 3수로 구성된 연시조 「남천동」의 경우 시조의 특색을 잘 드러내면서 사물을 바라보는 양상이 기독교적인 상상력의 전범을 보여주고 있다.

　여기서 시조의 특색이라는 것은 불가피한 지명이나 건물명 또는 꽃 이름을 제외하고는 순수한 우리말로 된 시어로 많이 사용하고 있다는 점이다. 시조도 현실비판이나 모더니즘적 인식을 보여줘도 무방하다는 일부 시조 시인들의 견해에 필자는 동조하지 않는다. 시조는 시조답기 위해 될 수 있는 한 순수한 우리말을 사용해야 하고 발상도 전통 지향적이라야 한다고 생각한다. 그런 면에서 허 시인의 시조는 일단 성공했다고 볼 수 있다. 첫 수의 벚꽃 구경에서 그 점이 강조되고 있다. 둘째 수의 경우 튤립을 구경하는 행위에다 주님과 말씀을 등장시켜 크리스천으로서 사물을 보는 방법을 제시하고 있다. 크리스천의 경우 자연과 사물을 보는 방법이 이러해야 한다. 많은 크리스천 시인들의 경우 제재에 대한 태도는 비기독교인 심지어 불교인과 같은 상력을 전개하는 경우가 허다하다. 허 시인의 이 자세를 보고 반성하고 배워야 할 것이다. 셋째 연에서는 요즈음 가장 문제가 되고 있는 코로나19가 등장한다. 이러한 현실에 대한 경각심 정도는 시조에 등장해도 무방하다.

　이상 2022년 상반기 호에서는 시에 등장하는 사물이나 공간 그리고 사람들에 대하여 크리스천 시인은 어떠한 자세로 바라보아야 한다는 점에 초점을 맞추어 보았다.

　보다 많은 작품이 언급될 수 있을 것이라 생각했는데 네 편의 작품만 인용하지 못한 점을 아쉽게 생각한다.

하나님의 역사하심을 형상화하는 방법으로서의 시

- 2020년대 부산 크리스천 시인들(3)

이번 호(《부산크리스천문학》 2023년 하반기호 40호)에서는 지난 2022년 하반기호(38호)와 2023년 상반기호(39호) 두 권에 발표된 시를 대상으로 크리스천 시인들은 하나님의 역사하심을 어떻게 형상화하고 있는가 하는 점에 대하여 살펴보겠다. 크리스천들은 하나님께서 만물을 창조하시고 지금도 그 운행을 주관하고 계신다고 신앙고백을 한다. 그렇다면 그들 앞에 전개되는 모든 현상에서 하나님의 역사하심을 발견할 수 있을 것이다. 그래서 많은 크리스천들은 비나 눈이 내리는 것과 꽃이 피고 지는 것과 같은 자연현상이나 인간의 행복이나 불행이나 심지어 고통도 하나님이 주관 하신다고 믿고 그것에서 받은 교훈과 은혜를 직접적으로 고백하는 것을 간증이라고 한다.

그렇다면 크리스천 시인들은 이 간증을 직접 고백하기보다 시적 장치로 형상화하여 한 편의 시로 보여줄 수 있어야 할 것이다. 이러한 자세로 시를 쓴다면 그들의 작품 속에 등장하는 제재는 크리스천이 아닌 사람들과는 달라야 할 것이다.

필자는 이러한 관점에서 두 권에 수록된 시인들의 많은 작품이 언급의 대상이 되고 그 가운데 지면 관계상 몇 편의 작품을 골라 언급한다는 것이 힘들 것으로 예상했다. 그러나 필자는 그 생각이 쓸데없는 기우였다는 결론에 다다랐다. 그러한 작품들이 많지 않아 고르기가 쉬웠지만 필자는 다시 한 번 실망하지 않을 수 없었다. 왜냐하면 많은 시인들이 크리스천이 아닌 시인들과 똑같이 자연을 바라보고 현실과 자기의 체험이나 추억들을 인식하고 있다는 점에서 그들에게 시작행위는 신앙고백과는 관계가 없다고 보는 것은 아닌가 하는 의구심이 들었다. 말하자면 신앙시를 쓸 때에만 그렇게 하지 신앙시가 아닌 시는 그렇게 쓰지 않아야 된다는 시작태도를 가지고 있는 것은 아닌지 하는 생각을 하게 되었다. 이러한 태도는 교회에서는 크리스천으로서 열심이지만 세상에서는 크리스천이 아닌 사람들과 똑 같은 삶을 살아가는 성과 속을 분리하는 신앙의 양태와 무엇이 다른지 생각해 볼 필요가 있을 것이라고 필자는 지난호에서도 주장했다. 선배 크리스천 시인들 가운데도 그러한 태도로 시작행위를 한 사람들이 많았고 필자 역시 그런 작품들이 많았다는 반성을 하고 있다. 그래서 필자는 오래 전부터 일반 비평가들 눈에는 크게 주목받지 못해도 신앙시와 일반시를 구분하지 않아야 된다는 생각으로 시를 쓰고 있다.

다음 몇 시인들의 작품들은 성과 속을 분리하지 않는 신앙의 자세로 시작행위를 하고 있기 때문에 필자는 다소 위안을 얻을 수 있었다. 뿐만 아니라 부산크리스천 시인들의 역량이 결집될 날이 올 것이라는 기대도 하게 되었다.

첫눈이 무성청소기를 휘저으며 온다
저문 들녘에 당도한 눈발이 퍼포먼스를 펼치자
정수리 희끗한 산등성이가 꿈틀거린다

초강력 환풍기가 눈보라를 일으키는 사이
세상은 하얗게 변하고
잿빛 나무들의 어깨가 눈부시다

저먼치서 성탄 캐럴이 은은이 걸어오고

종소리는 하염없이 능선으로 쓰러진다
팔을 흔드는 전나무 숲이 하프를 켜면
후크로 조절할 수 없는
진눈개비가 부산하게 뛰어 다닌다

자상을 아름드리 다자인 하는 큰 손
부풀어 오르는 산들을 잠재운다
헐벗은 나무들의 새살이 차오르고
바람결에 나부끼는 가지들이 반짝인다
사람들은 불빛을 향하여 바삐 걸어가고
눈밭에 잠긴 고목은 날개를 퍼득인다

깊어가는 어둠 속에서
교회당의 희미한 불빛이 가물거린다
　　　　　　　　　　– 신선 「설일」 전문 《부산크리스천문학》 2022년 하반기 호)

　　우선 신선 시인의 시 「설일」에 등장하는 상상력은 아름다운 눈 오는
날을 노래한 많은 시인들의 시와는 다른 면이 있다. 첫 눈이 오는 광경
을 무성 청소기와 비유하고 눈보라를 초강력 환풍기와 비유하는 점에
서 '눈'을 '문명의 이기'라고 비유하는 것이 다른 시인들과 다르다고 볼
수 있다. 말하자면 많은 눈이 내리는 것을 인간들이 만들어낸 문명으로
자연을 어느 정도 위협하는 것으로 보는 것이다. 그러나 그 눈이 쌓이
는 나무나 산이나 그 능선은 그러한 위협을 아랑곳 하지 않고 그들 나
름의 평화와 안정감을 유지하고 있다. 그런데 그 안정감의 원동력은
어디에서 오는가 하는 의문을 제기할 수 있다.
　　우선 원동력의 전조현상은 셋째 연의 첫머리에 등장하는 '저만치서
들려오는성탄 캐롤'이다. 그 캐롤로 인하여 전나무는 아름다운 소리로

하프를 켜고 진눈개비는 춤을 춘다. 다음 넷째 연에서 원동력의 정체가 어느 정도 드러난다. 그것은 '지상을 아름드리 디자인 하는 큰 손'이다. 그 손은 부풀어 오르는 산들도 잠재우고 헐벗은 나무들의 새살을 채운다. 이 '디자인 하는 큰 손'은 하나님의 역사하심을 상징적으로 표현한 것이다. 그 '큰 손'은 바람결에 나뭇가지가 반짝이게 하고 사람들에게 불빛이라는 희망을 주고 고목들도 생동감을 가지게 한다. 이상과 같은 해석을 가능하게 하는 배경으로 마지막 연에서 '교회당의 불빛'이 등장하고 있다. 시를 통한 하나님의 역사하심이나 하나님의 은혜는 이렇게 시적 장치를 통해서 형상화되어야만 하는 것이다.

얼마나 오래 달려왔는지
당신은 모르실 거예요
먼 먼 길
당신과 눈 맞추는
오늘 위해

별천지
셀 수 없는데
유난히 반짝이는 저 별은
주인도 많네요

헤라크레스 자리 구상상단
흩어 뿌리고
아크투루스 항성
다이아몬드처럼 빛나고 있어요

거기 그 자리에

매달아 놓으신 이
밤하늘 꽃밭에 거니시고

어둠 깊은 곳에 쏟아지는
은하수길
내 맘에도 별은 떠
당신은 크시고
나는 작음을

반딧불이처럼 찾아온 별
이 밤도 세고있네요

– 신현숙 「별빛」 전문 (《부산크리스천문학》 2022년 하반기호)

신현숙 시인의 시 「별빛」에서는 시적청자 '당신'이 등장한다. 그리고 시적제재인 '별'도 등장한다. 보통의 경우 시적제재를 시적청자와 동일시하는데 신 시인은 동일시하지 않고 분리하고 있다. '당신'은 이 시의 문맥 속 서두에서는 시적화자가 눈 맞추기 위하여 오래 달려와 만난 이이다.

이 경우 사적화자와 당신은 오랫동안 사랑하던 사람을 만나기 위하여 산과 강을 넘고 건너온 관계라고 볼 수 있다. 그러나 그 관계가 단순히 사랑하는 관계가 아니라는 점이 넷째 연에서 '당신'이 꽃밭의 무수한 꽃처럼 많은 별을 '매달아 놓으신 이'이라고 밝혀지면서 이 세상 만물을 창조하시고 그것을 운행하시는 하나님의 상징이라는 것이 밝혀진다. 따라서 시적 제재 '별'은 신 시인의 신앙고백을 시적으로 형상화하기 위하여 등장하는 매개물이다. 그런 점에서 넷째 연의 별자리들이나 여섯 째 연의 은하수길 등은 대단히 흥미로운 부분이다. 그러한 별자리를 흥미롭고 즐겁게 바라보는 것은 바로 일상에서의 자그마한 즐거움과 소망들이 이루지기를 바라는 마음이라고 의미를 부여하면 더욱 구체적으로 상상력을 발동할 수 있을 것이다. 그리고 당신은 크고 나는 작다는 표현 역시 대비적 표현이면서 하나님의 창조의 능력을 비유적으로 보여주고 있다.

눈 오는 날이면
검은 구공탄 쌀자루같이
보듬고
우리 집으로 배달하던 젊은 부부
생각난다

머리에 쌓이는 흰눈발 허허
털어내며
이쯤이야 활짝 웃던 얼굴

연탄 가루 같은 생
날마다 마시지만
희망이란
시린 몸을 통과하는 줄 안다

삶을 이해하려면
길을 막는 눈
발로 걷어차며 평탄한 길 만들어
집을 세우는 줄 안다

숯불처럼 달아 오르는 슬픔도
발톱 세우며

기쁨으로 녹이는 일

눈은 내려 그치지 않고
집으로 가는
그들의 발자욱을 바라본다

웅덩이처럼 파인 고단한
그들의 발자욱을
하늘의 무지개가 지우는 것을
본다

－ 류정희 「하늘의 지우개」 전문 (《부산크리스천문학》 2023년 상반기호)

　류 시인의 시 「하늘 지우개」는 지금은 거의 사라진 연탄배달 젊은 부부의 성실한 삶의 모습을 시적제재로 가져와 가난이라는 삶의 어두운 모습 속에서도 하나님은 희망이라는 역사하심을 준다는 점을 눈이라는 자연현상을 통하여 보여준 시이다.

　우선 이 시는 제목부터 비유적으로 사용되고 있는 것이 특징이다. '하늘 지우개'는 눈이 내려 가난한 부부의 발자욱을 덮는다는 표현을 비유적으로 표현한 것이다. 그리고 눈이 내리는 현상에서 연유된 '하늘'이라는 표현은 하늘에 계시는 하나님을 연상하게 한다. 이렇게 제목 속에 시의 내포적 의미가 담겨 있으면서 사물을 비유적으로 표현한 것 자체가 류 시인이 가지고 있는 시적 역량을 충분히 짐작할 수 있게 한다.

　다음으로 주목할 것은 이 시에 등장하는 눈 내리는 겨울에 연탄배달을 하는 어려운 삶을 살면서도 삶에 대한 긍정적 태도를 가진 젊은 부부의 모습이다. 아마 이것은 류 시인이 그들의 밝고 성실한 삶의 모습에서 간직된 기억들일 것이다. 그러한 기억들이 둘째 연에 제시되고 셋째 연부터 다섯째 연까지는 그들 부부의 긍정적인 삶의 자세에 대하여 시적화자 즉 류 시인의 해석이 등장한다. 그 해석이 내용은 절망을 희망으로 극복하고, 슬픔은 기쁨으로 극복한다는 것이다. 여섯 째 연과 마지막 일곱 째 연에서 그들의 고단한 삶의 자취인 발자욱을 내리는 눈이 덮음으로 인하여 지워진다고 비유적으로 표현하면서 시는 마친다. 앞에 인용한 신선 시인의 「설일」에 등장하는 눈은 문명비판적인 태도로서의 눈이라면 류 시인의 이 시에 등장하는 눈은 하나님의 은혜로서의 눈이다. 같은 사물이라도 시인 각자의 태도에 따라 이렇게 다른 의미가 부여될 수 있다. 그러나 두 작품이 추구하는 지향점은 모두 '하나님의 역사하심'이다.

> 1.
> 길을 예비하는 광야에서 길을 잃고
> 생명의 빛을 만났다
> 갈릴리 비딧가 헛 그물질하는 형제
> 썰물의 해안에서 참 어부 되자 하였다
>
> 2.
> 올리브 잎새 반짝이는 언덕
> "나에게 보리떡 다섯 개, 물고기 두 마리 있어요"
> 어여쁜 아이 데레가
> 오천 명 먹이고 열 두 광주리 거두었다
>
> 3.
> "참으로 세상에 오신 선지자"
> 텅 빈 가슴들 어루만지고서도
> 그여 세상의 끝을 묻다 부끄러워

눈을 감은 십자가!

4.
모든 것 끝났다 도망친 골짜기
벗겨진 눈비늘에 뜬 무지개
바다 건너 멀리 전하고
'나는 X'라고 참 빛으로 간다
　　　　　　　　— 송정우 「안드레아」 전문 (《부산크리스천문학》 2023년 전반기호)

　송 시인의 경우도 우선 이 시의 제목인 '안드레아'에 대하여 살펴볼 필요가 있다. 안드레아는 우리말 성경에는 안드레로 번역된 안드레의 라틴어 이름이다. 그는 잘 알려져 있듯이 베드로의 동생이요, 그의 형 베드로와 세베대의 아들 야고보, 요한과 함께 갈릴리 호수에서 고기를 잡는 어부들이었다. 이들은 모두 예수의 열 두 제자가 된다. 그의 이름은 '사내다움' 또는 '용기'를 뜻한다. 성질 급한 그의 형 '베드로'와는 달리 성실하고 온건하며 신중한 성격의 인물로 알려져 있으며 러시아에 최초로 복음을 전파했다고 알려져 있다. 안드레는 원래 세례 요한의 제자였다. 그래서 예수가 세례 요한의 세례를 받는 자리에서 처음 보았다고 한다. 안드레가 예수의 부름을 받은 후에는 수제자로 알려진 베드로와는 달리 성경에 세 군데 밖에 등장하지 않는다. 송 시인의 이 시는 이렇게 성경에 자주 나오지 않는 안드레를 시적제재로 하였다는 점에서 시사하는 바가 크다.
　1의 경우는 마태복음 4장 18절-20절에 있는 갈릴리 네 어부 가운데 한 사람인 안드레가 고기 잡는 어부에서 사람 낚는 어부가 되는 과정을 시적으로 형상화한 것이다. 이렇게 안드레는 네 사람과 동시에 제자가 되었으나 그 다음에는 별로 주목받지 못하는 제자이다. 사도가 된 이후 성경에는 단지 세 군데에 그의 이름이 등장하고 있다.

2의 경우는 세 군데 가운데 한 군데이며 비교적 구체적으로 안드레가 등장하는 장면이 시적 공간이다. 즉 오병이어의 기적이 등장하는 요한복음 6장 1-16절을 배경으로 하고 있다. 안드레는 8절-9절의 "제자 중 하나 곧 시몬 베드로의 형제 안들레가 예수께 여쭈우되 여기 한 아이가 있어 보리떡 다섯 개와 물고기 두 마리를 가지고 있나이다. 그러나 그것이 이 많은 사람들에게 얼마나 되겠사옵나이까"에서 등장하고 있다. 그는 직접 소년을 예수께로 데려 왔으며 오병이어로는 도저히 많은 무리들을 먹일 수 없다고 아뢰고 있다. 아마 안드레는 오병이어의 기적 현장에서 가장 큰 충격을 받았을 인물이다.

3의 경우는 마가복음 13장 3-4절에서 네 어부 제자가 말세의 징조에 대하여 에수께 묻는 부분을 배경으로 하고 있다. 이 두 군데 말고는 헬라인을 예수님께 안내하는 요한복음 12장 20-22절이 있다.

4의 경우는 성경을 배경으로 하지 않은 것이다. 위경『사도 안드레아의 행전』에는 안드레는 그리스 북부지방에서 선교하다가 로마병정들에게 체포되었으며 총독과의 심문 도중에 X자형 십자가 처형을 당부하여 그렇게 처형되었다고 알려져 있다. 처형되기 직전 십자가 위에서 X자형으로 팔을 펼쳐 2시간 동안 설교한 후에 숨을 거두었다는 전설도 있다. 4의 경우는 이렇게 죽은 안드레의 생애의 마지막을 형상화하고 있다. X자는 그리스어의 그리스도 첫 글자이다. 안드레의 유해는 유여곡절을 거쳐 현재는 순교지 그리스의 파트리아에 있다고 한다. 말하자면 열 두 제자들 가운데 그의 행적이 전설로 아니라 역사적 사실로 남아 있는 경우라고 한다.

아마 송 시인은 이러한 점을 착안하여 안드레를 시적 제재로 가져온 것이 아닌가하는 생각을 해볼 수 있다. 많은 신앙인들 가운데는 베드로나 바울처럼 이름을 많이남긴 사람들도 있겠지만 안드레처럼 미미한 신앙인들도 있을 것이다. 분명히 그들도 천국에서는 유명한 사람들과 똑 같은 영생복락을 누리고 있을 것이다. 이렇게 성경의 인물의 생애를 단편적인 시로 형상화하는 것 역시크리스천 시인의 시적 신앙고백의 한 양식이라고 볼 수 있다.

　두 권의 시편들 가운데는 자연이나 삶에 대한 신앙적 태도가 보이지 않은 작품들도 많았지만 신앙이 비유적으로 표현되지 않고 직접적인 진술형태로 드러나는 경우도 많았다. 말하자면 신앙은 문제가 없지만 시적 형상화가 문제가 되는 작품들이 많았다는 점이다. 이러한 경우에는 시적 형상화에 노력을 기울인다면 좋은 시가 될 가능성을 가지고 있다. 신앙시가 아닌 시와 신앙시를 구별하는 태도로 시작행위를 하는 분들은 자기들의 신앙이 성과 속을 분리하는 이원적 신앙이 아닌지를 되돌아보고 만약 그렇지 않다면 자연과 사물 그리고 삶을 기독교적 세계관으로 바라보는 태도에 대하여 고민하기를 권유하는 바이다.

문학이 어떻게 '오고 싶은 도시 해운대'에 기여할까?

1. 들머리

부산문인협회 회원은 2022년 10월 현재 1,501명인데 그 가운데 해운대구에 주소를 두고 있는 회원이 215명으로 추정된다. 2022년 초 발행된 회원 수첩 자료를 분석한 바에 의하면 수록된 1,489명 회원 가운데 1300명이 부산에 거주하는데 그 가운데 해운대 거주 회원이 213명이고 두 번째로 많은 구가 남구와 부산진구로 135명이다. 다른 구와는 비교가 되지 않을 정도로 많다. 그 외 문협에 가입하지 않고 타 단체에서 활동하는 문인이나 전혀 단체에 가입하지 않고 문단에 데뷔한 문인들까지 추산하면 300명에 가까운 문인들이 해운대에 거주하고 있다고 볼 수 있다. 이러한 현상은 미술이나 음악 혹은 무용과 같은 다른 단체도 마찬가지라고 볼 수 있다. 이렇게 많은 예술인이 거주하고 있음에도 불구하고 해운대의 경우 다른 예술과의 연합체가 없다. 그래서 연합체가 있는 타 지역보다 문화예술활동이 저조하다. 특히 문협회원 35명인 이웃 기장군에 비해서도 저조한 편이다. 기장군의 경우 소설가 오영수의 작품 「갯마을」의 무대라고 하여 〈갯마을 축제〉라는 문화예술 축제를 1996년부터 개최하고 있으며 그것을 기장문인협회에서 주관하고 협회에서 내는 기관지 《기장문학》의 경우 부산의 기초자치단체 가운데 회원들의 작품에 고료를 지원하는 몇 안 되는 기관지이다.

해운대의 경우 해운대문인협회는 해마다 〈동백시화전〉과 기관지

《해운대문학》을 발간하고 있지만 해운대구청 당국으로 지원받는 재정은 열악한 실정이다. 말하자면 전국에서 살기 좋은 곳으로 소문나 있고 부산에서도 여러 면에서 삶의 질이 선두에 있는 것에 비하여 문학을 포함한 문화예술 특히 고급문화라는 순수예술에 대한 지원은 미미하다. 다른 구에 비하여 시설이 빈약하기 짝이 없는 〈해운대문화예술회관〉을 보아도 그동안의 기초자치단체장들과 기초의원들의 문화의식을 짐작하고도 남는다. 그리고 해운대에서 개최되는 국제적 예술행사도 여럿 있지만 그것은 어디까지나 부산광역시의 행사이지 해운대라는 기초자치단체 그것도 대한민국에서 살기 좋은 곳으로 소문난 〈해운대〉라는 이름을 걸고 하는 행사는 전무하다.

그러면 과연 이런 행사를 개최할 수 있는 여건과 콘텐츠는 없는가? 아니다 분명히 있는데 그것을 자치단체 당국의 무관심과 문화예술인들의 단결된 목소리를 내지 못하는 것으로 인하여 외면되고 있는 실정이다. 그래서 필자는 여기서 필자가 체험한 영국의 사례를 살펴보고 그 발전적 방향을 제시하여 보기로 한다.

2. 영국의 경우

필자는 한국문인협회 부이사장을 맡고 있던 2018년 5월 30일부터 6월 8일까지 8박 10일 한국문인협회 제27회 해외문학심포지엄 및 문학탐방단의 책임자로 영국을 방문한 바 있다. 애초에는 아일랜드까지 포함하여 10박 12일의 계획을 세웠으나 여행경비가 너무 많아 영국만 한정하기로 하였다. 영국의 경우 세계문학사에 남은 문호들이 많고 그 기념관들이 많아 8박으로 어떤 문호들의 유적들을 찾을까 고민이 많았다. 그래서 5월 30일 런던에 도착 즉시 해외문학심포지엄과 해외문학상 시상식을 마치고 호텔에 투숙하였다.

영국 문학탐방에 나선 첫날인 5월 31일에는 바이런과 워즈워드의 모교인 캠브리지 대학을 방문하고 리즈라는 도시에서 잠을 잤다. 6월 1일 오전에는 리즈의 조각가 헨리무어 등의 작품이 소장된 아트갤러리 관람 후 에밀리 브론테와 샬롯 브론테 자매의 도시 하워스를 탐방 후 브레드포드라는 도시에서 점심을 먹고 오후에는 스코틀랜드 에딘버러로 이동하였으며 6월 2일에는 하루 종일 월트 스콧, 코난 도일 유적과 해리포터를 탄생시킨 카페 엘리펀트 하우스, 작가박물관 등을 탐방하였다. 6월 3일에는 내려오면서 영국의 작가와 예술가들이 영감을 얻었다는 호수지방 윈더미어 호수 크루즈와 윌리엄 워즈워드의 유적이 있는 글래스미어를 거쳤다. 6월 4일에는 셰익스피어의 고향 스트랫퍼드 어폰 에이번을 들려 제인 오스틴이 몇 년 머문 목욕탕의 도시 바스에서 일박하였다. 6월 5일 오전에는 스톤헨지를 거쳤다. 그리고 난 뒤에 토마스 하디의 생가와 박물관이 있는 로체스터로 이동할 예정이었으나 도저히 그곳을 갔다가 런던으로 돌아가는 것이 불가능하다고 하여 제인 오스틴이 만년에 머물었고 무덤이 있는 윈체스터를 거쳐 런던으로 돌아왔다. 마지막 날인 6월 6일에는 런던 시내 관광으로 대영박물관, 찰스 디킨스 박물관, 웨스트민스터 사원에서 찰스 디킨스. 토마스 하디. T·S 엘리엇 등의 묘소를 참배하였다. 이렇게 주마간산격이긴 하나 여러 작가, 시인들의 유적을 둘러보았다.

여기서는 문호들의 유적이나 기념관의 운영 프로그램이나 시설과 규모에 대한 언급보다 각 도시의 축제에 대해서 살펴보기로 한다. 에밀리 브론테 생가와 셰익스피어 생가에 대한 안내는 한글판도 있었다. 사실 이 행사를 기획하면서 축제 기간에 방문할까 하는 생각을 해 보았으나 그럴 경우 많은 작가들의 유적 탐방이 어려울 것 같고 여행경비의 부담도 더하여질 것 같아 피했다. 그러나 축제에 대해 살펴볼 수 있는 까닭은 각 도시마다 축제를 홍보하는 책자들이 각종 기념관이나 식당마다 다양하게 비치되어 있었다. 특히 에딘베러의 8월 3일부터 27일까지 개최되는 음악과 각종 공연 중심의 인터내셔널 페스티벌은 우리가 알고 있는 다양성을 초월한 것이었다. 보드스 북 페스티벌은 6월 14일부터 17일까지 개최되는 것으로 나와 있었다. 비록 짧은 기간이나 15분 혹은 30분 단위로 작가들이 소개되고 있었다. 제인 오스틴이 묻혀 있는 윈체스터 대성당에서는 제인 오스틴 전시회가 열리고 있었으며 그 도시 역시 윈체스터 페스티벌이라는 축제를 7월 6일에서 14일까지 개최하고 있었다. 음악 공연중심의 이 축제에는 많은 교회가 직접 참여하고 있는 것이 특징이었다.

이상의 유명한 도시의 축제보다 필자가 주목하고자 하는 도시의 축제는 우리나라에는 크게 알려진 도시가 아닌 6월 1일 에딘버러로 올라가기 전 점심을 먹은 브래드포드라는 도시의 축제이다. 브래드포드는 이웃에 있는 조각가 헨리 뮤어의 도시 리즈 근교의 리즈·브래드포드 공항을 같이 쓰는데 근처의 에밀리 브론테의 고향 하워스로 갈려면 반드시 들리는 도시이다. 그러나 국내에서는 생소한 지명이다. 요크셔 지역에 위치한 영국의 5대 도시에 들어가는 도시 인구 54만, 광역권 230만의 도시이다. 공업이 발달하여 노동자가 많아 노동당이 우세 지역이나 보수당 지지세도 만만찮다고 한다. 2019년 국회의원 선거에서 3:2로 접전을 벌린 곳이다. 그리고 브래드포드대학교도 옆 도시 리즈 대학교만큼 유명하지는 않으나 명문 대학이다. 또한 내셔날 사이언스 앤드 미디어 뮤지엄이 있는 도시이다. 말하자면 공업과 그에 관련된 과학 기술이 발달한 도시이다. 이 도시에서 점심을 먹으면서 2018년 6-7월의 홍보 책자인 〈the Bradford Review〉를 입수하게 되었다. 36개 이슈가 수록되어 있었는데 책자 뒷표지에 2018년 6월 29일부터 7월8일까지 10일 동안 개최되는 〈BRADFORD LITERATURE FESTIVAL〉에 눈이 뻔쩍 뜨일 수밖에 없었다. 이 도시에 문학축제가 개최되는 것이 의아했다. 금융그룹 PFG가 후원하는 행사였다. 400 작가의 참여로 300개의 이벤트가 벌어지는 행사였다. 물론 이 도시도 100년 역사의 영화제, 과학 및 미디어 축제, 음악제 등 다양한 축제를 가지고 있었다. 그런데 다른 도시와 달리 문학축제를 한다는 데서 감동을 받지 않을 수 없었다.

앞에서 언급한 유명작가들의 기념관이 있는 도시에서는 상시로 행사가 벌어지고 셰익스피어의 고향에서는 상시 공연이 있었으며 생가에서의 행사도 다양했다. 특히 제인 오스틴의 경우 가보지는 못했으나 고향 스티번턴, 잠시 머물었던 도시 바스, 앞에서 살핀 만년에 머문 도시 윈체스터와 묘지가 있는 그곳의 성당 등 곳곳에서 그 나름대로 특특한 행사가 벌어진다고 한다. 그런데 작가들과는 전혀 인연이 없는 도시 브래드포드에서 문학이라는 이름을 걸고 축제를 하는 것이다.

사실 영국을 속속들이 탐방하기 위해서는 8일은 턱없이 시간이 부족했다. 좀 더 긴 시간을 갖고 제임스 조이스의 도시 더블린이 있는 아일랜드를 포함한 가보지 못한 토마스 하디, T. H. 로렌스 등 다른 작가의 유적지를 놓친 것을 아쉬워하며 돌아올 수밖에 없었다. 그러면 이제 우리가 살고 있는 해운대에 문학적으로 기념할 만한 곳 없는가에 대하여 살펴보기로 한다.

3. 해운대의 경우 – 동백섬 최치원(857~908?) 유적지의 활용

해운대라는 지명의 유래에 대해서는 아마 모두 알고 있을 것이다. 그러나 다시 한 번 상기시켜 보기로 한다.

신라 말 당나라에서 과거에 장원을 하였으나 소외되었고 신라에서도 골품제도에 막혀 제대로 중용되지 않던 석학 고운 최치원 선생이 벼슬을 버리고 가야산으로 가던 중 자신의 호이기도 한 海雲에 적합한 절경을 보고 해운대라 이름 짓고 동백섬 남쪽 바위에다 海雲臺라는 글자를 몸소 새겼다고 전해온다. 그 글자가 동백섬 등대 왼쪽 아래 바위에 있으며 1997년 부산광역시 문화재 제45호로 지정되어 〈해운대석각〉이라는 이름으로 잘 보존되고 있다. 말하자면 해운대라는 지명을 최치원 선생이 작명한 셈이다. 동백섬도 이때에 석각에 이어 부산광역시 문화재 제46호로 지정되었다.

전국에 최치원의 유적지는 출생지 경주시와 우리 고장 해운대를 비롯한 12곳에 이른다. 그 가운데 전북 정읍군과 경남 함양군 충남 서산군 세 군데는 지방 행정의 책임자인 태수를 했던 곳이고 의성군의 경우 고운사라는 절에 누각을 지었다고 한다. 나머지는 주로 최치원 선생이 다녀갔다는 곳의 지명과 누각 등에서 연유한 유적인데 각 지역마다 경주 최씨 후손들이 주도하여 시설물도 짓고 기념사업을 한다. 전국의 유적 중에 지명에 최치원 선생의 호가 들어 있고 친필이라 알려진 기념물이 있는 곳은 해운대뿐이다. 이러한 연유로 그동안 부산의 경주 최씨 후손들은 타 지역보다 적극적으로 유적 보존 운동을 벌였다.

1963년 남해 출신 운수사업자 최금공(1911-1973) 선생을 초대 회장으로 종친회가 결성되어 문창후 고운 최치원 선생 해운대 유적비를 1965년 11월 24일 건립하였다. 1969년에는 교육자이자 국회의원인 최두고(1921-2007) 의원을 초대 이사장으로 〈사단법인 고운 최치원 선생 해운대유족보존회〉가 설립되었다. 그리고 이 단체가 주도하여 1971년 4월 17일 동백섬 정상에 최치원 선생 동상을 건립하였는데 이날을 기념하여 매년 춘향례春享禮를 지내고 있다. 1984년 9월 20일에는 해운정을 건립하여 동백섬이 국방부 관할이라 1985년 8월 국방부에 기부채납을 했는데 지금은 부산시에 이관되어 있다. 1997년 1월 31일는 석각과 동백섬이 부산시 기념물로 지정되었는데 이를 기념하여 한시 백일장과 학술대회도 개최하였다. 최근에는 2022년 10월 15일 동백섬 최치원광장에서 추향례秋享禮를 지냈다. 그동안 활발하게 전개되던 기념사업이 2000년대 들어와서 타 지지체에 비하여 침체기를 맞게 되었다.

배덕광 구청장 시절 최치원 유적 지자체 12개 시군협의체를 구성하면서 문광부의 대대적 지원 사업이 전개되었는데 해운대구가 분담금 출연에 불참하면서 국가의 지원을 받지 못하게 된 것이다. 그때에 적극적으로 참여한 경북 의성군의 경우 〈최치원문학관〉을 지어 지금까지 전국에서 가장 활발한 문학 진흥 활동을 전개하고 있다. 경남 함양군도 최근에 〈최치원역사공원〉을 조성하고 기념관, 역사관, 상림관, 고운류 등을 규모 있게 지어 여러 문화행사를 하고 있다. 만약 그때 해운대구가 적극적으로 참여하였으면 해운대의 문학 발전은 물론이고 다른 분야에까지 그 파급효과가 컸을 것이다. 지금도 해운대구는 참여하고 있지는 않지만 그 협의체는 존재하고 있다. 그리고 선생이 관리를 지낸 중국의 강소성 양주시에도 최치원기념관이 건립되어 있고 매년 10월 15일 제향祭享을 지낸다. 박근혜 정부 시절 한중 정상들이 최치원 선생의 시로 서로 화답한 사례도 있다. 지난 홍순원 구청장 시절 해운정을 증축하는 형식의 기념관 건립사업을 시도했으나 부산시의 거부 특히 동백섬의 훼손이라는 자연보호 차원에서 문화재위원들의 반대로 좌절되었다고 한다.

해운대의 최치원 유적 보존과 최치원 사상의 학술적 접근과 최치원 문학정신, 즉 당나라에서 〈격황소서檄黃巢書〉를 지어 황소의 난 평정에 기여하고 신라의 헌강왕에게 〈계원필경桂苑筆耕〉을 엮어 바친 등의 실적과 기득권 세력에 의하여 펼치고자 한 개혁사상의 좌절로 인한 소외와 그로 인하여 은거하며 산수를 소요하면서 남긴 시문들의 연구와 최치원사상의 연구는 비단 경주최씨 종친회만의 일이라고 볼 수 없다. 앞에서도 언급했지만 전국 유일의 지명 속에 존재하는 최치원 정신과 석각과 같은 유물들은 충분히 현대화 혹은 국제화 할 수 있는 관광 콘텐츠이자 문화유산이다. 창원의 경남대학교에서는 최치원연구소가 있어 해마다 국제학술 세미나를 한다고 한다. 코로나 이전에는 4월 17일 춘향례에는 전국의 최씨 종친들이 몰려와 해운대에서 숙박하며 머물었다고 한다. 그리고 해운대문화원에서 주최한 전국 한시백일장에는

600명의 애호가들이 몰려들었다고 한다.

이에 필자는 해운대구청 당국과 해운대 문인협회에 우선 4월17일 전후하여 〈최치원문학제〉를 제안하는 바이다. 그 내용은 최치원 정신이 바탕이 된 문학상 공모와 한글 백일장이 될 것이고 이를 바탕으로 학술제 혹은 최치원 선생을 소재로 한 미술제 혹은 음악제 등이 가미된다면 여름에 해수욕장에 피서객만 몰려드는 해운대가 아니라 최치원 선생을 존경하고 그 정신이 충만한 봄 관광객이 몰려와 해운대의 품격을 한층 더 올릴 것이다.

4. 마무리

필자는 해운대문화회관을 지을 무렵인 2002년부터 해운대로 이사해서 신성아파트에 살았다. 벌써 20년이라는 세월이 흘렀다. 그때 우리 지역구의 신모 시의원과 협소한 문화회관 시설을 확장할 방안을 두고 이야기를 나눈 바 있다. 부산시에서 가장 많은 예술가들을 보유하고 있는 해운대구로서 그들이 활동할 공간이 필요하다는 취지에서 마침 그때 대동의 실현이라는 실험적인 해운대 신시가지가 결국 4개동으로 나누어질 무렵이니까 문화회관과 붙어 있는 좌동사무소를 문화회관 부대시설로 활용하면 어떻겠는가 하는 필자의 제안에 신모 의원도 동감이라고 했다. 서로 벽만 일부 터 문화회관과 연결하면 될 것이고 거기가 각 예술단체의 활동공간이 될 수 있다는 것이었다. 그러나 그곳은 결국 좌1동 사무소가 되고 말았다. 좌동은 4개동으로 나누어져 동마다 전개되는 각종 프로그램들은 그만그만해지고 말았다. 최근 좌1동우체국 옆 문화원부지는 청소년문화시설 부지로 바꾸어졌는데 그것이 완공되면 해운대예술인들이 청소년 예술활동 지원 요원으로 참여할 방법은 없는지도 생각해본다. 해운대 신시가지도 그린시티로 이름이 바뀌었고 리모델링 열풍으로 들떠 있지만 이렇게 많은 예술인들이 활동할 공간과 프로그램이 반드시 있어야 삶의 질이 높아지고 명품도시의 위상이 지속될 것이라는 생각을 해본다. 부산의 경우도 문화예술회관의 규모가 있는 곳은 문화예술회관을 중심으로 주민들의 활발한 예술활동들이 이루어지고 있다. 해운대에 거주하는 예술가들 집단을 유용하게 활용하면 주민들의 문화예술에 접근하고 싶은 욕구를 충족시켜줄 수 있을 것이다. 현재 산발적으로 이루어지고 있는 활동들을 보다 체계화하여 해운대 구립 문화예술대학, 구립 극단, 구립 오케스트라 등을 구성하거나 지원할 인재는 충분히 있다. 이렇게 주민들과 함께하는 예술활동들이 많아질 때 〈해운대구〉가 〈살기 좋은 도시〉가 되고 4계절 각종 축제들이 개최된다면 진정으로 〈오고 싶은 도시〉가 될 것이다.

다른 콘텐츠도 언급하고 싶지만 우선 이 지면에서는 동백섬 최치원 선생 유적지 활용방안만 제시한다. 우리 구는 최치원 선생이라는 위대한 학자요 사상가이자 시인이고 국제적인 명망이 있는 인물의 유적지를 가지고 있다는 자부심으로 그 활용방안을 행정 당국이나 문인협회 회원들 그리고 경주최씨종친회가 함께 고민해야 할 것이다.

현 구청장 선거가 한창일 때에 필자는 당선자인 현 구청장 선거 캠퍼를 개인적으로 방문하여 명함을 제시하면서 예술인협의체와 그 활동 공간 마련과 활용방안을 제시한 적이 있다. 그 당시 핵심참모가 충분히 고려해보겠다고 했는데 아직 소식이 없다. 그 참모의 답변이 아직도 유효한지 궁금하다.